KB109650

행동반경

■ 이 도서의 국립중앙도서관 출판시도서목록(CIP)은
e-CIP 홈페이지(http://www.nl.go.kr/ecip)에서 이용하실 수 있습니다.
(CIP제어번호: CIP2013011993)

행동반경

제임스 앨런 맥퍼슨

장현동 옮김

마음산책

행동반경

1판 1쇄 인쇄 2013년 7월 25일
1판 1쇄 발행 2013년 7월 30일

지은이 | 제임스 앨런 맥퍼슨
옮긴이 | 장현동
펴낸이 | 정은숙
펴낸곳 | 마음산책

편집 | 심재경 · 이승학 · 신영희 · 정인혜   디자인 | 이수연 · 이혜진
마케팅 | 권혁준 · 곽민혜   경영지원 | 이현경

등록 | 2000년 7월 28일(제13-653호)
주소 | 서울시 마포구 서교동 395-114 (우 121-840)
전화 | 대표 362-1452 편집 362-1451   팩스 | 362-1455
홈페이지 | http://www.maumsan.com
블로그 | maumsanchaek.blog.me
트위터 | http://twitter.com/maumsanchaek
페이스북 | http://www.facebook.com/maumsanchaek
전자우편 | maum@maumsan.com

ISBN 978-89-6090-164-3 03840

* 책값은 뒤표지에 있습니다.

나의 아버지 제임스 A. 맥퍼슨 시니어

그리고

아내 사라와 양가兩家 가족들을 추억하며

"나는 내 아기가 한쪽 눈만 가진
명예직 백인이 되는 건 원하지 않아요.
적어도 흑인의 눈은
세상 구석구석을 돌아볼 수 있으니까요."

●

나는 내가 어디로 가고 있는지 모른다네

그곳이 먼 곳인지 가까운 곳인지도

내가 아는 거라곤

여기에 머물 수 없다는 거라네

　　　　　　 — 스털링 A. 브라운, 「오래전에 떠났다네」

■ 일러두기

1. 외국 인명, 지명, 작품명 및 독음은 '외래어 표기법'을 따르되, 관용적인 표기와 동떨어진
   경우 절충하여 실용적 표기를 따랐다.
2. 옮긴이 주는 글줄 상단에 맞추어 표기했다.
3. 국내에 소개된 소설, 영화 등은 번역된 제목을 따랐고, 국내에 소개되지 않은 작품은 원
   어 제목을 독음대로 적거나 필요한 경우 우리말로 번역해 적었다.
4. 영화명, 곡명, 잡지와 신문 등의 매체명은 〈 〉로 묶었고, 책 제목은 『 』로 묶었다.

컨트리음악이 좋은 이유

　　　　　　　　　　　●

　내가 컨트리음악을 좋아한다는 사실을 아무도 믿지 않을
것이다. 심지어 아내조차도 내가 그렇다고 말하면 콧방귀를
뀐다.

　"계속해봐요!" 글로리아가 나에게 말한다. "블루스, 비밥, 어
쩌면 벅댄스^{흑인 댄스와 아일랜드계 클로그 댄스가 섞인 빠른 탭댄스}까지는 참
을 수 있어요. 하지만 블루그래스^{미국 남부의 백인 민속음악에서 비롯한 컨}
^{트리음악}는 안 돼요." 글로리아는 말한다. "힐빌리^{미국 남부 산악 지대의}
^{민요조 음악. 컨트리음악의 원형} 종류는 음악이라고 할 수도 없죠. 그건
마치 뉴욕 증권거래소같이 정신없어요. 갑자기 고조되기 시작
하면 조심해야 돼요."

　나는 그 부분에 대해서 논쟁을 한다고 해도 대부분 조용히
마음속으로 하고 만다. 글로리아는 뉴욕에서 나고 자랐다. 그

녀는 주가를 경제 건전성의 유일한 판단 기준으로 믿고 살아왔다. 반면 내 생각은 사우스캐롤라이나에서 형성되었다. 옛날 그곳에서 클럽 웨이터로 일하면서 배운 것은 사람들이 주는 팁으로 경기를 짐작하는 일이었다. 우리는 종종 다른 주제들에도 의견 충돌이 있는 편이지만, 내가 제일 좌절하는 순간은 내가 왜 컨트리음악을 좋아하는지를 그녀에게 이해시키려고 할 때다. 그건 아마도 그녀가 남부 사람들을 싫어하는 데다가, 남부에서 피난 온 사람들이 들려주는 무서운 이야기에 정서적으로 넌더리를 내기 때문인지 모른다. 아니면 글로리아가 북부에서 나고 자란 이주 3세대이기 때문일 수도 있다. 나는 자신이 없다. 내가 알고 있는 것은, 비록 우리 둘 다 흑인이지만 우리 둘 사이의 거리는 이보족_{나이지리아 남동부에 사는 흑인 종족}과 요루바족_{서아프리카 기니 지방에 사는 흑인 원주민} 사이의 거리만큼 멀다는 사실이다. 그녀의 거부감에도 불구하고 나는 컨트리음악을 정말 좋아한다.

"당신은 정말 못 말려." 글로리아가 나에게 말한다.

나는 그 부분에 대해서는 논쟁을 한다고 해도 대부분 조용히 마음속으로 하고 만다.

물론 내가 컨트리음악 전부를 좋아하는 것은 아니다. 나하고 어딘가 연관되는 음악을 좋아한다. 밴조가 좋은 것은 현의 울림에서 간혹 선조先祖의 소리를 들을 수 있어서다. 같은 이유로 〈딕시〉_{남북전쟁 때 남부에서 유행한 쾌활한 노래}에 나오는 바이올린 후렴구를 좋아한다. 하지만 무엇보다도 스퀘어댄스를 가장 좋아한다. 바이올린과 보컬의 협주, 발 구르기, 옷 휘두르기, 뽐내며 걷기, 도도한 회전, 웃음소리가 좋다. 그중에서는 웃음소리를 가장 좋아한다. 최근 몇 달 동안 나는 내가 왜 이 음악과 춤을 좋아하는지 궁금해했다. 아직 그럴듯한 결론을 끌어내지는 못했지만, 아마도 내가 유일하게 제대로 배운 춤이 스퀘어댄스이기 때문인 것 같다.

"나였으면 사람 있는 데서는 그 이야기 안 할 거예요." 글로리아가 나에게 핀잔을 준다.

그녀의 핀잔에도 일리가 있다고 생각하지만 나는 여전히 그 진실을 조용히 마음속으로 되뇐다.

사랑하는 글로리아, 진실은 바로 이런 거야.

내 어릴 적 멀리 떨어진 시골 마을에서 다른 아이들이 제 잘난 맛에 뻐기고 다닐 때 나는 마치 꿰다놓은 보릿자루 같았어. 급우들이 신나게 장단을 맞출 때 나는 무기력하게 거리를 두고 떨어져 서 있었지. 친구들이 시미댄스^{상반신을 흔들며 추는 선정적인 재즈댄스}를 출 때 나는 비실거리며 흉내를 낼 뿐이었어. 그렇다고 후회하거나 자책에 빠져 이야기하려는 것은 아니야. 단지 그때 내가 처한 환경을 솔직히 고백하고 싶을 뿐이야. 그때 사우스캐롤라이나 시골 마을에서는 춤을 잘 추면 멋진 이야깃거리가 되었어. 일테면 한 소년은 이렇게 이야기할 수 있는 거지. "난 여기저기 돌아다녔어. 세상 구경도 했고, 싸우기도 했고, 악당들도 물리쳤고, 사랑에 빠지기도 했고, 간혹 진심이기도 했지만 거짓말도 잘했고, 그래서 다시 집으로 돌아올 수 있었고, 이렇게 너희에게 세상이 뭔지 들려주게 된 거지." 부드러우면서도 우아하게 흔드는 아랫도리, 이 몸동작과 어울리는 잘 짜인 현란한 팔 동작, 절도 있는 다리 동작으로 소년은 제 이야기를 멋들어지게 들려주는 거지. 어린 소녀들은 이 이야기에 훨씬 더 잘 빠져들었어.

하지만 슬프게도 내가 제대로 출 수 있는 춤은 없었어. 원래 춤은 가족이나 이웃이 많이 도와줘야 잘 출 수 있잖아. 그런데 우리 식구들은 춤을 추지 않았어. 가장 가까운 이웃이라고 해봐야 독실한 재림파였지. 게다가 유행하는 춤은 북부에서 왔고, 저 멀리 북부의 풍요로운 삶을 구가하던 사람들이 시내에 전파하고 다녔지. 캐딜락을 빌려 타고, 지저분한 우리 동네 거리를 활보했어. 할렘, 사우스 필라델피아, 록스베리, 볼티모어, 시카고 남부에서나 봄 직한 화려한 스타일을 한껏 뽐내며 인도를 걸어 다녔지. 하루는 그들이 우리 동네 의류 도매상과 마주쳤는데 아주 거만하기 짝이 없었어. "뉴요-옥에 사는 사람들은 이렇게 안 입죠!" 세련되면서도 염세적인 그 모습은 물론이고 그치들의 모든 행동거지는 우리 같은 시골 사람들에게 인생에서 무엇을 잃어버리고 살았는지를 이야기해줬지. 엄한 부모님 슬하에서 북부에 아는 사람이 한 명도 없던 불쌍한 우리는 멀찌감치 서서 그 문화 사절단을 우러러볼 수밖에 없었어. 우리는 옆줄에 서 있었지. 볼품없이, 의사 표현도 하지 않고, 춤도 추지 않고, 즉흥적으로 엉덩이를 흔드는 것 외에는 아무것도 하지 않았어. 단지 그들 중 한 명이 우리에게 손길을 보내주길 기대하면서 말이야. 그렇게 언저리를 맴돌던 열 살 무렵, 북부 출신 한 사람이 내게 스퀘어댄스를 가르쳐준 것은 정말 엄청난 행운이었어.

사랑하는 글로리아, 그녀의 이름은 기네스 로손이었어.

피부가 초콜릿색, 눈동자가 검은색인 그 소녀는 머리를 두 갈래로 길게 땋고 다녔어. 두 갈래로 땋은 머리는 몇 년이 지난 후에도 기네스 로손을 추억할 수 있게 해주었지. 위에서부터 땋아 내린 머리카락은 그 소녀의 피터팬 목깃 뒤쪽에 닿아 있었어. 가끔 그 소녀는 한쪽은 빨갛고 다른 한쪽은 파란 나비매듭 리본 두 개를 달고 왔는데, 그 리본은 부드러운 갈색 살갗과 잉크처럼 검은 머리카락이 만나는 소녀의 목깃에서 하늘거렸지. 비록 그 소녀의 얼굴은 기억하지 못하지만, 그 소녀를 둘러싸고 있던 무지개같이 화려하고 진한 빛깔들은 기억해. 나는 4학년 교실에서 그녀 바로 뒤에 앉아 그 영롱한 빛깔들을 매일 보곤 했지. 책상에 앉은 소녀가 조금이라도 움직일 때마다 피어오르는, 막 자른 레몬 향 같은 향수와 로션 냄새를 나는 마술의 향기인 양 취한 듯 맡았어. 사실 여기서 좀 더 이야기해야 할 게 있어, 글로리아. 집이나 시장에서 레몬 향을 맡을 때마다 나는 기네스 로손이 아니라, 그 소녀에 대해 나만이 간직하는 기억을 떠올리려고 조용한 장소를 찾곤 해. 이렇게 레몬 향이 이어주는 기억들을 더듬다 보면 내가 그 소녀를 사랑했다는 것을 다시 한 번 깨닫게 되지.

기네스는 브루클린에 있는 사우스캐롤라이나 구역 출신이

었어. 그 소녀의 부모님은 언제까지인지는 정하지 않고 그녀를 벽돌공이자 숙부인 리처드 로손 씨와 같이 살게끔 남부로 보냈지. 브루클린보다 사우스캐롤라이나에서 사는 것에 더 익숙해지도록 했다는 것 외에는 그 소녀의 부모님이 왜 그런 결정을 했는지 나는 몰라. 그 소녀는 상냥했고, 조용히 말하는 편이었어. 잘난 체하지도 않았지. 그래서 더 감탄스러웠어. 북부 태생 흑인들에 대한 맹목적인 경외심 때문에 북부 사람은 대부분 스스로를 중요한 사람이라고 생각하곤 했거든. 요즘 나이 든 세대는 누군가를 가리키며 "저 사람은 북부 사람이야"라고 말하는데, 그 말에는 그럴 만한 충분한 이유가 있어. 교회에 잘 다니고 모범적으로 살아야 죽어서 뉴욕에 간다고 부모가 자식을 가르칠 정도였으니까. 런던이라는 도시가 딕 위팅턴Dick Whittington, 영국 런던의 초대 시장에게 어떤 의미를 갖고 있는지 안다거나 캘리포니아 지역이 어떻게 국민 정서에 영향을 주는지 아는 사람만이 북부 사람들이 가지고 있는 미신적인 면을 이해할 수 있지.

기네스 로손은 이런 지역적인 이상형을 능가하는 더 사랑스러운 존재였어. 그 소녀가 북부 사람이라는 이유로 좋아하기는 했지만, 나는 그 소녀의 머리를 감싸고 있는 황홀한 빛깔들을 더 좋아했지. 나는 그 소녀의 반짝이는 이마와 까맣게 반짝이는 눈동자를 사랑했어. 어떤 때는 빨갛고 파란 리본, 또 어떤 때에는 노란색과 분홍색 리본을 단 채 땋아 내린 검은 머리카락을 사랑했어. 분홍색과 흰색 피터팬 목깃과 썩 잘 어울리는 진한 갈색 목을 사랑했어. 천국으로 데려가는 손짓을 보내듯 은은하게 번져 나오는 레몬 향을 사랑했어. 시선을 내 쪽으로 돌릴 것처럼 고개를 움직이면서 내 마음을 뛰게 하는 그 소녀를 사랑했어. 안타깝게도 대부분 그 애는 내 쪽으로 고개를 돌리지 않았지만, 그 순간을 더 사랑했어. 부끄러움 많던 나는 이런 마음을 숨긴 채 하루에 적어도 여섯 시간 동안 그녀를 조용히 바라볼 수밖에 없었지만, 그런 사랑법마저도 나는 사랑했어.

에스더 클레이 보즈웰 담임선생님이 알아채지 않았더라면 이 플라토닉한 마음은 더없이 행복하게, 끝없이 뻗어갔을지 몰라. 선생님은 엄격하긴 했지만 유머 감각도 있었어. 가슴이 퉁퉁하고 풍만한 40대 초반 부인이었는데, 종종 수업 시간에 규칙을 어긴 학생이 있으면 모두 그 아이를 쳐다보게 만들어 재미있게 수업을 했어. 선생님은 특히 나처럼 칠판에 적힌 수업 내용엔 관심 없고 다른 곳에 한눈이나 팔며 백일몽에 빠져 있는 애들에게 짓궂었지. 교실 문 옆의 전자시계 아래 흰 바탕에 까만 글씨로 새겨진 게시판은 무단결석 같은 행위에 대한 선생님의 태도를 그대로 보여주었지. '시계만 보고 있는 학생들을 위한 경고.' 그다음에는 이렇게 적혀 있었어. '시간은 지금도 흐르고 있다. 정신 차려야지?' 그녀는 수줍어하는 것도 참지 못했어. 천둥처럼 큰 목소리로 "크게 말해, 얘야!"라고 말했지. 그렇게 나를 포함한 모두가 눈물을 찔끔거리게 했지. 하지만 이렇게 눈물을 쏟아내면, 우리는 선생님 수업 중에 우리의 생명을 좌지우지할 규칙을 하나 더 어기게 되는 거였어. 책상 옆을 지나가던 선생님은 집에서 만든 두꺼운 자로 제 손바닥을 찰싹 때려가며 이 규칙을 또박또박 한 자씩 말했어. "아기들은 교실에 있을 수 없어." 선생님은 반복했지. 찰싹! "만약 누구라도 자기가 아직 아기라고 생각한다면," 찰싹! "집에 기어가서 엄마 젖이나 먹어." 찰싹! "귀여운 토끼들이 아직 울고 있구나." 찰싹! "너희가 집을 나서서 학교에 오면," 찰싹! "이제부터 아무도 울어서는 안 돼." 찰싹! "교회에서만 빼고 말이야." 찰싹! 우리 중 한 명 때문에 선생님이 이렇게 일장 연설을 할 때면 선생님이 꼭 나를 지켜보고 있는 것 같았어. 선생님은 내가 기네스 로손을 짝사랑한다는 것을 아는 것은 물론이고, 기네스가 마음을 이해해줄지 의심스럽다는 눈길을 보내는 것 같았어. 게다가 나에게 어디 성질을 부릴 테면 부려보라는 눈빛도 보내는 것 같았어.

선생님은 나를 정확하게 읽었어. 나는 아버지의 과도한 관심이 만들어낸 결과물이었지. 아버지는 나를 정말 아껴주었고, 목말을 태워주었고, 줄곧 칭찬만 해줘서 내 자존심은 끝도 모르고 부풀어 올랐지. "사랑스러운 우리 아기, 네가 만약 흑인이 아니었다면." 아버지의 자상한 관심과 더불어 이 말 때문에 나는 이기적인 아이가 되었고 나만의 방식을 고집하곤 했어. 나는 거의 모든 면에서 내 마음대로 해도 된다고 믿었고, 그렇게 할 수 없을 때는 내 앞에 있는 장애물을 향해 짜증을 냈지.

선생님은 내가 기네스 로손에게 얼이 빠져 있는 것을 알아차렸어. 기네스의 헤어스타일을 좋아한다는 것을 아무도 알아차리지 못하게 숨겨왔지만, 선생님은 미묘한 우리 둘 사이를 매서운 눈으로 종종 관찰하고 있었어. 하지만 아무 말도 하지 않았지. 그 대신 어느 순간 시선을 기네스의 얼굴에 고정하다가 갑자기 나에게 돌리곤 했어. 바로 그 순간 이렇게 이야기하는 것 같았지. "돌아보지 마, 소녀야. 네 뒤에 앉은 더벅머리 소년이 너를 마음에 두고 있어." 선생님은 재미있어하면서도 초연한 눈초리로 나를 매일 관찰하는 것 같았어. 나를 보는 것이 아니라 내가 무엇을 주목하고 있나 노려보고 있었어. 내가 보고 있던 것은 기네스 로손의 두 갈래로 땋아 내린 검은 머리카락의 끝자락이었지. 선생님이 보고 있다고 느껴지면 나는 얼른 내 갈색 책상 위나 교실 건너편 칠판 쪽으로 시선을 돌렸어. 하지만 선생님은 눈길을 쉽게 거두지 않았지. 처음에는 누구를 특별히 주목하지 않는 것처럼 하다가 실은 누구를 진짜 주목하고 있었는지 마지막에 가서 알게 하는 것이 그녀의 방식이었어.

"이 귀여운 갈색 토끼 아가씨하고" 그녀는 이렇게 이야기하겠지. "장난꾸러기 검은색 총각 토끼가 뭐가 뭔지도 모르고 친구들하고 어울려서 까불고 있구나." 꼭 선생님이 나를 보고 난 다음에 교실 전체가 울리도록 회초리로 찰싹 때리며 말하는 것처럼 느껴졌어. "집에서는 엄마가 너희에게 인생은 꽃밭처럼 예쁘다고 말했겠지만, 내 교실에서는 장미나무 밑엔 진창

23

이 있다는 것을 배우게 될 거야." 이렇게 설교를 하면서 우리 중 순진하고 우유부단한 학생을 재촉하고 몰아세우는 것이 선생님의 버릇이었어. 선생님의 방법은 소크라테스적인데, 고쳐야 할 실수를 저지른 학생을 본보기 삼아 우리 스스로 답을 구하게 하는 간접적인 방식이었지. 예를 들면, 집안이 불우하고 덩치가 크고 심성이 착한 클래런스 뷰퍼드가 이 가르침의 조연 역할을 한 번 한 적이 있어.

"뷰퍼드." 선생님은 자로 손바닥을 치면서 이렇게 시작했어. "어떻게 너처럼 혀 짧은 못난이가 짝꿍을 가졌으면 하는 거지?"

"저는 짝꿍을 안 원해요." 뷰퍼드는 조용한 목소리로 투덜거렸어.

교실은 당연히 웃음소리로 시끌벅적해졌지.

"오, 아냐. 넌 원하고 있어." 보즈웰 선생님은 응수했어. "너희 토끼 신사들은 전부 짝꿍을 원하지." 찰싹! "자, 그러면 토끼 아가씨에게 너희가 멋진 토끼라는 것을 어떻게 알려야 할까?"

"저요! 저요!" 내 앞줄에서 까랑까랑한 목소리가 들렸어. 그 목소리의 주인공은 당연히 리언 푸였지. 땅콩색 피부에 곱슬머리를 한, 모든 것을 다 알 것 같은 소년이었지. 리언은 이 일생일대의 중요한 문제의 해답을 혼자 알고 있다는 사실에 뿌듯해했어. 사실 그 아이는 이렇게 관심을 받기만 하면 늘 흥분해서 손을 흔들어댔지. 그 애는 특히 맞은편에 앉아 있는 기네스 로손이 선생님의 질문에 흥미를 보이면 손을 유독 더 세차게 흔들어대며 큰 목소리를 냈어. 그 모습은 질문에 대답하려는 것보다는 기네스를 잡으려고 손을 뻗는 것처럼 보였어.

"혀 짧은 못난이, 뷰퍼드." 선생님은 리언이 다급하게 손을 흔들어대는데도 무시하고 말했어. "리언같이 귀여운 친구가 네 앞에서 짝꿍을 낚아채는데도 가만 놔둘 거야?"

"저는 짝꿍을 안 원해요." 클래런스 뷰퍼드는 울음을 터뜨리기 일보 직전이었어. "저는 여자를 좋아하지 않는다고요."

리언이 마치 전투 중인 비행 조종사처럼 팔을 흔들어대자 교실 안은 다시 웃음바다가 되었지.

"저요! 저요! 정말 제가 알아요!"

드디어 선생님이 리언 쪽으로 몸을 돌릴 때, 나는 선생님이 잠시 나에게 질문을 던지고 싶어 한다고 느꼈어. 하지만 늘 그래왔듯이 발표는 세상에서 제일가는 똑똑이 리언의 몫이었지. "뭐라고 생각해, 리언?" 선생님은 어쩔 수 없다는 듯 자로 손바닥을 기운 없이 치면서 물었어.

"우리 아빠가 말했거든요." 리언은 음흉하게 기네스에게 눈길을 주며 읊조렸어. "우리 아빠하고요, 뉴욕 브롱크스에 사는 큰형이 말했어요. 이 세상에서 무엇이든 갖기 위해서는 자화자찬하는 법을 배워야 한다고요."

"그건 왜지, 리언?" 선생님은 지겹다는 듯이 말했어.

"왜냐하면요," 그 작은 소년은 제 가슴을 앞으로 내밀면서 말했어. "왜냐하면 내가 자화자찬하지 않으면 아무도 나를 칭

찬해주지 않으니까요. 이게 우리 아빠가 한 말이에요."

"어떻게 생각하니, 뷰퍼드?" 선생님이 질문했어.

"어쨌든 저는 짝꿍이 필요 없어요." 당황한 뷰퍼드는 이렇게 말했어.

그 수수께끼 같은 수업은 거기서 갑자기 끝나버렸어.

이것이 에스더 클레이 보즈웰 선생님의 교수법이었지. 선생님은 칠판에 뭘 쓰기보다는 질문을 하곤 하셨는데, 그것은 의자에 앉아 있는 우리가 서로를 돌아보면서 조용히 질문을 하도록, 특히 똑똑하고 자신감에 차 있는 리언 푸가 "무슨 뜻이야?"라고 물어보도록 치밀하게 계산한 거였지. 하지만 푸를 포함하여 우리 중 누구도 무엇을 알아야 하는지 이해하지도 못했고 알지도 못했어. 포동포동한 갈색 여우 같은 보즈웰 선생님은 우리가 계속 관심을 갖도록 하려고 했지, 정답을 말해주려는 것은 아니었어. 정답을 말해주는 대신 우리 사이를 돌아다니며 질문보다는 침묵에 더 깊은 뜻이 있고, 리언의 대답에는 우리가 알 수 있는 것보다 함축된 의미가 더 많다는 것을 암시하면서 집에서 만든 자로 당신의 손바닥을 쳤지. 그러는 동안에 이기심에 자극을 받았는지 아니면 선생님이 나를 바라보는 묘한 방식에 자극을 받았는지 모르겠지만, 나는 그 질문의 답을 구하는 것이 선생님이 전체 친구들 중에서 나에게만 내린 숙제라는 것을 깨달았어.

리언 푸는 기네스 로손의 사랑을 놓고 나와 경쟁하는 라이벌이었어. 9월부터 겨울 우기까지 학기 내내 내가 기네스의 눈을 똑바로 보려고 하거나 마음을 담아 "안녕"이라고 말할라치면 리언이 선수를 쳤어. 그 소녀의 눈길을 받으려는 마음이 굴뚝같았지만 한 번도 제대로 성공해본 적이 없었지. 추수감사절에 나는 기네스가 자기 머리에 어울리는 과일과 꽃으로 장식한 노란색 풍요의 뿔을 칠판에 그리는 걸 도와준 적이 있어. 그런데 리언 푸는 혼자서 은종이와 주름 비단으로 더 멋지게 만들어서 문에 걸어놓았지. 그 은색 장식은 선생님 시계 바로 아래에 곱슬곱슬하게 늘어진 채 걸려 있었어. 성탄절 선물을 교환하기 위해 모자에 이름을 그려 넣을 때 나는 퀸 로즈 핍스의 이름을 그려 넣어야 했어. 내가 전혀 관심이 없고 호박처럼 누런, 정말 전혀 매력적이지 않은 소녀의 이름이었지. 그런데 푸는 제비뽑기하는 애를 매수했는지 아니면 순전히 운 때문인지 모르겠지만 마술처럼 기네스 로손의 이름을 뽑았어. 그 소년은 소녀의 머리에 어울리는 진한 보라색 리본 세트와 집에서 따온 피칸 열매 바구니를 소녀에게 안겨주었어. 이미 정나미가 떨어져버린 나는 퀸 로즈 핍스에게 흰 양말 한 켤레를 건네주었지. 기네스는 그 보라색 리본을 하고 올 때마다 리언 쪽을 보고 미소를 지었어. 하지만 나는 퀸 로즈가 내가 준 하얀 양말을 신고 올 때마다 부끄러워 고개를 돌려야 했어. 그러지 않으면 양말이 흘러내려 앙상하게 드러난 퀸 로즈의 발목을 봐야만 했으니까.

어느 비 오는 겨울날 방과 후 나는 기네스를 따라 버스 정류장에 갔지. 기네스가 버스에 오르는 동안 잠깐 멈춰 기다리다가 기네스가 자리를 잡을 때까지 통로로 따라 들어갔어. 하지만 리언은 세치기를 해서 일찌감치 버스에 올라타 앉아 이렇게 소리쳤지. "비켜! 저리 가! 이 자리는 뉴욕 브루클린 아가씨를 위해서 내가 아까부터 잡아놓은 거야." 나는 낙담했지만 지기는 싫어서 그나마 가장 가까운 자리로 옮긴 다음, 상처받은 마음을 안은 채 그 소녀의 뒷모습과 갈색 무지개 같은 옆모습을 물끄러미 바라보았어. 내가 내릴 정류장보다 여덟 혹은 아홉 정류장이나 더 가서는 사랑의 마법에 걸린 다른 소년 무리와 함께 내려 그 소녀를 따라갔어. 그다음엔 철저히 리허설된 장면이 펼쳐졌어. 리언을 제외한 우리 모두가 집에 가기에는 너무 이르다고, 혹은 너무 늦었다고 둘러댄 거였지. 이렇게 군색한 변명을 댄 우리는 초록색 기둥이 서 있는 삼촌 집까지 미끄러지듯 걸어가는 그녀와 가까이서 걸을 수 있는 영광을 누렸지. 그녀는 추운 겨울비가 그친 다음 찬란하게 떠오르는 봄의 태양처럼 나무 계단에 잠시 멈춰 서서 미소를 짓고는 노래를 부르듯이 작별 인사를 했어. "잘 가, 모두." 그러고는 여신의 신비로움을 안고 집 안으로 사라졌어. 나는 그 소녀의 목소리가 발산하는 음악과 빛에 몸이 따뜻해져 2월 오후의 매섭고 축축한 바람은 아랑곳하지 않은 채, 다른 소년들과 떨어져 아주 천천히 걸어갔어.

나는 그 소녀를 사랑했어, 글로리아. 그 소녀와 춤을 추었고, 그 소녀의 레몬 향기를 맡았고, 사랑한다고 고백했어. 하지만 이 전부를 당신이 도저히 믿지 않을 방법으로 했다는 것도 말하고 싶어.

나처럼 당신도 알고 있을 수도 아니면 기억 못할 수도 있겠지만, 그 당시 우리 지역에서는 북부 양키원래 뉴잉글랜드 지방 사람들을 가리키는 말로 남북전쟁 당시에는 남부인이 북군 병사를 모멸적으로 부를 때 사용했다와 남부 동맹미국의 남북전쟁 당시부터 남군이 북군에 스스로 항복할 때까지 존재했던 공화국. 흑인 노예제를 지지했다의 풍속이 아이러니하게 결합한 문화를 유쾌하게 즐기면서 살았어. 우리의 음식, 생활 풍습, 말투, 역사 속 미묘한 부분에 대한 태도, 삶의 일상적인 과정을 비극으로 수용하는 것, 이런 것들과 또 다른 많은 것들이 우리를 남부 사람으로 규정지었지. 하지만 부모님의 엄격한 도덕성, 완고함과 인색함, 일에 대한 태도, 이상형에 대한 충직함, 우리를 바라보는 시각은 우리를 왕당파영국 왕 및 국교회에 충성을 맹세하는 왕당파에는 귀족, 대토지 소유자, 온건파 가톨릭교도 등이 많았다보다는 양키로 만들었어. 우리가 다니던 학교 가운데 몇 곳은 남부 동맹 유력 인사의 이름을 따왔지만, 다른 학교들은 민중을 구원하기 위해 북부에서 내려온, 아주 오래전 거의 잊힌 시절의 근엄한 얼굴을 한 사람들에게서 이름을 따왔지. 여전히 우리 교과서, 우리가 의무적으로 부르는 교가, 깃발, 공립 공원에 세워진 동상과 기념비, 이 모든 것은 꿈을 가진 북부 사람들이 여기에 왔었다는 사실을 부인하고 있었어. 우리는 주州의 노래를 부르고, 모국의 시인이 지은 시를 암송하고, 기독교가 만들어놓은 밀레니엄의 개념을 대체한 그 역사적 사건남북전쟁 이후의 흑인 노예해방을 일컫는다 전후에 등장한 사건과 인물들에 경의를 표했지. 이

29

렇듯 침묵에 잠겨 있는 문화적 환경에서 더 이상 우호적이지 않은 두 문화가 융화하며 지내는 것은 참 아이러니였어. 그 영향으로 우리 학교에서는 5월 1일 봄이 온 것을 축하할 때 메이폴 기둥 감기와 스퀘어댄스를 같이 행하는 것이 전통이 되어 갔지.

다른 날과 마찬가지로 그날은 교육감과 공무원 몇 명이 학교를 방문하여 녹슨 철제 그네 옆에 서서 4, 5, 6학년 학생들이 화려하게 칠한 메이폴 기둥을 두고 위로 아래로, 앞으로 뒤로 움직이는 것을 보기로 되어 있었어. 즐거워하는 아이들이 소용돌이 모양의 주름 비단 종이를 멋지게 색칠한 기둥에 묶어 잡아당기고 꼬는 거였지. 그러면 선생님, 학부모, 귀빈들 사이에서 우레와 같은 박수 소리가 울려 퍼지고, 정성 들인 의상을 차려입은 학생들의 물결이 운동장으로 여덟 명씩 짝을 지어 밀려와 스퀘어댄스 대형을 갖추었어. "아주 멋져!" 어느 장면에서 교육감이 소리쳤어. "모두 잘하는군. 그렇게 제군들의 뼈대를 세우게 되는 거라고. 두고 봐."

5월 1일이 되기 2주일 전에 보즈웰 선생님이 이제 우리가 4학년이기 때문에 메이폴 축제에 참여할 수 있다고 말했어. 우리 반은 여섯 명씩 짝을 이루어 두 개 팀으로 나뉘었는데, 한 팀은 메이폴 기둥을 꼬고, 다른 한 팀은 남자애와 여자애가 같은 숫자로 짝을 지어 스퀘어댄스 회전춤을 추기로 했지. 나는 스퀘어댄스 팀에 속했어. 리언 푸도 같은 팀에 속했지. 기네스 로손은 메이폴 기둥을 꼬는 팀이었어. 나는 풀이 죽어 있다가 춤을 못 춘다는 사실이 떠올라 퍼뜩 정신이 들었어. 다들 매듭을 풀고 잠시 쉬는 틈을 타서 나는 선생님에게 내가 춤을 너무 못 춰서 반 전체를 망칠 것 같다고 말했어. 메이폴 팀으로 바꿔달라고 부탁한 거지. 보즈웰 선생님은 되게 재미있다는 듯이 입꼬리를 실룩이면서 나를 보았지. "스퀘어댄스를 할 때는 춤출 필요가 없어." 선생님이 말했어. "이 춤은 제대로 못 춘다는 것을 보여줘서 사람들을 웃게 만드는 춤이거든." 선생님은 잠깐 가만히 있다가 생각하는 표정을 지었어. "춤을 제대로 못 출수록 스퀘어댄스를 더 잘 추게 되는 거야. 너처럼 몸이 뻣뻣한 애들에게 세상에서 가장 잘 맞는 춤이야."

"저는 메이폴을 하고 싶어요." 나는 말했지.

"너는 스퀘어댄스를 춰야 한단다. 안 그러면 엉덩이에 불날 줄 알아." 에스더 클레이 보즈웰 선생님이 대답했어.

"저는 아무것도 안 할 거라고요." 나는 중얼거렸어. 하지만 아주 조용히, 선생님이 책상 옆을 지나갈 때 나에게만 들릴 정도로 작게 웅얼거리는 정도였지. 하루가 다 지나도록 선생님은 마치 내가 무슨 생각을 하는지 알기라도 한다는 듯이 나를 뚫어져라 쳐다봤어.

다음 날 아침 나는 아빠가 써준 쪽지를 가져갔어. '보즈웰 선생님,' 나는 아빠가 아침에 쪽지 쓰는 것을 보았어. '우리 집 애는 스퀘어댄스를 추지 않습니다. 애가 넘어지거나 울어서 행사를 망치지 않을까 걱정이 됩니다. 이만 줄입니다.'

보즈웰 선생님은 쪽지를 다 읽고 나서 아무 말도 하지 않았어. 그저 자리에 앉아 있는 나에게 손을 흔들어주었을 뿐이지. 이른 오후에 스퀘어댄스와 메이폴 명단을 부르기 시작했는데, 내 차례가 되었을 때 선생님은 잠시 아무 말도 하지 않고 있었어. "너는 스퀘어댄스 팀에 있지 않아도 좋아." 그녀는 나에게 말했어. "너는 메이폴 팀과 함께 운동장으로 간다."

나는 정말 기뻤어. 줄을 서 있던 기네스 로손 뒤 세 번째 자리에 얼른 끼어들었지. 우리는 곧 행진할 준비를 했어.

"잠깐만." 보즈웰 선생님이 불러 세웠어. "이제 메이폴 팀은 열일곱 명, 스퀘어댄스 팀은 열다섯 명이 되어버렸네. 조를 다시 짜야겠는걸." 선생님은 머리를 긁적이면서 두 명단을 다시 유심히 살펴보았어. 그러고는 발을 동동 구르고 있는 메이폴 팀을 아래위로 살펴보았지. "귀여운 솜꼬리 토끼 아가씨 기네스 로손. 너는 스퀘어댄스 팀으로 가야 할 것 같다. 그래야지 스퀘어댄스 팀이 여덟 조가 되지……. 하지만 문제가 하나 더 있네." 그녀는 두 무리의 스퀘어댄스 팀을 큰 동작으로 나눠 숫자를 세었어. "이제 스퀘어댄스 팀에 열여섯 명이 있어. 하지만 짝을 짓다 보니 좀 고차원적인 수학 문제가 생겼어. 아홉 명의 아가씨와 일곱 명의 신사로는 안 되니까 스퀘어댄스 팀에 있는 아가씨 한 명이 메이폴 팀으로 가고 메이폴 팀에 있는 신사 한 명이 스퀘어댄스 팀으로 가야겠네."

나는 기네스 로손이 손을 들기를 고대하며 잠자코 있었어. 하지만 그 순간 영악한 리언 푸가 댄스 시작을 알리는 녹음기가 켜지기를 더 이상 기다리지 못하겠다는 듯이 기네스의 손

컨트리음악이 좋은 이유

을 잡고 요란스럽게 지르박을 추기 시작했어.

"정말 귀여운 커플이야." 보즈웰 선생님은 멍하니 바라보고 있었어.

"자, 이제 어떤 아가씨가 메이폴 팀으로 가고 싶니?"

푸가 하는 것을 보더니 남아 있던 일곱 명의 소년들은 자기가 원하는 소녀의 손을 잡았어. 비쩍 마른 퀸 로즈와 부끄럼쟁이 비벌리 핸킨스만 짝을 찾지 못하고 있었지. 퀸 로즈가 신경질적으로 키득거렸어.

"퀸 로즈," 보즈웰 선생님이 불렀어. "너는 메이폴 팀으로 가도 상관없을 것 같은데." 그녀는 흩어지라는 신호로 자를 흔들었어. 퀸 로즈는 교실을 건너가 메이폴 팀 줄을 비집고 들어갔지.

"이제," 보즈웰 선생님이 말했어. "스퀘어댄스 팀으로 갈 신사 한 명이 필요한데."

비록 리언 푸가 내가 선택한 파트너를 채 갔지만, 나는 스퀘어댄스를 추다가 파트너가 자유롭게 교체될 걸 염두에 두고 있었어. 내가 원하는 것은 내 팔에 기네스 로손을 안고 한 번 돌아보는 그 순간이었지. 나는 손을 천천히 올렸어.

"오, 너는 안 돼, 꼬마 토끼 신사." 보즈웰 선생님이 말했어. "너하고 너희 아빠가 네가 스퀘어댄스를 추기 싫어한다고 했잖아." 선생님은 다시 자로 손바닥을 쳤어. 찰싹! 찰싹! 그다음 이렇게 말했지. "클래런스 뷰퍼드, 너같이 발이 큰 시골 신사는 누구보다 스퀘어댄스를 잘 추지. 여기 와서 상냥하고 귀여운 비벌리 핸킨스에게 키스를 해주렴."

"저는 정말 여자가 싫다고요." 뷰퍼드는 중얼거렸어. 하지만 그 애는 키득거리고 있는 비벌리 핸킨스 옆으로 걸어올 수밖에 없었어.

"자, 이제!" 보즈웰 선생님이 말했다. "운동장으로 나가서 멋지게 메이폴을 꾸밀 시간이야."

우리는 행진하기 시작했어. 문에 거의 다 왔을 때, 발가락으로 가볍게 회전을 하면서 즐거워하는 리언 푸가 어깨 너머로 보였어. 그 애는 신이 나서 노래를 불렀지.

> 나는 모세에게 장미 한 다발을 내리는 주님을 보았네
> 나는 에스겔의 바퀴를 잘 익은 바나나 껍질 위에서 밀었네
> 나는 나일 강을 노 저어 건너갔다네. 장애물을 건너 흘러갔다네
> 제 이빨을 뽑고 있는 잭 존슨을 보았네
> 짐 제프리스의 발톱으로……

"짝의 손을 잡아!" 우리 뒤에 있는 떡갈나무 문이 꽝 소리가 나며 닫힐 때 보즈웰 선생님이 외쳤어.

나는 완전히 풀이 죽었지. 2주일 내내 나는 옆줄에 서서 리언 푸가 내가 사랑하는 기네스와 알망드 레프트 원편에 있는 상대편 파트너와 손을 잡고 한 바퀴 돌아 다시 제 파트너에게 돌아가는 춤 와 도시도 서로 몸을 대지 않은 상태에서 팔짱을 낀 자세로 오른쪽으로 한 바퀴 도는 춤를 추는 것을 바라보고만 있었지. 더 슬픈 일은 그 소녀가 춤추는 것을 즐기고

있는 것 같다는 거였어. 하지만 나는 리언을 인정할 수밖에 없었어. 리언은 춤에 미친 애였거든. 리언은 나날이 실력이 늘어서 다양한 회전, 인사하기, 스퀘어댄스의 여러 동작들이 눈에 띄게 좋아졌어. 다른 아이들이 느릿느릿 움직일 때 펄펄 날아올랐고, 날렵하고 솜씨 좋게 여자 아이들을 팔에 감싸고 돌았어. 다른 남자아이들이 제 발에 걸려 넘어질 때는 재미있다는 듯이 떠들어댔지. 보즈웰 선생님이 녹음기 옆에 서서 이렇게 말했어. "뷰퍼드, 우아하게 좀 춰봐, 이 굼뜬 친구야. 리언이 어떻게 하는지 좀 보란 말이야." 이제는 메이폴을 엮는 방법이 바닥나서 지쳐 나가떨어진 친구들 틈에서 나는 교실 벽에 기댄 채 춤추는 애들을 보고 있었어.

매일 밤 집에 가서 나는 아빠한테 이번에는 메이폴에 관심이 없다는 다른 쪽지를 보즈웰 선생님에게 보내달라고 졸랐어. 하지만 아빠는 내 애원을 묵살했고, 불참해서 체면을 깎이게 하면 회초리를 들겠다고 했지. 진짜 아빠를 화나게 했던 건 이미 내 행사 의상에 돈을 꽤나 써버렸다는 사실이었어. 보즈웰 선생님이 메이폴 팀과 스퀘어댄스 팀 전원에게 5월 1일 스퀘어댄스 행사에 어울리는 의상을 준비하라고 했거든. 아빠는 덩가리 바지멜빵이 달린 작업복 바지 한 벌과 푸른색 셔츠, 빨갛고 하얀 물방울무늬 네커치프와 카우보이모자를 사주었어. 그래서 나의 새 요구를 들어줄 기분이 아니었지. 사실 아빠는 5월 1일 새벽부터 네커치프는 왼손에, 가죽 허리띠는 오른손에 든 채 내가 꾀병이라도 할까 봐 내 침대 옆을 지키고 서 있었어.

푸르고 따뜻한 봄날 아침에 나는 무거운 몸을 이끌고 카니발 카우보이 같은 복장으로 학교에 갔어. 교실로 들어가 다른 애들이 입고 온 옷을 보고는 샐쭉해져서 벽 쪽으로 갔지. 아이들은 서로 입고 온 옷을 비교하며 들떠서 이리저리 뛰어다니고 소리를 질렀어. 클래런스 뷰퍼드는 톰 믹스 모자를 쓰고 육연발 권총 무늬가 목깃에 새겨진 초록색 셔츠에 갈색 조끼를 받쳐 입었어. 다른 남자아이 폴 카터는 위아래 검은 옷에 솜털같이 흰 손수건을 목에 두르고 있었지. 하지만 우리 모두의 눈길을 사로잡은 애는 리언 푸였어. 그는 빨갛고 하얀 체크무늬 셔츠를 걸치고, 은색 물소 머리 장식을 느슨하게 단 초록색 네커치프를 목에 걸고 있었지. 또 갈색 실로 누빈 덩가리 바지를 입었고, 움직일 때마다 절거덕 소리가 나는 은 박차가 달린 번쩍이는 갈색 카우보이 부츠를 신고 있었어. 그 애의 손에는 정교하게 주름을 잡은 갈색 카우보이모자가 들려 있었지. 그 애는 옷 모양새가 망가질까 봐 춤을 추기 시작할 때만 모자를 쓸 거라고 말했어. 아무도 못 만지게 할 거라고 했지. 그 애는 멋진 모자의 주름을 매만지며 절거덕 소리를 내고 서서 큰 소리로 말했어. "우리 아빠가 그러는데 나는 뭘 입어도 잘 어울린대."

소녀들은 평소보다 더 예쁘고, 더 성숙해 보였어. 퀸 로즈조차도 창백한 얼굴을 가리려고 루주를 칠했지. 부끄러움을 잘 타는 비벌리 핸킨스는 파랗고 하얀 체크무늬 보닛 모자를 쓰고 빳빳하게 풀을 먹인 푸른색 앞치마를 두르고 왔어. 그 애는 마치 개척 시대 여자 같았어. 하지만 기네스 로손, 나의 기네스는 다른 여자애들을 압도했지. 그 소녀는 흰색 크리놀 린 치마 다발이 나팔 모양으로 겹겹이 밖으로 달려 있어 마치 공중에 떠 있는 것처럼 보이는 빨간 드레스를 입고 왔어. 벌꿀 색깔의 손목에서는 금색 팔찌가 반짝였지. 짙은 청색 네커치 프가 마치 여름 하늘을 감아놓은 것처럼 머리에 걸려 있었고. 검은색 에나멜가죽 구두는 반쯤 숨어 있는 별처럼 빨갛고 하 얀 드레스 치맛단 아래에서 반짝였어. 그 소녀는 미소를 지으 며 우리 앞에 서 있었고 우리는 감격했지. 그 순간 나는 그 소 녀를 내 팔에 안기 위해서라면 이 세상을 다 바치고 싶은 심 정이었어.

보즈웰 선생님은 흐뭇해하며 책상 뒤에서 우리를 바라보고 있었어. 드디어 정오가 되자 선생님이 말했지. "나가자!" 서른 두 명의 살아 있는 무지개들이 문을 향해 뛰어갔어. 메이폴 팀 이 한 줄을 만들고, 스퀘어댄스 팀이 다른 한 줄을 만들었지. 보즈웰 선생님은 우리를 쭉 살피면서 걸었어. 내가 서 있는 자 리에 왔을 때 선생님이 잠깐 멈추는 것 같았어. 그녀는 내 등 을 쓰다듬으면서 앞치마를 똑바로 해주었고, 침을 발라 루주 가 묻은 볼을 만져주었어. 지나치게 걱정하고 있는 나에게 잘 하라고 손가락을 흔들어주었지. 그러고는 다시 자로 손바닥을 때리면서 우리를 운동장으로 데려갔어. 5학년, 6학년은 이미 모여 있었어. 운동장 끝에는 페인트칠이 된 메이폴 기둥 열두 개가 서 있었고, 초록색, 푸른색, 노란색, 갈색의 주름 비단 다발이 기둥에 매달려 달콤한 봄바람을 타고 한가롭게 흔들리고 있었어.

"메이폴 팀 일어서!" 그네 옆 연단에 있는 헨리 루커스 교장 선생님이 외쳤어. 교장 선생님 옆에는 백인 교육감이 서 있었지.(나중에 그는 스퀘어댄스에 대해 "오, 이 스퀘어댄스는 너무나 훌륭해서 우리 예술을 아끼고 사랑할 줄 모르는 나 같은 백인을 부끄럽게 했습니다"라고 말했고, 이 내용은 전 학급에 전달되었어.) "메이폴 팀 일어서!" 헨리 루커스 씨가 다시 외쳤어. 우리 50명은 와하고 소리 지르며 제각기 좋아하는 색깔의 주름 비단을 잡기 위해 뛰어갔어. 그런 다음 〈봄의 즐거움과 광명을 찬양해 노래하라〉라는 음악에 맞춰 여섯 명 혹은 일곱 명씩 조를 짜서 메이폴 기둥이 기네스의 머리처럼 아름답고 단단해질 때까지 비단 주름을 잡아당기며 꼬았어. 그런 다음 우리는 자랑스러워하는 선생님과 부모님들의 터져 나오는 박수와 교육감의 휘파람 소리에 한껏 행복해져 존경하는 선생님들의 품 안으로 돌아왔어. 숨이 가빴고 벌벌 떨고 있었지만 나는 최선을 다했다는 자신감이 생겨 보즈웰 선생님 옆에 섰어. 선생님은 나를 내려다보면서 조용한 목소리로 말했지. "너는 이 세상의 리듬을 배우고 있단다."

나는 아무 말도 하지 않았어.

"가자!" 리언 푸가 기네스 로손의 팔을 잡고 절거덕 소리를 내며 앞장서서 다른 아이들에게 소리쳤어.

"기다려, 리언." 보즈웰 선생님이 속삭이듯이 말했어. "루커스 씨가 레코드를 바꿔야 해."

리언은 한숨을 쉬었어. "만약 우리가 맨 먼저 못 나가면 다른 애들이 가장 좋은 자리를 잡을 거라고요."

"기다려!" 보즈웰 선생님이 명령했어.

리언은 샐쭉해졌지. 그 소년은 기네스 곁으로 다가갔어. 나는 그 애가 조바심을 내며 기네스의 손을 흔들어대는 것을 보았어. 리언이 발을 구르자 은 박차가 땡땡 소리를 냈어.

보즈웰 선생님은 그 애의 발을 내려다보았어. "리언, 있잖니," 선생님은 말했어. "신발에 면도날을 달고 나갈 수는 없어."

"이건 면도날이 아니에요." 리언은 중얼거렸어. "이건 뉴욕에 사는 형이 여기서 춤추라고 보내준 박차란 말이에요."

"그것은 떼어내야 돼." 보즈웰 선생님이 말했어.

리언은 투덜거렸지만 급히 허리를 숙여 부츠에 매달린 은 박차를 떼어내려고 했어. 하지만 은 박차는 잘 떨어지지 않았지. "시간이 없어요!" 리언은 갑자기 일어나며 소리쳤어. "루커스 씨가 벌써 레코드를 올렸단 말이에요."

"리언, 그 박차를 신고 나가면 누군가가 다칠지도 몰라." 보즈웰 선생님이 말했어. "기네스 로손의 예쁜 빨간 드레스가 박차에 걸려서 로손이 넘어질지도 몰라."

"제가 당장 부츠를 벗고 올게요." 리언이 대답했어.

하지만 보즈웰 선생님은 고개를 단호하게 흔들었어. "식당에 뛰어가서 요리사 아저씨에게 버터나 마요네즈를 좀 달라고 해. 그러면 쉽게 벗겨질 거야." 선생님은 진흙으로 덮인 운동장을 보며 잠깐 말을 멈추었어. "만약 첫 번째 순서를 놓치면 두 번째, 세 번째 순서도 있단다. 메이폴 팀에서 너를 대신할 사람을 찾을 수 있을 거야."

내 가슴은 두근거렸어. 리언이 그걸 눈치채고 나를 노려보았어. 그 소년은 사랑스러운 봄 햇살 아래 빛을 발하며 미소를 짓고 있는 기네스의 손을 꽉 쥐고 있었어. 리언은 갑자기 기네스의 손을 내려놓고는 몸을 구부려 마치 화난 삼손처럼 박차를 잡아당겼어.

"스퀘어댄스 팀 일어서!" 헨리 루커스 씨가 외쳤어.

"제기랄!" 리언이 불평했어.

"스퀘어댄스 팀 일어서!" 헨리 루커스 씨가 외쳤어.

5학년과 6학년이 소리를 지르며 운동장 중앙으로 달려갔어. 벌써 레코드 소리는 운동장 중앙에서 사회자의 높고 유창한 목소리를 집어삼켰지. "제기랄!" 리언이 신음했어.

보즈웰 선생님은 리언을 옆에 내버려둔 채 혼자 서 있는 기네스를 뚫어져라 쳐다보았어. "기네스 로손." 보즈웰 선생님은 차분한 목소리로 말했어. "이런 무도회에 공주님을 데려갈 왕자님이 없으면 수치스러운 일이지."

나는 걸어간 것은 기억하지 못하지만, 어느새 기네스와 함께 운동장 중앙에 서 있던 나 자신은 기억이 나. 내가 무엇을 했는지는 기억이 나지 않지만, 내가 다른 애들의 동작을 보던 것과 우리가 스퀘어댄스를 추고 나서 무엇을 했는지는 기억이 나. 하지만 아직까지 내가 언제 내 파트너의 얼굴을 보았는

컨트리음악이 좋은 이유

지, 내가 무엇을 보았는지는 기억이 나지 않아. 사회자가 찢어질 듯한 목소리로 지시를 내리는 것을 들었고, 나는 그것을 따랐지.

> 왼손을 잡고 알망드 레프트,
> 파트너 오른쪽으로 라이트 앤드 레프트 그랜드…….

나중에 이야기를 듣기로 나는 알망드 레프트 대신 알망드 라이트를 추었다고 하는데, 그런 실수를 했는지 기억이 나지 않아.

> 파트너에게 다가가면 그녀를 옆으로 넘겨주고
> 몰래 옆에 있는 아가씨를 잡으세요…….

내가 다른 소녀를 잡았는지도 기억나지 않아. 단지 기억하는 것은 여러 번 턴을 하고 도시도 춤을 추는 동안 기네스 로손의 따뜻한 갈색 눈을 보고 있었다는 거야. 그 소녀가 나에게 미소를 보낸 것을 기억해. 그 소녀가 두 번째 턴에서 나에게 웃었던 것을 기억해. 그녀와 함께할 영원한 미래를 생각하며 웃었던 나를 기억해.

> ……무도회, 그 오래되고 기분 좋은 것
> 머리를 뒤로 젖히고 노래를 불러요. 왜냐하면, 단지 왜냐하

면…….

레코드가 끝나기 전 마지막 무도회 시간에 기네스가 내 옆에 서 있을 때, 사회자보다 더 큰 목소리로 기네스에게 말했던 것을 나는 기억해. "내가 커서 브루클린으로 가게 되면 그곳에서 너를 만나고 싶어." 하지만 나는 기네스가 뭐라고 대답했는지는 기억나지 않아. 단지 그 소녀가 미소를 지었다고 기억하고 싶을 뿐이야.

그때 내가 미소를 지었다는 것을 나는 알아, 글로리아. 나는 그 소녀의 레몬 향기와 그 소녀가 내 자아에 숨겨둔 은밀한 공간에 들어왔다는 사실에 미소 짓게 돼. 나는 그 사실을 간직하고 싶었고, 계속 간직해왔어. 하지만 몇 년 후 뉴욕에 가게 되었을 때 나는 브루클린을 떠올리지 않았어. 대신 맨해튼으로 향하는 빈민가의 오래되고 버려진, 무엇 하나 변한 것 없는 길을 따라 걸었어. 그 시절 나는 다른 다양한 음악에 맞추어 춤추는 것을 배웠어. 그리고 향긋한 레몬 향을 잊어버렸지. 하지만 지금처럼 컨트리음악을 들을 때면 간혹 기네스를 생각해. 당신에게 설명하기는 어렵지만, 나는 스퀘어댄스의 초보자가 아니라고 주장하고 싶어. 사실 나는 스퀘어댄스에 완전히 빠져 있지.

"한번 계속해봐요!"라고 당신은 말하겠지. 당신이 마음속에 가지고 있는 북부의 신화를 되뇌면서 말이야. "나는 거친 사람, 낙심한 사람, 어쩌면 이보족까지는 참을 수 있어도 힐빌리

미국 남부 시골 사람을 경멸하는 말는 참을 수 없지요."

요즘도 나는 그 부분에 대해서 논쟁을 하긴 하지만 대부분 조용히, 내 마음속으로만 하고 만다.

죽은 자의 이야기

•

　빌리 렌프로가 휴스턴에서 벌어진 소동에서 죽었다는 것은 사실이 아니다. 그는 거짓말하는 데 남다른 재주가 있는 데다가 자신이 상대하는 놈들의 신경을 건드리는 일을 즐겨 한다. 여기저기 엉뚱한 짓거리를 일삼고 돌아다니는 인물인 것이다. 그가 시카고에서 나에게 말한 실제 사정은 이렇다.

　빚 독촉을 위해 체납자가 세 들어 사는 집을 덮친 빌리 렌프로는 방 안에서 애정 행각이 벌어지고 있다는 것을 동물적인 본능으로 직감했다. 그래서 그는 발로 문을 걸어차며 방으로 뛰어 들어가 고함을 냅다 질렀다. "먼로 엘리스, 딜링햄 씨의 캐딜락은 이제 포기해. 넌 벌써 아홉 번이나 할부금이 밀렸단 말이야!" 빌리에게는 안 된 일이지만, 엘리스도 엘리스 옆에 있던 여자도 자동차를 쉽게 내줄 심사는 전혀 보이지 않았다. 엘리스 밑에 누워 있던 여자가 빌리를 겨냥해 먼저 총을 쏘았다. 신문 기사와는 달리 그 여자가 쏜 총알은 빌리의 팔에만 부상을 입혔다. 먼로의 38구경 권총이 뿜어낸 총알 중 한 발이 빌리의 옆구리를 파고들었다. 빌리는 총상에도 불구하고 휴스턴에 있는 그 집에서 빠져나왔다. 그는 살아 있었고, 시카고에서 다시 보았을 때는 완전히 회복해 있었다. 그때 그는 하비에서 체불된 쉐보레를 되찾아 돌아가던 길이었다.

빌리가 상대하던 사람 중 몇 놈은 빌리가 애꾸눈이 된 것은 사우스캐롤라이나 라임하우스 외곽 식료품 가게의 주인과 벌인 결투 때문이라고 주장했지만, 그건 사실이 아니다. 내게는 그렇게 주장할 나름의 이유가 있는데, 사실 빌리는 집안싸움 중에 한쪽 눈을 잃었다. 그건 완전히 다른 이야기다. 어쨌든 나는 라임하우스 사건의 전모를 알고 있다.

빌리는 그날도 플로이드 딜링햄 씨의 지시를 받고 할부금 체납 차량을 회수하기 위해 찰스톤에 가다가 라임하우스에 들렀다. 그는 단지 오렌지 소다 한 병을 사기 위해 그 식료품 가게에 들어갔을 뿐이다. 그러나 백인 우월주의자였던 싸구려 구멍가게 주인은 흑인은 상대조차 않겠다고 막말을 했다. 경찰이 와봐야 골치만 아플 것이 뻔했기 때문에 빌리는 스스로 이 문제를 해결하기로 했다. 그는 이럴 때를 대비해 셔츠 안쪽에 넣어둔 22구경 권총으로 손을 뻗었다. 가게 주인도 동작이 상당히 빨랐다. 빌리의 오른손이 아직 옷섶에서 권총을 더듬고 있을 때, 가게 주인은 벌써 스프링필드 권총의 방아쇠를 만지작거리면서 좋아라 하고 있었다. 그는 "잘못 오셨네요, 검둥이 신사분!"이라고 빌리를 조롱했다. 빌리는 비록 거짓말쟁이에 사고뭉치였지만 멍청이는 아니었다. 가게 주인의 행동이 한 발 앞섰지만, 빌리는 두 발짝 정도 뒷걸음치며 그곳을 용케 빠져나왔다. 빌리가 내빼는 동안 그 백인은 공중에 총알 몇 방을 냅다 갈기고 고래고래 소리를 질렀다. 빌리는 아무 대꾸도 하지 않았다.

체불 차량을 회수하고 찰스톤에서 돌아오는 길에 빌리는 오렌지 소다를 마시고 싶어 미칠 지경이었다. 그는 라임하우스에 가까워질수록 참을 수 없는 갈증을 느꼈다. 그때는 푹푹 찌는 데다가 졸음이 밀려오는 해 질 무렵이었다. 아무도 그가 가게에 온 것을 알아채지 못했다. 가게 주인이 안락의자에 앉아 즐기던 낮잠에서 깨기도 전에 빌리는 22구경 권총을 빼서 흔들어댔다. "오렌지 소다 두 잔하고 딜 피클!" 내 사촌 빌리는 의기양양하게 주문했다. 시카고에서 나에게 털어놓은 무용담에 따르면 허풍쟁이 빌리는 그 가게를 나오기 전에 대놓고 트림까지 해댔다고 한다. 나는 이 부분은 거짓말이라고 생각한다. 하지만 빌리는 다섯 방의 총알을 대담하게 쏘아대 백인이 겁에 질려 소리 내 울게 했다고 한다. 나는 그가 백인을 뒤로한 채 의기양양하게 애틀랜타로 가는 차에 올랐다는 부분만큼은 믿는다. 아, 빌리! 이렇게 허풍을 떠는 것이 그의 스타일이다.

빌리는 내 사촌이기에 그런 루머에 대해 논쟁하고 싶지 않다. 빌리가 실제로 어떤 사람인지 잘 알기 때문에 나는 빌리를 감싸줄 수밖에 없다. 빌리와 나는 같은 가족의 뿌리에서 나왔으니 빌리가 어떤 불장난을 저질러도 내가 그 뒤에 남은 잿더미를 치워야 한다고 생각한다. 이런 책임감 때문에 나는 빌리를 미워하는 사람들이 퍼뜨린 악의에 찬 소문을 잠재우고 싶다. 빌리가 지어낸 과장된 부분을 도려내고 빌리 인생의 진실한 모습을 있는 그대로 보여주고 싶다. 어렸을 적부터 빌리는 따뜻한 마음을 지녔고 불행을 인내할 줄 알았다. 친구를 위한다면 빌리는 입고 있던 옷도 벗어주고 살인도 마다하지 않을 사람이다. 이런 극단적인 면모가 결국에는 빌리의 인생을 바꿔놓을 거라고 믿는다.

난 빌리를 위해 내가 가지고 있는 에너지를 최대한 쏟았다. 우리가 시카고 할스테드에 있는 싸구려 술집에서 한잔할 때 나는 최선을 다해 도움이 될 만한 충고를 해주었다. "우리는 더 이상 젊지 않아." 나는 말했다. "맥주 거품은 사그라지게 마련이야. 나도 더 이상 여자 꽁무니나 쫓아다니며 음탕한 이야기를 하진 않아. 내 생각과 많이 다르다고 해서 사람들과 싸우지도 않지. 내가 인생에서 배운 건 서로 의좋게 지내는 게 좋다는 거야. 몇 시간 뒤면 나랑 결혼할 첼시를 만나게 될 거야. 한결같고 품위 있는 여자지. 결혼해서는 내 건강한 아기들을 낳아줄 거야. 한마디만 할게, 빌리. 남자로서 나는 인생이 얼마나 복잡 미묘한지 알게 되었어. 너도 가족들과 네 엄마를 생각해서라도 잘 살았으면 좋겠어."

빌리는 스카치 잔을 잡아채서 입에 털어 넣은 다음 내려놓왔다. 그러고는 스카치 잔으로 탁자를 탁탁 쳐서 여자 종업원을 불렀다. 여자 종업원이 돌아보자 빌리는 손가락 둘로 빈 잔을 가리키며 주문을 했고, 그 여자에게 키스를 날려 보냈다. 그러고는 눈자위가 붉은 애꾸눈으로 나를 노려보며 말했다.

"헛소리하지 마!"

빌리는 장의사나 입는 개버딘 양복을 걸치고 있었다. 피가 말라붙어서 검보라색으로 얼룩진 코트, 검은색 줄무늬 넥타이, 때가 타서 꾀죄죄한 깃을 단 셔츠를 입고 있었다.

"사람은 변하게 마련이야." 나는 말했다.

"집어치워!" 빌리는 말했다.

나는 그에게서 깡패의 모습을 보았다. 그는 내 가족이 될 사람과 만나게 하고 싶은 사람은 아니었다. 나는 시계를 슬쩍 보고는 스카치 잔을 비웠다. 그리고 그가 하는 이야기를 계속 들었다.

빌리는 슬슬 허풍을 풀어내기 시작했다.

그렇게 시카고에서 빌리를 만났을 때는 빌리가 딜링햄 씨의 일을 시작한 지 3년이 지난 뒤였고, 빌리의 어머니가 세상을 떠난 지 7년이 지난 해였으며, 빌리가 열일곱 살에 무기징역형을 받고서 13년이 지난 때이기도 했다. 나는 빌리의 수감 전삶을 이야기하면서 어쩌면 이렇게까지 망가지지 않았을 또 다른 삶을 그려보고 싶다. 빌리의 어머니는 다름 아닌 내 고모다. 우리 아버지와 고모 두 분 다 장남에게 집안에서 소중하게 내려오는 이름을 물려주었다. 사촌 빌리와 나는 침례교 견습 목사였던 할아버지 윌리 조 워너의 이름에서 따온 '윌리엄'이라는 이름을 같이 썼다. 고모는 아들이 어느 정도 크자 '빌리'라는 애칭을 써서 사랑스럽게 불렀다. 여기서 우리 둘과 같이 살았던 할아버지에 대해 언급하지는 않겠지만, 할아버지는 말년에 가족들에게 세속적인 이름인 빌리보다 윌리엄을 더 좋아했다고 말했다고 한다. 아버지가 이 이야기를 전해줄 때 나에게 윙크를 했기 때문에 이것이 사실인지 확신이 가지는 않는다. 별명이 '마마 러브'인 고모에게 이 이야기가 사실이냐고 내가 물었을 때 고모가 박장대소를 했기 때문에 더 그렇기도 하다. 어쨌든 나는 내 이름을 받아들였다. 빌리는 자기 이름을 자랑스러워하면서도 그 이름이 주는 중압감에서 벗어나고 싶어 했다.

빌리는 처음부터 나보다 조숙했다. 아마도 빌리가 열 살이 채 되기 전에 아버지가 술 때문에 죽었기 때문인지도 모른다. 곧이어 빌리의 어머니도 발작으로 쓰러졌고, 그 바람에 빌리는 방황을 시작했다. 나는 저녁이면 빌리의 방에서 같이 놀았다. 빌리는 더즌 게임과 외설적인 가사가 담긴 노래를 내게 가르쳐주었고, 어떻게 하면 여자애들을 폼 나게 노려보는지도 알려주었다. 엄격한 집안 분위기 속에서 나는 조심스럽게 빌리의 말을 따랐다. 나는 빌리를 좋아했고 고모도 사랑했다. 빌리는 길거리에서 살다시피 했다. 내 고모 '마마 러브'는 빌리의 방황에 더는 어쩔 도리가 없어 매사 농담으로 받아넘기면서 마음을 달랬다. 빌리가 밖으로 나돌면, 나는 부모 말을 안 듣고 방황하는 아들 이야기를 세상이 떠나가도록 하는 고모 곁에 앉아 그 이야기를 들어주었다. 고모는 빌리를 마음속 깊이 사랑했다. "아, 빌리! 그 애는 그럴 애가 아니라고요!"라고 고개를 흔들며 한숨을 내쉬는 고모, 그 우울한 표정과는 대조적으로 신비롭도록 맑게 빛나는 눈을 보면 고모가 빌리를 얼마나 사랑하는지 알 수 있었다.

열여섯 살이 되어 빌리가 인생을 포기했을 때 나는 고모와 함께 괴로워했다. 돌이켜보자면 이야기는 이렇다.

빌리는 어떤 모험이든 온몸으로 기꺼이 부대꼈다. 자기 통제력이라고는 눈곱만큼도 없는, 저보다 나이 많은 불량배들과 어울려 제멋대로 굴었다. 그 막돼먹은 불량배 녀석들의 꾀임에 빠져 빌리는 그만 자신의 동정을 닳고 닳은 여자에게 갖다 바치고 말았다. 그 여자는 무모한 열정이 어떻게 부메랑이 되어 돌아오는지 빌리보다 더 잘 알고 있었다. 더군다나 순진함에 불이 댕겨 달구어지면 어떤 결과가 야기될지 이미 예상하고 있었다. 빌리는 아무것도 몰랐다. 최소한 빌리를 그 여자의 부친으로부터 보호하고 비행 청소년 사건을 담당하는 악명 높은 여자 판사로부터 지키기 위해서, 그리고 정의라는 명목으로 예산이 낭비되지 않도록 하기 위해서라도 나는 빌리에 대해 이야기해야 한다.

"당신이 아기를 부양하도록 하세요." 글래디스 문 판사가 빌리에게 말했다.

나는 그날 빌리와 함께 법정에 있었다. 거기서 빌리가 탄원하는 것을 들었다. 빌리는 말했다. "판사님, 저 애는 저를 닮지도 않았다고요."

문 판사는 돌처럼 굳은 얼굴로 침착하게 앉아 있었다. "어쨌든 당신이 양육해야 합니다." 그녀는 빌리에게 말했다. "나중에라도 닮을 수 있잖아요. 21년 동안 양육하세요. 만약 21년 후에도 닮지 않았다면, 그 이후에는 양육하지 않아도 됩니다."

내가 고등학교를 졸업했을 때, 빌리는 쓰레기 트럭 운전수의 교대 근무자로 일했다. 내가 교회에 다니고 사회가 어떤 곳인지 배우는 동안 빌리는 점점 외톨이가 되어 무뚝뚝해졌고 목소리에 냉소가 섞였다. 빌리의 눈 흰자위는 충혈되어 있었다. 빌리는 저속하고 번지르르한 옷을 입었고, 한때 성수聖樹가 서 있던 길 한 모퉁이에서 동네 패거리들과 어울렸다. 빌리의 이런 행동은 고모의 마음을 아프게 했다. 고모는 문 판사처럼 그 아기가 빌리의 자식이라고 생각했다. 빌리는 그 여자애와 놀아난 많은 남자 중에서 자신만이 그 대가를 혹독하게 치르고 있다고 펄펄 뛰었다. 빌리는 그 애가 절대 제 자식이 아니라고 난리를 피웠다. 고모는 빌리와 계속 싸울 수는 없었기 때문에 결국 빌리를 집에서 독립시켰다. 하지만 고모는 빌리를 여전히 사랑했고, 종종 편지도 보내고 나를 통해 빌리에게 음식을 싸 보내기도 했다. 하지만 그 당시 나도 빌리가 유죄라고 생각했기 때문에 그와 연락하는 것을 되도록 피했다. 빌리와의 대화는 점점 겉돌았다. 빌리는 법률상의 처자식을 데리고 나도 가기 꺼려지는 도시 외곽 지역의 셋집으로 이사했다. 그해 나는 고등학교를 졸업하고 교회 장학금을 받아 대학에 진학했다. 하지만 빌리는 주사위 게임을 하다가 제 아내의 정절을 의심했다는 이유로 사람을 칼로 찌르는 사고를 저질렀다. 빌리의 말에 따르면, 빌리는 그 남자가 도박에서 딴 돈을 다른 일당에게 그대로 다시 잃을 때까지 자리를 뜨지 않았다고 한다. 법은 죽을 짓을 한 사람에게도 자비를 베풀 수 있어야 한다. 그 사람은 결국 죽었고, 빌리의 인생은 거기에서 끝이 나고 말았다.

도저히 빌리를 보러 갈 수 없다는 고모의 부탁으로 나는 대학 수업도 빼먹은 채 버스를 타고 그 당시 도로 보수 노역을 위해 흑인들을 수용하던 하퍼스 농장으로 갔다. 양계장 철조망으로 만든 눅눅한 면회실에서 빌리를 기다렸다. 내 주위에는 울고 있는 어머니뻘의 노인들, 화려하게 차려입은 젊은 처녀들, 정숙하게 앉아 있는 부인들이 있었다. 농염하게 익은 복숭아, 땀, 감자 샐러드, 화장실 물, 닭튀김 냄새가 뒤엉켜 코를 찔렀다. 면회실 구석 저편에서는 교도관이 쏟아지는 햇빛을 맞으며 눈을 감고 나무 의자에 앉아 고개는 천장을 향한 채 노래를 부르고 있었다.

그들은 나를 살인자로 몰았네
나는 절대 사람을 해치지 않네
나는 절대 사람을 해치지 않네

나는 말했지. 이봐요, 죽은 노인네 일어나요

무거운 짐을 진 나를 도와줘요

무거운 짐을 진 나를 도와줘요

나는 이런 곳에 잠시도 머물고 싶지 않았다.

빌리가 나와서 제자리에 앉았을 때, 나는 철조망 사이로 그를 살펴보았다. 그때는 빌리가 한쪽 눈을 잃기 한참 전이었다. 흰했던 빌리의 얼굴에 고뇌의 그림자가 드리우기 시작하던 때였다. 지금은 머리가 냇 킹 콜 스타일이지만, 그때 빌리의 머리는 파리와 먼지를 막기 위해 파랗고 노란 대형 손수건으로 대충 감싸져 있었다. 빌리는 초라한 푸른 죄수복 차림으로 앉았다. 검게 그을린 피부와 하얗게 낡은 죄수복이 대조를 이루었다. 빌리는 껌을 잘근잘근 씹어댔다. 빌리의 뒤편에 거세된 젊은이들이 수감소 문 쪽으로 비틀거리며 걸어오는 것이 보였다. 그들은 철창에 갇혀 있는 주제에 아직도 자신의 남성성이 살아 있기나 한 것처럼 면회 온 여자들을 보려고 몸을 구부렸다.

"빌리." 나는 지저분한 철조망 사이로 말했다. "넌 왜 자꾸 네 엄마 마음을 아프게 하는 거야? 고모는 여기에 올 수 없기 때문에 더 마음이 아프다고. 만약 고모가 죽음의 망령이 떠도는 이런 곳에 와서 네 꼴을 본다면 더 마음이 찢어지겠지. 봐, 네 주위에 널린 저 쓰레기 같은 인간들을." 나는 다그쳤다. "내 눈 좀 바라봐. 그리고 말해줘. 네가 펼쳐나갈 미래가 아직 남아 있다고 말이야."

하지만 빌리는 내 눈을 보려고 하지 않았다. 나의 애원에도 대답하려 하지 않았다. 대신 그는 껌을 건방지게 계속 씹어댔다. 그러고는 히죽거렸다. 그 웃음 속에는 내가 전혀 본 적이 없는 비아냥거림이 숨어 있었다. 빌리는 나를 보지도 않는 것 같았다. 어쩌면 벽에 붙은 벤치에 앉아 제 식구를 기다리고 있는 여자들과 허밍하고 있는 교도관을 보고 있는 것 같았다. 빌리는 고개를 떨어뜨리면서 말했다. "나, 난 죽은 사람이야."

나는 의자를 당겨 철조망 쪽으로 가까이 갔다. "이렇게 끝낼 순 없어." 나는 그에게 말했다.

"너는 뭘 하고 싶은데 그래?" 빌리는 나에게 물었다.

"출세할 거야." 나는 대답했다.

"좋겠우." 빌리는 말했다.

벽 한 귀퉁이에서 교도관이 허밍을 멈추고 노래하기 시작했다.

아, 짐이 너무 무거워
나는 갈 수 없어
나는 갈 수 없어……

나는 대학에 대해 잠깐 이야기했다. 빌리는 천천히 껌을 씹으며 내 이야기를 들었다. 나는 내가 가진 지식을 모두 동원해서 빌리에게 인생에는 선택할 것이 아주 많다는 사실을 알려주려고 했다. 몇 년 단위로 세워놓은 내 인생 계획과 단계별 목표, 최종적으로 로스앤젤레스에 정착하여 행복하게 펼쳐나갈 꿈에 대해 이야기했다.

빌리는 미소를 지었고 몇 번 동의하는 고갯짓을 했다. 하지만 내가 로스앤젤레스의 명소들에 대해 이야기하는 데 빠져 있자 갑자기 내 이야기를 가로막았다. "그런 말 하기 전에 여기 교도소부터 한번 둘러보라고." 빌리는 말했다. "그런 이야기보단 길 건너에 있는 따끈한 소시지 샌드위치나 사 오셔. 머스터드 잔뜩 넣어서 말이지. 오렌지 소다도."

나는 그렇게 말하는 빌리를 차마 바라볼 수가 없었다. 울고 싶었다. "그게 네가 원하는 거 다야?" 나는 물었다.

빌리는 껌을 계속 씹으면서 말했다. "아니." 빌리는 사람들로 가득 찬 면회실을 둘러보며 답했다. "감자튀김도 사 와야지. 소금도 뿌려서."

그러면서 빌리는 악마처럼 소름 끼치는 웃음을 터뜨렸다. 웃음소리가 마치 자기 파괴 충동을 뽐내기라도 하는 것 같았다. 아, 빌리! 너도 이렇게 살고 싶진 않았을 거야! 빌리는 그저 터질 듯한 자신의 심장박동 소리만 듣고 있었다.

시카고에서 같이 한잔하기 전에 내가 빌리를 마지막으로 본 것은 빌리가 고모의 장례식에 참석하기 위해 하퍼스 농장에서 특별 휴가를 받아 나왔을 때였다. 의사는 짐작했던 것처럼 두 번째 발작이 사인이라고 했지만, 사실 고모는 상심과 외로움 때문에 세상을 버렸다. 나는 장례식 때문에 집으로 돌아왔다. 고모의 매장을 마치고 다른 사람들이 식사를 하는 동안 빌리와 나는 고모네 셋집 뒷방에서 취하도록 술을 마셨다. 빌리는 온 가족의 슬픔과 당혹스러움 앞에서 대놓고 큰 소리로 온종일 웃었다. 하지만 이제는 자신의 낡은 침대에 앉아 초연한 듯 술을 마셨다. 나는 딱딱한 의자에 앉아서 그에게 두서없이 대학, 내가 만났던 여학생의 멋진 취미, 로스앤젤레스에서 번듯한 직장을 잡는 꿈에 대해서 이야기했다. 빌리는 아무 말도 하지 않았다. 자정이 다가오자 나머지 가족들은 돌아갔다. 나는 순교자처럼 죽은 고모의 삶을 회상하면서 울먹거렸다. 그러자 빌리가 나에게 얼굴을 돌려 말했다. "뭣 때문에 질질 짜는 거야, 자식아?" 그는 말했다. "내 엄마라고!" 바로 그때, 빌리를 집까지 호송한 교도관이 방 안으로 들어와 빌리의 어깨를 툭 쳤다. 내 사촌은 침대에서 천천히 일어나 가슴 깊은 곳에서 클클 소리를 내며 웃었다. 그리고 노래를 했다.

나는 사나운 흑인 빌이라네
레드페퍼 언덕에서 왔다네
나는 절대 죽지 않는다네. 절대 죽지 않을……

빌리는 완전히 열중하여 노래를 부르다가 처절하게 웃었다. 나는 그 웃음소리가 무서워서 벌벌 떨면서 손으로 얼굴을 가렸고, 빌리의 인생이 끝장났다던 고모의 말이 무슨 뜻인지 깨달았다.

7년 후 가석방을 받은 빌리는 딜링햄 씨가 운영하는 애틀랜타 딜링햄 자동차 회사에서 일하기 시작했다. 자유주의자 딜링햄은 빌리의 석방을 놓고 주 정부와 협상을 했다. 빌리의 일은 자동차 할부금을 연체한 흑인을 추적하는 일이었다. 어떤 백인도 그런 일을 제대로 된 일자리로 생각하지 않았다. 딜링햄 씨는 체불 차주들에게 공포심을 일으킬 만큼 무자비한 악명을 떨칠 흑인이 필요했던 것이다. 욕망과 정의 사이의 밀고 당기는 결투 중에 딜링햄의 고객 중 몇몇은 살해당했다고 전해졌다. 이런 회사에서 돈 받고 체납 추심을 대행하는 에이전트는 오래갈 수 없었다. 내가 빌리를 봤다면 이런 무서운 사실을 귀띔했겠지만, 장례식 이후 거의 10년 동안이나 빌리를 보지 못했다. 다른 식구들의 얘기를 통해 빌리가 뉴욕에서 잠깐 살았고, 또 캘리포니아에서 살다가 부상을 입어 디트로이트의 어느 병원에 한 달 입원을 했으며, 배턴루지 외곽에서 차량을 회수하다가 만난 여자와 결혼도 했다는 것을 알게 되었다.

나는 빌리와 반대 방향인 서쪽으로 이주해 이곳 시카고까지 왔다. 나는 영혼마저 얼 정도로 매서운 시카고의 겨울바람을 이겨내며 살았다. 남부 말투를 없애고 서른 살의 인생 목표를 향해 달렸다. 멜로즈 백화점의 신용 조사과에 일자리를 구했고, 더디기는 했지만 효율적이고 빈틈없이 업무를 처리한다는 평판도 들었다. 적응을 잘해서 승진도 했다. 시카고에서 지낸 지 2년 째, 나는 든든한 집안 출신에 이성적인 성격을 지닌 첼시 레이먼드를 만나 청혼했다. 첼시는 내 자식들을 안전하게 키울 수 있는, 내가 필요로 하는 그런 여자였다. 첼시의 가족들은 나를 좋아했고, 내가 남부에서 온 가난한 이주자라는 점도 너그럽게 봐줄 수 있는 여유를 가진 사람들이었다. 3대째 시카고에 살고 있는 그들은 마음을 열어 나를 환대해주었고, 마치 내가 시카고 사람인 듯 대하며 집으로 초대했다. 그들의 도움을 받으며 나는 이 거칠고 혼란스러운 도시에 적응해갔고, 내가 목표로 삼은 인생행로를 방해하는 일들을 어떻게 헤쳐나갈지 배웠다. 종종 미시건의 질척한 겨울 거리를 터벅터벅 걸으며 쇼윈도에 비친 내 모습을 보고 회상에 잠겼다. 시카고에서 지낸 지 5년째 되었을 무렵, 이제 누구도 나를 남부에서 온 피난민으로 착각할 수 없다는 사실에 가슴이 뿌듯했다.

빌리가 찾아온 그때, 나는 그렇게 살아가고 있었다.

빌리가 도착했을 때 내가 그를 사무실에서 만나는 것을 거절했다고 빌리가 가족들에게 이야기를 했는데, 이는 분명 진실이 아니다. 그렇다고 빌리가 거짓말쟁이라고 원망하지는 않겠다. 단지 빌리의 상상력이 간혹 사실과 다를 뿐인 것이다. 정확하게 이야기하자면 사정은 이렇다.

빌리가 회사 안내 데스크와 우리 사무실까지 왔지만 나를 만나지 못한 건 내 잘못이 아니었다. 그것은 아마도 빌리가 옷을 제대로 차려입지 않았기 때문일 것이다. 내가 점심을 먹으러 가기 위해 사무실을 비운 사이에 빌리가 와서 무어 부인에게 명함을 남겼는데, 빌리가 사무실을 떠난 후에야 나는 그 명함을 받았다. 무어 부인이 신경질적으로 "그 남자가 친척이라고 하던데요"라고 말했을 때 나는 처음에는 무슨 말인지 알아차리지 못했다. 가족의 일원으로서 나는 우리의 혈연을 거부한 적이 없다. 건네받은 빌리의 명함에는 이렇게 인쇄되어 있었다.

레드페퍼 추심 회사

"당신의 소중한 재산을 되돌려드립니다"

대표 빌리 조 렌프로

명함 뒤에 빌리는 이렇게 썼다. '하비로 넘어와서 칠면조 같이 먹자. 전화해. 너의 빌리가.'

앞서 말한 대로 우리는 그다음 날 오후 할스테드에 있는 바에서 만났다. 처음에 나는 빌리를 알아보지 못했다. 세월의 풍파가 빌리를 혹독하게 휘둘렀던 것이다. 술을 마시고 있던 빌리는 충혈된 애꾸눈으로 내가 다가가는 걸 쏘아보았다. 빌리의 왼쪽 눈구멍은 텅 비어 있었는데, 그의 왼쪽 눈은 두개골에 쭈글쭈글하게 늘어져 붙은 가죽에 불과했다. 개버딘 정장에 때에 전 흰 셔츠를 입고 검은색 줄무늬 넥타이를 한 빌리의 외모는 장의사를 연상케 했다. 소매에는 피가 눌어붙어 있었고 흙도 여기저기 묻어 있었다. 푸른 조명 아래에서 빌리는 무시무시할 정도로 창백해 보였다. 우리는 어색하게 악수를 했고, 나는 빌리의 맞은편 자리에 앉았다. 빌리의 얼굴을 자세히 살피다가 그에게 죽음의 그림자가 드리운 것을 보았다.

빌리는 바보처럼 이를 드러내고 싱긋거렸다.

"나 이런 이야기를 들은 적이 있어." 나는 상냥하게 운을 떼었다. "죽음의 순간이 오면 인생 전체가 눈앞을 빠르게 스쳐 지나간다고 말이야. 그걸 들어서인지 네가 한쪽 눈만으로 사는 게 얼마나 고통스러울지 가슴이 아파. 네가 생을 마감하기 전까지 남들보다 고통을 두 배나 길게 느끼지는 않을까 걱정스러워."

빌리는 상처를 받은 것 같았다. 그는 여자가 얽힌 집안싸움 때문에 한쪽 눈을 잃었다고 고집을 피웠다. 나는 그 말을 믿지 않았지만, 빌리는 터무니없는 거짓말로 꾸며대기 시작했다. 그는 술잔을 비우고 탁자 쪽으로 몸을 숙이면서 말했다.

"그 여자는 앨라배마 주 유폴라에 사는 못된 과부였지. 이름은 루비 왓슨이야. 나는 딜링햄 씨가 시키는 일 때문에 여기저기 뛰어다니는 것에 지쳐 루비 집에서 잠시 쉬고 있었어. 루비는 주술을 걸어 나를 똑똑하게 만들려 했고, 내 사업을 번성하게 해준다고 했어. 내가 자기 말을 잘 듣는다는 조건으로 말이지. 내가 마다할 일은 아니었어. 나는 그냥 얌전히 누워서 고통을 참으며 루비가 주는 하얀 약만 받아먹으면 되는 거였어. 하지만 그 약을 먹어도 내가 똑똑해지는 것 같지가 않더라고. 어느 날 딜링햄 씨가 그곳으로 전보를 보내왔지. '어이, 내 친구, 빌리! 어서 돌아와줘. 이 검둥이놈들이 내 차를 다 훔쳐 가고 있어!'"

빌리는 여자 종업원의 주의를 끌기 위해 큰 소리로 웃었다. 여자 종업원이 돌아보았을 때 빌리는 갈색 손가락 두 개를 펴 보였다. 그녀가 술을 가져오자 빌리는 그녀의 엉덩이를 더듬으려고 했다. 그녀는 재빨리 빌리의 희롱을 밀쳤다. 빌리는 스카치로 입을 헹구고서는 이야기를 계속했다.

"난 말했지. '딜링햄, 이 개자식! 난 여기서 내 삶을 살 거야' 라고. 나는 계속 약을 받아먹었어. 조용히 루비의 집에 누워서 고통을 참으며 말이야. 하지만 나는 똑똑해지는 것 같지 않았어. 그러던 어느 날 루비가 밭으로 나가는 것을 보았어. 뒤따라 가보니 루비는 산토끼 똥을 주워 모으고 있었어. 나는 아무 말도 하지 않았지. 집으로 몰래 돌아가 22구경 권총을 품고 침대에 누웠어. 루비가 돌아와 다시 나에게 토끼 똥을 먹이려고 했어. 나는 침대에서 일어나 루비에게 말했지. '루비, 여기 있는 동안 난 시간만 낭비했어. 당신이 나한테 준 건 토끼 똥뿐이잖아.' 루비는 늙은 과부였어. 이 모든 것이 간교한 짓이라는 것을 루비도 알고 나도 알게 된 거지. 루비는 침대에서 일어나 웃으면서 이렇게 말했지. '봐. 그게 토끼 똥인지 알게 된 걸 보면 너는 이제 정말 똑똑해진 거야.' 그래, 그때 나는 22구경 권총을 꺼내 루비의 코밑에 갖다 댔지. 그래도 루비는 계속 웃으면서 말했어. '총알은 더 이상 안 통해. 총알이 네 말을 안 듣는 걸 모른단 말이야?' 루비는 나를 덮쳤어. 루비는 그렇

죽은 자의 이야기

게 될 걸 알고 있었지. 나도 그걸 알았어. 루비는 침대에 앉아서 내 가슴을 후려치기 시작했어. 그리고 말했지. '자, 이제 보이지 않아? 어떤 길이 출세하는 길인지도 몰랐잖아? 하지만 넌 이제 내 거야. 네가 어떻게 해볼 도리는 없어.'"

빌리는 마치 미사를 하려는 성직자처럼 조용히 바를 둘러보았다. 하지만 벌게진 눈으로 주위를 휘둘러보는 빌리의 차가운 외모 뒤로 막돼먹은 우쭐거림이 보였다. "그녀가 이렇게 말했을 때 말이지," 빌리는 말했다. "나는 내가 무엇을 해야 할지 알았지. 나는 권총을 그녀에게 주었어. 그녀에게 내 머리를 겨누라고 했어. 그리고 말했지. '그래, 나는 이 권총에 총알이 없다고 생각하는 바보야. 자, 한번 해볼 테면 해봐. 한 번 죽지 두 번 죽겠어?' 그런 다음 주먹으로 루비의 턱을 날려버렸지."

나는 기다렸다. 잔들이 쨍그랑거리는 소리와 여기저기 목소리가 뒤섞인 소음이 대화를 방해했다. 빌리는 사람을 조마조마하게 하는 데는 선수였다. 결국 내가 말했다. "그래, 너는 그녀에게 한번 해볼 테면 해보라고 했어. 그래서 네가 네 눈을 향해 쏜 거잖아. 네가 진짜 남자라는 걸 증명하려고."

빌리는 악마 근성을 의기양양하게 드러내며 낄낄거렸다. "아냐." 빌리는 말했다. "그년이 방아쇠를 당겨 나를 쐈어. 그래서 내가 다시 딜링햄 밑에서 일하는 처지가 된 거지."

이렇게 빌리는 그날 저녁도 어김없이 할스테드 바에서 허풍을 늘어놓았다.

보라색과 붉은색의 주크박스는 듣기 좋은 리듬을 울려댔다.

한 커플이 천천히 춤을 추면서 흐느적거리는 동안 빌리는 허풍을 장황하게 늘어놓았다. 빌리는 황당무계한 이야기를 계속해댔다. 빌리는 지금까지도 교도소에서 쇠사슬로 묶여 있는 죄수들에 대해 이야기했고, 노래를 흥얼거리면서 아직도 그에게 고통을 주는 그 당시를 회상했다. 빌리는 휴스턴 사건에서 있었던 자신의 실수에 대해 이야기했다. 여담으로 이 싸구려 술집에서 내놓은, 입이 얼얼하도록 매운 멕시코 요리가 애리조나, 템피, 오클랜드, 브라운스빌에서 먹던 것과 비교하면 형편없다고 불평했다. 빌리는 선 채로 눈은 여종업원에게서 떼지 않고서 사바나와 샌프란시스코 흑인의 몸짓을 흉내 냈다. 그러다 지역색이 남성의 성행위 리듬에 어떻게 영향을 미치는지에 대해 늘어놓았고, 거기서 다시 버팔로, 클리블랜드, 하트퍼드, 뉴어크, 이스트세인트루이스에서 만난 여자들 이야기로 이어졌다. 이 도시들에서 벌어진 여자와의 화끈한 밀통密通도 빼놓지 않았다. 만약 결혼을 한다면 남쪽 여자들이 가장 믿음직하고 화끈한 매력이 있어 최고라는 이야기도 했다.

빌리는 사우스캐롤라이나의 라임하우스 이야기도 했고, 뉴어크에서 집을 빌려 떠들썩하게 벌였던 파티에 대해서도 늘어놓았다. 볼티모어에서 생선 튀김을 먹던 일, 8월에 무일푼으로 뉴저지에서 콩을 주우며 살던 이야기도 했다. 멤피스, 리틀록, 피닉스, 로스앤젤레스에서 버스 정류장과 마구간에 엉망으로 낙서할 때 그도 한몫했다는 이야기와, 그 낙서들은 서부로 갈수록 점점 주장이 강해지고, 성적으로 변질되고, 정치적

문구로 바뀌었다는 말도 했다. 나는 할부 체납 자동차를 두고 벌어졌던 빌리의 결투, 포커 게임, 레슬링 한판에 대한 이야기도 들었다. 빌리는 양도 계약을 체결할 때조차도 로맨스를 만들었다. 덴버에서 남부로 혼자 고속도로를 타고 갈 때 메인 주에서 면허를 딴 여자와 벌였던 300마일 동안의 로맨스에 대해 허풍을 떨었다. 그 로맨스는 아주 조용한 곳에서, 또 어떤 때는 캔자스시티 서부의 축축한 옥수수밭에서 벌어졌다.

빌리가 계속 중얼거리는 사이, 나는 재빨리 전화 부스로 가서 첼시에게 전화를 걸었다.

빌리는 내 장인, 장모가 될 어른과 첼시가 자신을 쫓아냈다고 했지만 그것은 사실이 아니다. 레이먼드 가家에서 일어난 일은 아직까지도 나에게 생생하다. 빌리가 왜 푸른 선글라스를 끼고 왔는지 조금은 경계하는 눈빛이었지만, 그들은 빌리를 정중하게 대했다. 나는 빌리를 내 아파트로 불러 샤워와 면도를 시키고 내 정장 중에서 깔끔한 것을 골라 입혔다. 레이먼드 가를 방문하기 전에 빌리는 완전히 변신했다. 그의 근육질 몸이 내 회색 핀스트라이프 정장에 바짝 달라붙어 꿈틀거렸다. 면도를 한 그의 얼굴은 내 스카이블루 셔츠가 잘 받았다. 내가 가지고 있는 것 중에서 최고로 좋은 붉고 흰 물방울무늬 넥타이는 꽉 조이는 V자 모양의 조끼와 잘 어울렸다. 비록 빌리가 구겨 신긴 했지만 구두는 침을 발라 잘 닦아서 콜타르가 번쩍이는 것처럼 보였다. 이런 차림에다가 내 푸른 선글라스가 빌리의 눈까지 가려주어서 빌리는 노출을 꺼리는 은행가로 보였다.

레이먼드 부부는 퍽 좋은 인상을 받았다.

"렌프로 씨는 어떤 일을 하나요?" 레이먼드 씨가 치즈 쟁반을 나르는 사이에 레이먼드 부인이 질문했다.

내 눈짓을 알아보고 빌리는 짧게 대답했다. "자동차 일을 합니다."

첼시는 소파에 앉아 있는 내 곁에서 아무 말도 하지 않았다. 그러나 빌리를 찬찬히 살펴보는 것을 잊지 않았다.

"판매하는 일인가요?" 레이먼드 부인이 물었다. 그녀는 나를 부를 때 '달링'이라 하고, 백포도주를 두 잔 이상 마시면 항상 괜찮은지 윙크를 해주는 친절하고 침착한 사람이다. 레이먼드 부인은 나를 사위로 인정해주었다. "그러면 영업권을 가지고 있겠네요?" 그녀가 빌리에게 질문했다.

빌리는 한 손으로는 백포도주 잔을 잡고 다리를 점잖게 꼰 채 보라색 등받이가 있는 긴 의자에 앉아 있었다. 마치 레이먼드 부인의 질문을 듣지 못한 듯 모른 체했다.

나는 첼시의 부모님이 집에 있을 거라고는 예상하지 못했다. 첼시의 부모님은 보통 목요일에 교회 사람들과 카나스타 두 벌의 카드로 두 팀이 하는 카드놀이의 일종 카드놀이를 한다. 하지만 사람 좋은 그들은 첼시에게서 내 사촌이 왔다는 이야기를 듣고는 그 약속을 취소했다. 레이먼드 씨는 손수 저녁 준비까지 했다. 나는 모든 것이 원만하게 흐르길 원했다. "빌리는 출장이 아주 잦은 영업 사원이죠." 내가 사촌을 대신해서 대답했다. "빌리는 일 때문에 온 나라를 돌아다닌답니다."

레이먼드 씨는 한숨을 쉬고 정수리를 톡 쳤다. 레이먼드 씨
는 완전히 대머리였다. 그는 말했다. "젊은이가 기회를 잡은 것
을 보니 기분이 흡족하구먼. 내 젊은 날에는 학위 두 개를 가
지고도 중앙역에서 짐꾼 노릇을 하는 것이 고작이었지."

"당연히 샌프란시스코에도 가봤겠네요?" 레이먼드 부인이
재빨리 질문했다. 레이먼드 부부는 둘 다 행복한 삶을 살기 위
해 열심히 일을 했다. 하지만 부인은 레이먼드 씨가 옛날 이야
기를 하는 것을 듣고 싶어 하지 않았다.

"그렇죠, 부인." 빌리는 대답했다.

"컬버 시에 친척이 있거든요." 첼시가 끼어들었다. 첼시는 내
가 긴장하고 있다는 것을 느꼈지만, 자기가 마셜필드에서 내
게 사준 양복을 왜 빌리가 입고 왔는지 묻지 않았다. 하지만
나와 호숫가를 거닐면서 익히 보아온 푸른 선글라스는 뚫어
져라 유심히 바라보았다.

"요즘 떠도는 영화배우들 이야기가 사실일까요?" 레이먼드
씨가 빌리에게 질문했다.

저녁 식사 동안 대화는 이렇게 흘러갔다.

한 시간이 족히 지날 동안 빌리는 자기 자신을 신비하게 잘
포장할 수 있었다. 대화 중에 들통이 날 만한 조짐이 보이면
내가 얼른 응수해 위기를 모면했다. 레이먼드 씨가 저녁 식사
후에 비싼 시가에 불을 붙이고, 작은 가게에서 일하던 자신의
젊은 날을 이야기할 때까지만 해도 우리는 편안했다. 레이먼

드 씨는 넥타이를 풀고 자기가 짐꾼이었을 때 겪었던 엉뚱한 에피소드를 이야기하기 시작했다. 첼시는 걱정스럽게 눈을 움직이며 말했다. "아빠, 제발 짓궂은 이야기는 하지 마세요." 하지만 첼시의 말은 소용이 없었다. 빌리는 거칠게 시가 연기를 뿜으면서 레이먼드 씨를 부추겼다. 레이먼드 부인은 난처한 웃음을 지었다. 첼시는 몇 번이고 무릎으로 탁자 밑에 있는 내 다리를 건드렸다. 10시 30분쯤 레이먼드 씨는 버번 한 병을 들고 왔다. "한잔 어때요, 렌프로 씨?" 레이먼드 씨는 빌리에게 윙크를 하며 말했다. 빌리는 내가 노려보고 있어서인지 레이먼드 씨의 제안을 거절하는 척했다. "그냥 저를 빌리라고 부르세요." 빌리는 물컵을 비우면서 레이먼드 씨에게 말했다.

30분도 지나지 않아 취해버린 빌리는 서부 해안의 무용담을 늘어놓기 시작했다. 레이먼드 씨는 머리를 끄덕이며 웃어댔다. 그리고 말했다. "영화배우들에 대한 소문이 진짜라는 걸 오래전부터 알고 있었지." 빌리가 점점 이야기에 깊숙이 빠지자 레이먼드 씨도 파머 하우스에서 사환으로 일하던 때 이야기를 하며 응수했다. 그가 '번개'라는 별명을 가진 호객꾼의 모험을 이야기할 때 빌리는 앞으로 몸을 숙이고 탁자를 두드리며 소리쳤다. "내가 그 검둥이를 모른다면 손에 장을 지지죠! 그놈은 아직까지 미친 짓을 하면서 디트로이트에서 굴러먹고 있지요!"

레이먼드 부인은 격하게 기침을 하며 방을 나갔다.

이 시점부터 그날 저녁의 분위기는 점점 더 악화되어갔다.

첼시는 애써 거리를 두려는지 냉랭한 표정을 지으며 앉아 있었다. 간혹 첼시는 탁자 밑으로 내 발을 찼다. 대화가 점점 엉뚱한 방향으로 흘러간다고 느낀 나는 빌리에게 그런 이야기는 그만하라고 신호를 보냈고, 이제 가야 한다고 말했다. 하지만 아무 소용이 없었다. 빌리는 레이먼드 씨와 점점 이상한 방향으로 죽이 맞아들어갔다. 마치 그 둘은 사악한 범죄 조직에 속한 사람들처럼 보였다. 빌리가 이야기하면 레이먼드 씨는 웃고 낄낄거리며 장단을 맞췄다. 레이먼드 부인이 가운으로 갈아입고 왔는데도 레이먼드 씨는 목소리를 낮추지 않았다. 그는 버번을 넉 잔째 받아 들고 음탕한 신음까지 내며 이야기를 했다. 빌리는 흥분해 날뛰면서 레이먼드 씨의 신음보다 더한 소리를 후렴처럼 냈다. 원색적인 농담이 절정에 치달았을 때 빌리가 껄껄대며 웃고 소리치다가 그만 선글라스를 깨뜨렸다. 이 행동 때문에 빌리의 신비스러운 모습은 일순간 무너지고 말았다. 벌겋고 축축하게 젖은 빌리의 애꾸눈은 티파니 램프의 붉고 파랗고 부드러운 조명을 받아 무섭게 번득였다.

첼시는 숨이 턱 막혔다.

"렌프로 씨, 왜?" 레이먼드 부인은 손등으로 입을 막았다. "당신 눈이 왜 이렇게 된 거예요?"

"칼부림밖에 더 있겠어요." 첼시가 중얼거렸다.

"가만히 있어봐." 엉망이 된 탁자 너머에 레이먼드 씨가 있었다. "상관할 바 없어." 레이먼드 씨는 취했지만 목소리는 말짱했다. 레이먼드 씨가 모두에게 말했다. "신경들 꺼."

레이먼드 부인이 바로 이 순간에 빌리에게 말했다. "당신이 남부로 돌아가면 가족들에게 윌리엄은 정말 좋은 사람이라고 말해주세요." 그녀는 팔을 뻗어 탁자를 치웠다. 그리고 빌리의 축 처진 오른손을 꼭 쥐고 말했다. "무슨 일을 한다고 했지요?"

빌리는 어쩔 줄 몰라하는 눈치였다. "자동차 일이지요, 부인." 빌리는 레이먼드 부인에게 말했다.

"세차인가요, 아니면 주유하는 일인가요?" 첼시가 말했다. 그건 질문이 아니었다. 첼시의 목소리는 마치 미시건 호수에 불어오는 차가운 겨울바람처럼 냉랭했다. 첼시의 표정에는 내가 전에 한 번도 본 적이 없는, 그녀에게서는 상상도 할 수 없는 분노가 똬리를 틀고 있었다. 레이먼드 부인의 표정도 마찬가지였다.

빌리는 금세 뻣뻣하게 굳었다. 빌리는 레이먼드 부인의 손을 급하게 뿌리쳤다. 그는 화가 나 있었다. 그 뒤 그날 밤은 빌리의 거짓말로 엉망진창이 되고 말았다.

빌리는 내가 그를 자극했다고 했지만 나는 오히려 상황을 바꾸려고 열심히 노력했을 뿐이다. 빌리는 가족들을 펄펄 뛰게 만드는 악명 높은 거짓말쟁이다. 여기에서 어떤 일이 벌어졌는지 진실을 이야기해야겠다.

나는 재빨리 빌리 옆자리로 갔다. 그리고 손을 빌리의 어깨에 올렸다. 나는 우리 둘을 대신해 레이먼드 부부를 마주 대하면서 말했다. "오늘 저녁 정말 고마웠습니다." 하지만 나의 이런 기지는 한발 늦은 것이었다. 의도적으로 어깨를 으쓱하면

죽은 자의 이야기

서 빌리는 내 손을 어깨에서 떨어냈다. 모두가 빌리를 보고 있었다. 레이먼드 씨만 축 처진 채 여러 상념에 사로잡혀 의자에 계속 앉아 있었다.

누군가 정리를 해야 했다. 나는 최선을 다해 분위기를 추슬러보려 했다. "사실 사우스캐롤라이나의 애송이가 빌리의 눈에다 대고 총질을 한 거예요." 나는 말했다. "빌리는 그 이야기 하는 걸 무척이나 자랑스러워하죠."

"개소리 집어치워!" 빌리가 말했다.

다른 행동거지는 말할 것도 없고, 이 한마디로 빌리는 그나마 남아 있던 가족으로서의 유대 관계마저 완전히 단절시켜버렸다.

빌리는 내 코트, 조끼, 물방울무늬 넥타이를 벗어 보라색 의자 쪽으로 던졌다. 내 스카이블루 셔츠는 바닥에 떨어졌다. 빌리는 낡고 꾀죄죄한 내의 차림으로 갈색의 어깨를 떡하니 벌리고 섰다. 그러고는 팔과 목에 채찍 자국처럼 남은 상처를 가리켰다. "이 상처들은 온 나라를 돌아다니면서 생긴 거죠." 빌리는 이를 드러내고 싱긋 웃었다. "나는 한 푼이라도 더 준다면 죽든지 말든지 계속 돌아다닐 거라고요."

"제발, 빌리." 나는 사정을 했다. "빌리, 제발 사실을 말해, 당장."

빌리는 이를 악물고 심술궂게 웃었다. 빌리의 눈초리는 나에게서 첼시에게로, 또 팔짱을 끼고 탁자 옆에 서 있는 레이먼드 부인에게로 향했다.

하지만 빌리는 사실대로 말하지 않았다. 할스테드 바에서 나에게 했던 이야기들은 여름날 구름처럼 사라졌다. 빌리는 눈알이 없는 눈을 가리키며 말했다. "나는 몇 년 전에 하비에서 눈을 잃었어요. 내 사장인 딜링햄이 나를 이곳으로 보냈지요. 이 도시에 쉐보레 임팔라를 몰고 가서는 사장 돈을 떼먹고 도망친 놈이 살고 있었거든요. 그 검둥이의 이름은 윌프레드 존스, 별명이 '빈민가'였던 그놈은 만용을 부리며 딜링햄 씨 구역을 제집처럼 드나들었고, 그 구역을 떠날 때는 경적을 울려댔죠. 동네 사람들은 그놈이 딜링햄 씨 앞에서 건방지게 구는 것을 여러 번 보았어요. 그건 좋지 않은 짓이었어요. 딜링햄 씨는 나를 불러 지시했죠. 그는 이렇게 말했어요. '피 같은 내 돈, 빌리. 그 자식이 그런 꼴을 보이며 돌아다니는 것은 사업상 좋지 않아. 당장 내 차를 가져오든지 아니면 그놈의 엉덩이에 총 구멍을 내버려!'" 빌리는 마치 딜링햄 씨의 환청을 듣는 것처럼 매우 심각한 표정으로 탁자를 두 번 내리쳤다. 빌리가 탁자를 내리칠 때마다 레이먼드 부인과 첼시는 움찔했다. 하지만 레이먼드 씨는 의자에 앉은 채 고개를 숙이고 눈을 감았다. 빌리는 슬며시 미소를 지었다. "나는 내가 그 빈민가 놈을 찾을 거라고 말했지요. 그러자 딜링햄 씨는 내가 그 빈민가 놈을 잡아오기를 기다리겠다고 했어요. 버밍햄 쪽으로 가면 그놈이 나를 기다리고 있는 걸 알게 될 거라고 했어요. 내가 그렇게 멀리까지 찾으러 다닌다면 말이지요. 하지만 나는 여기 하비에 살고 있는 그놈의 애인 이어라인을 알고 있었지요. 그놈이 그 여자 치마폭에 싸여 있을 때 제일 편안함을 느낀다는 것도 잘 알고 있었고요. 그래서 여기로 오는 편도 버스표를 끊은 거예요." 빌리는 탁자 쪽으로 다가와 마지막 버번 잔을 잡아서 단숨에 마셔버렸다. 그러고는 그 잔을 하얀 식탁보 위에 놓고 포크와 나이프를 가지런히 놓았다. "그 자식은 숨어서 나를 기다리고 있었던 것이 틀림없어요." 빌리는 계속 말했다. "내가 그 집 앞에서 노크를 했을 때 집 안에서 사람들이 실랑이 벌이는 소리를 들었기 때문이지요. 이어라인은 나에게 물었어요. '당신이 원하는 게 뭐야?' 나는 큰 소리로 외쳤죠. '저기 세워둔 쉐보레 임팔라의 열쇠를 주든가 아니면 빈민가 놈의 엉덩이를 내놓든가 해. 어떤 거라도 상관없어.' 그러자 일순간 그들이 조용해졌어요. 그다음 빈민가 놈이 소리쳤지요. '당장 이리 들어와, 자식아. 한번 해볼 테면 해봐! 나 여기 있다고.'"

빌리는 불그스레 촉촉이 젖은 외눈을 자랑스럽게 번득이고 있었다. 레이먼드 부인이 거의 기절할 지경에 이르렀지만 빌리는 제 흥에 겨워했다. 레이먼드 부인은 식탁용 냅킨으로 이마를 연방 가볍게 두드렸다. 나는 레이먼드 부인을 보고 있는 빌리를 바라보았다. 그는 미소를 짓고 있었다. 나는 빌리가 입맛을 다시는 것도 보았다. "빈민가 놈은 침대 뒤에 숨어서 마구 총질을 해댔지요. 그놈은 딜링햄 씨에게는 못되게 군 나쁜 놈이지만, 난 함부로 총질을 해서 딜링햄씨 명성에 먹칠을 하고 싶지 않았어요. 그래서 방 한복판에 서서 소리쳤지요. '빗나갔어, 이 머저리야!' 그다음 나는 내 38구경을 꺼내 들었어요, 일할 때 늘 하는 것처럼 휘파람을 불면서 말이지요. 난 여자가 앞에 있으면 위로 겨냥하는 버릇이 있어요. 왜냐하면 바보 같은 사내자식들은 겁에 질린 여자들 말을 잘 듣거든요. 그 빈민가 놈은 소리쳤지요. '이봐, 빌리. 우리 신사답게 행동하자고. 괜히 열 내지 말고 말이야.' 그놈은 가지고 있던 권총을 침대 밑에 미끄러지듯이 던졌어요. 나도 내 권총을 침대보에 내려놓고 기다렸지요. 그러자 이어라인이 소리쳤어요. '어이, 빌리. 당신 등 뒤 가죽 끈에 매달려 있는 22구경 권총은 어쩔 건데?' 그들은 잠시 침묵을 지켰어요. 나도 아무 말 하지 않았지요. 나는 빈민가 놈이 이어라인의 턱에 한 방 날리는 소리를 들었어요. 그녀가 비명을 지르는 사이, 그놈은 곰처럼 어기적거리며 침대에서 나왔어요. 그놈의 눈은 이글거렸고, 이를 꽉 깨물고 있었지요. 꼭 늑대처럼 으르렁거렸어요. '그 쉐보레 임팔라는 내 거야. 그래, 그 전에 네놈부터 손봐주지.'"

　바로 이때 빌리는 소스가 묻은 나이프를 잔에 가까이 댔다. 빌리는 마술사처럼 탁자 쪽으로 몸을 숙여서 공중에서 비둘기라도 끄집어낼 것처럼 보였다. 그런데 갑자기 빌리의 몸이 풀려버렸다. 빌리는 한 손을 뻗어 호주머니에 집어넣었다. "그게 쉽지는 않았어요." 빌리는 첼시를 똑바로 보면서 말했다. "내가 누군데, 눈에 피를 흘리고 엉덩이에 총을 맞은 채 버스를 타고 집에 갈 수는 없지요." 빌리는 자동차 열쇠 뭉치를 탁자에 내던졌다. 자동차 열쇠가 술잔에 부딪치자 바짝 마른 피

딱지가 떨어졌다. 빌리는 큰 소리로 자신 있게 웃었다. 웃음소리가 굵직해서 마치 악마가 웃으면서 지옥문을 두드리는 것같이 들렸다. "우리 둘 중 하나는 죽어야 한다는 것을 알았지요." 빌리는 나직이 말했다. "다음은 내 차렌가?"

"당신은 정말 형편없는 흑인이에요!" 첼시가 소리쳤다.

빌리는 마치 무대감독이 막을 지시하듯 나에게 아무것도 걸치지 않은 맨팔을 들이밀며 말했다. "얘는 내 사촌 윌리엄이고요." 빌리는 첼시에게 말했다.

레이먼드 부인은 벌벌 떨며 방에서 뛰어나갔다.

그때 발작을 일으키는 듯한 거친 웃음소리가 터져 나왔다. 빌리의 웃음소리가 아니었다. 나는 고개를 돌려 레이먼드 씨를 보았다. 레이먼드 씨가 대머리를 거의 접시에 닿을 정도로 숙이고 있었다. 눈물까지 흘리는 것처럼 보였다.

"빌리!" 나는 애원했다. "진실을 말해. 잠깐이라도, 빌리. 제발 진실을 말해줘!"

하지만 빌리는 나를 무시했다. 대신 레이먼드 씨와 한패가 되어 다른 사람은 아랑곳하지 않고 아무렇게나 웃어댔다.

"악당!" 첼시가 소리쳤다.

"신이시여, 딜링햄 씨를 축복하소서!" 빌리가 고함쳤다.

누군가 상황을 정리해야 했다. 나는 그 책임감을 느꼈다. 빌리에게 나가라고 한 사람은 나였다.

가족들 사이의 소문처럼 빌리가 우리 집에서 환영받지 못했다는 것은 사실이 아니다. 빌리의 거짓말이 이런 소동을 피웠지만 빌리와 나, 우리 둘은 내가 어떤 입장을 취했는지 그 진실을 안다. 내가 아는 한 빌리는 언제나 환영받는다. 첼시 집에서 있었던 일은 별개의 일이다. 첼시도 빌리가 다시 집에 찾아오는 걸 반대하지 않는다고 말했다. 심지어 빌리에게 요리를 대접하라고까지 말했다. 언제라도 빌리의 거짓말에 대해 이야기하는 가족을 만난다면 나는 이렇게 대답할 것이다. 내 대답이 가족에게 혹은 빌리에게 무슨 소용이든지 말이다. 어쨌거나 빌리는 내 사촌이다. 이 점이 가족의 긍지라고 생각한다. 빌리가 이 기나긴 방황을 끝내고 자기 자신을 찾을 수 있는 마지막 장소가 가족이라는 것을 깨닫게 되리라는 점에 첼시도 동의한다. 그것은 단지 시간문제다. 우리 둘은 나이가 같다. 나는 이미 내 인생의 계획을 세웠다. 나는 시카고에 정착해 회초리처럼 차가운 겨울바람에 맞서며 살아갈 것이다. 언젠가 빌리도 그렇게 살 것이다. 하지만 지금도 빌리는 어디에선가 죽음의 자극적인 냄새를 좇느라 자신 앞에 놓인 험한 인생 항로를 애꾸눈으로 바라보며 살아가고 있을 것이다. 아, 나의 빌리여!

죽은 자의 이야기

은제 탄환

월리스 데이비스가 헨리스트리트 파에 끼어들려고 하자 그
들은 월리스에게 먼저 슬릭의 식당을 약탈해서 능력을 증명해
보이라고 말했다. 사실 그들은 돈이 필요했고, 그 돈으로 웨스
트사이드 구역에 있는 콘초스 파에게 미루고 있던 보복을 하
기 위해 새 물자를 비축할 참이었다. 콘초스 파의 춘계 공세
소문이 떠돌고 있었다. 하지만 그들은 이 사실을 월리스에게
말해주지 않았다. 그들은 그가 능력이 없다는 이야기를 들었
다고만 말했다. 월리스는 이 방법만 빼고 어떤 식으로든 자신
을 보여줄 준비가 되어 있다고 이의를 제기했다. 그는 슬릭의
식당은 폭력 조직이 비호하고 있어서 한 번도 습격을 당한 적
이 없다고 말했다. 솔직히 그는 이것에 대해 확실하게 알지는
못했지만, 정말 이 일만은 하고 싶지 않았다. 게다가 동네 사람

중에서 지난 3년간 슬릭을 봤다는 사람은 아무도 없었다.

"슬릭은 그런 조직과 상관이 없어." 듀이 비빈스가 윌리스에게 소리를 쳤다. "너는 단지 경범죄밖에 되는 않는 그 일에서 발을 빼려는 거야! 슬릭은 폐결핵이 걸려 저지에서 2년 전에 죽었어. 그 사실을 모른다고 하지는 않겠지."

듀이는 헨리스트리트 파에서 인정한 일명 전쟁의 신으로 통했는데, 몇 년 전에는 그를 해치우기 위해 콘초스 파의 암살자들이 몇 명이나 설치고 다녔다는 소문이 많이 떠돌고 있었다. 누군가는 콘초스 파에서 최소한 두 명은 피로 맹세를 하고 헨리스트리트의 으슥한 곳을 지나가는 듀이를 덮치기 위해 밤에 잠복을 했다고 이야기했다. 또 듀이와의 관계에서 균형이 깨지는 걸 두려워한 콘초스 두목이 헨리스트리트 파 중에서도 듀이만큼은 괴롭히지 말고 그냥 내버려두라고 지시했다는 이야기도 들렸다. 듀이도 제 입으로 최소 네 명이 그를 밤낮으로 찾고 있다고 떠벌렸고, 자기가 언제나 무장도 하지 않은 채 거리를 활보한다는 사실이 알려지는 것을 은근히 좋아했다. 사실 그가 돌아다니면 다닐수록 그의 명성은 높아갔다. 사람들은 그를 무서워했고, 그의 당당한 기세와 성격은 물론이고 보라색 베레모를 옆으로 쓰고 다니는 방식까지도 존경했다. 동네 꼬맹이들도 그의 거드름 피우는 걸음걸이를 흉내 냈다. 듀이는 위험한 상대이긴 했지만, 관계를 맺으면 힘이 되는 존재였다. 그래서 윌리스는 한번 해보기로 작정을 했다.

처음에 그는 동참해주기를 바라며 커티스 카터를 찾아갔

다. 카터는 그 일에 끼어들지 않으려 했다. "내가 알기로 슬릭은 죽지 않았어." 그는 그 점을 지적했다. "그를 건드릴 생각을 하다니 너는 정말 머저리야."

"아이, 젠장!" 윌리스는 대꾸했다. "슬릭을 마지막으로 본 게 언제야? 지금은 다른 놈이 그 가게를 운영하던데." 그러나 그의 목소리는 생각만큼 확신에 차 있진 않았다. 카터의 마음은 움직이지 않았다. 윌리스가 이번 일만 잘되면 그들 둘 다 헨리 스트리트 파와 가깝게 지낼 수 있을 거라고 암시를 해도 카터는 꿈쩍도 하지 않았다.

카터는 별 반응이 없었다. "만약 슬릭이 너를 뒤쫓는다고 쳐봐." 그는 말했다. "너 혼자 도망치는 것보다 그놈들이 도와주면 더 빨리 도망칠 수 있다고 생각해?" 윌리스는 그런 가능성에 대해서는 생각하고 싶지 않았다. 그래서 카터에게 불알도 없는 겁쟁이라고 욕설을 퍼부으며 그 일은 혼자 할 거라고 선언했다.

막상 혼자 그 일을 해야 할 처지에 놓이자 윌리스는 슬릭이 관련되어 있는 조직이 상당히 궁금했다. 그는 지난날의 슬릭에 대한 이야기가 기억나 겁을 먹었다. 설혹 슬릭이 영원히 사라졌다 해도 그 가게는 여전히 보호받을 것 같았다. 그는 이에 대해 알아보고 싶었지만 주의를 끄는 것이 두려웠다. 그래서 대신 그 장소의 형세를 파악하기 위해 그곳에 잠깐씩 몇 번 들렀다. 그 식당은 대개 바텐더인 알페우스 존스가 출근하는 11시에서 12시 사이에 열었다. 포도주광들을 제외하면 실제 영업은 3시 이후에나 시작했다. 그는 2시가 가장 좋은 시간이라고 판단했다. 그 무렵은 다혈질 포도주광들이나 들락날락거리고, 홈메이드라고 광고한 점심거리를 사러 드문드문 오던 사람들마저 거의 빠져나가는 시간이었다. 알페우스 존스는 대략 한 시 반에서 2시경, 손님이 올 경우를 대비하여 카운터 끝 의자에 앉아 점심을 먹었다. 그리고 같은 시간, 길먼 주택단지 건너에 사는 숙모의 이웃인 요리사 버사 로이가 한 블록 아래에 있는 마사 미용실로 점심을 배달하기 위해 자리를 비웠다. 그녀는 적어도 30분 정도 자리를 비웠다. 버사가 자신을 보지 않았으면 했기에, 윌리스는 그녀가 점심 배달을 하러 가는 때를 적기로 택했다.

그는 도움을 구하기 위해 다시 커티스 카터를 찾아갔다. 커티스는 슬릭의 가게에서 네 블록 떨어진 자동차 부품 창고에서 일했다. 윌리스는 그 일을 둘이 같이 하고 어두워질 때까지 창고에 숨어 있으면 일이 훨씬 순조롭게 풀릴 거라고 설득했다. 하지만 커티스는 여전히 그 일에 관한 한 어떤 것도 하지 않으려 했다. 그는 헨리스트리트 파의 신뢰성에 대해 자신이 관찰한 것을 몇 가지나 늘어놓으며, 독자獨自 행동의 중요성을 강조하는 일장 연설을 했다. 그러고는 부품 창고에서 몰래 훔친 신품 혹은 수리 부품을 웨스트사이드 구역의 자동차 정비 공장에 팔아넘겨 이미 짭짤한 재미를 보고 있다고 털어놓았다. "조직이란 데서는 공평하게 나누는 법이 없어." 그는 마치 자수성가한 사람의 정당방위인 양 번지르르하게 결론을 내려

은제 탄환

버렸다. 윌리스는 커티스를 세상 물정 모르는 멍청이라고 욕하며 자신은 더 큰 건을 했다고 으스댔다. 커티스는 화를 가까스로 누르며 윌리스에게 행운을 빌었다.

다음 날 오후 윌리스는 이발소 창문에 기대어 담배를 피우면서 버사 로이가 점심 배달 가방을 들고 문을 나설 때까지 길 건너편에서 기다리고 있었다. 그녀가 방향을 틀어 돌아오지 않을 거라는 확신이 들 때, 그는 도랑에 담배를 집어 던지고 보통 때처럼 느긋하게 행동하려 했다. 하지만 그의 무릎은 평상시보다 서로 너무 가까이 있었다. 그는 문을 밀치고 들어가 왼편 벽 쪽에 붙은 탁자 쪽을 눈으로 훑었다. 그곳에는 아무도 없었다. 대머리에다가 누런 피부에 이마가 번들거리는 알페우스 존스가 점심을 먹다 말고 쳐다보았다. 그가 먹고 있던 생선 샌드위치에서 삐져나온 머스터드소스가 입가에 묻어 있었다. "뭐 드릴까요?" 그는 우물거리면서 물었다.

윌리스는 바의 끝 쪽으로 다가가 마른 입술에 침을 묻혔다. "뭐가 있는데?" 그가 물었다.

존스는 왼팔을 들고 자신의 뒤쪽 선반에 올려놓은 초록색, 갈색, 흰색 병들이 햇빛을 받아 반짝이는 곳으로 움직였다. 오른손으로는 생선 샌드위치를 집어 한 번 더 베어 물었다. 윌리스는 다시 한 번 입술에 침을 묻혔다. 그런 다음 목소리를 느긋하게 내려고 애쓰며 머리를 흔들었다. "그게 아니고, 자식아." 그는 여전히 너무 높은 톤으로 말했다. "내 말은 금전 출납기에 뭐가 있느냐는 말이야!" 그는 재킷 주머니 안에서 오른

손 주먹을 꽉 쥐었다.

존스는 이를 쩍쩍 빨아대며 그를 쳐다보았다. 그러곤 이렇게 말했다. "은제 탄환." 그다음 윌리스 머리 위의 공간을 올려다보면서 오른손으로 다시 샌드위치를 집었다. 막 입속으로 샌드위치를 집어넣으려다가 윌리스의 얼굴을 똑바로 쳐다보며 참을 수 없다는 듯이 서두르는 목소리로 물었다. "총알 맛 좀 볼래, 응?"

"나더러 하는 소린 아니겠지?" 윌리스가 재빨리 말했다.

"달리 누가 있겠어? 넌 지난 수년 동안 여기 처음 쳐들어온 멍청이야. 너 지금 총알 맛 좀 볼래 아니면 나중에 볼래?"

윌리스는 생각을 했다. 아주 천천히 호주머니에서 오른손을 꺼낸 다음 두 손 모두 손가락을 펴서 바에 올려놓았다.

존스는 다시 이를 쩍쩍 빨아대며 물었다. "결정했어?"

"맥주나 한 잔 줘요." 윌리스는 대답했다.

윌리스가 헨리스트리트 파에게 이 일을 보고하자 듀이가 이렇게 말했다. "은제 탄환은 거짓말이야!" 다른 일당들이 그의 주위로 몰려들었다. 그들은 헨리스트리트 1322번지 지하 창고에 있었다. 그곳에는 문이 없었다. 약에 취한 '침니' 서튼이 1층으로 통하는 계단 옆에 서서 주먹으로 자기 손바닥을 후려치고 있었다. 그들은 곧 있을 공격에 대비하여 돈이 필요한 것도 사실이었지만, 그의 실패에 대해 처음부터 호락호락 넘어가고 싶지 않았다. "처음부터 너는 슬릭 일을 엉망으로 망

처버렸어." 듀이가 말했다. "그래, 너는 늙다리 존스가 겁을 줘서 너를 쫓아냈다고 혀를 놀리고 있는 거로군." 그는 구두 굽을 재빠르게 돌려 걸어 다니면서, 초록색 철제 의자에 고개를 떨군 채 처박혀 있는 윌리스에게 비난의 삿대질을 해댔다. 서튼은 계속해서 자기 주먹을 때렸다. 하비 고메즈, 클라이드 켈리 같은 치들은 돌처럼 굳은 얼굴로 윌리스를 바라보았다. "나는 네놈의 문제가 뭔지 알지." 듀이는 계속 지껄였다. "넌 공짜로 우리 조직에 들어오려고 하는 거야. 너는 절대 먼저 치고 들어가는 놈이 아니야."

"그건 사실이 아냐." 윌리스는 제 얼굴 앞에 손을 뻗으며 아니라고 항변했다. "나도 한몫할 거야. 너희도 내가 얼마나 여기에 들어오고 싶어 하는지 알잖아. 하지만 이건 좀 말이 되지 않아. 그렇게 막 나오는 놈은 진짜 미친놈일 거야." 그는 듀이를 손가락으로 가리키며 말했다. "여기서 분명히 말하는데, 그 자식은 손을 카운터 밑에 내리고 있었다고."

"아 그래, 내 일에서 손 떼!" 듀이는 소리쳤다. 듀이는 침니 서튼이 서 있는 계단 쪽으로 머리를 돌렸으나, 그는 아직도 주먹을 치고 있었다. 윌리스는 슬그머니 의자에서 일어나 방 저쪽으로 갔다. 듀이가 역겹다는 듯이 손을 아래로 내리는 시늉을 하자 서튼이 윌리스를 붙잡으려고 했다. 하지만 서튼이 몇 계단 오르는 동안 윌리스는 이미 지하실을 빠져나가고 없었다.

윌리스는 골똘히 생각에 잠긴 채 헨리스트리트를 서둘러 빠져나왔다. 그는 여전히 그 조직의 일원이 되고 싶었다. 남자라면 뭔가 대표성 있는 것에 속해야 한다고 느꼈다. 그는 직장이나 교회에 다니거나 혹은 조합에 가입해서 자신을 대변해줄 사람이 있는 이들과는 맞서지 않았다. 하지만 그는 그 이상을 원했다. 그리고 헨리스트리트 파 조직원들이 진짜 나쁜 사람들은 아니라고 생각했다. 신문에서 그들을 그렇게 몰아갔을 뿐이다. 그들 중 몇몇은 가정이 있는 사람들이었다. 듀이도 한때 가정이 있었다. 이는 그들이 가족도 하나의 조직으로 존중한다는 것을 보여준다. 하지만 그것만으로는 충분하지 않았다. 뭔가 더 필요하다는 것을 나중에 깨달았다. 윌리스는 그것이 뭔지 잘 알지 못했지만, 그것을 찾으려고 노력해야 한다는 사실은 알고 있었다.

늦은 오후 그는 커티스 카터를 만나기 위해 창고로 다시 돌아갔다. 거의 마감할 시간이었지만 커티스는 기름 묻은 밸브와 머플러를 각각 다른 더미로 바닥에 쌓고 있었다. 그의 푸른색 작업복은 녹으로 얼룩져 더럽기 짝이 없었다. 커티스는 그가 들어오는 것을 보고는 가게 매니저 매켈러스가 엿들을 수 없도록 화장실 방향을 가리켰다. "너 사고 쳤어?" 커티스는 흥분을 억누른 채 아무렇지 않은 목소리로 물었다.

"아니."

커티스는 씩 웃었다. 안심하는 것 같았다. 기름 묻은 손이 닿아 그의 입 주위가 검게 더러워졌다. "혼자서 그것도 못했다는 거야, 응?"

윌리스는 은제 탄환에 대해 그에게 이야기했다.

은제 탄환

커티스는 큰 소리로 웃으며 말했다. "말도 안 되는 허풍이야. 존스는 그곳에서 누구에게도 총질을 못 해. 어쨌든 오후에는 금전 출납기에 보통 채 50달러도 안 들어 있다고. 겨우 그깟 일로 그가 신문에 실리고 싶겠어?"

월리스는 낭패를 본 기분이었다. 그는 모든 면에서 커티스가 옳다는 것을 알았다. 커티스가 이런 것까지 알고 있었다는 것, 자신이 속임수에 넘어가 웃음거리가 되었다는 것을 그제야 깨달았다. "이제 어떻게 하지?" 그는 물었다. "내가 일을 제대로 못했다고 나를 아주 못살게 괴롭힐 텐데."

"그래서 너보고 먼저 치고 들어가라고 말했잖아." 커티스는 말했다. "네가 어떤 길을 택하든 간에 너는 이제 그 일을 해야 해. 그리고 존스 그 늙은이가 오늘 있었던 일에 대해 입 다물고 있을 거라고 생각하지 마."

"어쩌지?" 월리스는 도움을 애걸하는 낮은 목소리로 물었다.

"너 자신을 보호해야지." 커티스는 대답했다. "아니면 새로운 시도를 하든가."

"예를 들면?"

커티스는 여전히 객관적인 조언자 같은 분위기로, 그에게 새로운 시도를 같이할 다른 패거리들에 대해 말했다. 그들은 웨스트사이드를 맡고 있었다. 커티스는 월리스에게 그들의 이름을 알려주지는 않았지만 사무실 주소를 건네주었고, 그들이 이런 상황에 우호적으로 나올 거라고 암시했다.

수요일 아침, 월리스는 그 사무실에 가기 위해 버스를 탔다. 그곳에 도착하긴 했지만 주소가 잘못된 것은 아닌지 의심이 들었다. 이 사무실은 마치 진짜 사업을 하는 것처럼 창문에 커다랗고 빨간 글씨로 이렇게 쓰여 있었다. 'W. 스미스 주식회사.'

안으로 들어가자 작은 사무실에 새 목제 책상 두 개와 벽면에 키 큰 회색 서류 캐비닛이 있었다. 바닥에는 얇은 빨간색 카펫이 깔려 있었다. 붉은 셔츠에 폭이 넓은 넥타이를 맞춰한, 수염을 잔뜩 기른 남자가 한 책상에 앉아 있었다. 뭔가에 정신이 팔린 듯한 그 남자는 그를 응시하고 있었다. 월리스가 자신을 소개하려고 손을 내밀면서 책상 쪽으로 다가갔다. 그 남자는 그의 손을 무시한 채 정신 나간 표정을 하고 있었다. 책상 위에 놓인 손으로 새긴 새 명판으로 그의 이름이 R. V. 펠턴임을 알 수 있었다. 사무실에는 그 남자 외에는 아무도 없었기 때문에 월리스는 펠턴이 그를 충분히 살펴볼 때까지 기다려야 했다. 여전히 자기 앞에서 알짱거리는 존재에 대해 신경 쓰지 않는 것 같은 펠턴이라는 남자가 물었다. "뭘 원하지?"

월리스는 말하라고 해서 그대로 말했다. "지역 관계에 문제가 있어서요."

R. V. 펠턴은 더 정신이 나간 듯 보였다. 그의 볼은 부풀어 올랐다. 그는 코 평수를 넓히며 갈색 가죽 의자에 꼿꼿하게 앉았다. 그다음 마치 어떤 스위치가 켜진 것처럼 이야기하기 시작했다. "이봐, 젊은이. 그것이 바로 우리 업무라네. 이 사무

실은 지역 문제를 해결하기 위한 곳이지. 그것이 우리의 유일한 관심사야. 지역사회의 역동성에 대한 관심이라고 볼 수 있지." 말할 때 그의 목소리는 한껏 절제되어 있었고 조용했지만, 그의 손은 갑자기 살아서 스스로 움직이는 듯 허공에 무엇인가 과장되게 그렸다. 오른손 집게손가락은 아래위로 오락가락하다가 왼손바닥을 찔렀고, 이제는 무엇인가 도려내는 손짓을 하고 있었다. 손가락들은 제각각 따로 움직였지만 양손은 나선형 모양, 날카로운 모양, 재빨리 자르는 모양, 경쾌하게 급회전하는 모양을 만들어냈다. "지역사회의 구조에 대한 심각한 문제들은 적절한 조직에 의해 해결되어야 마땅하지." 그는 말을 이어갔다. "조직의 역동성을 잘 이해하는 친구들이 시내에도 있고 지역사회에도 있지. 이 구역에서 유일하게 적법한 활동이 가능한 친구들이야. 걔들이 우리를 지원하고 있다네." 그는 말하는 동안 눈을 두리번거리고 손은 화난 것처럼 움직였다. "우리는 지역사회의 역동성을 지원하고 있지. 그리고 우리 모두는 어떻게 되어가는지 잘 알고 있잖아. 이게 바로 우릴 움직이는 힘이야. 뭔 말인지 알아먹겠어?" 그는 우월감에 도취된 눈으로 윌리스의 얼굴을 뚫어져라 쳐다보았다.

"네." 윌리스는 대답했다.

이제 R. V. 펠턴은 의자에 편안히 앉아 책상 끝에 있는 갈색 필기구함에서 연필 하나를 집었다. "자, 젊은이." 그는 말했다. "자네 문제가 뭔지 또박또박 풀어놔봐."

같은 날 오후 1시 30분, 윌리스는 R. V. 펠턴을 뒤에 세우고 슬릭의 식당으로 걸어 들어갔다. 버사 로이는 부엌에서 점심 배달을 준비하고 있었다. 식당의 왼쪽 끝 마지막 탁자에 손님 한 명이 술에 취해 있었다. 존스는 문을 등지고 점심거리를 배식 창구에서 꺼내던 참이었다. 그가 고개를 돌려 윌리스가 바에 서 있는 것을 보고는 웃으면서 말했다. "맹추, 안녕?"

아주 비열해 보이는 R. V. 펠턴이 바로 다가와서 윌리스 옆에 섰다. 존스는 한숨을 쉬고 접시를 바 테이블에 내려놓은 다음 두 손을 바 아래로 내렸다. "일주일에 얼마나 벌지?" R. V. 펠턴이 따지듯 물었다. 자신의 볼과 가슴팍을 최대한 부풀렸기 때문에 마치 수염 난 부처처럼 보였다.

"먹고살 만큼 벌지." 존스는 여전히 미소를 띤 채 그에게 말했다.

버사 로이는 땀범벅이 된 얼굴로 안절부절못하며 부엌에서 상황을 지켜보고 있었다.

R. V. 펠턴은 짜증이 난다는 듯이 한숨을 쉬었다. "주둥이만 놀리면 계집애가 되는 법이야, 형제." 그는 존스에게 말했다.

"쟤들은 뭐 달라고 저래?" 버사가 부엌에서 소리쳤다. 그녀의 목소리는 꼭 개 짖는 소리 같았다.

"솥뚜껑 운전이나 하셔, 아줌씨." R. V. 펠턴이 그녀에게 소리 질렀다. 그러고는 존스에게 물었다. "얼마나 버느냐고?"

"당장 꺼지는 게 좋을걸." 존스가 그에게 말했다.

윌리스는 R. V. 펠턴 옆에 서서 굉장히 화난 것처럼 보이려고 애썼다. 하지만 그의 볼은 그다지 부풀지 않았고, 수염도

은제 탄환

없어서 그다지 눈길을 끌지 못했다.

"자, 잘 들어, 형제." R. V. 펠턴이 존스에게 말했다. "지금 이 순간부터 이 가게는 우리가 접수했음을 선언한다. 여기에 1달러가 들어올 때마다 세금 3센트를 빼고 우리 지역이 25센트를 가져간다. 카운터를 통과하는 모든 음식마다 세금 2센트를 빼고 이윤의 10퍼센트를 우리가 가져간다. 수금 시간은 금요일 정오 전 아침이다. 협조하지 않으면 가게 문을 당장 닫게 될 거야."

"지역을 위해 누가 그 돈을 걷는지 물어봐도 될까?" 존스는 나지막한 목소리로 물었다.

R. V. 펠턴은 손가락을 뚝 부러뜨리는 소리를 두 번 냈다. 윌리스는 바 쪽으로 다가갔다. "바로 이 사람이 이 식당을 담당할 공인된 지역사회 수금원이지." R. V. 펠턴은 선언했다. "이 사람한테 잘해줘야 할 거야. 금요일에 수금하러 오면 미소를 짓도록 해."

"금요일까지 기다릴 필요가 있어?" 존스가 물었다. "나는 지금 미소 짓고 싶은데." 그는 그렇게 말하고 나서 바 아래에 있던 양손을 올렸다. 그의 양손에는 12구경 산탄총이 들려 있었다. "자, 내 입이 얼마나 큰지 볼래?" 그는 말했다. "난 지금 기분이 너무 좋아 웃고 있는데, 넌 어때?" 그는 산탄총을 들어 올린 다음 조준하기 위해 뒤로 물러섰다.

"저기, 이제 갑시다." 윌리스가 R. V. 펠턴에게 말했다. 그는 벌써 문 쪽으로 슬금슬금 움직이고 있었다.

하지만 R. V. 펠턴은 움직이지 않았다. 그는 중지를 치켜세우고 존슨 앞에서 흔들어대기 시작했다. "좋지 않은 행동이야, 형제." 그가 말했다.

"애들은 이제 집에 가는 게 어때!" 버사 로이가 존스의 등 뒤에서 소리쳤다. "부끄러운 줄 알아야지!"

"버사, 이 자식들에게 말할 필요 없어요." 존스는 어깨 너머로 말했다. "곧 집에 갈 거예요."

월리스는 이미 문 쪽에 가 있었다. 그는 먼저 도망치는 것은 개의치 않았지만 R. V. 펠턴 없이는 가고 싶지 않았다. "저기, 이제 가요." 그는 문가에 서서 소리쳤다.

"내일이 목요일이야." R. V. 펠턴은 월리스를 무시하며 존스에게 말했다. "우리가 장부를 보러 올 거야. 그리고 명심해. 만약 네놈이 지역의 역동성을 방해한다면 가만두지 않을 거야." 그는 잽싸게 몸을 돌려 문 앞에 서 있는 월리스 쪽으로 걸어갔다.

구석에서 술에 절어 고개를 탁자에 처박고 있던 술주정뱅이가 고개를 들어 그들을 노려보았다.

"너희 같은 놈들은 종아리를 맞아야 해." 버사 로이가 소리쳤다.

존스는 미소를 지으며 그들이 가는 것을 그저 지켜보았다.

그날 밤 월리스는 스탠리의 내기 당구장에 가서 듀이 비빈스에게 그날 일을 이야기했다. 그는 R. V. 펠턴과 그의 조직이 그곳을 접수했기 때문에 매주 금요일 12퍼센트의 수익이 자기에게 떨어질 거라고 이야기했다. 또 그가 R. V. 펠턴보다는 헨리 스트리트 파에 들어가기로 결심했기 때문에 주당 20 ~ 30달러의 수익을 조직으로 가져오게 될 것이라고 이야기했다. 그는 조직을 위한 새로운 유니폼, 더 나은 사무실 집기, 급하게 필요할지 모를 보석保釋 비자금을 구상했다고 말했다. 하지만 그의 의욕적인 모습에 듀이는 동의하지 않는 것 같았다. 그는 당구대에 큐를 내려놓고는 얼굴을 찡그리며 물었다. "그놈들이 누구야, 도대체? 그놈들은 여기에 얼씬거리지도 않던데. 여기는 우리 구역이야."

윌리스는 그 조직의 목적에 대해 가능한 한 구체적으로 설명하려고 진땀을 뺐다. 그는 R. V. 펠턴의 손동작을 흉내 내지는 않았지만, 용기를 내 R. V. 펠턴이 말한 그대로 반복해서 전달했다. 그러나 별로 인상적이지 못했다. 사실 듀이는 윌리스가 말을 끝내기도 전에 더 많은 말을 했다. "그건 개소리야!" 그는 얼굴을 점점 굳히며 말했다. "그놈들이 우리 구역에서 그런 짓을 하는 건 도저히 봐줄 수가 없어. 어떤 접시가 되었든 그건 우리가 할 거야."

"접수겠지." 윌리스가 말했다.

"아무튼 우리 조직이 할 거야. 그런 사기꾼 같은 놈들은 절대 안 돼."

"그렇게 되면 내가 아주 곤란해지는데." 윌리스가 설명했다. "그 사람들은 이미 작업에 착수했다고. 만약 네가 중간에서 그걸 채가면 그들이 나를 가만히 안 놔둘걸."

"그건 순전히 네 문제지." 그는 한결같은 눈빛을 보였다. "너는 그놈들 편이야, 우리 편이야? 여기는 우리 구역이라는 거 잊지 마. 네가 만약 그놈들한테 간다 해도 웨스트사이드는 멀지 않은 곳이야." 그는 잠시 멈춰 생각하다가 다시 말했다. "내 말이 무슨 뜻인지 알지?"

윌리스는 무슨 말인지 알고 있었다.

다음 날 아침, 윌리스는 슬릭의 식당 맞은편에 있는 이발소 밖에서 기다리고 있었다. 그는 담배를 피우며 그 블록을 몇 번이고 왔다 갔다 하다가, 이발소에서 일하는 소년과 벽에 동전을 던지는 게임을 했다. 그는 17센트를 잃고서야 그만두었다. 그 소년은 동전을 호주머니에 넣고 흔들면서 가게로 돌아갔다. 윌리스는 좀 더 기다렸다. 맨 먼저 오는 사람들과 같이 가게로 들어갈 생각이었다. 하지만 기다리는 시간이 점점 길어지자 혼자 가게로 들어가 존스에게 지난 일 전부를 사과할까 생각하기 시작했다. 하지만 버사 로이가 점심 배달을 나가는 것을 보고서 그러지 않기로 했다. 그녀가 떠나고 난 가게는 그리 안전해 보이지 않았다.

드디어 조금 후에 R. V. 펠턴과 다른 한 명, 이렇게 둘이서 암청색 포드를 몰고 왔다. 운전을 한 R. V. 펠턴은 초록색 선글라스를 끼고 있었다. 그는 이중 주차를 한 다음, 같이 온 다른 한 남자가 내려서 슬릭의 식당으로 들어갈 때까지 시동을 켜

두었다. 윌리스는 길을 건너 차에 기대어 섰다. R. V. 펠턴은 유독 비열하게 보였다. 그는 백미러에 비친 자신의 모습을 본 다음 사이드미러에 비친 모습도 보았다. 윌리스는 참을성 있게 기다렸다. 드디어 R. V. 펠턴이 입을 열었다. "우리가 상의했는데, 너는 6퍼센트야."

"당신이 12퍼센트라고 이야기했잖아요." 윌리스가 펄쩍 뛰었다.

"6퍼센트." R. V. 펠턴이 말했다. "여기는 형편없이 작은 데야. 게다가 네 몫에서 오브리 것도 좀 나눠줘야 해. 이 지역에서 이런 쓰레기 같은 데를 한두 건 더 하면 12퍼센트, 아니 더 많이 받을 수도 있어."

"나는 더 이상 엮이기 싫은데요." 윌리스는 말했다.

"알고 있어. 그래서 6퍼센트야."

윌리스는 오브리가 차로 돌아오면 좀 더 반박을 할 참이었다. 그는 보도블록 연석 쪽으로 차문을 열고 기대어 말했다. "R. V. 펠턴, 들어가 보는 것이 좋을 것 같은데요. 저 자식이 다시 산탄총을 꺼내 들 것 같아요."

"이런, 젠장!" R. V. 펠턴이 말했다. 그는 윌리스를 옆으로 밀치고 차에서 나와 오브리를 따라 식당 안으로 들어갔다. 윌리스도 그들 뒤를 따라 들어갔다.

존스는 산탄총을 손에 들고 바 테이블 뒤에 서 있었다.

"골치 좀 아프게 해줘?" R. V. 펠턴이 말했다.

"턱도 없는 소리 하지 마." 존스가 말했다.

"장부나 내놔."

"우리는 장부 같은 건 없어."

"참 요상한 식당이군." R. V. 펠턴은 수염을 잡아당기면서 말했다.

"아주 요상해."

존스는 오른쪽 팔에 산탄총 개머리판을 걸고 건들거렸다. "여기 더 이상한 게 있는데." 그는 말했다. "내가 여기서 너희 엉덩이에 총구멍을 낸다고 쳐도, 최소 여섯 시간 동안은 경찰차가 우리 가게로 출동하지 않아. 그래, 경찰이 와서 나를 체포한다고 해도 결국 나는 훈장을 받게 될 거야."

이제 R. V. 펠턴은 입술을 비틀어 자신감 있는 미소를 지어보였다. 그는 몇 번이고 머리를 흔들었다. "내가 하는 말 잘 들어, 형제." 그는 말했다. "첫째, 우리는 지역사회를 기반으로 한 비영리 풀뿌리 조직이고, 전적으로 지역사회의 요구에 부응하지. 둘째," 여기서 그는 다시 손가락을 현란하게 놀리기 시작했다. "내 생각에는 말이지, 이 지역 수입의 평균을 맞춘다는 관점에서 우리 지역사회는 이 과정 전체를 명확히 짚고 넘어가고 싶어 해. 셋째, 너는 우리와 문제를 일으키고 싶지 않겠지. 우리는 대학생의 지원을 받고 있단 말씀이야."

"놀고들 있구먼." 존스가 말했다. "글쎄, 나는 대학 문턱을 구경도 못해봤지만 말이야, 열까지는 셀 수 있어. 내가 열 셀 때까지 이 블록에서 사라지지 않으면 이 앞 길거리가 햄버거 고기로 넘쳐나게 해주지." 그는 어깨로 산탄총을 받쳐 올렸다.

은제 탄환

"마지막 하나 더."

"빨리 말하는 게 좋을 거야." R. V. 펠턴이 그에게 말했다.

"벌써 다섯까지 셌어."

그러는 사이에 윌리스는 뒷걸음을 쳤는데, 열어둔 문이 갑자기 움직여 자신의 등을 치는 것을 느꼈다. 그가 돌아보기도 전에 듀이 비빈스와 침니 서튼이 그를 옆으로 밀치고 식당 안으로 들어왔다. 서튼이 다시 문을 닫고 기대는 사이 윌리스는 파랗게 겁에 질린 버사 로이가 재빨리 창문가를 지나 블록 아래로 사라지는 것을 보았다. 그는 몸을 돌렸다. 듀이는 꽉 쥔 주먹을 바지 뒷주머니에 넣고는 식당을 둘러보았다. 그와 서튼은 둘 다 보라색 베레모와 커피색 인조가죽 점퍼를 유니폼으로 맞춰 입고 있었다. 듀이는 불꽃처럼 이글거리는 눈빛으로 윌리스를 향해 고개를 돌렸다. 알페우스 존스는 여전히 바 테이블 뒤 같은 자리에 서서 산탄총을 좀 더 위로 조준하고 있었다.

"이자식들은 누구야?" R. V. 펠턴이 윌리스에게 물었다.

윌리스는 듀이의 시선을 피하려 애쓰면서 입을 다물고 있었다.

"도대체 너희는 누구야?" 듀이가 물었다.

"9밀리." 존스가 말했다.

윌리스는 여전히 문 쪽으로 내빼려 하고 있었다. 하지만 서튼이 뒤로 가서 윌리스를 바 중앙으로 몰아붙였다.

듀이가 R. V. 펠턴에게 가까이 가서 "돈은 어디 있어?"라며 돈을 요구했다.

R. V. 펠턴은 다시 자신의 수염을 쓰다듬기 시작했다. 그는 화가 났다기보다는 당황스러워하는 것 같았다. "형제." 그는 말했다. "여기 상당히 이상한 내부 분열이 있군. 지금 우리에게 필요한 것은 단결이야. 우리가 서로 힘을 합쳐서 얻을 수 있는 결과를 생각해보라고. 여기는 꽤 넓은 지역사회야. 이곳 한 군데서 생기는 자금은 우리 개개인의 노력을 역동적이고 의미심장하며 창의적인 하나의 방법으로 합쳐 지역사회 조직에 재투자하는 전체 자금에 비하면 새 발의 피지."

"뭐?" 듀이는 머리를 옆으로 갸우뚱하며 질문했다.

R. V. 펠턴은 짐짓 대수롭지 않은 듯 고개를 끄덕였다. "말하자면 우리 조직은 풀−뿌리 지역사회에서 생겨난 합법적인 모임이라는 이야기지." 그는 손가락으로 하이픈을 그어가며 말했다. "우리는 이곳에서 피를 빨아먹는 조직들에 대해서 연구를 좀 했지. 영향력 있겠다, 선수들 있겠다, 같이 접수하자고."

"너, 접시 사기꾼!" 듀이는 소리를 질렀다. "여기를 관리하는 조직은 우리뿐이야. 콘초스 녀석들에게나 가서 헛소리 지껄이시지."

"저 자식들 잡아." 침니가 쉬익 소리와 함께 주먹을 휘두르며 앞으로 나섰다.

존스가 씩 웃으면서 총을 들어 올렸다.

식당 안에는 긴장감이 감돌았다. 침니와 듀이는 서로 등이 닿을 정도로 바싹 붙은 채 있었다. 그들과 똑같이 오브리는 R.

은제 탄환

V. 펠턴에게 다가갔고, 그 둘은 존스에게 등을 보인 채 침니와 듀이를 마주 보고 서 있었다. 미간은 좁아졌고, 주머니 쪽으로 서서히 움직이는 손가락엔 경련이 일었다. 듀이는 문 쪽에 서 있는 윌리스 쪽으로 몸을 돌렸다. "너는 누구 편이야?" 그는 위협적인 목소리로 물었다. 대답을 하지 않은 채 윌리스는 식당의 중앙 쪽으로 이동했다.

"이봐, 알피!" 누군가 말했다.

모두 시선을 돌렸다. 한 남자가 문을 통해 오고 있었다. "이봐, 알피." 그는 자신이 잠시 중단시킨 살벌한 상황을 알아차리지 못한 듯 재차 인사를 했다. "경찰이 길가에 이중 주차한 차에 딱지를 떼고 있던데. 차주가 여기 있나?" 사람들 사이를 지나서 바 테이블로 다가가는 그의 얼굴에는 전혀 궁금해하는 기색이 없었다.

"아마 있겠지." 존스는 총을 내려놓으면서 그에게 말했다. "이런 일류 사업가님들은 어떻게 주차 위반 딱지를 처리하는지 잘 아시지."

그 남자는 미소를 짓고는 똑같이 큰 소리로 물었다. "알피, 총 가지고 지금 뭐 하셔?"

"파리 몇 마리 좀 때려잡아보려고." 존스는 대답했다.

이제 그 남자는 몸을 돌려 식당 중앙에 서 있는 다섯 명의 남자를 보았다. "아, 쟤네들?" 그는 그들의 얼굴 면면을 훑어보고 고개를 끄덕이며 물었다.

존스는 미소를 지었다. "맞아."

그 남자도 같이 미소를 지었다. 그는 진녹색 양복에 풀을 먹인 흰색 셔츠의 옷깃을 풀어헤쳐 입고 있었다. "누가 일류 사업가님이시지, 알피?" 그는 재미있다는 듯이 입가를 씰룩이며 물었다.

"모르겠는데." 존스가 말했다.

"너야?" 그 남자가 R. V. 펠턴에게 물었다. "여기서 너만 건달처럼 보이지 않는군."

"내가 저놈들을 해치우지, R. V. 펠턴." 오브리가 말했다.

하지만 R. V. 펠턴은 대꾸하지 않았다. 그는 당연히 고민 중이었다.

듀이와 침니는 난처해하는 것 같았다. 윌리스의 마음은 멀리 도망가고 있었다. 그는 창밖을 보았다. 경찰이 차 범퍼에 왼발을 올리고 뭔가 쓰고 있었다. 그는 마음속으로 버사 로이가 빨리 돌아오거나 경찰이 어서 마무리하고 가주었으면 하고 빌기 시작했다.

"자, 진짜 사업가 양반은 말이야," 그 남자는 누구를 특별히 지목하지 않은 채 말하고 있었다. "적어도 경찰관 여섯 명과 시의회 의원 한 명과 판사 한 명 반을 대동하고, 시장이 직접 쓴 편지 한 통쯤은 가지고 다닌다고 하던데. 그런 사람이라면 늙어빠진 하급 경찰에게 딱지 떼이는 거나 걱정하지는 않겠지." 잠시 말을 중단한 그의 얼굴에서 미소가 싹 사라졌다. "너 그런 거 가지고 있어?" 그는 R. V. 펠턴에게 물었다.

"이제 가지." R. V. 펠턴은 오브리에게 낮은 목소리로 말했다.

은제 탄환

그 남자가 다가와 R. V. 펠턴의 얼굴을 후려갈겼다. "너 그런 거 가지고 있느냐고." 그는 갑자기 재미있다는 느낌이 말끔히 사라진 목소리로 다시 물었다.

R. V. 펠턴은 뻣뻣해져서 주먹을 밑으로 내려뜨렸다. 그 남자가 그를 다시 후려쳤다. "뭘 원하는 거야?" R. V. 펠턴이 울먹였다.

"바닥에 엎드려, 개자식아!" 듀이가 말했다. "여기를 접수하러 왔단 말이야."

그 남자가 존스 쪽으로 몸을 돌려 물었다. "그게 누군데?"

"헨리스트리트에서 어슬렁거리는 패거리 중 몇 놈인가 봐."

"꺼져." 그 남자가 듀이에게 말했다.

"왜지?" 듀이가 물었다. "우리는 네 편이야."

"아니." 그 남자는 말했다. "자, 맘 변하기 전에 조용히 꺼지시지."

듀이와 침니는 문 쪽으로 향했다. 윌리스가 뒤를 따랐다.

"넌 아냐." 그 남자가 윌리스를 불러 세웠다. "너는 여기 다른 사업가들하고 같이 왔잖아, 그렇지?"

듀이가 문에서 몸을 돌렸다. "그렇지." 목소리에 악의를 품고 듀이가 말했다. "저놈은 우리 유니폼을 안 입고 있다고."

"내가 꺼지라고 말했을 텐데." 그 남자는 소리쳤다.

"저 자식이 계속 이런 식으로 지껄이게 내버려둘 거야?" 침니가 듀이에게 물었다.

"입 닥쳐!" 듀이는 전에 볼 수 없었던 공포 어린 눈으로 낮게 말했다.

윌리스는 그들이 문밖으로 나가는 것을 지켜보았다. 그는 덫에 걸린 느낌이 들었다. 이제 버사만이 유일한 희망이었다. 그는 창문으로 경찰이 이미 자동차를 떠났다는 것을 확인했다. 고개를 안으로 돌리자 R. V. 펠턴과 오브리가 기계인형처럼 어색하고 뻣뻣한 자세로 서 있는 것이 보였다. R. V. 펠턴은 입술이 터져 앞으로 튀어나왔는데, 비열하던 모습은 사라지고 마치 어린 소년처럼 부루퉁해 보였다. 그 남자는 바에 서서 존스와 개인적인 이야기를 하고 있는 것 같았다. 그러나 잠시 후에 그는 R. V. 펠턴 쪽으로 다시 몸을 돌렸다. "알피가 그러는데, 너를 보내주라고 하는군. 알피는 정말 마음이 따뜻해서 더이상 너희가 괴로워하는 걸 원치 않아." 그런 다음 이번에는 아주 빠르고도 강하게 R. V. 펠턴에게 주먹을 다시 한 방 날렸다. 손가락 관절이 뚝 소리를 내며 얼굴에 일격을 가하자 R. V. 펠턴은 비명을 질렀다. "저놈을 죽여버려, 오브리!" 신음하듯 말하는 그의 얼굴은 흙빛으로 변해 있었다.

하지만 오브리는 꿈쩍도 하지 않았다. 그는 그 남자를 지나쳐 보고 있었다. 윌리스도 존스가 산탄총을 다시 잡고 웃고 있는 것을 보았다. 존스가 말했다. "열."

R. V. 펠턴은 고개를 떨어뜨렸다. R. V. 펠턴은 오브리를 거칠게 옆으로 밀며 뒤로 물러섰다. "네가 한 일을 후회하게 될 거야." 그는 분을 삭이지 못하고 중얼거렸다. "우리가……."

"저놈들 가기 전에 맥주 한 잔씩 돌려, 알피." 그 남자가 말

은제 탄환

했다.

"돈을 내야지." 존스는 총을 들고 R. V. 펠턴을 따라가며 말했다.

그 남자는 미소를 지었다. "그냥 평범한 사업가들이구먼, 그렇지?"

"우리는 여기서 원하는 거 없어요." 오브리가 말했다. R. V. 펠턴은 그의 뒤에 서서 얼굴을 매만지고 있었다. 그는 아무 말도 하지 않았다.

"이제 머저리들은 나가보시지."

R. V. 펠턴과 오브리가 천천히 문 쪽으로 움직였다. 윌리스도 재차 따라갔다.

"저놈은 안 돼." 존스가 말했다. "저놈은 여기를 벌써 세 번이나 왔다고. 다시는 오지 못하게 못을 박아야겠어."

윌리스는 걸음을 멈추었다. 다른 두 사람은 가게를 나갔고, R. V. 펠턴은 잠시 문에 멈추어 서서 이렇게 말했다. "우리 조직의 역동성은 쉽게 끝나지 않아." 그리고 복수하겠다는 듯이 주먹을 흔들어 보였다.

"병신들." 존스는 말했다.

윌리스도 당연히 가고 싶었지만 겁에 질려 꿈쩍도 하지 못한 채 혼자서 서 있었다. 윌리스는 남자들을 바라보고 있었다. "몰랐어요." 윌리스의 목소리는 그냥 떨고 있는 것 이상이었다.

"뭘 몰랐다는 거야?" 그 남자는 한층 부드러운 어조로 물었다.

"여기가 조직의 비호를 받고 있다는 걸요."

그 남자는 웃었다. 눈을 감고 목젖을 누르는 듯 웃어젖혔다. 이런 식으로 거의 1분이나 웃었다. "이 쓰레기 같은 놈이 나를 가만 안 두네." 그가 드디어 말을 했다. "전부 허풍이야. 너란 놈은 아직도 흑인이 조직의 보호 없이는 불알 하나 간수 못하는 줄 아나 보지?"

"난 몰랐어요." 윌리스는 반복해서 말했다.

"그래, 계속 주둥이나 놀리고 살아. 꺼져버려!" 존스가 말했다.

"이 자식한테 맥주 한 잔 줘, 알피." 아직도 웃음기가 남아 있는 남자가 말했다.

"싫어." 존스는 말했다. "가, 꺼지라고. 골칫덩어리 자식아."

"젊어서 그래." 그 남자는 존스에게 말했다.

"지옥에나 가라 그래." 존스는 말했다.

윌리스는 문 쪽으로 움직였다. 다시 불러 세우지 않을까 조마조마했다. 하지만 걸어가는 동안 들리는 건 그 남자가 존스에게 낮은 목소리로 이야기하는 소리와 갑자기 그 남자 안에서 터져 나오는 웃음소리뿐이었다. 윌리스는 문을 다 빠져나왔을 때 존스가 "물론, 나도 어렸지. 하지만 절대 멍청하지는 않았다고"라고 말하는 소리를 들었다.

윌리스는 블록을 따라 냅다 뛰었다. 마사의 미용실을 지나칠 때 버사 로이가 그를 보고서는 문밖으로 달려 나왔다. "너!" 그녀가 뒤에서 그를 불렀다. 윌리스가 돌아보았다. 버사

은제 탄환

의 얼굴은 굳어 있었고 눈은 이글거렸다. "너희 엄마한테 회초리로 맞아야 할 거야." 그녀가 말했다.

윌리스는 못 들은 체하며 블록을 따라 더 빨리 뛰어 내려갔다.

충직한 사람들

●

손님이 뜸한 월요일 아침, 이발사 존 버틀러가 창밖을 바라
보고 있다. 보통 때와 다름없이 풀 먹인 하얀 상의를 깔끔하게
걸치고 서서 길거리 풍경과 어울려 제 가게를 알리는 이발소
글자들의 배열을 살피고 있다. 창문이 지저분해서 글자들의
색깔은 뿌옇게 바래 보인다. 붉은 글자는 낡아서 테두리만 겨
우 남았다. 그가 알지 못하는 행인들 몇몇이 지나간다. 몇몇
사람들은 바쁘게 지나가다가 창문 뒤에 있는 그를 알아보고
손을 흔든다. 하지만 그의 가게와 어떻게든 관련되는 것을 꺼
리는 다른 사람들은 그를 모른 체한다. 그들은 그가 고개를
끄덕이는 것을 보지 못하고 시야 밖으로 사라진다. 그는 여전
히 창문 끝과 문 사이 늘 서 있던 곳에 서 있다. 아는 얼굴이
가게 안을 들여다보지도 않고 앞을 지나가기라도 하면 무안해

하면서 눈길을 돌리고 만다. 그는 마음속으로 일하러 가는 사람들을 용서한다. 하지만 그는 게으른 사람, 일자리 없는 사람, 할 일 없이 거리를 방황하는 사람은 꼴도 보기 싫다.

"그들은 아직도 우리를 굶겨 죽이려고 해." 그는 이발소 식구들에게 얼굴을 돌려 말한다. 오늘 이발소에는 보조 이발사인 레이 파월, 구두를 닦아 몇 푼이라도 벌어보겠다고 꾀병을 핑계로 학교에 가지 않은 미키 노리스, 그리고 체스나 두면서 시간을 죽이러 온 두 명의 놈팡이가 있다. 모두 그가 다시 일장 연설을 늘어놓을까 봐 질겁한다.

"이따가 블록 아래로 내려가봐야겠어요." 미키가 문 쪽으로 가면서 말한다.

"너는 학교나 가는 게 좋을걸." 버틀러가 그 애에게 말한다. "오늘은 일거리가 없을 거야."

부끄럼 잘 타는 소년 미키는 초록색 금속 의자 근처를 맴돌고 있다.

버틀러는 그를 매정하게 바라본다. "내일도 마찬가지일 거고."

미키는 동전을 흔들 요량으로 호주머니에 손을 넣어 뒤지면서 의자로 살금살금 가서 앉는다.

습관이 얼마나 효율적인지 연설하기 좋아하는 갈색 뚱보 레이는 손 닦는 수건 끝으로 검은 빗살을 소제한답시고 용을 쓰느라 입술에 주름이 잡혔다. "이제 겨우 첫 주예요, 목사님." 그가 말한다. "모든 건 회복되게 마련이잖아요."

충직한 사람들

놈팡이 중 하나인 놈 타이슨은 그 동네 출신인데 철이 든 녀석이다. 그는 상대방에게 어드밴티지를 주는 것도 모자라 상대방이 체스판을 다 짜기도 전에 이렇게 말한다. "네가 이긴 것 같은데."

그러고 나서 그들은 떠난다.

정오가 막 지나서 레이가 점심을 먹기 위해 길 건너로 가고 미키가 저녁이 될 때까지 밖을 배회하는 사이, 한 젊은이가 문 안쪽을 들여다본다. 엄청난 크기의 검은 터번 같은 머리털이 그의 머리 위에 똬리를 틀고 있다. 연녹색 셔츠와 나팔바지를 차려입은 모습이 그가 부유하다는 사실을 알려준다. 버틀러는 친절한 미소를 띠며 의자에서 일어난다.

"머리 빨리 하면 얼마입니까?" 그 젊은이가 문 쪽에서 물어본다.

"다 해서 2달러 50센트입니다. 아니, 3달러입니다." 버틀러가 대답했다.

젊은이는 콧방귀를 뀌며 웃긴다는 듯이 팔을 뒤로 젖혔다. "다듬기만 할 건데요? 내 이 멋진 머리를 망칠 건 아니죠, 그렇죠?"

버틀러는 미소가 가신 낮은 목소리로 "아니요"라고 말한다. "딴 데 가보쇼. 나는 손이 좀 둔해서."

젊은이가 웃는다. "손이 둔하면 돈 벌기 힘들죠, 그렇죠?" 이발사가 대꾸하기도 전에 젊은이가 문밖으로 나간다.

하루를 마감하기 전에 단골손님 몇 명은 온다. 하지만 그들은 버틀러가 손질해주는 머리카락보다 빠지는 머리카락이 더 많은 사람들이다. 아직까지 그들은 필요 때문이 아니라 존경심에서 머리를 숙이고 와 이 동네 구석에서 이발소가 그나마 돌아가도록 해준다. 대머리를 한 이 충직한 사람들 존 길모어, 딕 켄드릭스, 윌리 러셀은 버틀러가 주관하는 일요 집회의 핵심 인물로, 자기 차례가 되면 흰색 이발용 천 아래에 두 손을 포개놓은 채 버틀러가 마구 쏟아내는 불만을 감수한다.

"백인들이 우리 젊은이들을 망쳐놨어." 버틀러가 말한다. "이제 내가 그다음 차례라는 사실이 되레 자랑스러워. 하지만 백인들이 엉망으로 해놓기 전까지만 해도 사람들은 이발을 했어. 진짜라고. 1, 2년 전도 아니지. 그들은 토요일 밤이면 저 벽에 줄지어 기대서서 백인 자식들을 조롱했지. 그런데 백인들이 한바탕 쓸고 가는 걸 보고 나서는 갑자기 죄다 머리를 기르지 않더구먼."

존 길모어는 여전히 머리를 숙이고 입술을 꽉 다문 채 흰색 이발용 천 아래로 움직이는 손을 보고 있다.

레이는 의자에 앉아 신문을 보다가 고개를 들어 한마디 한다. "이거 봐요. 어디서 거물 한 명이 탈세 건으로 체포됐다고 나오는데요. 연초에는 본보기로 한 명을 잡아 혼을 내곤 하죠." 하지만 아무도 그에 대고 뭐라고 말하지 않는다. 레이는 소리를 내면서 신문을 접은 다음 다시 읽기 시작한다.

한때 여기는 도를 넘은 내기 도박, 욕설을 퍼붓는 언쟁, 구경꾼으로 가득한 체스 게임, 화끈한 옷차림에 많은 인파로 붐 볐다. 한때 버틀러는 이발 일을 할 때 라디오 찬송가를 흥얼거 리거나 다른 이발 의자에서 바쁘게 일하고 있는 레이와 멋진 설교를 주거니 받거니 했다. 그 시절을 기억하는 길모어, 켄드 릭스와 다른 사람들은 그때가 다시 돌아오기를 바란다. 하지 만 과거에 과도하게 집착한다는 두려움과 현재를 직시해야 한 다는 결의가 있다. 그들은 이 이발소 밖에 다른 세상이 있다 는 사실과 버틀러가 이발을 끝내면 조용히 돈을 내고 나가는 편이 훨씬 더 편한 일이라는 것을 알고 있다.

"만약에 당신이 그의 교회에 안 다니면," 존 길모어는 이발 소에 갔다 올 때마다 제 아내에게 말한다. "나도 그곳에 다신 안 갈 거야."

"더는 그 사람 귀찮게 하지 마세요." 마리 길모어는 제 남편 에게 한 번 더 주지시킨다. "그 사람은 이제 버틸 수가 없어요."

이제 버틀러는 일요일마다 설교 내용을 바꾼다. 여전히 주 제는 그의 신도들이 익숙하게 들어오던 것과 비슷하지만, 요 즘 들어 인상이 좀 달라졌다. 하지만 교회에 설교를 들으러 오 는 몇 안 되는 사람들은 점점 지루해한다. 어떤 사람들은 138 번가에 있는 타월 목사의 교회에 가서 더 마술적인 감동을 맛 보았다. 그들은 그 설교를 좋아한다. 타월이 다음 달 부활절 기념 예배에서 십자가에 못 박힐 것이고, 십자가에 내내 매달 려 설교할 계획이라는 이야기가 들린다. 이렇게 부활한 남부식 잔재는 그들에게 호소력이 있다. 나이 든 사람들에게는 향수가 있다. 게다가 버틀러는 한 가지 주제에만 집착을 보인다. "나는 오늘 아침 이곳에 걸어 내려오고 있었습니다, 형제자매여." 그의 높은 목소리에 편안한 성가대의 합창 소리가 은은하게 잦아들자 그가 설교를 시작한다. "요즘 나는 부자지간의 균열에 대해 생각합니다. 아들과 아들, 딸과 딸 관계의 단절을 생각합니다. 나는 오늘 아침 피에 굶주린 카인과 그의 죄 없는 형제를 생각합니다. 아들을 황무지에 내동댕이친 아브라함을 생각합니다. 포도주 때문에 어린 다윗에게 등을 돌린 불한당 사울을 생각합니다. 형제들에 의해 옷이 홀딱 벗겨진 채 어두운 구덩이 속에 내던져진 어린 요셉을 봅니다. 입에 군침을 흘릴 정도로 굶주려서 팥죽 한 그릇에 장자권長子權을 팔려고 하는 에서를 생각합니다. 약삭빠른 야곱이 털이 많은 야생동물의 탈을 쓰고, 눈먼 이삭의 침대로 기어가는 것을 봅니다. 그리고 문밖에 울며 서 있는 에서를 봅니다. 그 옆에서 요압이 반역자 압살롬을 떡갈나무에서 끌어 내리려 머리채를 흔드는 모습을 봅니다. 이제 나는 그 몹쓸놈을 봅니다. 나는 그를 처형하고 싶습니다. 하지만 나는 그런 권능을 가지고 있지 않습니다. 나는 그를 향해 팔을 들어 올립니다. 하지만 나의 칼날은 녹슬어 있습니다. 그래서 여기서 내가 아멘을 외치지 않을 수 있습니까……?"

그의 왼쪽에 있는 몇몇 사람이 작은 소리로 말했다. "아-멘."

"그쪽, 아멘 소리가 들립니까……?"

"아-멘." 오른편의 몇 명이 말한다.

"바로 이 순간 내 칼날이 날카로워지고 있습니다……."

"당신 이제 그런 일 그만하는 것이 좋겠어요." 버틀러의 아내인 엘라가 일요일 저녁때 그에게 말한다. "교회는 당신이 틀어대는 레코드를 지겨워한다고요." 그들은 지난 다섯 달 동안 일요일 저녁에 초대받지 못했다.

"그 사람들은 불평할 이유가 없어." 버틀러가 그녀에게 말한다.

"난 그 사람들에게 좋은 예배를 베풀고 있다고. 게다가 대부분은 설교에 나오는 이름 외에는 알아듣지도 못해."

"당분간 그만하는 것이 좋겠어요. 당신이 폐업하는 게 그 사람들 책임은 아니니까요."

버틀러는 제 아내를 쏘아본다. 그녀는 괜히 남편을 화나게 해서 말다툼을 하지는 않을까 걱정하면서 저녁을 먹는다. "그러면 누구 잘못이라고 생각하는데?" 그는 대답을 요구한다.

현명해 보이는 그녀는 계속 우물거리고 있다.

버틀러는 제가 먹던 음식을 본다. "좋아." 그가 말한다. "다 내 탓이지 뭐."

"당신이 굳이 아프로1970년대에 유행했던 흑인들의 둥근 곱슬머리 모양 파마를 할 필요는 없어요. 레이더러 그 머리를 하라 하고 당신은 단골손님을 맡으면 되잖아요. 일을 그렇게 나눠 하는 게 뭐가 잘못된 거라고 그러세요."

"내 이발소에서 레이가 그렇게 요상한 머리를 하게 할 수는 없어. 젊은 손님들이 오기 시작하면 단골 고객들이 밀려난다는 걸 먼저 알아야지."

그녀는 한동안 우물거리고 커피를 홀짝거리다가 그를 바라본다. 입에 있는 것을 천천히 삼키고 나서 입맛을 다시고 말한다. "그러면 이발소를 계속 운영할 수가 없어요."

버틀러는 엘라의 시선을 피하며 접시를 긁어낸다.

"그리고 당신이 하는 그 방식," 그녀는 덧붙인다. "설교도 그렇게 길게 계속하지는 못할 거예요."

아내가 부엌에 남아 짜증 내는 소리를 하며 커피 한 잔을 더 마시는 동안 그는 곰곰이 생각하며 잠자리에 든다.

손님이 뜸한 또 다른 월요일 아침, 레이는 거울 앞에서 수염을 다듬으며 말한다. "목사님, 내가 생각해봤는데요, 우리도 스트레이트파마를 해야 할 것 같아요. 이제 아무도 그걸 보고 백인을 흉내 낸다고 말하지 않아요. 사람들은 지금도 그렇게 하고 길거리를 다니고 있어요."

버틀러는 얼굴을 씰룩거리며 창문가에서 몸을 돌린다. 포도주광과 사기꾼의 모습이 그의 마음에 떠올랐다. "그게 자네가 생각하고 있는 거구먼." 그가 레이에게 말한다.

"그래요, 목사님." 레이가 거울에 비친 제 모습을 보고 웃으면서 말한다. "왜냐하면 백인들은 항상 우리를 따라 하잖아요.

충직한 사람들

아마 백인 중 몇 명이 스트레이트파마를 하는 걸 볼 수도 있을 거예요."

"나는 스트레이트파마는 안 할 거야." 버틀러는 대답한다.

"그건 일일 뿐이에요." 레이는 웃다가 멈추고 심각한 표정으로 말한다.

"악마의 일이지." 버틀러는 말한다.

"현재 우리가 선택할 수 있는 것은 그다지 많지 않다는 걸 알아줬으면 좋겠어요."

버틀러는 그의 뒤에 선다. 그들은 거울을 앞에 두고 서로를 바라본다. 레이는 머리를 만지면서 오른손으로 가위질을 한다. 그런 다음 자신의 턱을 당기면서 수염을 다시 자르기 시작한다. 버틀러는 지켜보고 있다. 조금 지나 그가 말한다. "레이, 자네가 나를 바보로 생각하는 거 알아. 그걸 내가 어떻게 할 수는 없지. 하지만 자네도 내 나이가 되면 알 거야. 변한다는 것은 어려워. 자네가 한 소년의 헤어스타일을 어떻게 해주느냐에 따라 그 소년의 인생이 달라질 수도 있다네." 그는 벽에 동전을 던지며 놀고 있는 미키를 보면서 말한다. "이젠 아무도 그럴 수 없지. 하지만 난 일생에 한 번 이상 그렇게 해봤다는 게 자랑스러워. 그리고 좀 더 그렇게 살고 싶어……. 그러니 여기 찾아오는 톰, 딕, 해리 같은 사람의 머리털을 단지 돈이나 벌자는 이유로 긁어낼 수는 없지. 왜냐고? 그건 누구나 할 수 있는 일이니까. 내가 무슨 말 하는지 알지?"

레이는 가위를 내려놓고 아무 말도 하지 않는다.

"미키, 너는? 너는 알겠어?"

미키는 다른 동전을 벽에 던지면서 생각한다. 조금 후에 그가 고개를 저으며 말한다. "아니요."

버틀러는 창문으로 돌아간다. "그럴 줄 알았어." 그는 밖을 바라보면서 말한다.

1시가 조금 지나서 존 길모어가 점심시간 동안 짬을 내 면도를 하려고 들어온다. 갈색 입술과 눈을 비누 거품 사이로 내놓고 의자에 거의 눕다시피 한 그는 버틀러가 마술을 보여주듯이 손을 움직이는 동안 조심스럽게 말을 꺼낸다. "요즘은 정말 종교와 함께해야 할 때야." 그는 말한다. "난 자네가 무슨 계획을 가지고 있는지 궁금하네."

"무슨 계획이라니?" 버틀러는 하던 일을 계속하면서 말한다.

"있잖아," 길모어가 시작한다. "마리가 그러는데 세컨드 갈보리 교회는 더 이상 교인을 끌어오지 못한대. 사실 많은 사람들이 관두려고 생각하고 있다지."

"그건 그들 사정이지." 그는 길모어의 귀를 당기면서 대답한다. "사람들은 다 기도하는 대로 되는 거야."

길모어는 귀가 다시 무사히 제자리로 돌아올 때까지 기다린다. 그러고 말한다. "타월 목사가 자네를 자기네 교회 보조 사제로 생각하고 있다고 들었네. 시절이 좋아서 그런지 그 사람은 흑인이지만 몇 년 후에 정치 쪽으로 나가려고 생각하나봐. 만약 그가 관두면 누군가 교회 일을 맡게 되지 않겠어?"

버틀러는 면도날을 씻기 위해 잠시 쉬었다. "그쪽 교인들은 거의 사우스캐롤라이나 사람들이지?"

"조금 있어."

"글쎄, 내 교인들은 거의 앨라배마 사람들이거든. 그쪽과는 다르다네."

길모어는 혀를 정교하게 움직여 입술 주위에 묻은 면도 거품을 핥는다. 그리고 면도 중인 입술에 침을 바른다. "이제 더 이상 그런 차이는 없다네." 그는 말한다. "요즘 사람들은 조화에 대해 생각한다고. 어디 출신이건 상관할 거 없이 우리는 한배를 타고 있다네."

"그럴지도 모르지." 버틀러가 조용히 말한다. 하지만 면도날을 소제하고는 이렇게 말한다. "자넨 어디 출신인가?"

"앨라배마네."

"그런데 자네는 왜 타월 교회를 걱정하는 건가? 그 사람은 왜 그 사람 교인을 내 교회로 안 데려오는 건가?"

길모어는 입을 다물었다.

"그는 이 동네를 떠나려고 한다지만 나는 그러지 않을 거네."

"내가 그 사람한테 그렇게 전해줌세." 길모어는 두 눈을 감고 결심한 듯이 말한다.

목요일 오후 늦게 레이는 버틀러의 눈길을 외면하면서 어디를 가봐야 한다고 말한다. "거기는 좋은 가게예요, 목사님." 그는 말한다. "난 돌볼 가족이 있잖아요."

"어디 가는 거야?" 버틀러가 물어본다.

"145번가의 새 가게요."

"이제 다 결정된 거야, 응?"

레이가 말한다. "네."

"글쎄," 버틀러가 억지로 웃으며 말한다. "자네가 떠나고 나면 내 운이 바뀔지도 모르지."

레이는 슬퍼 보인다. 그의 두툼한 턱은 땀에 절어 있다. 그는 수염 끝을 들어 올려 땀을 떨어낸다. 요즘 그는 머리카락을 귀에 닿을 만큼 길게 기른다. 계속되는 경고, 그것은 예상치 못할 정도로 심각하다.

"이건 운과는 아무 관계가 없어요, 목사님." 그는 한숨을 쉰다. "젠장! 세상이 우리만 빼고 다 변하고 있다고요. 이발 학원에서도 구식이 된 남부 스타일은 이제 가르쳐주지 않아요. 당신 고집은 정말 알아줘야 해요!"

자신이 가장 중요하다고 여기던 부분을 되뇌며 버틀러는 잠깐 말을 끊는다. "이것 봐, 자넨 돈을 벌고 싶은 거지? 그런 것은 식은 죽 먹기야. 그것은 진짜 노동이라고 말할 수 없는 거야. 자네가 해야 하는 일이라고는 고작 다듬는 일밖에 없어. 그냥 다듬는 거라고!" 그는 레이의 얼굴을 쏘아보고, 구겨진 수염을 쓰다듬으며 한숨을 쉬었다.

"당신은 점점 늙은이가 되고 있어요, 목사님. 이제는 앞을 봐야 해요. 그게 내가 하고 있는 일이에요. 그게 내가 하는 일 전부라고요."

충직한 사람들

"내가 자네 단골손님들을 맡음세."

"무슨 단골손님이요?" 레이가 말한다. "나누고 자시고 할 단골손님도 없어요. 내가 당신 머리를 커트해주고 당신이 내 머리를 커트하는 식이죠. 간혹 윌리 러셀이나 존 길모어가 죄책감 때문에 여기에 오면 당신이 그들의 귀에다 대고 퍼부어대겠죠. 만약 그 사람들이 지겨워하면 어쩔 거예요? 그다음에는 누구 머리를 커트할 수 있겠느냐고요, 당신 머리를 커트할 거예요?"

"이제 자네 짐을 챙겨 가도 좋아." 버틀러는 레이가 화난 건 염두에 두지 않고 말한다. "하지만 영업권은 145번가에 가져가지 못하니 그렇게 알고 있게."

레이는 울컥하는 감정이 목구멍까지 넘어왔지만 애써 참으며 시무룩하고 후회하는 표정으로 의자에 다리를 쭉 펴고 앉는다. 화장실에서 담배를 피우면서 다 듣고 있던 미키는 담배 연기를 공중에 내뿜으면서 생각에 빠져든다.

"이제 이삭은," 그는 또 다른 일요일 아침 사람들에게 설교한다. "그는 죽음을 맞이하여 누워 있습니다. 그는 하느님의 말을 잘 따랐습니다. 한 가지 이외에는 걱정이 없습니다. 그것은 바로 편안하게 죽는 것입니다. 아버지의 뜻에 따라 그는 레베카와 결혼했습니다. 그는 늙은 나이에 위대한 나라의 씨앗을 몸에 잉태하게 했습니다. 하지만 지금은 노쇠하여 눈은 잘 보이지 않고 붉은 고기에 굶주려 있습니다. 그는 사슴 고기만

123

맛볼 수 있으면 누구라도 축복해줄 준비가 되어 있습니다. 하지만 하느님— 찬양합니다, 찬양합니다—은 언제나 어리석은 사람에게 반대로 하시듯 그에게도 반대로 합니다. 하느님은 온몸이 털로 뒤덮인 에서에게 축복이 내려지는 위험을 감수할 수는 없습니다. 그래서 그의 뜻대로 이루어지는지 보기 위해 다시 한 번 레베카를 도구로 삼습니다. 나는 여러분이 나이 든 이삭이 암흑 속에 누워 고기를 갈구하는 모습을 떠올려보기 바랍니다. 그리고 하느님이 사랑하는 야곱은 염소의 탈을 쓰고 손에는 예배 접시를 든 채 눈먼 이삭의 침대에 몰래 들어오고 있습니다. 그러나 여기를 보십시오, 여러분. 저쪽, 머리를 땅에 닿을 만큼 길게 늘어뜨린 채 에서가 숲 속에서 뛰어 나와 서둘러 집으로 가고 있습니다. 이제 때가 가까워지고 있습니다, 여러분. 이 두 명의 아들은 재빨리 움직이고 있습니다. 이제 누가 에서에게 돈을 걸겠습니까? 아니면 누가 야곱에게 돈을 걸겠습니까? 둘 다 달려오고 있습니다. 오늘 아침에는 누가 에서에게 돈을 걸겠습니까……?"

아무도 대답하지 않는다.

"좋습니다. 그러면, 누가 야곱에게……?"

대부분의 사람들은 혼란스러워한다. 하지만 가장 나이 들고 가장 충직한 사람 중 한 명은 야곱을 말할 때 힘없이 "아멘" 하고 외친다.

"그 경주는 점점 끝으로 치닫고 있습니다……."

흰색 교회 안내원 복장을 가장 좋은 것으로 골라 입은 마

충직한 사람들

리 길모어가 일어나서 예배실을 나간다.

또 다른 월요일 아침, 창문가에서 어슬렁거리며 길거리를 지나가는 사람들을 보고 있는 이발사 존 버틀러가 있다. 그의 가게에서는 거의 한 달 동안 단 한 번의 체스 게임도 없었다.

"아프로 파마는 어떻게 하는 거야?" 그는 창가에서 몸을 돌려 미키에게 말한다. "별거 없어요, 목사님." 조심성 많은 미키는 일자리를 유지하고 싶어서, 짧게 깎는 머리를 고려하는 버틀러의 말을 그저 농지거리로 생각하고 만다.

"아무것도 아니에요." 그는 뭔가를 기대하는 총기 있는 눈으로 반복해서 말한다. "그냥 자라게 놔둬요. 뭐 좀 바르고 계속 그대로 두면 돼요."

"어떤 거를 발라? 스트레이트파마 약을 쓰라는 것처럼 들리네."

"그건 아니에요, 목사님."

"이건 뭐야?"

"그거 비듬 없애는 약이에요."

"내가 할 수 있을까?"

"그럼요, 누구라도 할 수 있어요."

버틀러는 잠시 생각한다. "미키, 그게 아이들에게 무슨 도움이 되지?"

미키는 다 알고 있다는 표정으로 그를 올려다보고 이렇게 답한다. "그게 목사님한테 도움이 안 될 건 뭐죠?"

버틀러는 그 말을 되뇌어본다.

같은 날 막 가게를 닫는 시간에 존 길모어가 들어온다. 그는 수염이나 머리를 다듬을 필요가 없다. 이야기도 그다지 하지 않는다. 버틀러는 기다린다. 드디어 길모어가 용기를 낸다.

"마리가 세컨드 갈보리 교회에 다시는 가지 않겠다고 하더군."

"타월이 하는 교회에 간 거구먼. 내가 내기하지."

길모어는 고개를 끄덕인다. 그는 큰 손을 다리 사이에 늘어뜨린 채 버틀러 맞은편 초록색 금속 의자에 앉아 있다.

"그녀는 훌륭한 교회 안내원이었어." 버틀러는 말한다. "이제 타월이 나에게서 좋은 것을 다 가져가는군."

"다 자네가 자초한 거네." 길모어가 말한다. "집사람은 정말 가고 싶어 하지 않았어. 내가 여기 오기 싫어하는 것보다 더 싫어했지."

버틀러가 그를 본다. 길모어는 고개를 숙이고, 자신의 손을 본다.

"그걸 말하러 온 건가?"

길모어는 다시 고개를 끄덕인다.

"그러고도 자네는 앨라배마 사람이라고 할 수 있나?"

"그건 오래전 일이야. 세상은 변한다네."

"자네도 곧 아프로 파마를 한다고 하겠군. 머리가 듬성듬성 빠진 주제에 말이지."

충직한 사람들

길모어는 점점 짜증이 난다. 그는 일어나 문 쪽으로 간다. "나는 아무것도 안 바꿀 거네." 그가 말한다. "하지만 만약 내가 자네라면 잠깐 가게를 닫고 마법이 일어나기를 빌면서 성서를 다시 읽어보겠네."

"나도 성서가 뭔지는 아네." 버틀러는 말한다. "고마워 죽겠구먼."

길모어는 긴 오른손으로 문을 잡더니 고개를 돌린다. "아니면 성서를 포기하고 자네 식대로 이발할 수 있는 동네로 가든가 하게나."

"어쩌면 우리 모두 다시 돌아가야 할지 모를 일이네." 버틀러가 그의 등에 대고 외친다. 하지만 길모어는 이미 문을 닫고 떠난 뒤다.

오후가 썰물처럼 지나는 동안 버틀러는 자신이 처한 상황을 생각하며 의자에 앉아 있다. 그는 가난한 사람이 아니다. 가게에 대한 권리는 확실하다. 복층 중에 2층은 학교 교사에게 임대하고 있다. 거기다가 은행 잔고도 조금 남았다. 하지만 가게 문을 닫으려면 미키를 생각해야 한다. 그 애의 주급은 35달러다. 버틀러도 역시 미키가 떠나는 것을 보고 싶지 않다. 늘 자신의 가게와 다르다고 생각하는 145번가의 가게에서 일하는 미키를 보고 싶지 않다. 그는 미키에 대해 조금 더 생각한다. 그다음 남부에 대해서 생각한다. 마무리할 시간이 다가온다. 그리고 시간이 다시 지나간다. 미키가 거리를 내려가다가 그를 보고 가게 안으로 들어온다. 버틀러는 그에게 커피 심

부름을 보내고 다시 뒤로 기대어 눈을 감는다. 그는 고향으로 돌아가볼까 생각하다가 다시 남부에 대해서 생각한다. 그가 발판에 발을 올리자 의자가 스스로 움직이기 시작하고, 그는 앨라배마의 붉은 진흙길을 추억한다.

"아프로 파마 해주세요."

모든 방향감각을 잃은 상태에서 그는 소리가 나는 방향이 어딘지도 알기 전에 자신을 일으켜 세우려 한다.

"아프로 파마 해줘요, 네?"

한 소년이 그의 의자 옆에 서 있다. 그 소년은 이전 단골손님의 막내아들 토미 길모어다. 버틀러는 여름 부흥회에서 이 소년에게 세례를 해준 적이 있다. 토미의 머리카락은 회색이 도는 검은색에 심한 곱슬머리이고, 입은 헤벌린 채로 있고, 입고 있는 덩가리 바지는 물이 빠지고 무릎은 해어져 있다. 그 소년은 손에 든 1달러 지폐를 버틀러에게 내민다.

"뭘 해줄까?"

"이발이요."

"영업시간은 이미 끝났는데." 버틀러는 소년에게 말한다. 그리고 1달러를 본다. "하여간, 1달러 50이야. 그만큼 있어?"

소년은 1달러를 내밀어 올린다.

"그거로는 부족한데." 버틀러는 돈을 다시 돌려주며 말한다. "주머니에 다른 거 없어? 마리가 얼마 줬어?"

"더는 없어요." 소년은 중얼거린다.

탐욕이 엄지손가락을 추켜올리지만 자비가 그 손가락을 치운다. "그게 네가 가진 거 다야?"

"네."

버틀러는 온수 히터기로 건너가 그 뒤에 있는 나무판을 가져온다. 나무판을 의자 팔걸이에 올린 다음 깨끗한 천을 서랍에서 꺼내 결연한 동작으로 깐다. "앉으세요, 꼬마 신사." 그는 소년에게 말한다. "너를 네가 본 학생 중에서 가장 멋진 학생으로 만들어주지."

토미는 움직이지 않는다. 그 소년의 손은 1달러를 꽉 쥐고 있다. 지폐의 끝 부분이 손아귀에 있어 보이지 않는다. 그의 미간이 신경질적으로 좁아진다. "학생은 아프로 파마를 할 수 없긴 하지." 그는 말한다.

"나무판 위로 올라오렴."

"해줄 거예요?"

"내가 이발사잖니, 맞지?"

소년은 올라앉는다.

버틀러는 소년을 잘 잡고 이발용 천으로 감싼다.

미키가 이발소 안을 살피며 김이 나는 커피를 거울 뒤 카운터에 내려놓는다.

버틀러는 소년의 목뒤에 있는 매듭을 핀으로 조인다. "자, 여기 봐, 미키. 네가 배울 게 있을 거야." 그는 미키가 뒤에 서서 의자에 앉아 있는 소년을 살펴보는 동안 말한다.

이 장면을 보면서 미키는 호기심이 의심으로 서서히 바뀌어 눈을 껌벅인다. "어떻게 하려고요, 목사님? 빗도 없고, 파마

약도 없고, 이 아이는 머리도 짧다고요."

소년은 의자에 앉아 몸을 흔들어대기 시작한다. 나무판이 소년 아래에서 흔들린다. "충분히 길구먼." 그는 말한다.

"아니에요, 그렇지 않아요." 미키는 머리를 싫다는 듯이 흔들어대는 소년의 얼굴을 보면서 화가 난 눈으로 말한다. "넉 달 아니면 다섯 달은 지나야 된다고요. 한두 달 가지고는 안 돼요."

"입 닥처, 미키." 버틀러는 명령조로 말한다. 그는 한 손으로는 나무판을 평평하게 펴고 다른 한 손으로는 움직이는 소년의 어깨를 잡는다. "나는 지금 당장 할 거라고." 그는 소년을 누르면서 말한다.

"이렇게 하면 안 되는데."

"입 닥치고 있거나 아니면 집에 가!" 버틀러는 말한다.

미키는 마치 다 결판난 포커판의 노름꾼처럼 희색을 띠며 맨 끝에 있는 제 초록색 의자에 거들먹거리며 앉는다. 그는 아주 주의 깊게 바라보며 앉아 있다. 소년이 그를 보고 다시 꿈틀거리기 시작한다.

"자, 조용히 앉아 있어." 이발사는 이번엔 소년의 머리를 누르면서 말한다. "이 정도쯤은 내가 얼마든지 할 수 있어."

소년은 조금씩 울먹이면서 그의 말을 따른다. 버틀러는 이발 가위를 쓰기 시작한다. 소년의 머리카락은 심한 곱슬머리에다가 뻣뻣하며 두껍고 덥수룩하다. 그리고 머리 아래 두피에서 붉은 흙먼지가 올라오는 것이 보인다. 버틀러는 마치 일

충직한 사람들

에 굶주린 사람처럼 이발에 열중한다. 돌리고, 자르고, 잡고, 빗질하고, 모양을 만들고, 잡고, 자세히 살펴보고, 그리고 붉은 먼지가 피어오르는 것을 본다. 10분 후에 일을 마친다. 그는 마무리가 잘되었나 보려고 뒤로 물러서서 핀을 만져 매듭을 푼다. 다시 한 번 흰색 이발용 천의 모양을 잡는다. 다시 빗질을 한다. 소년은 아직도 울먹이면서 의자에서 내려온다. 나무판은 온수 히터기 뒤로 돌아간다. 버틀러는 소년을 들어 긴 거울 앞에 세운다. 식어버린 커피에서 마지막 김이 원을 그리며 올라온다. 미키는 입을 다물고 벽에 던질 동전을 찾기 위해 호주머니를 뒤진다. 소년은 거울을 본다.

전등 하나가 창문 밖을 비추는 가게에 그 이발사가 있다. 소리를 지르는 존 길모어의 얼굴에 대고 소년은 이발사와 창문 사이에 서서 급하게 손짓을 하고 입을 움직이며 몸부림을 친다. 소년이 제 아비에게 매달려 소리 없이 흐느낀다. 여전히 벽을 등지고 초록색 의자에 앉은 채 눈을 크게 뜨고 결의에 찬 듯한 표정의 미키가 있다.

"자네가 교회 목사가 아니었으면 내가 자네를 가만 놔두지 않았을걸세!" 단단히 화가 난 존 길모어가 말한다. 그의 아랫입술이 얼굴 밖으로 삐죽 튀어나와 있다.

"자네는 저 애 나이 즈음의 학생 본 적 없어? 대답해봐."

"나는 다른 학교를 다녔네. 그리고 내 아들은 농장에서 일하는 흑인이 아니네."

"하여간 애는 1달러밖에 가진 게 없었잖아."

"그럼 다른 데로 보냈어야지."

토미의 입은 열려 있다. 소년은 소리 없이 울고 있다.

"저 애를 봐! 더 좋아지지 않았나."

"우리가 자네 가게를 문 닫게 할 거야. 내가 하는 말 이해해? 이제 이 가게도 자네 교회도 다 끝장이야."

"자네는 지금 우리 모두를 끝장내고 있는 거네."

"자네를 이 동네에 얼씬도 못하게 할 거야……."

미키는 호주머니에 손을 넣어 동전을 흔든다.

어느 조용한 일요일 아침, 늙고 지친 버틀러는 뿔뿔이 흩어져 간 사람들 중 마지막으로 남은 몇 명을 마주 보고 있다. 때는 거의 부활절 즈음이다. 타월이 교회 지하실 십자가에 제 스스로 매달렸다는 소문이 돈다. 누구는 그것을 보았다고 한다. 여기에 앉아 있는 사람들 중 일부는 아직 판단을 미루고 있다. 마리 길모어는 돌아왔다. 하지만 설교 때문에 온 것은 아니다. 그녀는 바닥에 시선을 둔 채 보라색 옷을 입고 예배실 뒤에 앉아 있다. 사납고 방어적으로 보이는 버틀러는 자신을 보고 있는 여섯 명의 사람을 노려본다. 어떤 사람은 양처럼 순해 보이고, 어떤 사람은 초조해 보인다. 어떤 사람은 보통 때처럼 감동받기를 기다리며 멍하니 있다. 버틀러는 두 손으로 연단 끝을 잡고 그들 앞에 섰다. 그들은 기다린다. 몇 명의 육중한 부인네가 부채질을 하며 기다린다. 앞 좌석에 앉은 사람들

충직한 사람들

중 하나인 베티 제섭이 앞으로 몸을 숙여 속삭인다. "설교해요, 안 해요?"

그는 대답하지 않는다.

이제 사람들이 자기들끼리 웅성거린다. "무슨 일이야?" "언제 시작하는 거야?"

"우리는 융통성이 없는 사람들입니다." 음악이 끝나고 그는 여느 때와는 다르게 차분한 목소리로 말한다. "우리는 이쪽저쪽으로 방향을 바꿉니다만 어느 순간에는 한 방향으로 향합니다." 그는 잠시 멈춘다. "우리는 그것 때문에 심판받을 겁니다."

"누가 우리를 심판하죠?" 마리 길모어가 갑자기 뒤에서 포문을 연다. 사람들은 조용히 모두 돌아본다. 마리 길모어가 목소리를 높인다. "무엇을 심판받고 무엇을 심판받지 않는지 누가 말해주죠?" 그녀는 입술을 떨며 말한다. "이 사람이 그런 법칙을 다 알고 있다고 말해줄 사람, 아니 그 법칙이 어디에 적혀 있는지 자신 있게 말할 수 있는 사람이 누구입니까?"

사람들이 솔깃해한다. 그들 중 몇 명은 손을 흔들고 고개를 저어 그녀를 조용히 시킨다. 마리 길모어는 아랑곳하지 않는다. 그녀의 시선은 버틀러에게 고정되어 있다.

그는 연단 뒤에 서서 아무 말도 하지 않는다.

일요일 저녁 식사 때 엘라가 말한다. "당신, 이제 뭘 할 거예요?"

"미키한테 무단결석 담당 지도원을 보내." 버틀러는 조용히 말한다.

"딴건요?"

그는 뭔가 찾기 위해 방을 둘러본다.

엘라는 한숨을 쉬며 제 가슴을 친다. "하느님, 제가 왜 저런 고집불통과 결혼을 했나요?"

버틀러는 그녀의 얼굴을 보며 대꾸한다. "왜냐면 그보다 잘난 짓은 할 수 없었기 때문이지."

충직한 사람들

수법상의 문제

1

빨간 인조가죽 소파에 경직된 채 앉아서 파라고트 부인이 일을 마치고 돌아오기를 기다리던 콜리스 밀퍼드는 그녀의 아파트에 있다는 사실이 불편하게 느껴졌다. 왜 그런지는 알 수 없었다. 그가 둘러본 거실은 자신만큼이나 꼼꼼한 집주인의 성격을 드러내고 있었다. 모든 물건이 제자리에 정리 정돈되어 있었다. 모든 세심한 부분이 지나칠 정도로 딱 들어맞았다. 이 깔끔함은 이 집을 방문하기 직전까지 그가 파라고트 부인에 대해 꿰어 맞춰본 이미지와 크게 다르지 않았다. 그녀의 이름은 메리이고 마른 체격에 예의가 발랐다. 그녀의 땅콩색 피부에는 주름이 조금밖에 없었던 것으로 기억한다. 그녀의 검은 눈동자는 예리했고, 똑바로 쳐다보고 있었지만 위압감이 느껴지지는 않았다. 대화를 나눌 때 그녀의 얇은 입술은 단호했고 결의에 차서 움직였다. 앞섶에 하얀 진주 단추가 가지런히 채

워진 푸른색 여름 드레스조차도 그녀의 성격이 빈틈없다는 것을 말해주었다. 그녀의 있는 그대로의 삶 역시 깔끔함과 절제력을 보여주었다. 그는 그런 내용이 적힌 서류를 무릎 위에 올려놓고 있었다. 밀퍼드는 무릎을 가볍게 떨었다. 서류는 흔들렸지만 떨어지지 않았다. 그는 그 점을 골똘히 생각해봤다. 그것도 그가 불편함을 느끼는 이유였다. 잠시 그는 이 거실이 영화제작소의 멋진 무대와 다르지 않다는 생각이 들었다. 왠지 치밀하게 계산되어 있는 것 같았다.

밝혀지지 않은 진실에 대한 밀퍼드의 의심은 거실 건너편 벽에 걸린 그림 속의 인물 때문에 더 도드라졌다. 슬픈 눈을 한 예수의 초상화였다. 흰색과 푸른색이 섞인 무늬 없는 의상을 입은 그 인물상은 가슴 중앙에 그려진 붉은 밸런타인 모양의 심장에 분홍색 손을 올리고 있었다. 그 밸런타인 심장에서 뚝뚝 흐르는 선명한 핏방울. 밀퍼드는 이런 그림을 싸구려 가게에서 본 적이 있다. 그 그림은 어떤 신랄함이 있었지만, 그가 생각하기에 그것은…… 삼류였다. 그 그림은 예술가의 상상력 부족을 드러냈고, 이런 형편없는 그림을 구입한 사람의 지적 교양을 보여주었다. 가난한 라틴 사람들도 위대한 성당을 건설하지 않았던가? 심지어 시골 침례교인들도 목사를 캐딜락에 태우고 다녔다. 밀퍼드는 스스로에게 질문을 던졌다. 그러면 왜 이 가난한 흑인 여자는 싸구려 초상화 앞에서 예배를 하면서 군색한 모습을 만들어내고 있을까? 그는 어디서 이런 그림의 쓰임새에 대해 들었던 것은 기억했지만, 정확하게 뭐라고 들었는지는 기억해낼 수 없었다.

파라고트 부인의 서류를 훑어보려고 움직일 때마다 인조가죽 소파에 주름이 잡혔다. 그녀는 버지니아에서 출생했고 로스앤젤레스에서 오랫동안 살았다. 과부였지만 남편의 사회보장 수당을 받지는 않았다. 그녀는 스스로 완벽한 금주가라고 주장했지만 음주 운전으로 체포되었다. 사실에 입각하여 그가 알고 있는 유일한 증거는 그녀의 주장뿐이었고, 면허취소 심문이 있던 지난 2주일 동안 백인 변호사 단 한 명만이 그녀를 대변했다. 이 부분에 대한 확고한 입장 때문에 그녀는 그래티스 구역의 비좁은 사무실에서 유명 인사가 되었다. 밀퍼드는 다시 한 번 그 초상화를 보았다. 초상화가 그 점을 설명해 줄지도 모른다고 생각했다. 그러다가 아닐지 모른다고 다시 생각했다.

그는 파라고트 부인이 돌아오기를 기다리다 조바심이 나서 소파에 기댔다. 그의 시계는 오전 11시 45분을 가리키고 있었다. 조사는 오후 1시 30분에 예정되어 있었다. 날씨가 벌써부터 덥고 습해서 오후에 조사가 시작되면 신경이 더 날카로워질 것 같았다. 하지만 밀퍼드는 이런 것에 익숙했다. 더 냉철해지기를 바라면서 그는 이런 상황일수록 오히려 '힘을 내자'라며 스스로 격려했다. 누가 그녀의 목격자와 확증자가 될 것인지 궁금해하면서 한숨을 쉬고 거실을 한 번 더 둘러보았다. 그는 산재한 우연들이 어디에서 합류하여 근사한 사실로 둔갑하는지 알아내도록 훈련받아왔고, 또 아무리 사소한 것도 소홀히 하지 않았다. 그는 갈색 커피 탁자, 방 건너편 붉은 인조가죽 의자 위, 키 큰 중국식 유리 찬장, 비취색과 브랜디색, 석양 같은 오렌지색으로 빛나는 재떨이와 장신구들을 유심히 살폈다. 장신구의 비늘 같은 무늬들이 늦은 아침 햇살에 빛나며 열린 창문을 통해 환한 먼지 입자들을 한가롭게 비추고 있었다. 중국식 찬장 너머 누르스름한 흰 문 틈으로 냉장고가 윙 하는 소리가 들렸고, 조용하고 별 냄새가 나지 않는 부엌이 보였다. 문틈 너머 소파 끝, 갈색 합판으로 만들어진 커피 탁자 위에 사진 여러 장이 싸구려 알루미늄 액자에 끼워져 있었다. 그는 이 사진들을 더 유심히 살펴보았다.

가장 큰 사진이 메리 파라고트 부인이었다. 그녀의 얼굴을 클로즈업해서 찍은 것으로 몇 년 전 모습이 틀림없어 보였다. 그 사진에서는 주름이 거의 보이지 않았고, 흑단색 검은 머리에는 흰머리가 없었다. 그녀는 만족스럽게 웃고 있었다. 이 얼굴은 알코올중독자의 얼굴이 아니라고 밀퍼드는 생각했다. 그 얼굴에선 강인함과 모성적인 배려심이 느껴졌다. 그 사진 옆에 두 백인 아이의 모습을 담은 작은 천연색 사진이 있었다. 두 아이 모두 웃고 있었다. 그중 한 명인 금발의 소년은 푸른색의 높은 의자에 앉아 시리얼이 든 노란색 그릇 위로 숟가락 쥔 손을 금방이라도 내려칠 듯 추켜올린 채 이를 드러내고 웃고 있었다. 짙은 갈색 머리를 한 소녀는 의자 옆에 멋지게 서서 떨어질 것 같은 숟가락을 잡으려고 깡마른 오른팔을 들어 올리고 있었다. 그 사진에는 글자가 새겨져 있었다. '메리 숙모에게,

사랑하는 트레이시와 켄.' 콜리스 밀퍼드는 잠자코 아이들의 얼굴을 훑어보았다. 하지만 눈길은 세 번째 사진으로 쏠렸다. 이 사진은 아주 희미하게 인화된 낡은 흑백 확대 사진이었다. 액자 유리 뒤에 건장한 흑인 남자가 군복을 입고 위엄 있게 경례를 하며 서 있었다. 그의 웃음에는 장난기가 어려 있었고 거만해 보였다. 그의 콧방울은 위로 한껏 솟아올라 있었다. 그가 올린 엄지손가락은 관자놀이 위에서 두드러지게 튀어나와 보였다. 그 손 몇 인치 위에 있는 이등병의 모자 끝이 마치 V형 머리선이 확대된 것처럼 이마에 걸려 있었다.

밀퍼드는 흥미로운 사진이라고 생각했다. 그는 사진을 들어 모든 부분을 자세히 살펴보았다. 그 남자는 과장되게 차려 자세를 하고 있었다. 그리고 제 왼쪽 단화를 오른쪽 발목에 태연하게 걸치고 있었다. 배경에는 깃대 하나가 남자 머리의 2~2.5미터쯤 위에 솟아 있었다. 인쇄가 흐릿해서 태양의 위치가 분명하지 않았지만, 깃발은 아침 바람이 불어서인지 힘차게 펄럭이고 있었다. 밀퍼드는 깃발 안에 있는 별의 개수를 세어보았다. 그는 깃대 너머의 배경을 더 유심히 살펴보다가 야자수와 그 야자수 너머에 있는 산을 보았다. 그의 시선은 산에서 다시 깃대로, 깃대 아래에서 경례하는 군인으로, 그다음 마치 당구대 융단같이 부드러운 잔디가 깔린 사진의 맨 아래쪽으로 옮겨 갔다. 그의 시선은 그가 놓친 미세한 부분에 고정되었다. 나팔 하나가 그 군인의 발치에 주둥이를 내려놓고 세워져 있었다. 그러고 보니 그 남자의 왼쪽 단화가 장난스럽게 그 나팔을 가리키고 있었다. 그것이 남자가 웃고 있던 이유였다. 나팔 근처에 기울인 글씨로 누군가, 어쩌면 그 군인일지도 모를 사람이 '메리에게 사랑을 담아서, 사랑하는 윌리가'라고 적어 놓았다. 마치 가수가 갑작스러운 영감을 받아서 갈겨놓은 것 처럼 밑줄이 글자 아래에 그어져 있었다.

콜리스 밀퍼드는 옆의 소파 위에 놓인 서류로 눈길을 돌렸 다. 파라고트 부인은 자신이 과부라고 말했다. 그는 이 말을 기록했다. 하지만 그녀가 실제 했던 이야기는 '이혼한 여자'였 다는 것이 기억났고, 그것은 그녀 곁에 사랑하는 윌리가 있다 는 뜻이었다. 이것이 그녀가 사회보장 수당을 인출하지 않는 이유를 설명해주었다. 나아가 만약 그녀가 체포될 때 술에 취 해 있었다면, 그녀가 당황했던 이유도 해명해준다고 생각했다. 이 모든 것이 그녀가 백인 변호사의 법률 서비스를 특별하게 요청할 수밖에 없었던 고통스러운 현실을 완벽하게 설명해주 었다. 그는 사진을 보면서 윌리 파라고트가 무책임하게 보인다 고 생각했다. 아마도 파라고트 부인이 만나는 남자는 모두 그 와 같은 사람이었을 것이다. 이 점이 그녀가 체포 당시 술에 취해 있지 않았다는 주장을 증언해줄 목격자를 찾기 어려운 이유를 설명해주는 것 같았다.

그는 좀 더 이해하는 마음으로 벽에 걸린 그림에 눈길을 보 냈다. 다른 문을 통해 거실로 다시 들어가니 이제는 그림에 공 감할 수 있었다. 하지만 그는 여전히 그 그림을 좋아할 수 없 었다. 무의미하고 혼란스러워 보이는 그 얼굴은 생동감이 떨어

수법상의 문제

졌다. 작고 갈색인 눈은 마치 제가 전달하도록 계산된 메시지를 도통 신뢰하지 못하겠다는 듯이 밑도 끝도 없어 보였다. 비둘기 코는 그 어떤 탁월함도, 권력을 암시하는 불규칙성도 없었다. 아주 얇은 분홍색 입술은 결연함의 섬광 정도를 겨우 암시할 뿐이었다. 이마에서 턱까지 얼굴 전체에서 일말의 비극성이나 초월성도 찾을 수 없었다. 그 그림을 보면서 밀퍼드는 신념에 입각한 행위가 필요했다고 결론을 내렸다. 에나멜 흰색과 감청색 의상은 둥글고 평범한 어깨에서 웅장함 없이 축 늘어져 있었다. 실제 크기보다 조금 큰 밸런타인 심장은 단지 인물의 가슴 중앙에 존재한다는 것에 만족해야 했다. 전체적인 인상이 심사숙고가 부족했음을 역력히 보여주었다. 하나의 완성된 그림으로 끌어올리지 못했다. 상업적인 화가 앞에서 속수무책인 그 이미지는 그림이기를 스스로 체념했다는 인상을 보여주었다. 인물의 얼굴은 그런 운명에 대해서 태연해 보였다. 만약 그 입이 조금 슬프게 그려졌다면, 그것은 이 세상 죄악의 무거움이 아니라, 죄의 속성 자체를 이해하지 못하는 무능력에서 비롯한 것처럼 보였을 것이다.

밀퍼드가 그 인물과 사랑스러운 윌리의 차이점을 그려보기 시작했을 때 메리 파라고트 부인이 문을 열고 방으로 급하게 들어왔다. 몸집이 크고 피부가 갈색인 남자가 그녀의 뒤를 따라 들어왔다. "메이 프랜시스 크립스는 아마 오지 않을 거예요." 그녀는 사무적이고 조용한 목소리로 말했다. "그래도 클래런스가 그곳에 있었어요. 이 사람이 모든 것을 보았어요. 클래런스 윈필드, 이분이 그 무료 법률사무소에 근무하는 밀퍼드 씨예요."

밀퍼드는 거실 중앙으로 가서 손을 내밀었다.

"안녕하슈?" 윈필드라고 불린 남자가 큰 소리로 인사했다. 그는 밀퍼드의 손을 잡아 꽉 쥐었다.

"메리 양이 당신에게 말한 모든 것이 사실이우. 내가 그곳에 있었고 모든 것을 봤우. 그놈의 젠장맞을 경찰은 그녀를 체포할 이유가 없었우. 그녀는 술도 안 취했고, 그 차를 몰고 어디 가지도 않았우."

이 말을 하면서 윈필드는 왼손의 엄지손가락을 허리띠 안으로 쑤셔 넣더니 셔츠를 단정하게 바지 안에 집어넣었다.

"내가 말한 대로," 그는 밀퍼드의 손을 놓고 계속 말했다. "내가 그곳에 있었고 다 봤우."

밀퍼드는 뒤로 물러서서 그 남자를 찬찬히 살펴보았다. 그 남자는 옅은 갈색의 리넨 양복과 붉은색 셔츠를 입었다. 빨간색 비단 손수건이 윗도리 주머니에 꽃처럼 꽂혀 있었다. 그의 왼손은 붉은색 넥타이를 쥐고 있었다. 코를 찌르는 싸구려 화장수 냄새가 움직일 때마다 풍겨 와서 그가 방금 면도를 했다는 걸 알 수 있었다. 밀퍼드는 그 화장수 냄새에 왠지 모를 친근감을 느꼈다. 전에 그 냄새를 맡아봤다고 생각했지만 언제 어디서 맡았는지는 기억나지 않았다. 밀퍼드는 몸을 돌려 인조가죽 소파에 다리를 꼬고 앉았다.

"저는 그래티스 구역에서 왔습니다." 밀퍼드가 말했다. "파라고트 부인이 제가 이 사건에 관심을 가지고 있다고 말하던가요?"

클래런스 윈필드가 고개를 끄덕였다. "메리 양이 나에게 큰일 났다고 말하자마자 양복을 걸치고 바로 이곳으로 뛰어온 거유. 나는 메리 양에게……." 그는 몇 발자국 떨어져 있는 파라고트 부인에게 편안한 눈길을 보냈다. "나는 메리 양에게 '메리 양, 당신은 메이 프랜시스와 빅 보이, 그 사람들에게 증인이 되어달라고 부탁할 필요 없어'라고 말했우. 하여간 빌어먹을 빅 보이 검둥이 놈이 맘대로 생떼를 쓰는 꼴을 두고 볼 수 없었우."

"클래런스, 말 좀 상냥하게 해요. 오, 주여." 파라고트 부인이 외쳤다. "우리는 시내로 외출해야 했죠. 내가 백인에 대해 배운 것이 있어요. 백인들은 자신이 이해하지 못하는 말을 들으면 그냥 귀를 막아버리죠." 그녀는 동의를 바라는 눈빛으로 밀퍼드를 보았다.

변호사는 아무 말도 하지 않았다.

클래런스 윈필드는 다시 한 번 파라고트 부인을 바라보았다. "나도 상냥한 말이 뭔지 알고 있우." 그는 말했다. "나도 백인들을 피해 다니며 일했다는 것을 잊지 마슈. 그들은 자기가 듣고 싶은 것만 듣는다우." 그리고 나서 밀퍼드를 보고 말했다. "의도적으로 위반한 건 없었우."

변호사는 두 사람을 살펴보았다. 윈필드의 넓은 어깨 너머로 파라고트 부인이 벽을 등지고 그림 바로 아래 기대어 있었다. 그녀는 두 손을 엉덩이에 걸친 채 뭔가 절망에 가까운 표정을 짓고 서서 두 남자를 보았다. 밀퍼드는 그녀의 통통한 갈색 볼이 약하게 실룩거리는 것을 알아챘다. 그녀의 입술은 얇았고 양쪽으로 잡아당겨져 있었다. 그녀는 윈필드에게 뭔가 말하려는 것 같았지만 아무 말도 하지 않았다. 건장한 중년의 흑인 남자는 무슨 일이 벌어지기를 기다리기라도 하듯이 방 한가운데 서 있었다. 밀퍼드는 보면 볼수록 그 남자가 익숙하게 느껴졌던 것은 향수 때문이 아니라 그 남자의 행동거지 때문이었다고 확신하게 되었다. 그 남자는 가만히 있지 못했다. 그는 자의식이 강해 보였고, 차려 자세를 취할 때 어색했다. 밀퍼드는 소파 위에 있는 서류를 집어 들었다. 그는 사무실을 떠나기 전에 타자를 쳐놓았던 진술서가 있는 페이지를 펼쳤다. "자, 윈필드 씨." 그는 말했다. "올해 8월 7일 밤에 당신이 뭘 보았는지 말씀해주시기 바랍니다."

클래런스 윈필드는 마른기침을 몇 번 하고 나서 다시 한 번 파라고트 부인을 바라보았다. "그날은 내가 잘 기억하고 있우." 그 남자는 천천히 말하기 시작했다. "그날은 우라지게 더웠우. 나는 베란다에 메이 프랜시스 크립스와 버스터 윌리엄스와 같이 있었우. 그때가 아마 8시 30분이 채 안 되었을 거유. 해가 막 지기 시작해서 거리랑 하늘이 분홍색에서 보라색으로, 또 검은색으로 변할 때였우. 나는 그걸 잘 기억하고 있우. 우리는 맥주를 마시며 시답지 않은 이야기를 하고 있었우. 들리는 소리라고는 귀뚜라미 울음소리와 아이들이 떠드는 소리밖에 없

수법상의 문제

었우. 그런데 갑자기 길 건너에서 시끄러운 경적 소리가 들렸우. 메리 양이 방문을 열고 계단 아래로 내려가는 것을 보았지. 방문을 열고 갔기 때문에 그녀라는 것을 알았우. 불빛이 칸막이를 지나 그녀의 베란다를 무대처럼 비추었우. 그래, 한 번 생각해보슈. 무대처럼이란 말이우. 그녀의 차 뒤에 서 있던 자동차가 너무 가까이 있어서 메리 양 자동차의 뒤꽁무니를 대낮처럼 비췄고, 그 차 바로 뒤에 다른 차 한 대가 세워져 있었우. 그 남자의 차는 중간에 갇혀서 꼼짝할 수가 없었던 거유. 누가 그 차에 타고 있었는지는 모르지만, 그 남자는 계속 자동차 경적을 울리고 있었우. 메리 양의 차를 긁지 않고서는 도저히 움직일 수가 없었다우. 누구인지 궁금해하던 차에 그 남자가 경적으로 〈딕시〉를 연주했우. 그 차는 뒤로도 갈 수 없었다우. 뒤에 있는 차가 너무 빽빽이 주차되어 있었거든. 여름철에 흔히 볼 수 있는 광경이었우. 끝에서 끝까지 큰 차들을 어찌나 많이 세워놓았는지, 마치 이탈리아 갱스터들이 모여서 뭐라도 하는 것 같았지. 이 동네에 사는 가난한 사람들한테는 글쎄, 이런 차들이 다 어디에서 오는지 알 수 없었지. 내가 운전하는……"

"내가 무슨 말 하려는지 알죠, 클래런스?" 파라고트 부인이 끼어들었다. 그녀는 손을 여전히 엉덩이에 둔 채 윈필드에게 걸어왔다. "이 사람은 갱스터에 대해서 물어보지 않았다고요! 이 사람이 원하는 것은 사실이라고요!" 그런 다음 그녀는 손을 들어 올리며 밀퍼드에게 화난 표정을 지어 보였고, 그림 아래 인조가죽 의자에 풀썩 앉았다.

"괜찮습니다." 밀퍼드는 두 사람에게 말했다. 그는 노트를 내려놓고 파라고트 부인을 보았다. 그녀는 안락의자에 앉아 있었다. 팔짱을 끼고 다리를 꼬아 앉은 그녀의 얼굴은 그녀가 조바심을 많이 내고 있다는 것을 역력히 보여주었다. 밀퍼드는 윈필드가 말하는 방식에 반대하지 않고, 연필로 조금씩 끄적거리면서 그녀와 이야기해보려고 했다.

클래런스 윈필드는 자신이 한 행동을 부끄러워하며 이를 드러내고 웃었다. 그런 다음 말했다. "미안해, 메리 양. 당신 말이 맞아." 그는 다시 한 번 침을 삼키더니 이번에는 한 문장 한 문장 주저하면서 계속 말했다.

"나와 메이 프랜시스, 그리고 버스터는 그 소란 피우는 소리를 다 들었고, 메리 양이 보통 때처럼 차문을 열고, 시동을 켜고, 전조등을 켜는 것을 봤우. 그래서 그녀의 차는 앞에 세워 놓은 차의 꽁무니를 비추게 되었고, 그 반사된 불빛은 운전대에 앉아 있는 그녀를 비추었우. 내가 그것을 똑똑히 보았우. 그리고 그 남자가 계속 경적을 울리는 것을 들었지. 바로 그때 길 저쪽에서 신형 뷰익을 타고 누가 왔느냐 하면, 빅 보이 랠스턴이 나타났다우. 그는 우리 블록에서 다섯 집 떨어진 데 산다우. 빅 보이는 은행 경비원이고, 당연히 자기 일에 대해 진지하게 생각하는 사람이우. 내 말은 그 남자는 집에 와서도 일을 생각할 정도라는 거유. 하여간 그는 경적을 울려대는 그 남자 쪽으로 차를 몰고 와서 세우고는 소리쳤우. '어떤 놈이 이런 지랄을 떠는 거야?' 이 말이 그 남자를 화나게 만들었고, 그래서 그는 더 귀청이 찢어져라 경적을 울려댔우. 그때 길거리는 불이 다 켜져서 마치 백화점마냥 환했지. 그 차 세 대의 전조등, 브레이크등이 다 켜져서 길거리가 훤하니 노랗고 붉게 번쩍였고, 빅 보이의 차는 소방차처럼 빨갛게 빛났우. 하늘 서쪽은 해가 지고 있어서 조금 분홍색이다가 보라색, 검은색으로 변하고 있었우. 그래도 그 남자는 계속 경적으로 장단을 맞추고 있었우. 빅 보이는 '경적을 지금 당장 멈추지 않으면 뜨거운 맛을 보여주겠어!'라고 소리쳤우. 그러자 그 늙은 불량배가 본색을 드러내기 시작했지. 그 남자는 '오늘이 제삿날인 줄 알아, 빅 보이!'라고 말했우. 빅 보이는 차창 밖으로 얼굴을 내밀어 베란다에 있는 우리를 보았우. 그러고는 소리를 지르더군. '너희도 가만 놔두지 않을 거야, 자식들아. 매일 밤 나를 아주 미치게 하는구먼. 너희가 하는 일이라고는 빼기는 거밖에 없어?' 그러는 동안에도 그 미친놈은 계속 더 세게 경적을 울렸고 빅 보이는 거들떠보지도 않았우. 그래서 빅 보이가 소리쳤지. '오늘이 너희 제삿날이야, 자식들아!' 그리고 그는 뷰익 차문을 부술 듯이 열어젖혔우. 바로 그때 메리 양이 아까 세워둔 자리에서 차를 3피트 정도 앞으로 빼는 것을 보았우. 그 차의 브레이크등이 꺼지고 차 뒤의 붉은 등이 전부 노란색과 흰색으로 번쩍거려서 내 눈길이 저절로 그쪽에 쏠렸지. 그래서 그 장면을 보게 되었우. 빅 보이는 차에 시동을 걸어둔 채 차에서 뛰어내려 차문을 닫았우. 베란다에 나와 함께 앉아 있던 늙은

이 버스터가 웃으면서 나와 메이 프랜시스에게 말했우. '이제 약 오른 빅 보이가 저놈을 괴롭힐 테니 보라고. 금요일 밤은 길고, 아직 누가 나자빠지지도 않았단 말이야.' 버스터가 하는 말은 사실이었우. 빅 보이가 그 남자의 차 주위를 돌 때 그의 어깨는 잔뜩 구부러져 있어서 집 청소라도 하는 것 같았우. 거리의 등불이 빅 보이의 갈색 유니폼과 빨간색 뷰익을 쫙 비춰주는데 빅 보이는 뷰익과 구별 못할 정도로 한 덩어리처럼 딴딴해 보였우."

여기서 윈필드는 잠시 멈춰 한숨을 쉬었다. "개자식!" 누구를 두고 한 말인지 알 수 없었다.

"그날 밤은 엄청났우! 우리는 별일 없이 자리에 앉아 구경하면서 맥주를 마셨우. 다른 사람들도 집 밖으로 나왔우. 어떤 사람들은 창문을 열어 올렸우. 이 동네의 짓궂은 애들이 빅 보이를 부추기기 시작했우. 그런데 그 남자는 멍청하지 않았우. 그 남자는 빅 보이를 상대하면 뼈도 못 추린다는 것을 잘 알고 있었우. 그 남자는 운전대를 급하게 돌려 쏜살같이 그곳을 빠져나갔우. 뷰익 옆으로 운전대를 돌려 나갈 때 그 남자는 주먹을 휘두르는 빅 보이를 간신히 스쳐 지나갔우. 빅 보이는 차 앞으로 돌아 운전석에 올라타고는 그 자식을 쫓아갔우. 바로 그때 내가 본 것은 아까 주차했던 장소로 아주 천천히 후진해서 들어오는 메리 양이였지. 그런 다음 네 가지 일이 한꺼번에 일어났지. 동네 아이들이 소리를 질러댔우. 메리 양 차의 브레이크등에 급하게 불이 들어왔고. 그러다가 쿵쾅 하고 엄청나

수법상의 문제

게 큰 소리가 들렸우! 그러자 빅 보이가 소리쳤우. '제기랄!' 메리 양이 후진을 하다가 그만 그의 빨간색 뷰익의 옆구리를 꽝하고 치고 말았우."

밀퍼드는 꼼짝 않고 앉아 있었다. 그는 소파에 앉아 거실 중앙에 갈색 리넨을 걸치고 조용히 서 있는 그 덩치 큰 남자만 바라보며 몸을 숙이고 있었다. 그는 예수 그림 아래의 안락의자에 앉은 메리 파라고트 부인이 팔짱 낀 팔로 가슴을 더 꽉 감싸고 있는 것을 알아차리지 못했다.

"자," 클래런스 윈필드는 입술에 침을 천천히 바르면서 계속 말했다. "이제 당신이 듣고 싶어 하는 부분에 다 왔우. 빅 보이는 한번 미쳐서 날뛰면 아무도 눈에 보이지 않는 사람이라우! 녀석은 메리 양의 차로 냅다 뛰어가서는 차 문을 열어젖히고 성깔을 부리기 시작했우. 버스터 윌리엄스는 길바닥에 침을 뱉고 나서 우리에게 이렇게 말했우. '이제 진짜 큰일이 나겠어. 누구든 빅 보이의 뷰익에 흠집이라도 냈다가는 그날이 제삿날이지. 한번은 어떤 남자가 뷰익 범퍼에 살짝 흠집을 냈는데 거의 초주검이 되었지. 이번엔 옆쪽이 완전히 나가버렸으니 오늘은 진짜 제삿날이 되겠구먼. 누가 경찰 좀 불러!' 버스터는 메이 프랜시스의 옆구리를 슬쩍 찔렀고, 그녀는 경찰을 부르기 위해 자기 집으로 갔우. 제때에 맞춰 가까스로 말이우. 나는 빅 보이가 메리 양에게 이렇게 이야기하는 것을 들었다우. '아줌마, 왜 이 따위로 내 차에 후진하고 지랄이야? 만약 남자였으면 국물도 없었어.' 그 자식은 이 불쌍한 여자를 마구잡이로……."

"잠깐만요, 클래런스." 그의 뒤에 있던 파라고트가 말했다. "들은 것만 이야기하세요." 그녀는 이 말을 하면서 밀퍼드를 바라보았다. "이분이 온종일 이러고 있을 수는 없어요."

밀퍼드는 아무 말도 하지 않았다. 파라고트 부인이 뭔가 말하려는 눈빛을 보냈지만 그는 아무 답도 해주지 않았다. 대신 밀퍼드는 앞에 서 있는 덩치 큰 사람 쪽으로 얼굴을 돌리고 무릎 위의 서류에 연필로 무엇인가 끄적거렸다.

클래런스 윈필드는 마치 그에게 재확인시켜주기라도 하듯이 미소를 지었다. "좋수." 그는 누구를 두고 한 말은 아니었지만 이야기를 이어갔다. "나와 버스터는 빅 보이가 그녀에게 시비를 걸기 전에 달려갔우. 아까 내가 말한 것처럼 빅 보이는 한번 미치면 누구와 시비가 붙든 상관하지 않는다우. 불쌍한 메리 양은 파자마를 입고 서서 울고불고 투덜거리며 흥분해 있었우. 개들은 짖어대고, 짓궂은 아이놈들은 자동차 두 대가 밝혀놓은 전조등 앞에서 뛰어다니며 소리를 지르고 떠들어댔지. 그때는 하늘이 온통 깜깜해져서 분홍색은 다 없어지고 보라색이 되어 있었우. 정말 볼 만한 광경이었지. 버스터는 맥주를 더 가져오려고 코너를 돌아 달렸고, 베시 메이페어 양은 창문에 기대어 소리쳤우. '생선 샌드위치! 방금 만든 따끈한 생선 샌드위치! 어서 오세요. 많이 있어요. 50센트!' 베시 양은 돈을 벌 수 있는 기회를 절대 놓치지 않는다우. 어쨌든 좀 지나자 경찰차가 붉고 흰 불빛을 번쩍이고 요란한 소리를 내

수법상의 문제

며 달려와서 빅 보이의 빨간 뷰익 바로 옆에 끽 소리를 내며 멈춰 섰우. 백인 경찰이 차장 밖으로 고개를 내밀고 '물러서요! 아무도 시체를 건드리면 안 돼요. 경찰이 여기를 조사할 거요!' 하고 소리를 쳤다우. 빅 보이는 나를 밀치며 경찰을 바라보았우. 그는 시체처럼 굳은 얼굴로 쏘아보면서 말했우. '시끄러워, 이 애송아!' 젠장! 이것이 그가 한 말이었우. 그 길은 백화점처럼 불이 전부 켜져 환했고, 붉고 흰 불빛이 사람들이 입고 있는 파란색, 갈색, 분홍색 옷에 비쳤우. 정말 장관이었지! 하지만 그 사람들 중에서 백인 경찰관만 얼굴이 벌겋게 되었우. 경찰차의 경광등 불빛을 받아 경찰 얼굴에 피가 흐르는 것처럼 보였우. 나는 그 장면을 보았우. 나는 운전석에 앉아 있던 경찰이 차에서 내리는 것을 보았우. 그 사람은 유색인종이었고 당장 상대라도 해줄 듯이 걸어왔우. 경찰은 빅 보이에게 아주 가깝게 다가가서는 그의 눈을 똑바로 쳐다보았우. 그러고는 마치 아무 일도 없다는 듯이 '무슨 일이죠?'라고 말했우. 그러자 빅 보이는 '말도 마슈! 여기 있는 이 아줌마가 최고급 검은색 가죽 시트에 최신 버튼식 기어까지 달린 내 뷰익을 박살 내버렸다고요! 이건 최악이라고요' 하고 말했우. 그 유색인종 경찰은 메리 양에게 질문을 하기 시작했우. 메리 양이 제정신이 아니고 화도 나 있고 또 하도 울어대서 경찰은 메리 양이 술에 취했다고 생각한 것 같았우. 그래선지 그녀를 흰 줄 위에서 걷게 했우. 그는 보도로 걸어가 신발 끝으로 줄이 그어진 곳을 가리켰우. 메리 양은 경찰을 보고 이렇게 말했우. '아니에요, 아냐, 아니라고요, 아냐!" 이게 메리 양이 한 말이우. 그러고 나서 경찰이 메리 양에게 만약 이걸 거부하면 법에 의해 면허가 취소된다고 말하는 것을 들었우. 글쎄, 그때까지 하도 소동을 피워서 메리 양은 그 줄을 따라 걷는다는 생각만으로도 상당히 부끄러웠을 것 같우. 사람들이 웃고 맥주를 마시고 생선 샌드위치를 먹으며 시끄럽게 떠드는 바람에 메리 양처럼 소심한 사람은 파자마를 입은 채 줄을 따라 걷는 것보다는 차라리 면허를 잃는 편이 나을지 모른다고 생각했을 거유. 그래서 그녀는 거부했우. 그러니까 경찰 두 명이 메리 양을 경찰차에 집어넣고 유치장으로 데려갔우. 아까 말한 것처럼 나는 다 보았고, 내가 본 것을 다 말했우. 나는 언제든지 재판관 앞에 가서 똑같이 이야기할 준비가 되어 있우."

밀퍼드는 노트 기록을 마쳤다. 그는 구술을 받는 동안 이따금씩 기록했다. 그리고 이제 시내로 돌아가야 한다는 듯이 조바심을 내고 있는 클래런스 윈필드를 바라보았다. 그런 다음 아직까지 윈필드 뒤의 안락의자에 팔짱을 낀 채 앉아 있는 메리 파라고트 부인을 바라보았다. "이분의 진술은 중요한 부분에서 당신 주장을 뒷받침할 거예요." 밀퍼드가 그녀에게 말했다.

"물론 그래야죠." 파라고트 부인이 대답했다. "그게 문제가 아니에요." 그녀는 어깨를 으쓱했다. "문제는 내가 어떻게 법정에서 쫓겨나지 않고 백인 재판관 앞에서 클래런스가 이야기한 것처럼 증언할 수 있느냐는 거죠." 그녀는 머리카락이 그림

수법상의 문제

액자에 거의 닿을 정도로 고개를 들어 올리더니 잠시 말을 끊고 한숨을 쉬었다. "내가 가장 원하는 것은," 파라고트 부인이 천천히 말을 이어갔다. "바로 이 모든 것을 논리적으로 만들어 줄 백인이에요."

그녀와 윈필드 두 사람은 애원하듯이 콜리스 밀퍼드를 바라보고 있었다.

2

오후 1시 45분, 그들 세 명은 도로교통과 심문실 밖에 앉아 기다리고 있었다. 차를 몰고 시내로 오면서 밀퍼드는 이 사건의 다양한 측면을 심사숙고했다. 이제 그는 파라고트 부인이 옳다고 판단했다. 이것은 배심원 사건이 아니어서, 판사가 클래런스 윈필드에게 제 마음대로 이야기를 하도록 허락하지 않을 수도 있기 때문이었다. 파라고트 부인의 예상대로 그녀가 말하는 모든 변론은 사실에 근거해야 했다. 밀퍼드는 옆 벤치에 앉아 있는 그녀를 곁눈질해 보면서 적잖이 궤변처럼 들리는 그녀의 이야기를 되뇌어보았다. 차 안에서 그녀는 교외에 있는 증권 브로커의 집에서 가정부 일을 했다고 털어놓았다. 증권 브로커와 아내가 하는 대화를 듣다가 관료제와 관료적 절차를 움직이는 사람들이 사실이라는 것에 얼마나 제한적인지 알게 되었다고 했다. 그녀를 둘러싼 환경이 복잡했기 때문에 어떤 변호사라도 끝까지 책임지고 그녀를 변론해줄 가능성은 거의 없어 보였다.

밀퍼드는 똑같이 불쌍하게 생각되는 클래런스 윈필드에게 시선을 돌렸다. 그의 언어는 부정확하지만 그에게는 분명히 어떤 강한 면이 있었다. 그는 왁스 칠을 한 복도 바닥을 바라보는 윈필드를 보았다. 그 흑인 남자는 너무 더워서 매고 있던 넥타이를 붉은 셔츠의 목깃 아래까지 풀어놓고 있었다. 밀퍼드가 그를 바라보았을 때 윈필드는 오른발을 들어 신발 끝을 왼쪽 바짓단에 문질러 닦았다. 밀퍼드가 보고 있는 것을 알아차리자 그는 이를 드러내고 웃었다. 변호사는 다시 한 번 불쌍한 사람이라고 생각했다. 이제 그는 특정한 질문에 '예' 혹은 '아니요'로만 대답해야 했다. 그는 윈필드에게 벤치로 오라고 손짓을 했다. "자, 잘 들어요." 밀퍼드가 말했다. " 조사관에게 이야기할 때는 당신의 진술은 이야기의 마지막 부분, 그러니까 그녀가 체포되었을 때 술에 취하지 않았다는 부분으로 제한해야 합니다. 무슨 말인지 알겠죠?"

클래런스는 몰래 고개를 끄덕였다.

"그리고 절대 먼저 말하지 말고요, 제발. 내가 모든 질문을 할 겁니다."

윈필드는 다시 한 번 고개를 끄덕였다.

"지금 변호사 선생님은 당신하고 이야기하고 싶어 하는 거라고요, 클래런스. 알았어요?" 파라고트 부인은 벤치에 앉은 채 옆으로 기대면서 말했다. "여기까지 와서 저 사람 앞에서 내 일을 망치지 말아줬으면 좋겠어요." 그러더니 그녀는 밀퍼드에게 말했다. "클래런스는 남부 출신이에요. 그는 핵심을 피해서 말하는 경향이 있죠."

"아, 젠장"이라고 말한 다음 윈필드가 막 다른 말을 하려고 할 때 조사실 문이 열리고 그쪽에서 목소리가 들려왔다. "메리 파라고트?"

여자 목소리였다.

변호사는 일어났다. "제가 파라고트 부인을 변호하고 있습니다." 그는 말했다. "그래티스 구역 브라운앤바로우 법률사무소 소속입니다."

"이제, 준비가 다 됐네요"라고 말한 다음 그 여자는 복도 쪽으로 걸어 나왔다. 그녀는 키가 작고 통통했지만 진한 초록색 원피스를 입은 모습이 매력적이었다. 은빛이 도는 금발은 짧게 손질되어 있었다. 속눈썹을 진하게 그려 분홍빛 얼굴이 더 눈에 띄었다. "저는 조사관 해리엇 윌슨입니다." 그녀가 말했다.

그녀가 열려 있는 문을 잡고 서 있을 때, 파라고트 부인이 그녀를 유심히 바라보고 있다는 것을 밀퍼드는 알아챘다. 파라고트 부인의 얼굴에 나타난 표정 그가 본 적이 없는 것이었다. 갑자기 그는 베니어판 커피 테이블 위에 놓여 있던 파라고트 부인의 사진이 기억났고 그 표정에 점점 익숙해졌다. 그는 파라고트 부인의 어깨를 건드리며 속삭였다. "들어갑시다." 파라고트 부인이 앞장서고 클래런스가 그 뒤를 따라 조사실로 들어갔다. 밀퍼드는 클래런스의 어깨 너머로 조사관이 문을 닫을 때 공기 냄새를 쿵쿵대고 맡는 것을 보았다. 방은 눅눅했다. 창턱 위에 놓인 선풍기 한 대가 힘겹게 돌면서 한층 더 후덥지근한 공기를 이 좁은 공간에 불어 넣고 있었다. 그들은 딱딱하고 짙은 갈색 나무 탁자 옆에 놓인 철제 의자에 한 사람씩 앉았다. 해리엇 윌슨 조사관만 혼자 서 있었다.

"자." 조사관 윌슨이 말했다. "이제 시작할 준비가 다 된 것 같군요." 그녀는 클래런스 윈필드의 코트 주머니에 꽃처럼 꽂힌 빨간 비단 손수건에 눈길을 주면서 탁자 쪽으로 유쾌한 미소를 지어 보였다. 그녀는 그 손수건이 마음에 드는 것 같았다. "자." 그녀는 손수건에서 천천히 눈길을 떼면서 다시 한 번 말했다. "원고 측에서 올 겁니다. 그러면 시작하겠어요." 그러고는 조사실 뒤에 있는 유리문 쪽으로 갔다.

"밀퍼드 변호사님." 열렸던 문이 닫히자 파라고트 부인이 속삭였다. 그녀는 그의 코트를 잡아당겼다. "밀퍼드 변호사님, 이 조사를 담당했던 사람들인 것 같아요."

밀퍼드는 어깨를 으쓱했다. "시대는 바뀌는 법이죠." 그는 대답했다.

파라고트 부인은 이 말을 생각해보았다. 그녀는 유리문을 힐끔 본 다음 오른쪽에 앉아 있는 윈필드를 보았다. "밀퍼드 변호사님, 이야기할 게 있는데요." 그녀가 갑자기 말했다. "클래런스는 말할 때 두서가 없으니까 맨 뒤에 이야기하도록 하는 게 어떨까 해요."

"어떤 순서로 말할지는 벌써 정했잖아요." 변호사가 중얼거렸다. 그는 파라고트 부인의 눈에 나타난 미스터리한 모습 때

수법상의 문제

문에 혼란스러웠다. 그녀는 막연하게 재미있어하는 눈치였다. "지금 바꿀 수는 없어요." 그는 그녀에게 말했다.

"메리 양," 윈필드가 끼어들어 말했다. "전에 내가 말했던 그 대로는 말할 수 없우."

"클래런스, 당신이 사실을 말한다면 상관없어요. 괜찮죠?" 그녀는 밀퍼드에게 물었다. 그는 끄덕이며 동의하는 수밖에 없 었다.

"좋아요." 파라고트 부인은 말했다. 그녀는 의자에 앉아 몸 을 쭉 펴고 이마에 맺힌 땀을 닦았다.

이제 그녀는 공공연하게 미소를 짓는 것 같았다.

조사관 해리엇 윌슨이 다시 조사실로 들어왔다. 그녀 뒤로 무거운 녹음기를 들고 메리를 체포했던 경찰관이 들어왔다. 키 가 크고 피부가 올리브색인 그는 연한 회색 여름 정장을 입고 바쁘게 걸어왔다. 그의 갈색 눈에서 엄중한 위엄이 느껴졌다. 그는 공기 냄새를 맡는 듯 펑퍼짐한 코를 쿵쿵거렸다. 녹음기 를 조사관 윌슨의 의자 근처 탁자에 놓고서 그는 탁자 끝에 걸터앉았다. 그러고는 거리낌 없이 다리를 꼬았다. 그런 다음 자신의 오른쪽에 앉아 있는 세 사람을 보고 말했다. "오티스 S. 스모더스 경관입니다."

"안녕하슈?" 윈필드가 탁자 건너편에서 말했다.

밀퍼드는 무뚝뚝하게 고개를 끄덕였다.

파라고트 부인은 아무 말도 하지 않았다. 그녀의 시선은 녹 음기에 고정되어 있었다.

조사관 해리엇 윌슨은 그녀가 바라보는 것이 무엇인지 알아차리고 말했다. "이것은 배심원 사건이 아닙니다. 사건을 조사할 때 우리는 관련된 모든 증언을 녹음해 주도州都에 있는 중앙 조사관에게 보냅니다. 그곳에 있는 사람들이 최종 결정을 하죠."

밀퍼드는 탁자 아래에 무릎이 닿는 것을 느꼈다. "그걸 알았어야 했는데요." 파라고트 부인이 옆에서 속삭였다. "좀 있으면 거짓말탐지기도 가져오고 일사천리로 몰아붙이겠네요."

밀퍼드는 그녀에게 조용하라는 신호를 보냈다.

탁자 끝에 앉은 스모더스 경관은 재미있다는 듯 입가를 움직이면서 그들을 살펴보는 것 같았다.

윌슨 조사관은 손가락을 녹음 버튼에 올려놓고 탁자 주위를 둘러보았다. 밀퍼드는 옆에 있는 파라고트 부인이 긴장한 것을 느꼈다. 절망에 찬 열기가 그녀의 몸에서 뿜어져 나오는 것 같았다. 윌슨 조사관은 클래런스 윈필드에게는 기분 좋게 미소를 지었으나 스모더스 경관에게는 아주 냉정한 눈길을 보냈다. 그녀는 녹음 버튼을 눌렀다. 마이크에 날짜와 사건명을 말한 다음 당사자들에게 맹세를 시켰다. 그런 다음 스모더스 경관에게 진술하라고 몸짓을 했다.

스모더스 경관은 맹세를 할 때 파라고트 부인과 윈필드보다 손을 더 높이 들어 올렸다. 그는 이제까지 숨겨놓은 정확하고 간결한 웅변술로 자기주장을 펼쳤다. 그의 단어 선택은 정확했고, 의사 전달 방법은 착오가 없었다. 음주 측정에 관련된 증언 부분에 이르러서 그는 코트 주머니에서 종이를 한 장 꺼내어 읽기 시작했다.

"(…) 용의자는 측정에 응하는 것이 법적 의무라는 것을 고지받았습니다. 용의자의 대답은," 그는 가는 갈색 손가락을 종이 위에 댔다. '나는 아무것도 못 해요.'

이 말은 밀퍼드의 귀에 아이들이 칭얼대는 소리를 웃기게 흉내 낸 것처럼 들렸다. 심지어 파라고트 부인조차도 그 소리에 움찔하는 것을 그는 보았다. 클래런스 윈필드는 양처럼 온순해져서 겁먹은 듯이 의자에 수그리고 앉아 있었다. 스모더스 경관은 파라고트 부인이 음주 측정을 거부할 때 자신이 어떤 반응을 보였는지에 대해서는 아무런 설명도 하지 않은 채 진술을 끝냈다. 윌슨 조사관을 쳐다보면서 냉정하고 완벽한 표현으로 "그건 내가 해야 할 말입니다"라고 말하는 그의 모습은 밀퍼드의 눈에 더욱더 비열해 보였다. 밀퍼드에게 스모더스 형사가 의자에 기댄 모습은 아주 독선적으로 보였다.

"질문이 없다면," 해리엇 윌슨 조사관이 밀퍼드에게 말했다. 그녀의 손가락은 이미 녹음기 정지 버튼에 올라가 있었다.

"그때 그녀에게 음주 측정을 하라고 했죠?" 밀퍼드는 시간을 벌기 위해 질문을 던졌다.

"물론이죠." 스모더스 경관은 전문가처럼 손가락을 깍지 낀 채 무릎에 올려놓았다.

"그녀가 음주 상태였다고 결론지을 만한 단서를 가지고 있었나요?"

"당연하죠."

"어떻게요?"

"그녀의 숨소리죠. 그녀는 헐떡이며 숨을 쉬었죠. 그리고 발음도 분명하지가 않았고요."

"남부 억양을 두고 발음이 분명하지 않다고 생각한 건 아닙니까?"

"아뇨, 아닙니다." 스모더스 경관은 아랑곳하지 않고 말했다. "나도 남부 출신인걸요."

탁자 건너편에서 조사관 해리엇 윌슨이 미소를 짓고 있었다. 그녀의 손가락은 금속으로 된 녹음기 정지 버튼을 두드리고 있었다.

"여기서 할 말이 있우." 클래런스 윈필드가 끼어들었다. "내가 그곳에 있었우. 내가 모든 것을 봤우. 사실은 그렇지 않았우."

조사관 윌슨이 윈필드를 곁눈질로 쳐다보았다. "지금 이 증인의 증언을 듣고 싶습니까?" 그녀는 밀퍼드에게 질문했다.

변호사는 자신이 대답을 하기 전에 파라고트 부인이 손으로 자신의 어깨를 누르는 것을 느꼈다. 그가 올려다보니 그녀는 이미 일어서 있었다. "아니요, 아무튼 감사합니다." 그녀의 목소리가 평소와 무척이나 다르게 느껴졌다. 그녀는 조사관 윌슨을 마주하고 서 있었지만 녹음기만 뚫어져라 보고 있었다. 그녀의 얼굴은 무표정했다. 목소리만이 그녀의 감정을 드러냈다. "나는 결백해요." 파라고트 부인이 말하기 시작했다.

수법상의 문제

"하지만 누가 내 말을 믿겠어요? 누가 저 경찰관 말을 안 듣고 내 말을 듣겠어요? 우리 둘 다 흑인이에요. 그는 자신이 흑인인 것에 신경을 쓰지 않죠. 저도 마찬가지예요. 저 경찰관은 나보고 죄가 있다고 하는데 나는 결백해요. 그날 밤 그 일이 벌어졌을 때 나는 집에서 잠옷 차림으로 내 할 일을 하고 있었어요. 차를 운전하려고 하지도 않았다고요……."

그녀는 자기 입장에서 이야기를 풀어나갔다.

그녀가 느리고 정확하게 말하는 동안 밀퍼드는 두 명의 조사관을 보았다. 조사관 해리엇 월슨이 감동을 받은 것은 당연한 일이었다. 그녀의 눈길은 녹음기 쪽을 주시하고 있었다. 하지만 스모더스 경관은 그 여인의 간청에 무덤덤한 것 같았다. 깍지 낀 손은 여전히 무릎을 받치고 있었고, 눈은 매섭게 방을 둘러보고 있었다. 한순간 그는 왼손을 들어 코의 왼쪽을 만졌다.

파라고트 부인은 말을 끝내고 다시 의자에 앉았다. 약 1분간 아무도 말을 하지 않았다. 방 안에 들리는 것이라고는 녹음기가 돌아가는 작은 소리와 선풍기가 윙윙대는 소음뿐이었다. 클래런스 윈필드가 시끄럽게 마른기침을 했다. 조사관 해리엇 월슨이 자리에서 벌떡 일어났다.

"말해보세요, 스모더스 경관님." 밀퍼드가 말했다. "만약 음주 측정을 했다면, 어떻게 했다는 거죠?"

"줄을 따라 걸으라고 말했죠. 늘 하는 것처럼 말입니다." 스모더스 경관은 대답했다.

"그것이 답입니까?"

"그렇습니다." 스모더스 경관은 지친 목소리로 말했다.

"하지만 용의자는 세 가지 측정 방법 중에 하나를 선택할 권리가 있다는 법이 있잖습니까? 음주측정기, 혈액검사, 소변 검사 말입니다. 그 법령을 읽어보면, 줄을 따라 걷게 하는 것은 없습니다."

"그런 것 같군요." 스모더스 경관이 말했다

"당신이 고안한 방법을 독단적으로 선택할 권한이 있나요?"

"내 선택은 독단적이지 않았어요!" 스모더스 경관이 반발했다. "현장에서는 그 방법을 쓰는 것이 방침입니다. 다른 방법은 경찰서에서 하는 것이죠."

이제 밀퍼드는 안심했다. 그는 올리브색 피부의 경찰관에게 귀찮다는 듯이 미소를 지었다. "경찰 기록에 올리기 전에 경찰서에서 그녀에게 다른 측정 방법 중 하나라도 제공했나요?"

"그건 잘 모르겠습니다." 경찰관은 대답했다. "보고서를 작성하고 저는 경찰서에서 나왔어요."

밀퍼드는 이제 자신감이 붙은 목소리로 파라고트 부인에게 고개를 돌려 말했다. "다른 음주 측정이 있었나요?"

"아니요." 그녀는 부서질 것 같은 목소리로 담담하게 말했다. "그들은 우리 집 앞에서 아무것도 안 하고 감옥에 처넣기만 했죠. 잠옷 차림인 나를 감옥에 넣어버렸어요."

"충분히 들었습니다." 해리엇 윌슨 조사관이 말했다. 그녀의 분홍빛 얼굴은 슬프면서도 흐뭇해하는 표정이었다. 그녀는 녹음기의 정지 버튼을 눌렀다. "30일 이내에 위원회에서 통보할 겁니다." 그녀는 탁자 반대편에 있는 파라고트 부인에게 말했다. "그동안 당신의 운전면허는 유지됩니다."

그들 모두 갑자기 자리에서 일어났다. 밀퍼드는 스모더스 경관의 적대적인 눈총에 즐거워 죽겠다는 듯이 활짝 미소를 지었다. 밀퍼드는 그에게 손을 내밀었다. 그들은 거의 손을 잡는 둥 마는 둥 했다. 변호사는 파라고트 부인의 팔짱을 끼고 그녀를 문 쪽으로 인도했다. 클래런스 윈필드는 넥타이를 풀어 헤치고 그 뒤를 따랐다. 윈필드는 조사관 해리엇 윌슨의 목소리가 방 밖으로 흘러나오는 것을 들으면서 문을 닫았다. "오티스, 다음에는 말이야, 이렇게 말해야……."

밀퍼드와 클래런스 윈필드는 파라고트 부인이 여자 화장실 앞 복도를 걸어 나올 때까지 벤치에서 기다렸다. 윈필드는 바지를 추스르며 주위를 어슬렁거렸다. 밀퍼드는 기뻤다. 그는 혼란스러운 상황에서 주도권을 잡고 논리적인 결과를 내놓았다. 그가 질서를 잡은 것이다. 그는 멍하니 클래런스 윈필드를 따라 음수대로 가서 윈필드가 물을 마시길 기다렸다. "이 일은 그녀에게 큰 의미가 있겠군요." 밀퍼드는 말했다.

윈필드는 엄지손가락으로 금속 버튼을 누르고 있었다. 그가 동의하는 뜻으로 고개를 끄덕일 때 차가운 물이 그의 갈색 볼에 튀었다. "그렇다우." 그가 말했다. "내가 메리 양에게 술 마시는 것에 대해 여러 번 이야기했었우."

밀퍼드는 맥주 한 잔 정도야 용인할 수 있다고 생각했다. 하지만 그렇게 더운 날 밤에 과연 무슨 일이 일어났던 것일까? 물을 마시기 위해 몸을 숙이면서 그는 윈필드에게 그렇게 물었다.

클레런스 윈필드는 키득거렸다. "이것 보슈, 메리 양은 맥주를 마시지 않는다우!" 그는 밀퍼드의 귀에 바짝 다가왔다. "메리 양은 메이커스 마크^{미국 켄터키 지방에서 생산되는 최고급 위스키. 미국의 대표적인 버번위스키 상표}밖에 안 마신다우." 그는 다시 웃었다. "나는 당신이 알고 있는 줄 알았우."

밀퍼드가 고개를 돌리자 파라고트 부인이 나오는 것이 보였다. 그녀의 푸른 드레스가 화려하게 하늘거렸다. 그에게는 그녀가 뽐내며 걸어오는 것 같았다. 그녀는 집에 있는 커피 테이블 위 사진 속에서 사랑하는 윌리 옆에 선 모습처럼 환하게 웃고 있었다.

클래런스 윈필드는 차가운 물을 자기 눈에 튀기면서 밀퍼드를 슬쩍 찔렀다. "신경 쓰지 마슈." 윈필드는 계속 말했다. "당신과 나, 우리가 그녀를 바로잡을 수 있을 거유."

수법상의 문제

흉
터

●

웨일런드 박사가 늦는 데다가 대기실에 최근 시사 잡지도 없어서 나는 다른 환자에게 고개를 돌려 말을 꺼낼 수밖에 없었다.

"걱정스러워서 그러는데요, 같은 형제자매로서 질문을 해도 되겠어요? 마음을 상하게 하려고 하는 것은 아닙니다만, 당신 얼굴에 있는 이 흉터는 어떻게 생긴 거죠?"

그 여인은 모욕을 당했다고 느끼는 것 같았다. 조금 전까지만 해도 대기실을 멍하게 둘러보던 그녀의 갈색 눈이 갑자기 미간을 좁히며 참담하다는 듯이 내게 비난의 시선을 쏘아댔다. 그녀는 담배 한 개비를 뽑아 입술에 물고는 내 얼굴에 대고 자욱한 연기를 뿜었다. 기분 나쁘게 고의로 한 행동이었고, 불손하고 쌀쌀맞은 짓이었다. 그녀의 얼굴 왼쪽에 길게 휘어 있는 흉터는 검게 변해 있었다. "질문 하나 할까요?" 그녀가 말했다. "당신 가족과는 아무 상관도 없으면서 그냥 남의 일에 참견 잘하는 사람으로서 말이지요. 어떻게 하다가 당신 코는 전부 붕대를 감고 있죠?"

그것은 내가 던진 질문에 대답 대신 던진 반격이었고 공평한 질문이었다. 웨일런드 박사는 오자마자 붕대부터 제거할지도 모른다. 그리고 어쩌면 그녀는 나에게 다시 질문하지 않을지도 모른다. 참을성 없는 남자는 먼저 떠벌려야 한다. "열정의 사고라고나 할까." 나는 그녀에게 말했다. "사랑을 나누다가 그만 내 침대의 헤드 부분에 코를 세게 부딪쳤죠."

그녀가 웃었다. 친근함이 전혀 없는 건 아니지만 무겁고 풀이 죽어 킬킬거리는 웃음이었고, 나의 솔직함과 내가 고통 받는 은밀한 이유를 조금은 인정하는 듯한 웃음이었다. 그녀의 목소리에 녹아 있는 단호함에서 그것을 알아차릴 수 있었다. 그녀는 내게 관심을 보였다. 나를 아래위로 훑어보다가 시인한다는 듯 좀 더 웃어젖혔다. 그녀는 다리가 토실토실하고 가슴이 풍만한, 혈기 왕성한 여자였다. 나는 체격이 작았다. 그녀는 자신이 감상한 대상을 앞에 두고 웃었다. 끝내는 갈색 손바닥으로 얼굴에 있는 눈물을 닦기까지 했다. "당신은 결혼했을 리가 없어요." 그녀는 말했다. "당신한테는 아내라는 게 결혼할 만한 가치가 없거든요."

나는 고개를 끄덕였다.

"난 알고 있어요." 그녀는 말했다. "최고의 남자들은 결혼하

지 않죠. 그냥 어항에서 물고기를 낚듯이 여자를 쉽게 낚아
요."

"나는 바람피우는 남자 아니에요." 나는 그녀에게 핀잔을
주었다. "누구든 가능하면 친밀한 관계를 맺는 것뿐이죠."

그녀는 감정이 상했다는 뜻으로 팔을 뻗어 내게 조용히 하
라고 했다. 그러고는 발밑 하얀 타일에 담배를 비벼 껐다. "내
게 그렇게 말할 필요 없어요." 그녀는 말했다. "남자들이 왔다
갔다 한다는 것쯤은 나도 알아요. 당신네들 중에 우리 할머니
를 주일학교에 보내달라고 믿고 맡길 만한 사람은 없지요."

이 말과 함께 그녀는 웨일런드 박사 진찰실의 우윳빛 유리
문을 물끄러미 바라보다가 어떤 무서운 회상에 잠긴 것처럼
잠시 말을 멈추었다. 대기실의 엄숙함이 우리를 엄습했다. 우
리는 안쪽 사무실에서 풍겨오는 소독약 냄새를 들이마시고
있었다. 함께 문 쪽을 주시하고 숨을 깊이 들이마시며 차례를
기다리고 있었다. "정말 아무도 없더군요"라고 조용히 말하는
그녀의 눈은 젖어 있었다.

그 흉터는 여전히 나의 관심을 끌었다. 그것은 그녀의 눈썹
과 왼쪽 눈꺼풀과 코를 지나 양 입술을 거쳐 거의 턱 중앙에
서 끝나도록 휘어 있는, 지독히도 검은 표식이었다. 흉터는 굵
고 검은색이었으며, 오래전에 열십자 모양으로 꿰맨 자국이
남아 있었다. 마치 어떤 집요한 정신이상자가 그녀의 몸에 완
벽한 반원을 새기려고 처음 손을 댔다가, 그 뒤 장식을 하려다
망쳐놓은 것 같았다. 너무도 기괴한 흉터여서 사람의 손으로

171

한 것 같지 않았고, 마치 흙이 묻은 창틀 실리콘처럼 벗길 수 있을 것 같았다. 하지만 여기는 외과의사의 진료실이고 그 흉터는 진짜였다. 그녀의 금발 가발, 보라색 바지 정장이 모두 진짜인 것처럼 나는 그녀를 진짜로 인정한다는 듯 살펴보았다. 이런 여자들은 천성적으로 자신을 심오하게 표현하는 경향이 있다. 그들의 스타일은 개인적인 의미가 있으며, 영혼의 비밀스러운 치유 방법임을 드러낸다. 그들의 외모, 그 보기 흉한 모습마저 의미심장하다. 개인적으로 이 여인은 보라색 캐딜락을 몰면 사람들이 어떻게 보는지 아는 남자들과 같은 종류라는 생각이 들었다. 이런 고수들에겐 마치 암호문을 판독하듯이 절묘한 순간을 포착해서 접근해야 한다.

"이런 흉터는 전에 한 번도 본 적이 없어요." 나는 손목시계를 힐끗 보며 말을 꺼냈다. 웨일런드 박사가 와서 내 붕대를 제거하는 순간, 그녀의 동정심에 기댈 수 있는 기회는 영영 사라질 것이다. "무슨 일이 있었는지 말해주겠어요?"

"다시 물어볼 줄 알았어요." 그녀의 갈색 눈동자가 매정하게 나를 쏘아보았다. "이런 웃기는 안경을 낀 당신 같은 흑인들은 진짜 재밌어요. 당신은 모든 걸 다 알아야만 직성이 풀리죠. 구석에 앉아서 사람들 관찰이나 하니 말이죠." 그녀는 얼굴을 문지른 다음 바지에 손바닥을 닦았다. "당신이 여기 들어올 때부터 봤어요."

"형제로서 말인데……." 나는 시작했다.

"당신 주제에 어떻게 내 형제가 되겠어요?" 그녀는 말했다.

흉터

우린 둘 다 웃었다.

"난 한때 예뻤어요." 그녀는 코를 심하게 쿵쿵거리며 말을 시작했다. "내가 열여섯 살일 때 우리 엄마의 목사님은 자기 아내와 교단을 버리고, 날 데리고 디트로이트로 도망을 갔어요. 이 흉터와 몸뚱이를 보면 내게 무슨 일이 있었는지 알 만하죠." 그녀는 잠시 쉬더니 의미심장하게 물었다. "안 그래요?"

나는 그녀의 육중한 체격에서 예전의 조그마했던 모습을 상상해보며 재빨리 고개를 끄덕였다.

그녀는 나의 고갯짓을 보고 안심했다. "그 일이 벌어진 것은 스물한 살 때였죠." 그녀는 계속했다. "나는 10번가에 있는 우체국에서 좋은 일자리를 구했어요. 나는 옷을 잘 차려입었고, 남자들을 마음대로 고를 정도로 예뻤죠. 덩치 큰 남자, 허약한 남자, 늙은이, 기혼자, 심지어 신학 대학생까지요. 근데 내 근무 감독관인 페리스가 몰래 내 뒤를 쫓아다녔어요. 이런 백인들을 희롱하게 놔두면 안 돼요. 그는 나에게 힘든 일 말고 책상머리에 앉아서 소인을 찍거나 파손된 우편물을 취급하게 해주겠다고 제안했지요. 하지만 나는 자존심이 있었어요. 나는 그에게 빚지고 사는 것보다는 차라리 객장 일을 하는 편이 낫겠다고 말했어요. 나는 그에게 손가락을 흔들면서 말했어요. '나한테 흑심을 품고 희롱하지 말아요. 나는 철새가 어디로 갔는지 잘 알지요. 만약 흑인 여자라고 얕보면, 당신한테도 그 차례가 돌아올걸요!' 그러자 그는 얼굴이 벌게져서 나를 객장 근무조로 배치했어요. 매번 교대 근무 때 말이죠. 내가 뭘 할 수 있었을까요? 나라에서 뭐라고 거짓말을 하든 우체국에서는 그딴 권리 같은 건 찾아볼 수 없었죠. 그래도 난 옷은 거지같이 입더라도 돈을 좀 모으고 싶었고, 어떤 말썽도 일으키고 싶지 않았어요. 더군다나 그 당시에 내 근무 시간대에는 좋은 사람들이 많았거든요. 리로이 보그스, 레드 본, '빅 보이' 타이슨, 프레디 메이……."

"흉터는 어떻게 된 거요?" 나는 그녀의 횡설수설을 중단시켰다. "그들 중에 누가 상처를 입혔나요?"

그녀의 갈색 얼굴이 붉으락푸르락해졌다. "내 이야기는 이런 거죠!" 그녀는 나를 위아래로 의심스럽게 훑어보며 중얼거렸다. "당신 같은 사내들은 뭐든 끝까지 다 듣는 걸 못 참죠. 토막 내는 걸 좋아한다니까." 그러고는 갈색 손가락을 흔들어댔다. "그래서 당신 코가 이 꼴이 된 거라고요. 왜 그랬을까? 시간을 두고 찬찬히 생각해봐요."

다시 나는 손목시계를 힐끔 보고 그녀의 일리 있는 말에 동의한다는 듯이 고개를 조심스럽게 끄덕였다.

"나한테 이렇게 한 사람은 바로 내 남자 친구였어요." 그녀는 좀 더 천천히, 경계하는 투로 계속 말했다. "당신을 보면 볼수록 그의 모습을 보게 되네요. 그 사람도 당신처럼 다리를 꼬고 앉아서 정력을 모두 쥐어짜 머리로 보냈죠. 그의 이름은 빌리 크로퍼드였고, 10번가 지점의 소포 창구에서 일했어요. 그는 나보다 아홉 살이 많았고 제대군인 원호법으로 세워진 야간학교를 다니고 있었어요. 점심시간에 그를 휴게실에서 만났을 때가 내 나이 스무 살이었지요. 그는 혼자서 벽을 마주한 채 탁자에 앉아 빌어먹을 책에 코를 박고 치즈 샌드위치를 먹고 있었죠. 그 당시엔 그 남자보다 더 좋은 사람을 알지 못했죠. 나는 그의 옆에 앉았어요. 그가 나를 올려다보며 말했어요. '물이 스스로 알아서 제 수위를 찾아 돌아가게 마련이듯이 사람 역시 그렇죠. 당신은 인간쓰레기가 아니에요. 그렇다고 허송세월하거나 허튼소리 하는 사람들과 어울릴 사람도 아니에요. 어서 여기 제 자리 옆에 앉으세요.' 그는 뒷방에 있는 다른 모든 남자와 여자들이 방탕하다고 말했어요. 점심시간에 카드놀이 하는 것을 낙으로 삼는 사람들 말이에요. 나는 그가 말한 것이 재미있어서 웃었죠. 하지만 좀 더 알았어야 했어요. 그는 나에게 치즈 샌드위치를 주었고 뒷방에 있는 저질 인생에 대해 설교하기 시작했어요. 빌리는 그들 중 누구도 용납하지 않았죠. 그는 그들이 옷 입는 방식, 걷는 모습, 근무시간에 일하는 방식을 혐오했어요. 만약 그들 모두가 자기를 닮으려 노력하며 스스로 발전해나간다면, 흑인은 아무 문제가 없을 거라고 했어요. 그는 유진 웰스, 레드 본, 크레이지 새미 마이클을 지목하며 나한테 이야기했어요. '그런 사람들은 자기가 우체국에 정착할 수 있을 거라고 생각하죠. 앞으로도 한 20년은 이런 일들이 인간의 손을 필요로 할 거라고 믿고 있지요. 하지만 당신도 여기를 거쳐 가는 유대인과 푸에르토리코 사람들을 봤잖아요. 그 사람들은 세상이 어떻게 돌아가는지

다 알고 있어요. 장담컨대 그 사람들 중에서 이곳에 뿌리를 내리는 사람은 보지 못했을 거예요. 그 사람들은 자신을 발전시켜 여기를 빠져나가려고 하죠. 나처럼요.' 그러고 나서 그는 미소를 지으며 내게 손을 뻗었어요. '나는 당신이 냉정한 눈을 가지고 있고 저 사람들과 거리를 둘 줄 아는 똑똑한 아가씨라고 생각해요. 제 클럽에 들어온 것을 환영합니다. 내 이름은 빌리 크로퍼드예요'라고 하더군요.

사실 난 그를 좋아했어요. 그는 내가 알던 허풍쟁이나 재즈광하고는 달랐죠. 나는 그가 흰 셔츠에 검은색 넥타이 차림을 부끄러워하지 않아서 좋았어요. 무슨 일이든 그다음에 무엇을 할지 언제나 알고 있어서 좋았고요. 다른 사람들이 그를 꼴사납게 보아도 신경 쓰지 않는 그가 좋았어요. 첫 데이트에서 그는 흑인인 우리가 들어오는 것을 보고도 백인 웨이터가 기분 나쁜 기색을 보이지 않는 식당으로 나를 데려갔어요. 그것이 그의 스타일이었죠. 그는 광고문에서 본 적도 없는, 우스꽝스러운 이름을 가진 포도주를 어떻게 주문해야 하는지 알고 있었어요. 그는 나를 위해 문을 열어주었고, 식사를 주문할 때 그레이비소스를 얹은 밥이나 소다수를 시키지 말라고 했죠. 나를 도와주는 그가 싫지 않았어요. 그는 여러 가지 면에서 재미있는 사내였죠. 그는 전쟁 중에 입은 총상으로 왼쪽 다리를 간혹 절뚝거렸지만, 오히려 그 걸음걸이는 그를 거만하게 보이게 했죠. 그는 자기가 걷는 모습을 지켜보는 사람을 노려봐서 나를 민망하게 하곤 했어요. 그는 군대에서 퇴역한 후

아내와 관계를 끊었다며 제 아내가 자기에게 해왔던 짓거리들에 대해 이야기했어요. 빌리는 여자를 믿지 않았어요. 그는 다른 여자들은 일하는 남자의 돈을 쫓는데 나는 다르다고 말했어요. 그는 내가 신을 두려워하는 여자이고, 우리 엄마가 나를 잘 키웠고, 자신이 나의 정신을 잘 계발해줄 거라고 말했죠. 그때 나는 그의 말에 반대할 이유가 전혀 없었어요. 빌리는 '당신은 나를 제때에 잘 만났어요'라고 말하는 것을 좋아했죠.

하지만 내 동료인 레드 본이 우리 사이가 어떻게 돌아가는지 알게 되었고, 우리 일에 큰 관심을 보이기 시작했어요. 레드는 남자들이 빠지기 쉬운 스타일이었고, 기가 센 여자였어요. 덩치가 크고, 황색 피부에다가 머리카락은 붉고, 남자를 꾀어 남자 집으로 갈 수 있는 입담도 갖췄죠. 그 여자는 우편실을 휘젓고 돌아다니며 옆에 있는 사내들을 팔꿈치로 치면서 '나랑 한바탕 놀아보지 않을래요, 숙맥 씨! 내가 당신을 죽여주겠어! 아무튼 당신은 내가 세 살 때나 하던 야한 생각을 하지 않을 수 없을걸!' 하고 말했죠. 하지만 그녀도 좋아하는 사람을 만나면 엄마처럼 따뜻하고 부드럽게 변하기도 했어요. 그녀가 계속 나에게 말을 걸어왔어요. '자, 내 말 좀 들어봐. 빌리에게서 좀 인간쓰레기 같은 기질이 보이지 않니? 보면 볼수록 별 볼 일이 없어. 아래층에서 우리가 놀고 있으면 그는 항상 그 빌어먹을 책 너머로 우리를 보며 눈알을 굴리고 있지! 그의 몸에는 리듬이라곤 없고, 근육이 발달된 곳이라고는 눈밖에 없지'라고요.

그런 식의 얘기 때문에 난 속상했어요. 특히나 그녀가 말하면 더 그랬어요. 하지만 어떤 여자들은 남의 남자를 차지하려고 그런 악소문을 퍼뜨리고 다닌다는 것을 나는 알았죠. 어떤 여자가 성실한 남자, 착한 부양자를 마다하겠어요. 그런 사람이 바로 빌리였던 거지요. 대개 사람들이 그런 성실한 남자를 폄하하기 시작하면 그 사람들은 그냥 지켜보는 게 아니라 뭔가 다른 꿍꿍이가 있는 거죠. 그래서 나는 그녀에게 말했어요. '빌리는 나쁜 버릇이 없어. 그는 열심히 일하지. 술 담배는 입에 대지도 않고 놀러 돌아다니지도 않는 데다가 곧 대학 학위도 딴다고.' 하지만 이런 말이 레드에게 영향을 주진 못했어요. 뭔지는 모르겠지만 그녀는 마음속에 뭔가 품고 있었어요. 아마도 빌리의 태도였던 것 같아요. 빌리라면 그녀를 사소하게 홀려넘길 거라고 사람들이 생각하는 게 마음에 걸렸던 거죠. 어쩌면 레드는 자신이 만난 모든 남자를 파멸시켰고, 그녀가 작업을 걸어서 안 넘어간 사람을 한 번도 본 적이 없었기 때문인지도 모르죠. 빌리는 강한 남자였어요. 그는 주간 근무를 했어요. 만약 그가 아첨하고 뇌물을 쓴다면 3, 4년 후에는 관리자로 진급할 수 있었지요. 하지만 그는 자기 할 일만 했어요. 조용히 말이지요. 할 수 있는 초과근무를 하면서 일주일에 3일은 야간학교를 다녔어요. 자신이 비번인 날에는 공부를 했고, 내가 비번일 때에는 나를 밖으로 데리고 나가 가볍게 한 잔하곤 했어요. 일주일에 하루 이틀 그의 집에 머물렀지만, 대부분 내가 살던 앨베네 숙모 댁에 12시가 되기 전에 나를 데려다주었어요.

솔직히 말해서 레드와 몇몇 사람들이 나를 외면하기 전까지 나는 다른 사람들과의 파티, 춤, 모임에서 빠져본 적이 없어요. 그런데 언제가부터 점심시간에 휴게실에 내려가도 그들은 나에게 카드게임을 하자고 손을 흔들지 않더군요. 리로이 보그스가 우편실을 돌아다니며 사람들에게서 파티 회비를 걷을 때 나에게 몇 달러 넣어달라고 부탁하지도 않더라고요. 그는 그저 차갑게 웃으면서 마치 내가 들으라는 듯이 큰 소리로 '아닙니다. 토요일 밤 생선 튀김이 나오는 파티에서 수준 있는 사람들을 만날 리가 없죠'라고 다른 사람에게 말하곤 했어요."

"내가 레드에게 무슨 일이냐고 물었을 때 레드는 나에게 도리어 따져 물었어요. '네가 교수랑 사귀더니 콧대가 아주 높아졌다고 사람들이 난리야. 네가 그 남자처럼 떠벌리고 다니면서 거드름을 피운다고 소문이 쫙 퍼졌어. 난 네 친구고 또 친자매 같아서 그런 말을 믿지 않지만, 너 앞으로 조심해야 할 거야. 우리 할머니가 한 말이 있어. 다른 사람이 모두 투스텝을 추고 있으면 네가 아무리 폭스트롯을 잘 춰도 아무 소용이 없는 법이라고. 게다가 빌리 크로퍼드는 인간쓰레기 기질이 보인단 말이야. 누군가 그가 어떤 인간인지 밝혀내기만 하면 너는 정말 외톨이가 될걸. 머리를 써, 계집애야. 그리고 멍청한 짓 그만해. 모두가 너를 보고 있다고!'"

나는 아무 말도 하지 않았지만 레드가 한 말을 어떤 때보다 골똘하게 생각해봤어요. 빌리는 학위를 마치고 2, 3년 후에 우리가 결혼하게 될 거라는 암시를 강하게 주었어요. 그는 고등학교 교사가 될 계획이었어요. 하지만 교사의 아내가 되는 거 말고 내가 얻는 게 뭐겠어요? 우리가 결혼한다고 쳐도 나는 친구도 없이 우체국 구석에 처박혀 지내야 하는 신세가 될 게 뻔했죠. 만약 그가 나와 결혼하지 않거나 레드 말마따나 인간쓰레기라면, 나는 아무짝에 쓸모없는 사내 때문에 내 인생의 좋은 시기를 스스로 포기한 바보가 되는 거라고요. 그 당시에 곧장 딴마음을 먹지는 않았지만, 나는 다른 눈으로 빌리 크로퍼드를 보기 시작했어요. 어떤 순간부터 방향을 바꿔 일상 속의 그를 파악해내려고 했어요. 독서하고 일하고 먹고 언제나 똑같은 것을 떠들어대는 그를 말이에요. 얼마 지나지 않아 나는 그가 무엇을 하고 있는지 감시할 필요가 없어졌어요. 그는 매주 월요일 아침보다 더 규칙적인 사람이었어요. 이제 여자가 마무리할 때가 되었죠. 결심이랄 것까진 없지만, 언젠가 딴 남자가 생겼을 때 핑계 댈 말을 연습해야겠다는 마음이 생기기 시작했어요. 어떤 여자들, 특히 유부녀들은 새로 사귄 애인에게 거짓말을 잘하지요. 만약 남편이 열심히 일하고 가정을 잘 돌보면, 남편이 자기를 막 대하며 잠자리도 별로라고 애인한테 말할 거예요. 만약 남편이 잠자리 솜씨가 좋으면, 아내에게 무슨 문제가 생기든 신경 쓰지 않는 냉혈한이라고 거짓말을 할 거고요. 아니면 너무 어릴 때 결혼했다고 말하겠죠. 나는 진실을 이야기하는 것이 옳다고 생각해요. 빌리는 나뿐 아니라 거의 대부분의 여자들에게 과분한 남자예요. 그는 더 잘되어야 하는 사람이기 때문에 나는 내 수준에 맞는 다른 사람을 찾기 시작했어요.

그때쯤, 달변인 젊은 애송이 하나가 39번가 지점에서 우리 우체국으로 전출되어 왔어요. 소문을 들어보니 여자 문제도 많고, 하고많은 주먹다짐 때문에 전출 오게 된 거라고 하더라고요. 곧 왜 그런지 알게 되었지요. 그 남자는 매일 패션쇼에 나가는 것처럼 입고 다녔어요. 특별 제작한 반짝이 나팔바지를 풀을 먹여 입고 다녔죠. 왼쪽 손가락에 다이아몬드 반지를 두 개나 끼고 다녔는데, 우편물을 던질 때마다 번쩍번쩍했고, 금니는 온종일 빛났죠. 그 남자의 이름은 테디 존슨인데, 사람들은 그가 타고 다니는 큰 오토바이 이름대로 그를 '엘도라도'라고 불렀어요. 그는 많은 사건과 딴 패거리들에 연루되어 있었어요. 우체국은 그냥 위장하기 위해 다니는 거였죠. 말이 많고 태평스러운 성격에 여자 꽁무니를 지겹게 쫓아다니는 스토커였죠! 하지만 나는 그 남자의 말을 믿어야 했어요. 그는 『위대한 맥대디』미국의 흑인 극작가 폴 카터 해리슨의 1970년대 초반 희곡 작품의 진정한 마지막 아들이라고 할 수 있었죠."

"자매여." 나는 갑자기 머릿속에 떠오르는 것이 있어 서둘러 말했다. "당신이 이야기하는 남자가 어떤 사람인지 알겠어요. 변죽을 울리면서 괜히 돌려 말할 시간이 없어요. 당신을 위해서나 나를 위해서나 미사여구로 그 사람을 감쌀 필요는 없죠.

그 남자는 무능력자에 사기꾼이고, 볼 것 없는 인간쓰레기예요. 그 남자는 당신과 빌리의 애정을 산산조각 내고 당신에게 빌붙어 살며, 당신을 속이고, 당신이 대들기라도 하면 관계를 끊어버릴 남자란 말이에요." 그런 녀석을 추켜세우려는 그녀가 너무 애처롭기도 하고 역겹기도 해서 나는 그만 자제심을 잃어버리고 말았다. "당신 마음이 그렇게 절망적인가요?" 나는 계속했다. "그 남자가 당신에게 남긴 상처가 그렇게 깊어서 자존심도 없이, 이 우울한 세상에 맞설 최소한의 균형 감각조차 없이 그 짐승 같은 놈을 두둔하고 있나요?"

그녀는 두 번째 담뱃불을 붙였다. 그때 성냥이 바닥에 떨어졌고, 그녀는 자기 자신과 싸우듯 마구 몸을 떨었다. 나는 파란 플라스틱 의자에 똑바로 앉아 기다렸다. 건너편 우윳빛 유리문이 막 열릴 듯이 삐걱거렸다. 하지만 문 쪽을 보자 아무도 없었다. 그녀는 다리를 꼬고 앉아 고개를 뒤로 젖힌 채 사색에 잠겨 코로 두 줄기의 담배 연기를 내뿜고 있었다. 나는 파괴적인 과거의 흔적들을 알아보고, 더 나쁜 일들이 곧 닥쳐올 것 같은 두려움을 느끼며 걱정스럽게 그녀를 바라보았다. 내가 무서워하는 것은 그녀의 성격이나 건장한 팔뚝에 숨겨진 강인함이 아니었다. 드디어 그녀는 한숨을 내쉬고 얼굴에서 긴장을 풀며 제 혀로 입술을 핥았다.

"다 안다는 거군요." 그녀는 그녀답지 않게 조용히 이야기했다. "흑인 엄마가 당신을 낳아주고, 젖을 물려 키워주고, 속바지도 빨아주었건만 당신은 아직도 우리를 책이나 영화 속의 인물처럼 대하지요." 그녀는 잠시 숨을 돌리고 나서 훨씬 더 조용하고 절제된 목소리로 말했다. "만약 테디 존슨이 나를 사랑했고, 이 상처가 그에겐 결혼반지 같은 거라고 말하면 믿겠어요? 그가 빌리보다 더 나은 사람이라고 한다면 믿겠느냐고요!"

나는 도저히 믿을 수 없어 고개를 저었다.

찌그러진 흉터 때문에 더 괴로워 보이긴 했지만 그녀는 마음속으로는 꽤 흐뭇한 듯했다.

"그리고 나 때문에 빌리 크로퍼드가 미쳐 날뛰게 되었고 학위를 못 따게 되었다면 믿겠어요?"

나는 긍정한다는 뜻으로 고개를 끄덕였다.

"왜요?" 그녀는 물었다.

"왜냐면요," 나는 대답했다. "내가 들어보니 당연한 결과네요. 그 남자는 자신에게 가해진 압력 때문에 파멸할 거라고 예상했어요. 당신은 나의 자매이고 이미 엄청난 고통을 받았지만, 한 남자의 꿈을 망가뜨렸으니 당신의 불량배 친구들과 함께 비난받아야겠죠."

그녀는 눈에 힘을 주어 나를 노려보았다. 붉은 의자에 앉아 숨을 거칠게 몰아쉬니 몸집이 더 크고 둥그렇게 보였다. "형제여." 그녀가 얼음장 같은 목소리로 말을 꺼냈다. "내가 참을성과는 거리가 먼 것처럼 당신도 영 딴판이네요."

아픈 상처를 꾹꾹 눌러온 듯 그녀의 목소리는 깊고 묵직했다. 그녀의 얼굴에서 뭔가 기품 있고 노인 같은, 놀랄 만치 현명해 보이는 기운이 돌기 시작했다.

"이제 일이 어떻게 된 건지 말해줄게요." 그녀는 부릅뜬 눈동자를 굴리며 나를 쳐다보았다. "나는 당신이 이 말을 머릿속 어딘가, 페이지가 매겨지지 않은 백지 같은 곳에 똑똑히 새기기를 바라요. 당신이 길거리에서 얼굴에 흉터 있는 여자를 볼 때마다 기억하게 할 거라고요. 그리고 당신이 여자에게 침을 뱉으며 욕하기 전에 먼저 목이 메게 할 거예요. 나는 빌리 크로퍼드에게 충실했어요. 애정이 식지도 않았고 주저하지도 않았어요. 10년 후에 그 남자가 어떻게 될지 걱정하지도 않았죠. 한 여자가 남자에게 충실할 수 있을 만큼 충실했어요. 인생은 그냥 살아가는 거지 돈으로 거래할 수 있는 것이 아니잖아요! 그와 함께 지내는 동안 줄곧 내 발은 춤을 추고 싶어 근질거렸고, 내 귀는 푸념하는 그의 목소리 말고 다른 소리를 듣고 싶어 아우성을 칠 지경이었고, 객장 일 말고도 뭔가 다른 일이 생기길 온몸으로 바랐죠. 나는 젊고 예뻤어요. 어떤 여자든 즐길 수 있을 때 즐기지 않겠어요? 때때로 나는 주위를 둘러보았어요. 남자들은 젊으나 늙으나 나이 든 여자는 쫓아다니지 않아요. 한때 아무리 예뻤어도 마찬가지죠! 하지만 빌리 크로퍼드는 빌어먹을 책밖에 보이지 않았어요. 그리고 유대인과 푸에르토리코 사람들이 뭘 하는지에만 관심을 가졌어요. 그래도 테디 존슨은 뭐가 되었건 어떻게 살아야 하는지를 아는 사내였어요. 그는 당신이 생각하듯 인생을 망가뜨리지 않았어요! 그래요, 나는 그의 농지거리에 귀를 기울였어요. 그래

흉터

요, 나는 그에게 추파를 던졌죠. 빌리가 일하면서 모든 것을 지켜보고 있을 때 테디는 내가 있는 층으로 와서 나에게 말을 건넨 유일한 사내였어요. 테디는 이렇게 말했죠. '당신 같은 여자는 나 같은 남자가 필요하지.' 하지만 이게 그가 말한 전부는 아니었어요!

레드 본은 그와 가깝게 지내도록 밀어붙였어요. 하지만 난 교활한 사람이 아니었고, 그녀가 뭐라고 하든 전혀 상관하지 않았어요. 그녀는 이렇게 말했죠. '계집애, 너는 엘도라도하고 사귀어야 해. 우리 우체국에서 걔만큼 잘생긴 사내도 없잖아. 게다가 빌리 크로퍼드 교수님하고 어떻게 될지도 모르잖아. 만약 네가 말하기 불편하면 너의 자매로서 네 마음을 읽고 있는 내가 대신 말해주지.' 하지만 나는 그녀에게 이렇게 말했어요. '그런 호의는 사양할게. 네가 빌리에 대해서 뭐라고 하든 난 비열한 여자는 아니거든. 내가 알아서 할게.' 레드는 싱긋 웃으며 내 눈을 정면으로 보더니 다시 몇 번이고 웃었어요. 아까 말했듯이 그녀는 기가 세서 당신을 면전에 대고 무시할 수도 있어요. 그녀가 뭘 생각하고 있는지는 같은 여자끼리가 아니면 아무도 알 수 없죠.

하지만 빌리가 항상 멍청이처럼 가만히 있었던 건 아니에요. 그는 소포 창구에서 업무를 보았지만, 가끔 주간 근무시간에 우편실에 와서 동정을 살피곤 했어요. 아니면 점심시간에 휴게실 뒤편에 앉아 사람들 하는 이야기를 엿듣고는 했어요. 그는 분명히 테디 존슨이 내 주위를 맴도는 것을 보았을

테고, 나 역시 테디가 내게 은근한 눈길을 보내는 것을 그가 여러 차례 봤다는 걸 알고 있었어요. 빌리는 오랫동안 아무 이야기도 하지 않았는데, 어느 날 그가 테디를 가리키며 나한테 말하더군요. '저기 있는 자식 좀 봐. 저 자식은 다른 사람들에게 피를 흘리게 하지. 어떤 사람은 단지 곁에 있는 것만으로도 흐르는 피를 멈추게 하는 재능이 있는데, 어떤 사람은 오히려 피를 흘리게 한단 말야. 저 자식의 유들유들한 미소를 보면 아무것도 모르는 누군가에게 곧 불행이 닥칠 것 같다는 생각이 들어. 너무 오랫동안 저런 유의 인간들이 자유로이 세상을 활보하게 너무 오랫동안 내버려두었어.' 그는 이를 악문 채 싸늘한 갈색 눈으로 나를 바라보았어요. 그는 '내가 뭘 말하는지 알지?'라고 말했지만 나는 모른다고 대답했죠. 그는 '나는 네가 그런 걸 알 필요가 없었으면 좋겠어'라고 말했어요.

그 일을 꾸민 사람은 교대 근무 책임자인 D. B. 페리스였어요. 전에 나에게 도움을 주겠다고 한 바로 그 인물이요. 그 사람은 레드와 친하게 지냈지만 우편실에서는 거의 보지 못했지요. D. B. 페리스는 언제나 뒷벽 출입구에 서서 아래층에서 벌어지는 일을 점검하고 편지를 슬쩍하는 사람을 잡아냈어요. 그가 개인적인 일에 대해 얼마나 알고 있는지는 알 수 없었어요. 그러던 중에 그는 우리 가운데 서너 명을 야간조에 배치했는데, 그중에 상급자는 아무도 없었죠. 그 근무조에는 나, 레드, 리로이 보그스가 속했어요. 빌리가 이 사실을 알아채고 D. B. 페리스를 찾아가 나를 자기 근무조에 넣어달라고 부탁

했대요. 그 일로 페리스가 찾아왔기에 나는 상관없다고 말했죠. 실제 그랬기도 하고요. 나는 페리스에게 그 사람은 물론이고 누구라도 나를 지켜보는 것에 지쳤다고 말했죠. D. B. 페리스는 빌리가 일하고 있는 객장을 바라보고는 늘 짓던 미소를 지었어요. 나중에 내가 무슨 이야기를 했는지 빌리가 묻기에 나는 그에게 권력을 가진 자와는 싸울 필요가 없다고 말해줬지요. '그건 맞는 말이야'라고 그가 내게 말했어요. 그때 그의 눈빛에서 어떤 비굴함을 봤어요. '하지만 싸워볼 법한 것도 있지'라고 그가 말했어요. 그 순간 내 머리가 약간 가벼워졌고, 그의 말을 한 귀로 흘려들었어요.

야간 근무 이틀째였지요. 테디 존슨은 초과근무를 하기 시작했어요. 그는 돈도 필요하지 않았고 일하는 것도 전혀 좋아하지 않는 사람이었지만, 어떤 날에는 밤 10시, 11시가 되어 우리가 야참을 먹으려고 휴게실에 있을 때 우체국을 활보하고 다녔어요. 그때는 빌리가 학교 아니면 집에 있을 시간이죠. 테디가 돌아다니는 동안 나는 주로 레드 옆에 앉아서 이야기를 했어요. '계집애야, 엘도라도 같은 사내가 초과근무를 하는 건 다 사랑 때문이지. 내가 가톨릭 신자가 될 필요가 있는 것처럼 개도 그렇게 일할 필요가 있는 거라고.' 그런 다음 테디가 자리에 앉았고, 레드는 마치 우리를 서로 엮는 것에 제 인생이 달려 있기라도 한 것처럼 우리와 어울려 놀기 시작했어요. 그녀는 이렇게 이야기했죠. '아침에 퇴근하고 나서 우리 집으로 가자. 집에 베이컨이랑 달걀, 스카치도 한 병 있다고.' 테디는 웃으며 내 눈을 바라보고 말했어요. '레드, 대학생과 약혼했다는 이 유명한 젊은 처자와 여기서 사고를 내고 싶지는 않다고요.' 그래서 나는 함께 웃으며 테디를 바라보았고, 아무하고도 말을 하지 않았어요.

말은 돌고 돌아 곧 빌리의 귀로 들어갔지요. 처음에 그는 아무 말도 하지 않았어요. 하지만 나는 그의 태도가 변해가는 것을 알 수 있었어요. 그때 빌리에게 헤어지자고 말할 용기를 내보았지만 그렇게 할 수 없었어요. 나는 그가 나를 필요 없는 존재로 여긴다고 생각했어요. 빌리는 여자가 끝이니 아니니 결정하도록 내버려두는 남자는 아니죠. 당신도 빌리를 쏙 빼닮은 그런 남자겠죠. 내가 뭘 말하려는지 당신은 당연히 알 거예요. 내가 비번인 날 밤, 우리가 영화를 보러 나갔을 때 그가 물었어요. '오늘 아침 몇 시에 집에 왔어?' 나는 이렇게 대답했죠. '5시 30분. 늘 같은 시간이죠.' 하지만 거짓말이었어요. 레드와 나는 집에 가는 길에 아침을 먹었죠. 빌리는 말했어요. '6시 30분에 전화를 했는데 앨베네 숙모가 아직 안 들어왔다고 하던데.' 나는 그에게 말했죠. '숙모가 너무 졸려서 내 방을 들여다보지 못했나 보죠.' 그는 더 이상 그것에 대해 이야기하지 않았지만, 영화가 끝나고 그날 밤 늦게 이렇게 이야기했어요. '나는 지난 2년 동안 전쟁을 치르고 있었어. 그게 나를 단련했고, 나는 침착성을 잃지 않길 바랐지.' 나는 아무 말도 하지 않았지만, 그가 너무나 차갑게 말해서 마치 그의 본성을 가리고 있던 블라인드가 마구 퍼덕거리는 것만 같았어요. 나는 겁에 질렸어요.

일이 벌어진 건 3년 전 9월 22일이죠. 새벽 5시 30분이었어요. 우리는 4시 45분에 일을 마치고 휴게실에서 커피를 마시며 쉬고 있는데 레드가 우체국에 스카치 한 병을 들고 왔죠. 어떻게 그 일이 벌어졌는지 사실대로 이야기할게요. 테디 존슨도 함께 그 자리에 있었어요. 그는 그저 우리를 태워주려고 온 거였죠. 나는 정말 그때를 죽을 때까지 잊지 못할 거예요. 테디는 몇 년 전에 유행했던, 소매에 검은색 주름이 달린 분홍색 실크 셔츠를 입고 있었어요. 또 엉덩이에 짝 달라붙는 번들거리는 검은색 나팔바지를 입고 있었는데, 그가 걸어 다닐 때면 진짜 비단처럼 보였죠. 그는 맞은편에 앉아서 스카치를 따라줬는데, 그때마다 그의 다이아몬드 반지가 번쩍였어요. 레드는 만면에 미소를 지으며 뒤에 앉아 마치 방금 식사를 마친 고양이처럼 우리를 바라보고 있었죠.

나는 문에 등을 기댄 채 앉아 있었는데, 레드의 표정이 바뀔 때까지 무슨 일이 일어날지 전혀 몰랐죠. 나는 아직도 밤에 잠을 잘 때 그 장면을 보곤 한답니다. 그녀의 얼굴이 환해지더니 기쁨과 공포가 동시에 몰려왔어요. 레드는 모든 신경을 곤두세워 이글거리는 눈으로 내 뒤 어깨 너머를 지켜보고 있었죠. 나는 주위를 둘러보았죠. 빌리 크로퍼드가 바로 내 뒤에서 두 손을 허리에 올린 채 서 있었어요. 그는 흰색 셔츠에 가는 검은색 넥타이 차림이었고, 입은 꽉 다물고 있어서 마치 아주 비좁은 틈처럼 보였어요. 그는 이렇게 말했죠. '집에 갈 시간이야.' 그의 목소리는 너무 차가웠고 경멸 이상이었어요. 나는 자리에 앉은 채 그를 올려다보았어요. 레드의 목소리는 더 차가웠어요. 그녀는 나에게 이렇게 말했어요. '이렇게 이래라저래라 명령하도록 내버려둘 거야?' 나는 아무 말도 하지 못했어요. 레드는 테디에게 말했죠. '이걸 보고 뭐 할 말 없어?' 테디는 천천히 일어나 가슴을 쫙 내밀더니 말했죠. '그래, 할 말이 있지.' 그는 빌리를 쏘아보았어요. 하지만 빌리는 계속 나를 내려다보기만 했어요. '가자.' 그가 말했어요. '무슨 말이라도 해야 하는 거 아니야?' 레드 본이 테디에게 말했어요. 테디는 나에게 이렇게 말했죠. '뭐라도 말해봐, 응?' 하지만 나는 아무 말도 하지 않았어요. 빌리는 눈을 돌려 테디한테 말했어요. '난 당신하고 볼 일 없어. 당신은 진짜 애인이 아니니까 신경 쓸 이유가 없지. 당신이 거리를 오랫동안 활보하고 다녔다지만 나랑은 상관없는 일이야. 그러니까 이제 빠져주시지.' 그런 다음 빌리는 나를 다시 내려다보았어요. '가자.' 그가 말했어요. 내가 올려다보았을 때 그의 입술은 일그러져 있었지요. 나는 울고 싶었고, 그를 한 대 치고도 싶었어요. 이미 방아쇠가 당겨졌다는 느낌이 들었죠. 레드가 이렇게 말하는 걸 들었어요. '빌어먹을 책이나 끼고 주무시지그래. 이런 머저리! 제발 여기 제대로 된 사람들은 그냥 내버려두고!' 빌리는 처음으로 그녀를 쳐다보았어요. 그의 입술이 실룩거렸어요. 하지만 다시 나를 내려다보았죠. '마지막으로 말하는 거야.' 그는 말했어요. 그때 난 폭발해서 펄쩍펄쩍 뛰기 시작했어요. '나는 아무 데도

흉터

안 가!' 나는 비명을 질렀어요. 내가 마지막으로 기억하는 건 그의 얼굴에 달려들려고 했는데, 모든 것이 갑자기 밝아져서 은빛으로 빛나더니 곧 뜨거움이 느껴졌고, 그다음에는 아무것도 볼 수가 없었다는 거예요.

그가 칼을 너무 빨리 휘둘러서 누구도 손쓸 시간이 없었다고 사람들이 말해주었어요. 내가 쓰러진 탁자 쪽으로 테디가 뛰어왔을 때 빌리는 이미 나의 옆구리를 찔렀어요. 나와 레드가 계속 비명을 지르는 동안 그와 테디는 칼을 두고 난투극을 벌였대요. 그다음 테디는 배를 움켜쥐고 쓰러졌고, 빌리가 다시 나를 덮치려고 할 때 화물 도크에 있던 사람들이 들어와 그를 붙잡았대요. 사람들 말로는 서너 명이 달라붙어 그를 겨우 떼어냈고, 그가 나한테 계속 칼을 휘둘러서 줄곧 그를 붙잡고 있었대요. 마치 모든 벽이 비명을 지르고 내가 물에 둥둥 떠 있는 것 같았어요. 죽어서 지옥에 갔다고 생각했어요. 너무나 화끈거리고 따가워서 참을 수가 없었거든요. 나는 저 멀리서 나일지도 모를 어떤 여자가 '당신은 악마야. 당신은 악마야' 하고 내지르는 비명을 반복해서 들었어요."

그녀는 세 번째 담배에 불을 붙였다. 그녀는 긴장을 풀며 아래쪽으로 담배 연기를 뿜었다. 가느다랗고 하얀 연기가 그녀의 보라색 바지 자락에서 피어오르더니 흩어져 사라졌다. 끔찍한 침묵과 슬픔의 기운이 서서히 대기실에 감돌아 병원 특유의 냄새는 사라지고 말았다. 기다리는 게 고역일 만큼 웨일런드 박사가 늦었지만, 나는 손목시계를 훔쳐볼 엄두가 나지 않았다. 나는 모든 것을 다 들었고, 가만히 기다렸다. 이윽고 그녀가 우윳빛 유리문을 응시했다. 그녀는 다시 입술을 축이고 나서 훨씬 느릿하고 고통에 찬 목소리로 이렇게 말했다.

"이 의사는 내가 세 번째로 만나는 의사예요. 첫 번째 의사는 나를 마치 칠면조처럼 꿰매서 이렇게 흉터를 남겼죠. 두 번째 의사는 아예 손을 대는 것조차 마다했지요." 그녀는 잠시 멈추고 다시 입술을 축였다. "이 의사는 당신의 코를 고쳤죠." 그녀는 조용히 말했다. "당신은 이 의사가 내 흉터를 치료해줄 수 있다고 생각해요?"

나는 조심스럽게 그녀의 시선을 피하며 소파 끝에 있는 탁자에서 잡지를 찾았다.

"웨일런드 박사는 기술이 좋죠." 나는 그녀에게 말했다. "박사가 늦게 오지만 않는다면 말이죠. 아마 당신을 위해 뭔가 할 수 있을 거예요."

그녀는 한숨을 깊게 쉬었고, 떨고 있는 것 같았다.

"나는 기적도 무엇도 바라지 않아요." 그녀는 말했다. "만약 그가 내 눈 주변만이라도 치료해줄 수 있다면 나는 아무것도 바라지 않을 거예요. 사람들 말이 다른 부분은 그다지 흉하지 않대요."

나는 아무 잡지나 빼 들고서는 아무런 대꾸도 하지 않았다. 그녀를 보지도 않았다. 나는 코 주변이 가려워져 극도로 짜증이 난 상태로 진찰실 안쪽을 쳐다보았다. 바로 그 순간 우윳빛 유리문 뒤쪽으로 누군가 다가오는 것처럼 그림자 하나가 어른

흉터

거리기 시작했다. 마침 내 차례이기도 해서 체면을 내팽개치고 그녀보다 먼저 진찰실 쪽으로 갔다. 문 뒤쪽의 그림자가 더 짙어지는가 싶더니 갑자기 사라져버렸다. 그때, 만약 묻지 않았다면 이제까지 한 대화가 쓸모없어질지 모를 가장 중요한 질문을 기억해냈다. 차가운 침대 속에서 억지로 잠을 청하듯 붉은 플라스틱 의자에 앉아 있는 그녀에게 고개를 돌려 말했다.

"자매여," 그리고 아무렇지도 않은 듯 조심스럽게 이었다. "……이름이 뭐죠?"

나는 미국인입니다

●

그건 그 호텔의 수준을 고려하면 기대할 수 없는 서비스였다. 오전 8시에 유니스와 나는 문을 세게 두드리는 소리에 깨어났다. 처음 그 소리는 우렁찬 구호처럼 들리다가 메아리처럼 울리며 점점 약해졌다. 나는 발밑에 버석거리는 흙의 감촉을 느끼며 더러운 융단 위를 휘청거리며 걸어가 문을 열었다. 복도 중간쯤에 작고 통통하게 생긴 남자가 파란색 정장에 붉은색 넥타이를 맨 채 다른 문을 계속 두드리며 "미국 아가씨들 일어나세요! 아침 식사요!"라고 외치는 모습이 흐릿하게 보였다.

"전화예요?" 나는 그에게 소리쳤다.

"아침 식사요!" 그는 내 쪽으로 얼굴을 살짝 돌린 채 기운차게 소리쳤다. 그의 얼굴을 자세히 보지는 못했지만, 코는 크고 붉었으며, 머리카락은 바싹 자른 데다 철회색이었다. 몇 가지 이유로, 아마도 그의 양복 스타일 때문에 나는 그가 불가리아 사람일지 모른다는 생각을 했다. 물론 다른 많은 동유럽 사람들이 그런 식으로 좀 넉넉하게 옷을 입기도 하지만 말이다. 바로 그 사람 앞에서 문이 열렸다. "아침 식사요, 미국 아가씨들!" 그는 방 안에 대고 소리쳤다. 졸렸지만 궁금해진 나는 현관에 서서, 머리가 마구 헝클어진 금발의 여인이 그 남자 쪽을 향해 문에 기대어 있는 모습을 보았다. 그녀는 "곧 내려갈게요"라고 피곤한 목소리로 대답했다. 그러나 그 남자는 벌써 다른 방 쪽으로 걸어가고 있었다.

"누군데?" 유니스가 침대에 누워 물어보았다.

"아침 먹을 시간이래." 나는 말하고서 문을 쾅 닫았다. 나는 아침 식사 이상의 무언가를 기대하고 있었다. 우리는 모종의 만남을 기대하며 파리에서 런던으로 건너왔다. 어제 오후 내내 파리 북역에서 칼레까지, 도버에서 패딩턴 역까지 후덥지근한 열차를 타고 오는 동안 우리는 X에 대해 상상의 나래를 폈다. 그 사람은 이곳에서 우리가 아는 유일한 사람이며, 런던 관광에 아주 큰 영향을 끼칠 중요한 존재였다. 하지만 그는 아직 우리에게 연락을 하지 않았다.

유니스가 새 옷 꾸러미를 푸는 동안 나는 침대에 앉아 담배를 피우면서 현재 상황을 가늠했다. 우리가 알아서 런던을 돌아다니다가 X에게 재차 연락할 수도 있고, 그가 연락할 때까지 점잖게 기다릴 수도 있다. 하지만 아침나절을 호텔 방에서 기다리는 것은 전혀 내키지 않았다. 주위를 둘러보니 지난밤 체크인하고 들어왔을 때 보기 꺼려지던 호텔 방의 모습이 눈에 또렷하게 들어왔다. 방은 칙칙했다. 곳곳에 보이는 빗물 자국과 금이 간 높은 천장은 한때 우아했던 이 건물을 조롱하는 듯 보였다. 먼지가 풀풀 나는 융단은 관광객의 발자국과 세월의 무게로 무척이나 닳아 있었다. 침대 매트리스는 어찌나 얇은지 얼마나 많은 사람이 여기를 거쳐 갔는지 밤새도록 등으로 느낄 수 있었다. 이곳은 딕 위팅턴이 보여줬던 환상적인 런던이 아니었다.

"서둘러!" 유니스는 재촉했다. "9시면 아침은 없다고." 그녀는 가운을 목까지 끌어당기며 문을 열었다. "좀 이따가 저 복도 끝에 있는 화장실을 쓸 거니까 세수하는 동안 나가 있어." 그녀가 나갈 때 나는 누런 세면대를 힐끗 보았다. 이 방이 한심하기 짝이 없다는 생각이 또 들었다. 여행 가방을 뒤져 칫솔을 찾아내 세면대 앞에서 양치질을 하면서 나는 우리가 런던에 온 이유를 생각해보려 애썼다.

한 가지 이유는 단순한 관광객으로 다니는 것이 지겨워졌기 때문이었을 것이다. 이틀 전 아침, 루브르박물관 르네상스 미술 거장의 작품 앞에 얼어붙은 듯 서 있는 미국인 관광객들 사이에서 나는 손가락으로 그림을 가리키며 "저 사람 이름을 따서 치즈 이름이 나온 거 아니야?" 하고 유니스에게 소리쳤다.

"리로이, 그런 거 아니거든!" 유니스가 쉿 하고 제지했다.

다른 관광객들이 킥킥거리며 웃었다.

유니스가 나의 귀를 잡아당긴 건 아니지만 나는 루브르박물관에서 나와야 했다.

같은 날 아침, 애틀랜타에 있는 친구들이 추천해준 사람 중 한 명에게 전보를 보내기로 결심했다. 친구들은 대략 이렇게 조언했다. "꼭 X를 찾도록 해. 우리는 좋은 친구 사이야. 우리가 런던에 갔을 때 그가 잘 대해주었어. 그가 애틀랜타에 왔을 때 우리도 잘해주었지. 우리 소식을 그에게 꼭 전해줘." X에게 보내는 나의 전보는 간단했다. '애틀랜타에 사는 Y와 Z의 친구인 리로이와 유니스 포스터입니다. 주말 동안 런던에 머물 예정입니다. 당신을 뵐 수 있길 바랍니다.' X의 답장은 그다음 날 도착했고 간단명료했다. '도착하면 집으로 연락주세요. X.' 그래서 우리는 파리에서 런던으로 왔다. 도착하자마자 일러준 대로 나는 X에게 전화를 했다.

"Y와 Z 누구라구요?" 그는 내 소개를 듣고 이렇게 물었다.

나는 이름 전체를 불러주었다. "애틀랜타에서 안부 전해달라고 했습니다." 나는 부드럽게 덧붙였다.

"아, 예." X는 말했다. "좋은 사람들이지요. 좀 더 잘 알고 지내지 못해서 늘 아쉬웠어요."

"참 좋은 사람들이지요." 내가 말했다.

"네." X가 동의했다. "저기 말이죠, 제가 감기에 걸려서요."

그렇게 우리는 런던에 있었다. 우리는 기차역에서 몇 블록 떨어진 곳에 방을 잡았고 그런대로 만족했다. 그 건물은 깔끔한 하얀색 그레고리안 주택이었는데, 미국 관광객들이 단체로 오기 시작하면서 호텔로 바뀌었다. 그런 장소는 런던에 널려 있었다. 그런 건물들은 대부분 상당히 쾌적하다. 하지만 이 건물 실내장식이 음침했고, 우리가 차지한 4층에 있는 이 방도 마찬가지였다. 우리의 불쾌함을 더욱 부채질한 것은 집주인 여자가 우리에게 얼마나 머무르는지 물어보더니 선불을 요구한 점이었다. 미국 달러의 신용이 주기적으로 하락하는 게 그 이유였다. 미국 관광객들은 그 점 때문에 애를 먹었다. 리옹에서 웨일스로 오기까지 그 용의주도한 호텔 주인들은 우리에게 최소한의 자비도 베풀지 않았다. "이 방은 등급이 높은 방입니다, 손님." 집주인 여자가 안경 너머로 우리를 쭉 훑어보면서 딱 잘라 말했다. 통통한 체격에 느슨한 회색 작업복을 입은 그녀는 조바심을 내고 있었다. "방 찾는 손님은 많아요." 그녀는 우리에게 힘주어 말했다. "항상이요" 하고 덧붙이기까지 했다.

우리는 옥신각신할 입장이 아니었다. 은행이 영업을 하지 않는 주말 전날 밤에 런던에 들어왔기 때문에 여행자 수표로 웃돈을 쳐서 다음 주 월요일 아침 숙박비까지 내는 수밖에 없었다. 집주인 여자가 우리에게 준 거라곤 달랑 열쇠 꾸러미 하나였다. 꾸러미에는 열쇠 두 개가 매달려 있었는데, 그중 하나는 거리로 통하지만 언제나 닫혀 있는 문의 열쇠였고, 나머지 하나는 우리 방문 열쇠였다. 우리를 더 실망시킨 것은 로비에 있는 유료 전화가 고장 났다는 점이었다. 그래서 우리는 역까지 걸어가 X에게 전화를 돌려 우리 주소를 알려줘야 했다. 그는 우리 주소를 받고 시큰둥했는데, 어쨌든 감기 기운이 좀 수그러들면 다음 날 전화를 하겠다고 했다. 점입가경으로 우리 층에 있는 화장실 물이 내려가지 않는다는 것과 욕조가 비위생적으로 더럽다는 것을 알게 되었다. 우리는 속에서 끓어오르는 욕설을 내뱉으며 온몸에 달라붙은 길거리 먼지를 그대로 뒤집어쓴 채 잠자리에 들었다.

이 사소하지만 가짓수 많은 실망감이 우리의 런던 입성을 망쳤지만, 그 종업원이 아침 식사를 하라고 깨워줘서 기분이 무척 좋았다. 유니스가 다시 방으로 돌아온 후 나는 복도로 나가 화장실 앞에 줄을 서서 내 차례를 기다렸다. 나는 우리 옆방에 투숙한 두 명의 동양인이 화장실을 오래 사용하는 것에 심란해하지 않았다. 한 명이 화장실을 사용할 때 나머지 한 명은 화장실 문밖에서 보초인 양 서 있었다. 그 사람 뒤에 서 있던 나는 그 사람이 키가 크고 마른 편이며, 검은 바지에 흰 셔츠 차림으로 보아 보수적이라는 것을 알 수 있었다. 전혀 아는 바는 없지만 그는 냉담하고 말수가 적어 보였다. 친구가 화장실 물이 시원찮게 내려가 헛되이 계속 물을 내리려고 할 때마다 그도 나처럼 눈썹을 올리고 귀만 쫑긋 세우는 것을 보니 그랬다. 사실 우리 둘 다 문밖에서 그의 친구 때문에 애를 썼다. 우리도 같이 긴장해서 그가 변기의 느슨한 손잡이를 내릴 때 힘을 보탰고, 힘차게 물 내려가는 소리가 듣고 싶었다. 하지만 매번 쉭 하고 새는 소리가 나서 친구가 물 내리기에 실패했다는 걸 알게 되었다. 그래도 내 앞의 동양인은 나와는 달리 전전긍긍하며 발을 왔다 갔다 옮기지 않았다. 그는 마치 사무라이처럼 꼿꼿하게 서서 화장실을 어떻게 해볼 생각보다는 내 반응을 티 안 나게 관찰하는 데 더 열중인 것 같았다. 나는 그와 얘기를 하고 싶었지만, 그가 영어를 할 수 있을 것 같지 않았다. 그가 일본인인지 중국인인지 분간하는 건 더 복잡한 문제였다. 파리에서 중국인 관광객들을 본 적이 있는데, 그들은 하나같이 마오쩌둥이 입었던 옷 색깔의 유니폼을 입고 있었다. 하지만 화장실에 있는 이 사람들은 서양식 복장을 하고 있었다. 예전 중국어 시간에 배운 표현 중 유일하게 생각나는 문구를 머릿속에 떠올리다 보니 의사소통의 문제가 학구적으로 변해버렸다. 나는 그 복잡 미묘한 성조 변화는 도저히 소화할 수 없었지만 기억 속에 남아 있는 몇 가지 표현을 겨우 끄집어냈다. 하나는 인사말이고, 다른 하나는 내가 미국인이라고 소개하는 표현이었다.

"니 하오 마?" 나는 활짝 웃으면서 물었다.

처음에 그 동양인은 아무 말도 하지 않고 나를 쳐다보았다. 곧이어 손가락으로 제 가슴을 가리키며 "내가 다음" 그러고는 내 가슴을 가리키며 "그다음 당신"이라고 했다.

그가 옳았다. 나는 화장실에 들어가 있는 친구가 영국식 화장실에 완전히 익숙해져 기다리던 소리가 들려올 때까지 다리를 왼쪽 오른쪽으로 바꿔가며 서 있었다. 화장실 안에 있는 친구가 나오자 내 앞에 서 있던 동양인이 들어갔다. 나는 그에게 예의범절을 하찮게 여기지 말고 신경을 썼으면 한다고 주

의를 주고 싶었다. 하지만 그 욕구는 막 일어나자마자 사라져
버렸다. 나는 말을 걸 수 없었고, 그저 다리나 계속 왼쪽 오른
쪽으로 비비 꼬며 서 있었다. 그런데 다른 동양인이 계단 옆에
서 있는 동안 한쪽에선 슬프게도 변기에 물이 채워지지 않는
지 아까와 똑같은 소리가 들렸다. 상황은 절망적이었다. 나는
그 동양인을 살짝 밀치고 3층으로 뛰어 내려갔다. 그 화장실
도 사용 중이었다. 2층에 있는 화장실은 더 희망이 보이지 않
았다. 노부부와 젊은이 한 명이 화장실 앞에 줄을 서 있었다.

　로비가 있는 1층으로 가서 아직도 노크를 하며 소리를 지르
고 있는, 불가리아 사람으로 보이는 키 작은 남자에게 뛰어갔
다. "미국분! 미국분! 일어나서 아침 드세요!" 그가 나를 보더
니 내 쪽으로 몸을 돌려 말했다. "저쪽입니다." 그는 거리로 향
해 있는 문을 가리켰다. "서두르세요, 서두르세요. 아침 식사
는 8시부터 9시까지입니다." 나는 감사의 뜻으로 고개까지 숙
였는데, 1층에는 화장실이 없다는 걸 확인했다. 나는 다시 계
단을 뛰어 올라갔다. 바로 3층 아래에서 아까 본 두 명의 동양
인이 나를 스쳐 갔다. "니 하오 마?" 나는 그들에게 소리쳤다.
그들은 멈춰 서서 서로를 바라보더니 곧 나를 보았다. 키가
큰 동양인이 다른 동양인에게 높은 어조로 서둘러 말했다. 그
러자 친구가 고개를 열정적으로 *끄덕이고* 말했다. "오!" 그는
나를 보고 계단 위쪽을 손가락으로 가리키며 말했다. "지금
열려 있어요."

　그가 옳았다.

드디어 아침을 먹으러 내려오면서 유니스와 나는 로비에서 파란색 정장을 입은 그 키 작은 남자를 지나쳤다. 그는 막 문을 나서려는 듯했으나 우리가 다가가자 비켜서서 현관문을 열어주었다. "아침 식사는 저쪽입니다." 그는 미소를 지으며 말했다. "지하입니다." 우리는 고맙다고 말한 다음 문을 나와 인접 건물로 향하는 보도를 따라 몇 발자국 걸어서 지하로 내려갔다. 그 작은 방은 습기로 눅눅했고 베이컨 냄새가 코를 찔렀다. 식탁보가 깔린 식탁에 20여 명 되는 사람들이 앉아 있었는데 대부분 미국인이었다. 눈을 애써 피하는 것으로 보아 그들이 미국인이라는 것을 알 수 있었다. 한 소녀가 서부 텍사스 억양으로 서툰 프랑스어를 했고, 함께 온 두 남자는 듣고만 있었다. 벽 저쪽에서는 중년 부부가 베이컨과 달걀 접시를 밀어둔 채 〈헤럴드 트리뷴〉을 펼쳐 꼼꼼히 읽고 있었다. "우리가 복수할 테니 기다려." 그 남자는 큰 소리로 말하고 있었다. "나한테 이런 짓을 한 개자식들을 가만두지 않겠어요!" 그의 아내가 신문을 읽다 말다 하면서 말했다. "밥이란 놈…… 이제 밥을 말이지……."

유니스와 나는 식당의 구석 자리에 있는 테이블로 갔다. 우리 식탁 옆에는 매력적인 여성이 같이 앉은 젊은 남자에게 말을 하면서 급하게 식사를 하고 있었다.

"카디스는 엄청 지겨운 곳이야. 마드리드도 지루했고…… 코펜하겐에는 아이들이 너무 많았지…… 이탈리아 남자들은 세상에서 가장 형편없는 사람들이야……."

"야, 입 좀 다물고 밥이나 먹어." 그녀의 친구가 말했다.

방 건너편 좀 떨어진 곳에서는 아까 만난 동양인 두 명이 서로만 바라보며 조용히 식사를 하고 있었다.

여자 종업원이 우리 접시를 부엌에서 내왔다. 창백하고 땅딸막한 그녀는 칙칙한 적갈색 머리카락을 대충 쪽 찌었다. 그녀는 방 안에 있는 사람들을 아무렇지 않게 대하는 것 같았다. 그녀는 우리가 앉아 있는 식탁에 접시 두 개를 내려놓고, 잼을 올려놓은 접시를 쿵 하고 내려놓은 다음 부엌으로 뽐내듯 유유히 걸어갔다.

"있잖아." 유니스가 음식을 뒤적이며 말했다. "좀 웃기는 거 같아."

"뭐가?" 내가 물었다.

"이런 너절한 곳에서 아침 식사를 하라고 깨운다는 거 말이야. 이런 곳에서는 사람들이 식사를 하지 않을수록 그만큼 음식을 아낄 수 있잖아."

"이것 봐." 나는 잠시 생각한 다음 말했다. "우리가 내려오니까 그 키 작은 불가리아 사람이 밖으로 막 나가려고 하더니 우리가 나가니까 다시 안으로 들어온 것도 웃기는 일이야."

유니스는 포크를 내려놓았다. "그거 수상한데." 그녀는 말했다. "정말 의심스럽네."

"냄새가 나는데." 나는 덧붙였다. "완전 머리 쓰는걸."

우리 둘 다 식당을 둘러보았다. 모두 식사를 하고 있었다.

"내 말 잘 들어, 리로이." 유니스는 말했다. "무슨 꿍꿍이가 있는지 알 수 없을 때에는 되돌아가보는 것이 현명한 거야."

그녀는 지갑에서 열쇠를 꺼냈다. "우리 둘 중 누가 올라갈까?"

이미 자리에서 일어나 있었기 때문에 올라가는 일은 내 차지가 되었다. 몇 초 후에 나는 문을 열고 복도로 재빨리 발걸음을 옮겼다. 3층까지 계단을 까치발로 뛰어 올라가는데 낡은 계단이 삐걱거리는 소리를 내어 내 존재를 알렸다. 막 4층에 도착하자 키 작고 파란색 양복을 입은 남자가 우리 옆방에서 황급히 뒷걸음치며 나오는 장면이 보였다. 나는 멈칫했다. 그는 고개를 돌려 나에게 미소를 짓더니 마치 연극배우처럼 방문 손잡이를 돌려 문을 닫았다. 그런 다음 조용히 리넨 서랍장으로 걸어가 문을 열고 그 안을 뚫어져라 보았다. 그는 처음에는 화가 나서 얼굴을 찌푸렸지만 잘 개어놓은 침대보들을 톡톡 치고 나서 나를 안심시키듯 미소를 지어 보였다. 그러고는 몸을 돌려 마치 왈츠를 추듯이 천천히 계단으로 내려갔다. 나는 내 방문을 열어보았다. 뒤진 흔적은 없어 보였다. 여행가방도 확인해보았다. 유니스의 카메라도 그대로 있었고 그녀가 파리에서 산 선물들도 무사했다. 하지만 나의 의심은 풀리지 않았다. 방문을 잠그고 식당으로 내려가 곧바로 그 두 동양인이 식사를 하고 있는 식탁으로 갔다. "니 하오 마?" 나는 서둘러 말했다. 그들은 다시 서로를 뚫어지게 보더니 곧 나를 바라보았다. "안 열렸나요?" 영어를 좀 더 잘하는, 둘 중에서 키가 작은 사람이 나에게 말했다. 반팔 셔츠가 연한 초록색이라는 점만 제외하고는 친구와 비슷한 옷차림을 하고 있었다. 그리고 셔츠 호주머니에 플라스틱 클립이 있는 펜들을 줄줄이 꽂고 있었다.

"당신 방을 확인하는 게 좋겠네요." 나는 흥분해 있었지만 최대한 천천히 이야기했다. "당신-방을-확인-하는-게-좋겠네요." 더 느리게 반복해서 말했다. "어떤-남자가-방에서-나오는-것을-보았어요."

그는 얼굴을 찡그렸다. "영어 잘 못해요." 그는 말했다. "제발 천천히 말해주세요."

나는 열쇠를 손으로 가리키고 방이 있는 건물 방향으로 손가락을 들었다. "당신-방에-도둑이-든-것-같아요!" 나는 말했다.

"도둑?" 그가 말했다.

"어떤 남자가 방에서 나오는 것을 보았어요."

"도둑." 그는 동료에게 천천히 반복해 말해주었다.

나는 훌륭하고 극도로 자존심이 센 어떤 민족을 희화화한다는 인상을 주기 싫어서 그 뒤로 둘의 대화에 끼어들고 싶지 않았다. 그들은 자기 나라 말로 식탁에서 이것저것 의논했다. 그들의 동작과 눈의 움직임에서 나는 그들이 나, 유니스, 집주인 여자, 식사의 질, 4층에 방치된 화장실에 대해서 이야기한다고 짐작했다. 대화 중에 '뉴 선데이^{공교롭게도 호텔 이름인 '뉴 선데이'와 발음이 비슷한 일본어 'ぬすんで'는 '훔쳐서'라는 뜻이 있다}'라는 말이 갑자기 귀에 들어왔다. 식탁을 마주 보고 있는 두 사람 사이에서 그 말

이 왔다 갔다 했다. 그 말이 그들을 흥분하게도 하고, 걱정스럽게도 하고, 화나게까지 하는 것 같았다. 대변인 격인 그 동양인이 '뉴 선데이'라고 나에게 반복적으로 힘주어 말해서 나는 그들이 내가 의심하는 점을 납득했다고 생각했다. 그들은 서로 생각이 일치할 때까지 자기네 언어로 이야기했다. "뉴 선데이—도둑 들다." 나는 고개를 끄덕이며 대답했다.

그 두 사람은 식탁에서 일어나 문 쪽으로 달려갔다. 식당에 있던 사람들 대부분이 그쪽을 돌아보았다. 두 사람이 사라지자 관광객들은 나에게 시선을 돌렸다. 나는 유니스가 기다리는 식탁으로 돌아왔다. 베이컨 기름으로 얇은 막이 생긴 달걀 노른자는 이미 딱딱해져 있었다. 나는 식어버린 차를 마시며 기다렸다.

"리로이, 잘못 알려준 거 아닐까?" 유니스가 말했다.

"저 중국인들은 그렇게 생각하지 않을걸." 나는 그녀에게 말했다.

유니스는 인상을 찌푸렸다. "저 사람들 중국인이 아냐."

"글쎄, 한국인도 아니겠지." 나는 말했다.

"일본인이야." 유니스가 말했다. "넌 어쩜 그렇게 멍청할 수가 있어?"

"어떻게 그렇게 확신하는데?"

"저 사람들을 잘 지켜보란 말이야." 유니스는 나에게 말했다. "일본인들은 남부 상류사회 사람들과 비슷해. 그들은 자기가 다른 사람들과의 관계 속에서 어떤 사람인지 잘 알기 때문에 주위를 잘 둘러보지 않지."

"흥." 나는 말했다. "저들은 중국인이야. 카메라 가지고 다니지 않는 일본 사람 봤어?"

"리로이, 넌 정말 고집불통이구나." 유니스가 나에게 말했다. "멍청하기까지 하고 말이야." 그녀는 덧붙였다.

"사람들 앞에서는 이러지 말아줘!" 나는 조용히 속삭였다. 옆 테이블의 젊은이가 우리를 주의 깊게 보고 있었다. 그러나 그는 곧 동료 쪽으로 고개를 돌려 그녀가 털어놓는 불평을 듣기 시작했다. 이번에는 에트루리아미술 차례였다.

우리는 기다렸다.

몇 분 후 두 동양인이 다시 식당으로 돌아왔다. 키 큰 남자가 나를 가리키며 동료에게 급하게 이야기했다. 그런 다음 두 사람은 우리 식탁으로 왔다. "제발 말해주세요, 일본 학생들은…… 호텔에 도둑이."

"뉴 선데이라고요?" 나는 물었다.

그 젊은이는 고개를 끄덕였다.

나는 유감이라고 말했다.

"당신은 도둑을 본다?" 그는 흥분해서 숨을 헐떡였다.

나는 우리 둘 다 그 남자를 보았다고 말했다. 하지만 그 남자가 불가리아 사람처럼 보이더라는 말은 하지 않으려고 주의했다.

키 큰 학생이 동료에게 말했다.

"그는 경찰에게 불평합니다." 대변인이 번역해줬다.

나는 미국인입니다

나는 마땅히 해야 할 일에 응하기로 동의했다. 유니스가 자신의 날카로운 통찰력에 흡족해하면서 식탁에 앉아 있다가 떠난 뒤 나는 두 학생을 데리고 부엌으로 갔다. 집주인 여자는 시커먼 주방용 가스레인지 위에 달라붙은 베이컨 기름기를 닦아내고 있었다. 그는 안경 너머로 우리 셋을 흘끔 보고는 말했다. "손님, 무엇을 도와드릴까요?"

초록색 셔츠를 입은, 키가 좀 작은 남자가 뭔가 설명하려고 했다. 하지만 그에게 닥친 상황이 얼마나 심각한지를 설명하기에는 그의 영어 실력이나 집주인 여자의 관심이 충분하지 못했던 것 같다. 그가 이야기하는 동안 다른 여자 종업원이 식당에서 접시 한 무더기를 가지고 들어왔다. 그녀가 우리 셋 사이를 비집고 빠져나가서 좀 전에 이야기를 하던 학생은 더 화가 났다. "이런 자식들이 영어를 하는 꼴이라고는 불쌍해서 원." 그녀는 중얼거렸다.

바로 이때 나는 예의 차려 인사를 하며 끼어들었다. 나는 집주인 여자에게 도둑질 수법과 내가 의심하는 사람의 인상착의에 대해 설명했다. 하지만 그가 불가리아 사람처럼 보였다는 말은 꺼내지 않았다.

"무엇이 없어졌나요?" 집주인 여자는 둘에게 물었고, 나는 그녀의 목소리에서 뭔가 의심스러운 낌새를 느꼈다. 그들이 말을 알아듣지 못해 내가 기호와 피그 라틴^{어린이들 사이에서 쓰이는 은어}까지 사용하여 최선을 다해 번역해주었다. 우리 셋은 도둑이 유레일패스 두 장, 일본 여권 두 개, 도쿄은행에서 인출한 여행자수표 약 100달러 정도를 훔쳐 간 것으로 결론을 내렸다.

"쉿." 집주인 여자는 조용히 이야기했다. "그렇게 크게 이야기하지 마세요, 손님! 다른 손님들이 들으면 좋겠어요?" 그런 다음 그녀는 우람한 팔로 팔짱을 낀 채 찬장에 기대어 있는 여자 종업원에게 고개를 돌려 말했다. "귀중품들은 따로 자물쇠를 채워 보관해놓아야 한다는 걸 알 텐데요." 그녀는 우리 셋을 다시 보고 말했다. "우리가 모든 것을 책임질 수는 없답니다, 샌님들. 모든 문에 귀중품은 금고에 넣어두라는 경고문이 있어요. 규칙이라고요. 알겠어요?"

무슨 이야기인지 모두 이해할 수는 없어도 두 사람은 스스로 뭔가 해야 한다고 느끼는 듯했다. "가서 도둑을 찾아보자." 키 작은 학생이 말했다.

그들이 흥분한 모습에 나도 자극을 받았다. 그들이 지하실을 떠나자, 이제까지 봐온 일본 영화에서 명예를 위해 다투던 무수한 장면들을 떠올리며 나도 재빨리 뒤를 따랐다. 내가 그들의 일원이라도 된 듯한 느낌이었다. 학생 중 한 명이 문을 열었을 때 다른 하나가 갑자기 찢어질 듯한 소리를 지르며 공중으로 껑충껑충 뛰었다. 그는 계속 "아! 아! 아!" 반복해 소리를 지르면서 급하게 팔을 움직여 길 아래를 가리켰다. 곧바로 그가 가리키는 곳을 보았지만 도둑으로 의심할 만한 사람은 보이지 않았다. 하지만 다른 학생이 같은 쪽을 보더니 제 동료가 한 것처럼 소리를 질러댔다. 다시 보니 왜 그들이 흥분했는지 알 수 있었다. 다소 뚱뚱한 동양인 한 명이 우리 쪽을 향해 거리를 걸어오고 있었다. 두 학생은 그 남자에게 뛰어갔다. 그에게 인사를 하고 몸짓을 섞어 상황 설명을 하는 것 같더니 "와! 와! 와!" 같은 소리를 지르고는 셋이서 나를 지나쳐 호텔 안으로 들어갔다. 대변인이 내 앞에 멈춰서더니 이렇게 이야기했다. "제발 문을 지켜주세요."

흥분한 상태로 1층에서 기다리면서 나는 그들이 다락방에서 지하실까지 온 건물을 샅샅이 뒤지고, 열쇠 구멍을 통해 수색하고, 어두운 계단 통로, 각 층의 화장실, 방문을 모두 열어보고, 벽장과 창문을 일일이 열어보는 모습을 떠올렸다. 또 그 키 작은 불가리아인이 복도에 처박혀 그 학생들이 교양 있는 일본어로 말하는 걸 듣고 무슨 뜻인지 골똘히 고민하는 모습도 그려보았다. "당신은 이 집의 명예에 먹칠을 했소. 당신은 할복을 해야 할 것이오." 그러면 좀도둑인 키 작은 사내는 쩌렁쩌렁 울리게 맞고함을 칠 것이다. "왜? 나는 살고 싶단 말이야!" 나는 키 작고 파란색 양복을 입은 그가 붉은 넥타이를 바람에 날리며 세 일본인의 숨 가쁜 추격을 뒤로한 채 문밖으로 달아나는 장면을 기대했다. 유니스가 지하실에서 올라오자 나는 동네나 한 바퀴 걷자고 제안했다. 그리고 당혹스럽고 끔찍한 일이 생길 수도 있다고 알려주었다. 하지만 유니스는 보도 위에 서서 움직이지 않으려 했다.

"리로이, 자기 과민 반응 하고 있어." 그녀가 말했다.

언제나처럼 유니스는 옳았다.

도둑의 머리를 손에 든 세 명의 사무라이 대신 두 명의 일본 학생과 새로 나타난 일본 관광객이 건물 저편에서 걸어왔다. 그들은 한숨을 쉬다가 다른 사무라이라도 찾는 건지 아니면 경찰을 찾으려는 건지 거리를 위아래로 살폈다. 나도 그들을 따라 한숨을 쉬고 찾아보았다. 하지만 거리에서는 더 이상 우리에게 소용될 만한 것을 찾을 수 없었다. 세 사람은 자기들끼리 일본어로 이야기를 하다가, 낯선 일본인이 나에게 고개를 돌렸다. "이 사람은 오사카에서 온 일본인 샐러리맨입니다." 영어를 할 줄 아는 학생이 말했다.

"니 하오 마?" 그 사람이 절도 있게 인사를 할 때 내가 손을 내밀면서 말했다.

"당신 아프리카 사람입니까?" 그가 악수할 때 즐겁게 웃으면서 물었다. "나이지라아인, 그렇죠?"

"워 스 미궈런." 나는 말했다.

그는 어리둥절해 보였다. "그런 이름의 부족은 모르는데요." 그가 끝내 자백하듯이 말했다. "저는 지금 가야 해서요. 경찰이 그들을 도와줘야겠어요." 그는 고개를 돌려 학생들에게 짧게 일본어로 몇 마디 했다. 그러고는 나와 다시 악수를 하고, 학생들에게 재빨리 인사를 한 다음 제 갈 길을 갔다.

"무슨 바보 같은 이야기를 하고 있는 거야?" 유니스가 물었다.

영어를 할 줄 아는 학생이 나에게 가까이 다가왔다. 그는 내 얼굴을 자세히 살펴보고 말했다. "위층 문이 다 열려 있어요."

"이렇게 중요한 시간에 이런 바보 같은 일에 매달리다니, 정말 혼나봐야 정신 차리시려나." 유니스가 말했다.

물론 유니스는 옳았다.

우리는 집주인 여자에게 불만을 이야기하려고 부엌에 두 번째로 몰려갔다.

"조용히 해요, 손님!" 그녀는 중얼거렸다. "우리는 다른 손님들이 이런 이야기를 듣는 걸 원하지 않아요, 알겠어요?"

"왜 안 되죠?" 나는 물었다.

그녀는 검은색 가스레인지에 기대어 서 있었다. "나보고 어쩌라고요?"

"경찰을 불러줘요."

그녀는 우리에게 차가운 눈길을 주면서 혼잣말로 뭔가를 중얼거렸고, 그다음 회색 작업복의 호주머니를 뒤져 전화를 걸 1실링과 펜스 동전 몇 개를 찾아냈다. 우리가 식당 안을 다시 지나갈 때, 다른 관광객들은 우리를 마치 아침 식사 시간을 덜 지루하게 하려고 집주인 여자가 고용한 어릿광대 취급을 하며 뚫어지게 쳐다보았다. 나는 이들이 베이컨과 달걀을 앞에 두고 여유롭게 식사를 하는 동안 몇 명이나 도둑맞았을지 궁금했다. 그리고 이들의 이런 허점을 그 키 작은 불가리아인이 알고 있었는지 궁금했다.

나는 유니스와 내가 앉았던 식탁을 힐끔 보았다. 식탁은 깨끗이 치워졌고, 독일인으로 보이는 부부가 차지하고 있었다.

그들은 침묵을 지키고 서로만 바라보며 식사를 했다. 옆 식탁에서는 흑갈색 머리의 백인 여성이 여전히 식은 차를 놓고 동료에게 설교를 하고 있었다. "스페인은 정말 울적했어. 8월에는 그 프랑스인이 당신을 무시했지. 취리히는 마치 큰 컴퓨터처럼 보여. 그리스 남자는……."

전화기가 고장 났다는 것을 기억해내기 전까지 우리는 로비에 있었다.

먼저 행인에게 경찰서 방향을 물어본 다음, 그 불가리아인이 우리 방에 숨어 있을지 모르니 유니스를 밖에서 기다리게했다. 그런 뒤 두 일본인과 나는 호텔에서 1마일쯤 떨어진 경찰서로 걸어갔다. 그들은 걸어가면서 나에게 자기들의 이름과자신들이 처한 딜레마에 대해 띄엄띄엄 겨우 말했다. 대변인의 이름은 도요히코 가게야마였다. 영어를 거의 하지 못하는키 큰 동료는 요시츠네 하시마였다. 나는 그들에게 나를 '리'라고 부르라고 했다. 도요히코는 여행자수표와 여권, 기차표 없이는 암스테르담에 갈 수 없으며, 그곳에서 며칠 후 일본으로출발하는 비행기를 타야 한다고 설명했다. 은행이 쉬는 날이기 때문에 월요일까지는 여행자수표를 더 찾을 수도 없었다.불행하게도 월요일은 그들의 비행기가 암스테르담을 떠나야하는 날이기도 했다.

그들은 이 문제를 고민하면서 일본어로 대화했다. 그러더니일본 대사관에서 암스테르담으로 가는 비행기 여비를 얻을수 있을 거라는 결론을 내렸다. 하지만 분실한 일본 여권이 여전히 문제였다. 이런 내용은 그들의 대화를 엿들어서 안 게 아니라 도요히코 가게야마가 나에게 영어로 설명하려고 무진장 애를 쓰는 덕분에 알 수 있었다. 내가 아는 한 그들 누구도 도둑에 대해 나쁜 말을 하지 않았다. 대신 그들은 이 손해를 받아들이고 문제를 일으킨 원인에 대한 해결책을 찾아내기 위해 애쓰고 있었다. 요시츠네 하시마는 간혹 고개를 끄덕이며 좀 주저하면서도 가게야마가 나에게 무슨 말을 하든 동의한다는 듯이 우리 둘을 보았다. 그러나 누구도 미소를 짓지는 않았다.

우리는 으스스하고 사람의 움직임이라고는 거의 찾아볼 수 없는 작은 경찰서에 도착했다. 두 일본인이 안내 데스크에 서서 도난 사건을 경찰관에게 말하는 동안 나는 대기실에 앉아 있겠다고 양해를 구했다. 연필로 그린 듯 회색 콧수염이 드문드문 난 경찰관은 창백하고 나이가 들어 보였다. 그는 펜으로 보고서를 두드리면서 간혹 가게야마에게 말을 걸기도 하며 주의 깊게 이야기를 들었다. 그 학생은 경찰관에게 분실한 물품들은 물론이거니와 호텔 이름, 호텔이 위치한 거리 이름을 알리는 것조차 어려워했다. 가게야마는 여러 차례 경찰관에게 설명하려고 시도해보다가 결국 나에게 다가와 말했다. "제발 말해주세요."

나는 데스크로 가서 경찰관에게 도난 사건에 대해 아는 대로 말했다. 그에게 범인으로 의심되는 사람의 인상착의에 대해 설명했지만, 그가 불가리아인일 수도 있다는 의심을 드러내지는 않았다. 경찰관은 모든 것을 보고서 양식에 기록하고 나서 확인하기 위해 재차 질문을 했다. 그다음 보고서 양식 하단에 개인적인 의견 내지는 이름일지도 모를 어떤 것을 적었다. 학생들과 내가 대기실에 앉아 있는 동안, 경찰관 1개 조가 호텔까지 우리와 동행하라는 명령을 받았다. 그 둘은 다소 젊은 사람들이었는데, 그중 한 명은 데스크에 앉아 있는 경찰관과 비슷하게 가느다란 콧수염을 기르고 있었다. 나머지 한 명은 긴 모자 아래로 연한 붉은색 머리카락이 보였고 포동포동한 체격이었다. 경찰서 건물을 나와 우리에게 경찰차 뒷좌석에 앉으라고 할 때 보여준 동작으로 미루어 보아 그는 냉정한 사람이 분명했다. 그 제스처는 일종의 직업에서 오는 짜증이었다.

호텔로 돌아가는 차 안에서 학생들과 나는 조용히 있었지만, 앞좌석에 앉은 경찰관들은 최근 트라팔가 광장에서 있었던 동성애자 퍼레이드에 대해 떠들어댔다.

"얼마나 끔찍한 장면이었는지." 붉은색 머리를 한 경찰관이 말했다.

"맞아." 다른 경찰관이 맞장구를 쳤다. "맞아."

"적어도 500명이 엘핀 여왕처럼 가두 행진을 했지."

"맞아." 다른 경찰관이 말했다. "무슨 문제라도 있었어?"

붉은색 머리가 웃었다. "아니." 그는 음산하게 웃었다.

두 명의 일본인 학생들은 나란히 앉아서 경찰관 너머 앞 유리창 밖을 멍하니 바라보았다. 나만 그들의 대화에 집중하고 있었다. 내가 파리에서 여기로 온 원래의 목적은 런던의 밤 문화 전문가인 X에게 연락을 취하고, 그에게 애틀랜타에 살고 있는 친구 Y, Z의 안부를 전하는 것이었는데, 어쩌다가 런던 시내를 달리는 경찰차 뒷좌석에 앉아 동성애자들의 가두 행진에 대한 이야기를 듣고 있는지 의아했다.

두 경찰관은 호텔을 꼭대기부터 바닥까지 수색했지만 그 남자를 찾지 못했다. 물건을 분실했다는 다른 투숙객도 없었다. 집주인 여자는 1965년 미국 관광객들이 붐을 일으키며 찾아온 이래 이런 일은 자기 호텔에서 일어난 적이 없다고 설명했고, 경찰관들에게 과장된 호의를 드러내며 여기저기 분주하게 돌아다녔다. 두 경찰관은 모두를 용의 선상에 두었으나 특정 인물을 지목하지 않고 질문을 계속했고, 냉정하고 군더더기 없이 행동했다. 하지만 내가 보기에 붉은색 머리는 유니스와 내가 이 드라마 같은 상황에서 취한 역할보다 더한 것을 캐묻는 것 같았다. 그는 결국 말했다. "우리가 지금 할 수 있는 건 공지하는 것밖에 없습니다. 패딩턴 관할 경찰서로 가서 사건을 접수해야 합니다. 당신도 알겠지만 여기는 우리 구역이 아닙니다. 아마 그곳에서 따로 보고서를 작성해야 할 겁니다."

"이런 일이 생기지 않게 주의해야 해요." 집주인 여자는 손을 앞치마에 닦으면서 말했다.

"지금 10시 반이에요." 유니스가 말했다. "우린 시내 관광을 가고 싶다고요."

붉은색 머리가 이상야릇한 미소를 지었다. "이 사람은 좀 더 적절한 진술을 위해 같이 가야 합니다." 그가 유니스에게 말했다. "이 애들에게 도움이 많이 될 거예요."

"나는 이렇게 돌아다니는 것에 정말 지치고 진절머리가 나." 유니스가 말했다.

경찰관들이 웃었다.

두 동양인은 우리 모두를 물끄러미 바라보며 서 있었다.

다른 경찰서로 차를 타고 가는 것은 금방이었다. 경찰관들은 더 이상 동성애자들의 가두 행진에 대해서 이야기하지 않았다. 그들은 우리를 경찰서 앞에 내려놓고 행운을 빌어줬다. 나는 그들에게 즐거운 은행 휴일을 보내라고 응수했다. 경찰서 안에서의 절차는 전과 동일했다. 일본인 학생들이 최선을 다해 자신들이 처한 어려움을 설명하는 동안 나는 대기실에 앉아 있었다. 기다리는 동안 창문 사이에 걸려 있는 게시판의 현상 수배 포스터를 흥미롭게 보고 있었다. 게시판으로 다가가 자세히 뜯어보니 일곱 명의 현상 수배범 중 네 명이 흑인이었다. 게다가 그들 중 한 명, 금품 갈취 죄목으로 50파운드의 현상금이 걸려 있는 흉악범 윔벌리 레인은 어딘지 낯익은 얼굴이었다. 나는 그의 얼굴을 자세히 살펴보았다. 레인은 광대뼈가 튀어나왔고, 눈은 부리부리한 데다가 껄렁해 보였다. 더 자세히 보니 특히 옆모습이 애틀랜타에 사는 내 사촌 프레디 팁톤과 매우 닮아 보였다. 하지만 레인은 무법자처럼 런던의 지하 세계에 숨어 살고 있을지 모를 일이었고, 내 사촌은 바다 건너 애틀랜타에서, 어쩌면 헌터 거리에서 닭튀김을 먹고 있을

지 모를 일이었다.

"제발 말해주세요…… 도난 사건." 누군가 말했다. 도요히코 가게야마가 내 뒤에 서 있었다.

나는 몸을 돌려 그를 따라 데스크로 갔다. 창백하고 파란 눈을 한 경찰은 내 얼굴을 보고 눈을 깜박거렸다. 경찰관과 그를 도와 학생들의 진술을 취합하던 조수가 재빨리 서로를 바라보더니 다시 나를 보았다. "당신이 그 용의자를 봤습니까?" 그 경찰관이 물었다.

"봤습니다."

"진술해주시겠습니까?"

나는 생각한 대로 정확하게 설명했다. 하지만 이번에도 내가 의심하는 불가리아인에 대해 말해야 할지 확신이 서지 않았다. 경찰관은 왼손으로 보고서를 작성했다. 그는 손목 안쪽으로 손을 구부려 유려한 필체로 써 내려갔다. 나는 그의 손을 보았다.

두 명의 학생은 내 뒤에 나란히 서 있었다.

"신고자와는 어떤 사이입니까?" 그 경찰관이 질문했다.

"나는 미국인입니다." 나는 대답했다. "이 사람들 방이 내 옆방이에요."

경찰관은 적다 말고 인상을 찌푸렸다. "그러니까 당신이 그 사람을 본 유일한 목격자란 말씀입니까?" 그는 미간을 좁혔다.

"그래서 어쨌다는 건가요?" 나는 말했다.

"정말로 친구인가요, 아니면?" 조수가 말했다. 그는 경찰관을 보더니 윙크를 했다.

두 학생은 그들끼리 이야기하며 내 뒤에 서 있었다.

"이제 다시 한 번 이 사건을 훑어봅시다." 경찰관이 말했다.

갑자기 요시츠네 하시마가 내 뒤에서 나와 데스크 쪽으로 왔다. "리…… 좋은…… 자세히." 그가 나를 단호하게 가리키며 말했다. "일본 학생들…… 리가 자세히…… 도둑."

경찰관은 미소 짓다 말고 다시 보고서를 작성하기 시작했다. 그는 근사한 보고서를 작성했다.

요시츠네 하시마는 더 이상 말을 하지 않았다.

경찰관은 그들에게 빨리 일본 대사관으로 가라고 충고했다.

나도 빨리 가서 남은 런던 구경을 하고 싶었다.

나는 오후 늦게 그 두 학생을 마담 투소 밀랍 인형 박물관에서 다시 보았다. 유니스와 나는 프랑스혁명을 기념하는 전시회의 아래층 전시실 중 하나를 돌아보고 있었다. 나는 마리 앙투아네트를 처형할 때 사용한 녹슨 단두대 옆에 서 있다가 그들을 보았다. 일본인들은 한때 런던을 공포의 도가니로 몰아넣었던 악명 높은 살인자들의 밀랍 인형이 조명을 받고 있는 유리 진열장을 들여다보며 서 있었다. 나는 몸짓으로 유니스에게 신호를 보내고 가게야마에게 다가가 어깨를 건드렸다. 이곳 분위기에 너무 빠져 있었는지 그는 흠칫 놀랐다. 하지만 그들은 우리를 알아보고는 어쩔 줄 몰라 하며 미소를 짓더니 고개 숙여 인사를 했다. 도요히코 가게야마는 일본 대사관이 임시 여권을 만들어주었고, 여행자수표를 취소했으며, 생활비와 암스테르담까지 가는 항공 비용을 빌려주었다고 알려주었다. 지금은 일이 해결되어 런던 관광을 하고 있다고 했다. 두 사람 다 우리 도움에 감사했다. 가게야마는 영어로, 하시마는 일본어로 감사를 표했다. 그들은 모두 공손하게 고개 숙여 인사를 했다. 그런 다음 요시츠네 하시마는 바지 주머니에서 공책을 꺼내 어딘가 펴더니 천천히 읽기 시작했다. "제발－일본－학생들에게－이름과－집 전화번호를－주세요."

나는 그에게 이름과 연락처를 써주었다.

요시츠네 하시마는 다시 공책을 받아 들고 페이지를 몇 장 더 넘기더니 불확실한 목소리로 읽었다. "뉴 선데이에서 일본 학생을 도와준 당신의 친절함에 감사합니다……. 나는 리가 어느 날 일본을 방문하기 바랍니다……. 도쿄 근교에 있는 요시츠네 하시마의 집을 방문하여주십시오."

그러더니 내게 일본 우표첩을 주었다.

두 사람은 다시 나에게 고개를 숙여 인사했다.

"봤지?" 유니스가 걸어가면서 말했다. "일본 사람들은 꼭 남부 사람들 같다니까."

나는 다시 한 번 유니스가 옳았다고 결론지었다.

밀랍 박물관 안은 너무 어두웠다. 전시물을 비추는 유색 조명이 그곳 분위기를 돋우지는 못했다. "나가자." 나는 유니스에게 말했다.

땅거미가 질 무렵 우리는 런던탑 잔디밭의 관광객에 섞여 있었다. 우리는 탑 안에서 10분 정도 머물렀다. 우리 앞에 펼쳐진 잔디밭 위에 십자 모양으로 쇠사슬과 자물쇠를 채운 흰색 부대 자루를 뒤집어쓴 노인이 있었다. 관광객들은 웃고 있었지만, 노인은 자루 안에서 꿈틀대며 신음을 하고 있었다. 노인 옆에는 근육질의 대머리 남자가 서서 자신의 벌거벗은 가슴을 큰 쇠망치로 내려치고 있었다. 어떤 면에서 이 남자는 그 도둑을 닮았지만 전혀 불가리아인처럼 보이지는 않았다. 이 건장해 보이는 남자는 이따금씩 주석으로 된 컵을 자신을 에워싸고 있는 구경꾼들에게 내밀며 원 안쪽을 돌아다녔다. 그는 이 구경거리를 가장 가까이에서 보고 있는 사람들한테서 동전을 모았다.

"내 아버지는 죽을 때 천 파운드 가까운 재산을 남겼지. 하지만 나는 아버지가 그 돈을 어디에다 두었는지 아직도 찾지 못했다네."

청중들이 웃을 때 그도 따라 웃었다. 하지만 컵에 푼돈이나 쓰레기를 넣는 사람이 있으면 저주를 퍼부었다. 그는 외국인처럼 보였지만 영국 하층민 억양으로 말했다.

"이 사람은 살아야만 해!" 그는 컵을 흔들면서 우리에게 소리쳤다. "저 노인은 당신들이 돈을 다 낼 때까지 자루에서 나갈 수 없어."

"리로이." 유니스는 내 옆에서 말했다. "X가 전화할 것 같지 않아. 이제 런던을 봤으니까 집으로 가자."

늘 그랬던 것처럼, 유니스가 옳았다.

나는 미국인입니다

과부들과 고아들

루이스 클레이턴은 의자 뒤를 잡은 채 시끌벅적한 연회실
쪽으로 등을 돌리며 '어떤 사람이 아카데미상을 받고 있군'
하는 생각으로 쓴웃음을 지었다. 그는 리처드 부인을 내려다
보며 상을 받는 사람은 그녀가 아니라고 단정 지었다. 그녀는
한물갔던 것이다. 탁자에서 그를 올려다보는 그녀의 표정은
루이스에게 1940년대 영화에서나 나옴 직한 카페 장면을 연상
시켰다. 그녀의 미소를 보자 영화 제목이 떠올랐다. 베티 데이
비스 아니면 바버라 스탠윅 중 한 명이 그 장면에 나왔는데 기
억이 잘 나지 않았다. 더군다나 리처드 부인은 그 여배우들과
는 달리 나이가 들었다. 파티 드레스도 말쑥하게 차려입지 않
은 그녀는 하얀색 난초 브로치를 가슴에 달고 푸른 공단 드레
스를 걸치고 있었다. 그가 몸을 숙여 그녀의 볼에 키스를 할

때 난초 브로치의 가는 이파리가 그의 얼굴에 닿았다. 루이스는 그 꽃의 미끈거리는 차가움을 느꼈지만 향기를 맡을 수는 없었다. 리처드 부인은 지쳐 보이는 갈색 눈을 반짝이며 즐겁게 웃었고, 그의 입술에 키스를 했다. "너는 수염을 길렀을 때 정말 멋있었어." 그녀가 그에게 말했다. "왜 수염을 깎아버렸는지 모르겠네." 루이스는 그녀의 손을 잡고 서 있었다. 그녀의 얼굴을 바라보면서 그는 이 만남의 끝이 어떻게 될지 생각해 보려고 했다. 그는 감을 잡을 수 없었다. 하지만 젊은 날의 방황을 떠올리게 하는 이 중년 여인의 얼굴에서 그는 익숙하게 보아온 고통과 은밀함이 뒤섞여 있는 것을 보았다. 리처드 부인은 그의 얼굴을 찰싹하고 때렸다.

루이스는 그녀 옆에 놓여 있는 의자에 앉았다. 그가 기억하려고 했던 장면은 완전히 머릿속에서 사라졌다.

"수염이 있을 때 더 멋져 보이지 않았어?" 리처드 부인은 탁자에 앉아 있는 다른 사람들에게 물었다.

두 여인이 샐러드를 먹다 말고 동의한다는 뜻에서 고개를 끄덕였다. 리처드 부인은 나이 들고 통통하며 얼굴에 희미하게 수염기가 있는 로레타 버튼 부인을 소개해주었다. 그녀는 하얀 난초 브로치를 단 분홍색 드레스를 입었다. 그녀는 상냥하게 루이스에게 고갯짓을 했다. 화장을 진하게 했지만 어려 보이는 커피빛 갈색 피부의 아름다운 소녀가 버튼 부인 곁에 앉아서 주빈석과 연단 쪽을 번갈아 보고 있었다. 버튼 부인의 딸 프레드리카였다. 그녀는 루이스에게 살짝 미소를 지어 보였다. 그녀는 루이스를 빤히 쳐다보면서 두꺼운 눈꺼풀을 한 번 깜벅였다. 루이스는 눈길을 돌려 외면했다.

리처드 부인은 그를 쳐다보면서 다른 사람들에게 이렇게 말했다. "부끄럼을 타는 편이에요." 그러고서는 짓궂게 웃었다. 버튼 부인은 이를 드러내고 웃었다. 프레드리카는 귀빈들이 앉아 있는 주빈석을 뚫어져라 보고 있었다.

루이스는 샐러드를 먹으면서 다른 탁자에 있는 사람들을 보았다. 연인이나 아내를 데리고 온, 수염을 길렀거나 말끔하게 면도를 한 젊은 남자들이 많았다. 아내와 같이 온 중년의 남자들도 많이 있었다. 하지만 젊은 사람들과는 다르게 그들은 대화에 덜 열성적이었고 행사에 그다지 집중하지 않았다. 그들의 부인도 너무 산만해 보였다. 그래도 젊은 여자들은 아주 편안해 보였다. 모든 남자가 그들을 보고 있었고, 그들도 남자들이 보고 있다는 것을 아는 것 같았다. 이 행사는 그레이터와츠 지역 진보연합의 감사 연회였고, 루이스가 아는 한 참석자 중에서 자신이 유일한 외부인이었다. 더군다나 여자 파트너를 대동하지 않은 유일한 남자이기도 해서 여러모로 그는 외로움을 느꼈다. 프레드리카처럼 고개를 돌려 클레어가 앉아 있는 주빈석과 연단을 바라보고 싶을 정도로 그는 외로웠다. 하지만 그는 묵묵히 샐러드를 먹었고, 그쪽 방향으로 고개를 돌리지 않았다.

"난 네가 여기 올지 꿈에도 생각하지 못했어." 리처드 부인이 그에게 말했다. 그녀는 따뜻한 손바닥을 그의 왼쪽 손등에 포개어 꼭 잡아주었다. 그녀는 그의 귀에 얼굴을 가까이 대고 한숨을 쉬었다. "너하고 클레어는 정말 잘 어울렸어." 그녀는 속삭였다. "왜 너희 둘이 잘 안 되었는지 이해가 안 돼. 너는 그 수염이 정말 잘 어울렸는데." 그녀는 알 것 같다는 듯이 태연히 촉촉하고 따뜻한 눈빛으로 수염의 가장 짙은 부분을 바라보면서 그를 추켜세웠다.

루이스는 샐러드를 먹던 포크를 내려놓았다. 그녀가 뭐라도 말하고 싶어 하는 것 같았다. 그는 오래된 영화의 한 장면이 떠올랐지만 대사가 기억나지 않았다. 결국 아무 대꾸도 하지 않기로 결심했다.

"너도 몸이 좀 불었다." 리처드 부인은 말했다.

"조금요." 그는 대답했다.

"조금이라고? 헐." 리처드 부인은 낄낄거리며 웃었다. 그녀는 손가락을 흔들었다. "설마 어떤 여자가 너 잡아먹으려고 살찌우는 건 아니겠지?"

그는 예전에 사귀었던 한 유부녀를 떠올렸다. 나중에라도 그녀를 불러야 할 것 같았다. 그녀의 남편은 아주 쾌활한 남자였다. 그가 원한다면 얼마든지 대화를 할 수 있는 사람이었다. 그는 자신이 느끼는 모든 것을 다 말할 수 있는 사람이었다. 그는 아주 세련된 세계에서 살았다. 이런 생각을 하다가 그는 갑자기 소스라쳤다.

리처드 부인이 그의 턱을 꼬집었다. "넌 나빠." 그녀는 이렇게 말하며 이를 드러내고 심술궂게 웃었다. "네가 우리 아기 마음을 아프게 한 거 알지?"

"다른 인종과의 결혼은 늘 잘 안 된다고요." 루이스는 그녀에게 말했다. 그래도 그는 혼자서 영화에 대해 골똘히 생각하고 있었다.

리처드 부인이 웃었다. "넌 나쁜 남자야." 그녀는 말했다.

그들은 마천루의 펜트하우스에 있었다. 그 방은 전체가 유리로 둘러싸여 있었다. 거의 앞이 안 보이는 이 벽을 통해 루이스는 시원한 로스앤젤레스 밤하늘 아래 반딧불처럼 유리창에 붙어 있는 수천 개의 작은 노란색, 빨간색, 흰색 조명과 마천루를 둘러싼 콘크리트 벽을 보았다. 유리벽 바깥의 세상은 풍요롭게 보였다. 연회장 안에서도 겹겹이 겹쳐 입은 흰색 정장, 만찬용 검은색 맞춤 의상, 무지개 같은 수제 넥타이, 보석박힌 넥타이핀, 이국적인 향수, 그를 둘러싸고 있는 사람들의 식탁 매너가 부유함을 느끼게 했다. 그는 영화에서 본 듯한 장면이 기억났다. 그가 상상에 빠져 있는 동안 멕시코계 웨이터가 메인 코스 요리를 탁자 위에 올려놓고 다른 손님들의 얼굴을 유심히 바라보았다.

왼쪽으로 탁자 몇 개 건너편에 절제력을 보여주는 꽉 다문 입과 차분한 눈을 가진 홀쭉한 남자가 앉아 있는 모습을 보고 그는 그레고리 펙을 연상했다. 연회실 건너편 유리벽 근처 탁자에 앉은 그 사람은, 이야기할 때 신경질적으로 담배를 흔들어대는 모습과 불룩한 눈이 베티 데이비스의 한없이 외로운 열정을 연상시키는 아담하고 통통한 갈색 피부 여자를 보고

231

있었다. 바로 그 여인 옆에 앉아 딴 곳을 돌아보는 다른 남자
는 부정부패에 썩을 대로 썩어 야비한 표정을 보여주던 에드
워드 로빈스를 닮았다고 루이스는 생각했다. 루이스는 눈을
감고 쓴웃음을 지었다. 눈을 다시 떴을 때 바로 옆 탁자에서
눈에 익은, 자연 그대로의 동물적인 힘을 발산하며 이글거리
는 눈길을 보았다. 그는 말론 브랜도의 탱탱한 볼과 꽉 다문
입, 태연스런 눈을 보고 있었다. 그 남자는 한창일 때는 정말
말론 브랜도와 닮았을 것이다. 그 남자의 웃음에서는 이발소
에서 들을 수 있는 활기 넘치는 리듬이 느껴졌다. 잠시 후 루
이스는 이곳이 단지 그레이터와츠 지역 진보연합의 표창식장
이라는 것을 상기했다. 이곳의 모든 사람은 사회계층적인 면에
서 제 스스로를 인정하고 받아들인 사람들이었다. 찬조 연설
자와 그의 아내를 제외하고는 모두 흑인이었다.

그는 주빈석으로 몸을 틀어 주위를 살피다가 프레드리카가
자신을 보고 있다는 것을 알아차렸다. 그녀가 웃고 있는 것이
보였다.

멕시코계 웨이터는 주요리 접시들을 치우고 나서 후식을
담은 접시를 날라 왔다. 파란색, 분홍색, 하얀색 박하와 리큐
어 얼음이 채워진 긴 젖빛 잔들, 노란색 케이크와 커피포트가
탁자 위에 있었다. 멕시코계 웨이터들은 무뚝뚝했지만 일에는
군더더기가 없었다. 그들은 붉은색 코트를 입고 탁자 주위를
돌았다. 식사를 마칠 때가 되자 대화가 무르익어 목소리가 높
아졌다. 리처드 부인은 분홍색 손수건으로 볼과 입을 닦았다.

버튼 부인은 식탁을 휘 돌아보며 미소를 지었고 커피를 홀짝거렸다. 그녀는 프레드리카의 어깨에 부드럽게 손을 얹었다. 소녀는 주빈석을 똑바로 보고 있었다. "그 영화 꼭 한번 보세요." 버튼 부인이 말했다. "리키가 엄청난 역할을 하죠." 리처드 부인은 동의한다는 듯 고개를 끄덕였다. 소녀는 눈길은 계속 주빈석에 둔 채 어깨를 으쓱하여 제 어머니의 손을 떨어내고 말했다. "엄마, 제발. 제 이름은 프레드리카라니까요!" 버튼 부인과 리처드 부인은 둘 다 소심하게 이를 드러내면서 웃었다. 루이스는 무슨 이야기를 하고 있는지 알지 못했다.

"이제 시작하겠습니다." 클레어의 목소리가 주빈석에서 들려왔다.

그는 다른 사람들처럼 그쪽을 돌아보지 않았다.

"주목해주세요." 클레어가 다시 한 번 외치는 소리가 들렸다. 같은 방향에서 유리잔을 톡톡 치는 소리와 마른기침 소리가 들렸다. 방 안의 소음은 줄어들지 않았다. "이제 시작할 준비가 다 된 것 같습니다, 여러분!" 클레어가 또 외쳤다. 그러고 나서 목소리는 제 스스로 권위를 무너뜨리는, 키득대는 웃음소리로 변했다. "오, 와우!" 루이스는 그녀가 하는 말을 들었고, 뒤따라서 더 명랑하고 터져 나오는 폭소를 세련되게 억제한 웃음소리를 들었다. 그녀의 목소리가 사랑스럽게 들렸지만 그는 고개를 돌려 그녀를 보지 않았다.

리처드 부인의 갈색 눈은 한껏 자랑스러워하며 반짝였다. "저 애가 우리 집 애야." 그녀는 어깨로 그를 슬쩍 건드리며 속삭였다. "클레어 대견하지 않아? 우리 집 애가 대견하지 않느냐고, 응?"

그는 머리를 돌려 클레어를 보았다. 그녀는 정말 아름다웠다. 부드러운 갈색 얼굴은 좀 두루뭉술해 보였지만, 누구라도 아주 미묘한 흥분을 느끼게 하는 미소는 자유분방한 에너지로 넘쳐 그녀를 감싸고 있었다. 눈으로 그 에너지를 보는 순간 그는 그녀를 사랑한다는 것을 깨달았다. 클레어의 드레스는 붉은 광택이 났다. 목 주위를 빙 두르고 풍만한 가슴에 아담하게 늘어진 진주 목걸이는 그녀의 흰 이와 잘 어울렸고 머리 위에 매달린 전등 불빛을 받아 반짝였다. 검게 빛나는 눈동자는 그녀의 어머니와 그의 얼굴에 머무르며 친근하게 "안녕"이라고 말하는 것 같았다. 이 말은 그에게 에너지를 불어넣었다. 에너지가 느껴졌을 때 그는 왠지 모르게 두려웠고, 흥분했고, 다시 두려웠다. 그는 고개를 주빈석 쪽에서 다른 곳으로 돌렸다.

"우리 집 애 대단하지?" 리처드 부인은 버튼 부인과 프레드리카에게 말했다. "내 가슴이 다 뛰네."

"다른 드레스를 입었으면 더 예뻤을 텐데." 프레드리카는 말했다.

클레어는 물컵을 단호하게 톡톡 두드렸다. 그러고는 숟가락을 위로 세운 채 포즈를 취했다. 방 뒤편에 있던 누군가 사진을 찍었다. 클레어는 키득거렸다. 방 안에 있던 많은 사람들이 웃었다. "좋습니다, 여러분." 그녀는 또렷하게 좀 더 공식적인 목소리로 말했다. "오늘 연설을 해주실 몰츠 씨를 소개하겠습니다."

방 안은 잠잠해졌다.

클레어는 열렬하게 연설자 소개를 했다. 루이스는 리처드 부인에게서 클레어가 아주 빈틈없는 사업가로 명성을 얻었다는 이야기를 들었다. 몇 년 후에는 정치계로 들어갈지도 몰랐다. 루이스는 그녀의 웅변술이 감탄스러웠다. 그녀가 말할 때는 아무도 꼼짝 않고 앉아 있었고, 프레드리카 버튼은 생각에 잠겨 눈꺼풀을 껌벅거렸다. 리처드 부인은 간혹 분홍색 손수건으로 눈가를 재빨리 훔쳤다. 루이스는 침대 속에서의 그녀를 기억해내려고 애썼다. 클레어는 이렇게 말하고 있었다. "……실패를 기회로, 적대적 관계를 우정으로, 투쟁의 충동을 모든 것을 보호하는 원동력으로 바꾸는 것이야말로 우리가 갈망하는 탁월성으로 다가가는 과정이라고 말할 수 있습니다. 이것이 바로 그가 과거에는 물론이고 현재에도 우리에게 전하는 메시지입니다. 그래서 이것이 우리의 가장 큰 목표가 되어야 합니다. 이런 방식으로 탁월성을 추구하는 것은 비록 우리가 다양한……"

루이스는 많은 여자들과 좋은 관계를 유지했지만 클레어와는 그런 기억이 없었다. 그녀를 보면서 무던히 노력해보았지만 의식 속에서 비슷한 열정을 이끌어낼 수 없었다. 단지 그는 풍만한 가슴을 드러내며 그의 어두운 침실 벽에 드리워졌던 그녀의 그림자만을 기억할 수 있었다. 오렌지색 담뱃불이 그녀의 입술 사이에서 붉게 타다가 사그라지는 것처럼 그 그림자는 선명하게 보이다가 흐릿해졌다. 그녀의 이런 모습과 함께 "나한테서 바라는 게 뭔데?"라는 말이 문득 떠올라 그녀의 열정을 기억해낼 수 있었다.

그는 프레드리카를 바라보고 있는 자신을 발견했다. 그녀는 클레어의 입 모양을 따라 하고 있었다. 클레어와 똑같이 기계처럼 능숙하고 침착하게 담배를 피우고 있었다. 그녀는 정말 사랑스러웠다. 그는 그녀의 가슴 아래는 볼 수 없었다. 그의 등 뒤에서 클레어가 이렇게 말하고 있었다. "행운이나 우연이 아닌, 목표를 향한 인내를 통해서 궁극적인 종착점으로 향하는 길의 윤곽을 잡을 수 있습니다. 이것이야말로 탁월성으로 가기 위한 진정한 길입니다. 오직 헌신적인 사람만이 할 수……."

"우리 애 정말 말 잘하지, 응?" 리처드 부인은 얼굴을 그의 귀에 가까이 대고 말했다. "나는 너와 클레어가 잘 지내기를 항상 기도한단다. 결점이 있긴 하지만, 우리 애는 착하고 열심히 일하는 애야." 그녀는 주빈석에 눈길을 주며 숨을 깊이 들이마시고는 한숨을 쉬었다. "저 애는 외로워해. 나는 저 애가 그렇게 보이는 거 싫어."

"지금 누구와 사귀고 있지 않아요?" 루이스는 속삭이듯이 말했다.

리처드 부인은 조용히 웃었다. "우리 클레어는 지금까지 살면서 누구와 사귀어본 적이 없어."

루이스는 이 점에 대해 생각해보고는 사실이라는 것을 깨달았다. 그녀는 타인의 강인함을 혹독하게 시험함으로써 스스로 강인하다는 것을 보여주는 성격이었다. 이것이 그녀가 가지고 있는 아름다움의 한 측면이다. 그가 기억하기로 클레어는 화가 날 때 우는 대신, 미워하기에는 너무 작고 귀여운 불도그처럼 한 발짝 물러서서 억지로 고개를 끄덕이곤 했다. 그는 그녀의 이런 점을 사랑했다. 그는 그녀가 화났을 때 그녀의 머리를 토닥이며 진정시키는 연습을 했다. 그의 전략은 전적인 헌신을 통해 그녀의 마음을 부드럽게 만드는 것이었고, 자신이 그녀와 잘 어울린다는 것을 보여줘서 그녀를 에워싼 감정의 갑옷을 벗겨 내리고 그녀의 장점을 살리는 것이었다. 과거 무방비 상태로 있던 그녀에게 어떤 사람이 깊은 상처를 준 적이 있다는 것을 그는 알게 되었다. 그때 그녀는 마음의 문을 닫아버렸다. 그가 원했던 것은 절제된 사랑을 모두 보여준 뒤 그녀를 품에 안고 "나는 너를 사랑해"라고 신뢰가 듬뿍 담긴 사랑의 선언을 하는 것이었다. 이런 일은 일어나지 않았다. 심사숙고 끝에 그는 남부 출신인 반면 그녀는 적어도 두 세대 전에 남부를 떠난 듯하다는 사실이 그 이유라고 결론을 내렸다. 그가 그녀를 그녀 자신이 아니라 그의 어머니로 보려 했다고 결론 내렸다. 그는 좀 뒤로 물러서서 다음 방법을 찾아보았다. 이것도 소용이 없었다. 그녀는 거의 완벽하게 자립적인 사람이었다. 지금 그녀가 청중들 앞에서 말하는 것을 보면서 그의 뇌리에 어떤 장면이 스쳐 지나갔다. 5년 전 그녀의 생일에 약혼 증표로 반지를 주었다. 그녀는 너무나 행복한 모습으로 감탄하며 반지를 받아들였고, 흥분해 손을 입에 갖다 대었다. 이 모습에 그의 마음은 부풀었다. 그녀가 제 손가락에 반지를 끼울 때 그는 그녀의 책을 들고 있었다. 그녀에게 키스를 하다가 흥분해서 책을 떨어뜨렸다. 책을 줍기 위해 몸을 숙이다가 문학 책에서 떨어진 초록색과 분홍색 카드를 보게 되었다. 그녀가 서 있는 동안 그는 미소를 지으며 그녀가 큰 글씨로 쓴 카드를 읽었다. "생일 축하해, 사랑하는 나 자신에게!" 그때는 그가 남부에서 시카고로 온 지 4년이 지난 시점이었고 아직 무척이나 젊었을 때다. 당시 그는 이 세상에는 신비로운 일들이 분명히 존재한다고 믿었다. 그는 그 내용에 매혹되었다. 그녀는 캘리포니아 출신이었고, 그녀의 글에서는 서부의 광활한 하늘이 만든 품성이 느껴졌다. 그는 캘리포니아의 신비를 사랑하는 마음과 함께 그녀를 더 깊이 사랑하게 되었다.

연설자가 연설대에 자리를 잡았다. 그는 클레어의 소개말에 감사를 표하고 있었다. 모든 사람이 박수를 쳤다. 연설자는 클레어의 볼에 키스를 했다. 모든 사람이 박수를 쳤다. 클레어는 고개를 들어 밝고 아름답게 웃었다. 그녀는 아주 조용히, 마이크로는 들리지 않는 소리로 연설자에게 뭔가 이야기했다. 루이스는 그녀가 "오, 와우!"라고 말했을 거라고 짐작했다.

"비올라, 너는 정말 애를 잘 키웠어." 버튼 부인이 리처드 부인에게 말했다. "너네 클레어가 우리 리키에게 모범이 되는구나."

"나는 프레드리카예요, 엄마!" 예쁜 소녀가 말했다. "부끄러워 죽겠어." 그녀는 예쁘게 입술을 삐죽 내밀었지만 눈길은 주빈석에 있는 연설자에게 고정하고 있었다.

어머니 둘이 웃었다. 버튼 부인이 루이스에게 윙크를 했다. "우리 애들은 와츠 지역에 제가 원하는 걸 당당하게 말하지." 그녀가 말했다. "만약 클레어와 리키가 와츠 출신이었다면 우리도 뭔가 바른 일을 하고 있을 거야."

"나는 '할리우드'에서 출퇴근하잖아요." 프레드리카가 말했다. 그녀는 방어하는 어조로 말했다.

"할리우드, 와츠, 볼드윈힐스." 버튼 부인은 말했다. "다 똑같아. 네가 가는 데가 다 그렇듯이 요즘 젊은 사람들은 가진 게 없으면 행복할 줄을 몰라. 그래서 클레어가 긍정적으로 똑 부러지게 이야기하는 것을 들으면 기분이 좋은 거야."

프레드리카는 담배에 불을 붙였다. "저 진주 목걸이는 저 옷하고 안 어울리는데." 그녀는 말했다. "진청색이 잘 어울리지."

주빈석에서는 연설자인 레스터 몰츠 씨가 이상의 필요성에 대해 연설을 하고 있었다.

프레드리카는 지겨워했다. 루이스는 그녀의 눈이 그의 얼굴을 따라 움직이고 있다는 것을 느꼈다. 그녀는 굉장히 예뻤다. 모든 것이 빈틈없고 깔끔했다. 그녀는 숨을 내쉬면서 담배 연기를 코로 내뿜어 천장으로 보냈다. 그는 자신이 그녀보다 열 살 정도 많다고 생각했다. 그는 연설을 들으면서 그녀가 말을 걸어올 때까지 기분 좋게 기다렸다.

"어디서 왔어요?"

"시카고에서요." 그가 속삭이듯이 말했다.

"그 전에는요?" 그녀가 미소를 지었다.

"노스캐롤라이나요." 그가 대답했다.

"그럴 줄 알았어요." 프레드리카가 말했다.

"왜요?" 그가 물었다.

"당신 옷이 웃겨요."

"나도 그렇게 생각해요." 그는 말하고서 잠시 멈췄다가 다시 말했다. "당신이 출연했다는 영화 제목이 뭐예요?"

그녀는 얇은 초록색 드레스 아래로 가슴을 출렁이며 탁자 쪽으로 몸을 숙였다. "〈당신과 함께 벅댄스를〉원문은 〈The syncopated Buck〉이라는 제목이에요." 그녀는 대답했다. "하지만 내년이나 돼야 상영해요."

"그 영화 꼭 볼게요." 그가 그녀에게 말했다.

그녀의 커다란 눈은 강렬하게, 하지만 억제된 추파를 장난스럽게 던지며 미소를 지었다 "결혼했어요?"

"아니요." 그는 대답했다.

"저도 안 했어요." 그녀는 말했다. "결혼은 지겨운 일이죠."

그녀의 아련한 시선은 그가 최근에 본 유럽 엘리트의 집안 문제를 다룬 영화에 출연한 스웨덴 여배우를 연상시켰다. 그는 속으로 생각했다. '만약 내가 그녀와 이야기를 계속 이어나가기만 한다면 이 파티가 끝난 후 뭐든지 할 수 있어. 그녀는 지금 나만큼 어쩔 줄 몰라 하고 있지. 나는 내 대사만 읊으면 되는 거야.' 그러나 그는 이 생각을 하면서도 리처드 부인과 버튼 부인을 보고 있었다. 그들의 시선은 주빈석에 있는 연설자에게 고정되어 있었다. 그는 연설을 들으면서 부끄러움을 느꼈다. 그는 생각했다. '나는 당황했어. 지금 이 소녀가 내뱉은 대사의 다음 대사를 기억해내려고 애쓰고 있다고.'

주빈석에서 연설자는 이렇게 말했다. "……무언가 얻으려면 대가를 지불해야 합니다. 사랑, 사회적 인정, 돈, 권력, 영혼의 평화 등 어떠한 것도 대가를 치르지 않고서는 얻을 수 없습니다. 공짜로 성공한 사람은 이 세상에 존재하지 않습니다. 간혹 시기심에 불타서 비밀로 지켜지는 성공의 대가를 다른 사람은 얼마나 지불했는지 알고 싶어 합니다. 모두가 대가를 지불합니다. 하지만 아무도 얼마를 지불했는지는 말하지 않습니다. 왜냐하면 간혹 그 지불의 조건이 다른 사람들에게는 생각할 수조차 없을 정도로 무서울 수 있기 때문입니다."

"오, 주여!" 리처드 부인이 그의 옆에서 말했다.

클레어는 연설자에게 시선을 고정한 채 주빈석에 앉아 있었다. 레스터 몰츠라고 불리는 그 사람을 모두가 존경하는 것 같았다. 몰츠는 여윈 중년의 남자로 비록 부유하지는 않지만 직업적으로는 성공한 사람이었다. 그는 루이스가 관계했던 사람들처럼 욕망을 철저히 억제해 수척해 보이기는커녕 아주 평화로워 보였다. 그는 마치 청중의 사고방식을 잘 이해하는 것처럼 청중과 화합하며 점잖게 연설을 했다. 청중은 자신이 이해하지 못하는 게임의 피상적인 승리자였다. 그는 마치 훌륭한 선생님처럼 그들이 게임의 규칙을 이해하도록 인내심 있게 도와주었고 그 일에 흡족해하는 것 같았다. 그는 분명히 전문가다왔다. 청중은 그를 존경하는 마음으로 바라보았다. 루이스의 눈에는 그가 한창때의 케사르 로메로같이 보였다. 이런 생각을 하면서 그는 자책을 했다. '만약 그가 케사르 로메로라면 나는 누구인가?'

그는 노스캐롤라이나에서 태어났고 지금은 시카고에 살고 있다. 루이스에게 적어도 이것만큼은 분명했다. 그는 자신이 태어난 세상과는 다른 종류의 세상에 살고 있다. 이전 세상의 규칙은 이 새로운 세상에서 모두 바뀌었다. 그의 이름은 루이스 클레이턴이고, 노스캐롤라이나의 백스터 출신이다. 그의 아버지 이름도 역시 루이스 클레이턴이지만 노스캐롤라이나의 백스터를 떠나지 않았고 그곳에서 생을 마감했다. 아버지는 직물 노동자였다. 아들인 그는 대학교수다. 아버지는 문맹이었다. 아들은 대학 동료의 음탕하고 게으른 아내에게 엘리자베스 시대풍의 외설적인 시를 썼다. 그는 지난 6개월간 침대에서 그녀에게 시를 읊어주면서 내면 깊숙이 비밀스러운 승리감을 맛보았다. 그것은 지금까지 자기 자신에게 질문조차 하지 못했던 것에 대한 답과 같은 것이었다. 하지만 지금 연설을 들으면서 마음 한쪽이 질문을 던졌다. 마음의 다른 한쪽은 대답하지 않았다. 그 마음 한쪽은 연단에 클레어와 같이 서 있는 연설자에게 사로잡혀 있었다.

그는 시카고로 향하던 길을 기억했다. 그는 노스캐롤라이나에서 빠져나와 그가 알지 못하는 힘에 이끌려 동쪽으로 서쪽으로 이리저리 끌려다녔던 것을 기억해냈다. 멀리서 그는 텔레비전을 통해 그 오래된 세계가 붕괴하는 것을 보았고, 감성적으로 자신이 더 이상 돌아갈 곳이 없다는 것을 알게 되었다. 뉴욕에서 그는 신비감에 싸인 훨씬 큰 세상을 보았다. 그는 그 세상을 향해 다가갔다. 뉴욕에서 보스턴으로, 보스턴에서 시카고로 이주해갔다. 한곳에 머무르게 되면 휴식을 취하고, 배우고, 예전보다 나은 모습으로 성장해갔다. 그것은 마치묵은 각질을 벗는 것과 같이 자연스러운 과정이었다. 밤이면이 과정이 끝나지 않기를 기도했다. 그는 스물다섯 살이었고, 무릎을 꿇고 기도를 하는 것이 부끄럽지 않았다. 그는 자신감에 넘쳤고, 부단히 움직였고, 용기가 넘쳐흘렀다. 그의 마음은활기가 넘치고 살아 있었다. 학위를 마친 후에 그는 작은 대학에서 교수 자리를 잡았다. 그러면서도 여전히 부단히 움직였고, 나머지 다른 세계에 대해 호기심을 가지고 있었다. 그는클레어 리처드가 그의 교실로 들어온 해에 그녀를 만났고, 그녀가 지닌 신비로움을 보았으며, 그 신비로움을 쫓아 캘리포니아로 가기로 결심했다.

루이스는 클레어의 신비로움을 흠모했다. 그녀는 매섭게 추운 시카고의 눈 쌓인 길에서도 무릎까지 오는 붉은색 얇은 부츠를 신고 다녔다. 눈이 많이 와도 봄의 정원에나 어울릴 법한옷을 입고 다녔다. 루이스는 빨간 부츠에 파란색 코트를 입고붉고 푸른 숄을 눈만 내놓은 채 얼굴에 휘감고서 매서운 바람을 뚫고 힘겹게 걸어오는 그녀의 모습을 창문으로 보는 게 좋았다. 그녀가 교실로 들어와 부츠와 옷에서 털어낸 눈으로 얼룩을 만들어낼 때마다 그는 항상 웃었다. 그는 크리스마스 날 로스앤젤레스에 눈이 오는 장면이 테크니컬러로 연출된 영화를 떠올렸다. 그녀가 문에 서서 웃을 때 드러난 하얀 이와 푸른 숄에서 그 장면을 기억해냈다. 그녀는 봄이면 흰색을 입었다. 무척이나 아름다웠고, 그가 남부나 다른 곳에서 알고 지내던 여자들과는 비교가 되지 않을 정도로 현기증 나게 화사했다. 그녀는 그의 사무실로 들어올 때면 항상 허둥댔다. 무책임할 정도로 들떠 있지는 않았지만 늘 숨 가쁘고 에너지가 넘쳤다. 이 점이 그의 호기심을 끌었다. 그녀가 제출한 과제는 서툴게 쓰였지만 호기심으로 가득 차 있었다. 다양한 생각에 빠져 생동감 넘치는 아이디어가 폭발할 듯했고, 한 가지 생각에 영원히 붙들리고 싶어 하지 않는 재기 발랄함이 있었다. 그녀의 마음은 마치 여름 정원에 날아든 나비 같았다. 루이스는 그녀의 과제 마지막 페이지에 쪽지를 붙이거나 조언을 할 때 유머 감각과 자유에 대한 생각을 피력하면서 그녀와 자신의 생각이 서로 통하도록 많은 애를 썼다. 그의 사무실에서 쪽지에 대해 이야기할 때마다 그녀는 부드러운 갈색 얼굴을 그의 얼굴에 가까이 댔고, 그는 향수 냄새를 맡고 그녀의 신비로움이 캘리포니아에서 왔다는 것을 깨달았다.

레스터 몰츠는 이렇게 말하고 있었다. "계속 매달려야 할 가치입니다. 선택할 것은 많습니다. 우리는 삶의 좋은 면을 향해 노력합니다만 소수의 사람만이 진정한 성취를 합니다. 하지만 이것은 좌절의 이유가 되지 못합니다. 제가 이야기하려는 바는, 예를 들어 243번지와 사이프레스를 지나는 20명의 사람들 중에서 한 명쯤은 용기와 상상력을 가지고 있다는 사실입니다. 만약 그가 스스로 자유로울 수 있다면, 그는 다른 사람들의 모범이 될 것입니다. 그가 구체화하기 위해 선택한 것—그가 가치 있다고 선택한 것—은 다른 사람들의 상상력 속에 뿌리내린 채 남아 있습니다. 그들은 그를 잊지 못할 겁니다. 아무리 그가 한 일을 잊으려 해도 말입니다. 하지만 이런 모습을 갖추려면 훈련이 필요하며, 또한 사랑이 있어야 합니다. 우리는……."

"아멘!" 리처드 부인이 말했다. 그녀는 울고 있었다.

버튼 부인도 연설에 감동을 받았다. 루이스는 그녀가 프레드리카의 옷에서 나온 실밥을 잡아 뜯으려고 다가가는 것을 보았다. 프레드리카는 그 동작을 알아채고 눈꺼풀을 빨리 껌벅거렸지만 주빈석을 향한 시선은 거두지 않았다. 그녀는 클레어를 보고 있었다. 루이스는 주위를 둘러보았다. 앳되어 보이는 남자들이 넋을 잃고 연설자를 바라보고 있었다. 여자들은 침착해 보였다. 하지만 나이 든 남자들은 마치 못된 일을 하고 교회에 앉아 있는 어린아이처럼 안절부절못하고 있었다. 뚱뚱하고 둥근 얼굴에 잘 차려입은 그들은 지겨움에 부루퉁해서는 안절부절못하는 것 같았다. 말론 브랜도같이 생긴 남자는 눈을 감고 있었다. 그레고리 펙을 닮은 사람은 시가를 질경질경 씹고 있었다. 루이스는 갑자기 프레드리카에게 눈길을 주었고, 그녀가 명랑하면서도 뚱한 미소를 지은 채 그의 눈을 따라가는 것을 보았다. 그는 마치 그녀의 치마 밑을 보다가 들킨 것 같은 느낌을 받았다. 루이스는 그녀에게 몸을 숙이고 말했다. "당신이 출연했고 당신 어머니가 말한 그 영화에서 맡은 배역의 이름이 뭐죠?"

"아이올라 페드예요." 프레드리카는 대답했다. 그러고는 조용히 웃었다. "당신이 출연한 영화 속의 이름은 뭐죠?"

그것은 악의 없는 희롱이었지만 아이러니했다. 루이스는 웃었다. "잊어버렸어요." 그는 그녀에게 말했다. "다 옛날이야기죠."

프레드리카는 계속 웃었다. "인기가 많았어요?"

그는 고개를 돌려 클레어를 보았다. 주빈석에 앉아 있는 그녀는 아주 아름다웠다. 그는 프레드리카 쪽으로 고개도 돌리지 않고 속삭였다. "아니요."

5년 전 클레어의 초대를 받아 떠난 그의 첫 번째 로스앤젤레스 여행은 그녀의 어머니를 만나기 위해서였다. 그 초대는 몇 번이나 취소된 일이 있었다. 그녀는 그가 준 반지를 끼고 있었다. 그는 자신이 그녀에게 재촉할 권리가 있다고 생각했다. 하지만 재촉을 당한 그녀는 부루퉁하고 의기소침해졌다. 여름에 시카고를 떠나 고향으로 돌아가기 직전에 그는 날짜를 잡자고 고집을 부렸다. 클레어는 웃으며 이렇게 말했다. "오, 와우!" 오헤어 국제공항에서 그가 다시 고집을 피우자 그녀는 미간을 좁혔다. 그녀의 목소리에서 금속성의 거친 소리가 들렸다. 그녀는 생기를 많이 잃었다. 그녀의 동작은 남자처럼 무겁고 느려졌다. 루이스가 그녀에게 작별의 키스를 하자 그녀는 "당신은 내가 당신을 사랑하지 않는다고 생각하죠? 나는 그걸 알아요. 하지만 나는 당신을 사랑해요. 당신이 이해하기에는 내가 너무 복잡한지도 모르죠"라고 말했다.

몇 주 후에 그녀는 장거리전화를 해서 8월 초에 오라며 그를 초대했다.

비행기에서 바라보는 그 도시의 첫 모습은 장관이었다. 비행기 아래에서 수백만 개의 초록색, 파란색, 흰색, 노란색, 붉은색 조명이 합쳐지더니 녹갈색의 황혼 속에서 선형, 사각형, 삼각형, 별 모양을 만들어냈다. 푸른색과 갈색을 띤 하늘이 도시 위를 따뜻한 담요처럼 덮고 있었다. 누구나 마음속에 간직할 만한 공간이라는 느낌이 들었다. 루이스는 그동안 못다 한 것을 마무리한 느낌이 들었다. 입구에서 그가 클레어에게 다시 키스를 했을 때, 그는 어떤 신비로운 감정이 자신을 불러 마치 이렇게 말하는 것 같았다. '여기야, 여기.' 그 목소리는 그의 마음속 비밀스러운 곳에서 조용히 속삭이고 있었다. 공항 커피숍에서 그들은 조용히 마주 앉아 서로를 바라보았다. 그들은 거의 두 달을 떨어져 있었고 클레어의 내면에는 변화가 생겼다. 그녀는 분홍색 금속 장식을 단 초록색 바지와 붉은색 홀터 드레스를 입었고 진한 화장을 했다. 그녀는 사소한 이야기 외에는 별로 말하지 않았다. 그녀는 이야기를 할 때 미간을 몇 번 좁혔다. 단호하고 굳게 다문 입에서는 남자 같은 결단력이 보였다. "나는 당신이 나중에 다른 친구들을 만나봤으면 좋겠어요." 그녀가 그에게 말했다. "하지만 우선 바지부터 바꿔 입지 그래요?"

그는 가지고 있는 바지가 전부 폭이 좁고 단을 접었다고 말했다.

그녀는 그를 컨버터블에 태우고 시내를 운전했다. 그들은 할리우드에 차를 세우고 선셋 대로까지 몇 블록을 걸었다. 그녀가 더러운 시멘트에 새겨진 이름과 핸드프린팅, 풋프린팅을 손가락으로 가리키는 동안 그는 잠시 숨을 돌렸다. 그녀는 마치 오랫동안 찾지 못했던 것을 찾기라도 하듯이 콘크리트를 한참 쳐다보았다. 루이스는 마약중독자, 포주, 창녀, 이국풍의 동성애자들이 여행객들과 같이 대로변을 걸어 다니는 것을 보며 그녀를 기다렸다. 그 후에 클레어는 볼드윈힐스까지 차를 몰고 올라간 다음 습도 높은 평지인 와츠로 내려갔다. 그날 밤, 산타아나 강풍이 불어 사람들은 거리 구석진 곳에 피해 있거나 쓰레기를 쏟아붓던 빈 공터에서 체스를 두며 어울렸다. 그들은 낙이 없는 부루퉁한 얼굴이었다. 그는 클레어에게 와츠는 시멘트, 네온사인, 가로등으로 뒤덮인 남부의 한 도시를 연상시킨다고 말했다. 그 도시 사람들은 건물을 감시하는 백인 경비원을 세우는 대신 우범자들을 어떻게 관리하고 있는지 보여주는 텔레비전과 경찰 헬리콥터를 가지고 있었다. 클레어는 고개를 끄덕였다. "나 같았으면 폭동을 일으켰을 거야." 루이스는 그녀에게 말했다. 클레어는 수많은 종류의 차들을 가리켰다. 그들은 와츠의 외곽에 있는 그녀의 집으로 차를 몰았다. 루이스가 그녀의 어머니 비올라 리처드 부인을 만났을 때, 그 여인은 그를 잠시 껴안더니 그의 왼쪽 뺨을 세게 때렸다.

루이스는 레스터 몰츠의 연설을 듣고 있었다. "영광……."

리처드 부인의 눈이 반짝였다. 그녀는 상냥하게 웃고 있었다.

리처드 부인은 그를 때렸다. 그는 손을 뺨에 가져가며 회상했다. 그때 그는 부끄러웠다. 그리고 혼란스러웠다. 왜냐하면 때리고 나서 그녀가 웃었고 그에게 잘 대해줬기 때문이다. 그녀는 온갖 솜씨를 발휘해 요리를 만들었다. 그런 다음 클레어가 친구와 파티에 가려고 침실에서 옷을 갈아입는 동안 설거지를 했고, 부엌에 들어온 루이스를 밖으로 쫓아냈다. 그녀는 그가 많이 들어본 노래를 흥얼거렸다. 거실에서 클레어를 기다리며 그는 리처드 부인이 흥얼거리는 노랫소리를 들었다. 거실에는 그에게 익숙한 물건들이 있었다. 플라스틱 조화를 꽂은 화병, 벽난로 선반 위의 노란색으로 수놓은 장식 천, 벽에 걸린 은박으로 인쇄된 황금률 청색 액자. 소파 위에는 마틴 루터 킹의 싸구려 그림이 있었다. 텔레비전 위에는 뜨개질한 깔개 위로 사진 두 점이 나란히 놓여 있었다. 그중 하나에는 얼굴이 할쑥하고 아프리카인보다는 인디언에 가까운 갈색 피부의 남자가 있었다. 오래되고 색이 바랜 사진이었다. 그 남자는 험악하게 웃고 있었다. 클레어의 아버지 도미니언 리처드였는데, 그는 버지니아, 디트로이트, 로스앤젤레스라는 지역이 함께 만들어낸 산물이었다. 클레어는 자신이 아기였을 때 그가 세상을 떴다고 말했다. 다른 그림은 아주 매력적인 백인 여자의 사진이었다. 그녀의 금발은 1940년대식 곱슬머리로 단장되어 있었다. 그녀는 웃지 않았다. 그녀의 가는 눈이 짙게 그려진 눈썹 아래에서 빛나고 있었다. 립스틱으로 빛나는 얇은 입술은 굳게 닫혀 있었다. 그녀는 거만하게 보였다. 루이스는 사진 아래 쓰인 글자들을 읽어보았다. '비올라에게, 샬로타 커리가.' 그녀는 다소 익숙한 인상이었다.

"아주 오래전에 내가 모셨던 분이야." 리처드 부인이 조용히 방으로 들어와서 그의 뒤에 서 있었다. 그녀는 그를 지나 텔레비전 위에 있는 사진을 집어 들더니 동경하는 눈빛으로 바라보았다. 그녀는 한숨을 쉬었다. "착한 아이였지." 리처드 부인은 말했다. "하지만 운이 안 좋았어. 만약 하느님이 그 애와 함께했다면 최고였을 거야. 하지만 때가 좋지 않았지." 그녀는 사진을 보며 다 이해한다는 듯이 눈시울이 뜨거워져서는 눈길을 거두어 올려다보았다. "영화는 힘든 일이야."

루이스는 리처드 부인이 바버라 스탠윅과 비슷하게 화장을 했다고 생각했다.

"엄마, 내 빨간 바지 어디다 뒀어?" 클레어가 침실에서 외쳤다. "엄마, 주름 달린 빨간 바지 어디다 뒀느냐고?"

리처드 부인은 재빨리 앞치마에 손을 닦았다. "벽장 속을 봐." 그녀가 말했다.

"무슨 벽장?" 클레어는 소리를 질렀다. "엄마, 옷 챙겨달라고 말했잖아. 바지 좀 찾아달라고!"

리처드 부인은 루이스 앞에서 부끄러워했고 한숨을 쉬었다. "저 애는 나를 막 대해." 그녀는 속삭였다. "하지만 내 딸인 걸 어떡해. 내가 가진 전부인걸. 사랑하는 거밖에 뭘 할 수 있겠어?"

갑자기 그녀는 그의 손을 꼭 잡아 쥐며 클레어의 방으로 그를 잡아당겼다.

방은 어지러웠다. 트렁크, 서류 가방, 모자, 신발 상자, 안 입는 옷과 책들이 침대, 의자, 화장대, 바닥에 아무렇게나 어질러져 있었다. 거울에 사진과 엽서가 붙어 있는 큰 화장대는 향수, 로션, 아이섀도 통, 립스틱, 스타킹이 뒤덮고 있었다. 방의 한 면을 차지하고 있는 대형 벽장 앞에 선 클레어는 발 옆에서 폭스테리어 마티가 짖어대도록 그대로 둔 채 엉덩이에 손을 단호하게 올리고 있었다. 루이스는 벽장 안에서 색깔, 스타일, 길이, 직물 별로 분류된 수백 벌의 옷을 보았다. 바지의 무게 때문에 옷장 줄이 축 처져 있었다. 벽장 바닥 근처에는 벽 선반에 매달린 수십, 어쩌면 수백 컬레의 수많은 스타일의 신발들이 있었다. "나는 그 바지를 원한다고!" 클레어가 말했다. "내 물건 만지지 말라고 했잖아." 마티가 클레어의 목소리를 따라 맹렬하게 짖어댔다.

리처드 부인은 벽장 앞에 서 있는 딸 뒤에 서 있었다. 그녀는 잘못하다가 들킨 아이처럼 어리둥절해하고 난처해했다. 그녀는 루이스에게 말했다. "봐, 쟤는 나를 막 대한다니까. 저 애는 엄마를 어떻게 대해야 하는지 몰라. 뼈가 닳도록 일했는데도 저 애는 아직 나를 막 대해." 그녀는 클레어를 보다가 루이스를 보았고, 루이스를 보다가 클레어를 보았다. 그녀의 눈은 둘 중 한 명에게 애원하는 것처럼 보였다. 루이스는 뭐라고 할 수가 없었다. 리처드 부인은 한탄했다. "저 애 하나밖에 없는데 뭘 어떻게 하겠어?"

어떻게 좀 해달라고 원하는 것을 루이스는 느꼈다. 그 어머니의 얼굴이 자신에게 애원하고 있는 것 같았다. 루이스는 클레어를 지나쳐서 걸어가더니 옷걸이에 걸린 옷 하나를 집어 그녀에게 던졌다. "이거 입어!" 그는 소리쳤다. "이 도시는 너무나도 화려해서 한 사람 정도 꾸미지 않아도 상관없어. 이거나 입어. 하루 정도는 스타가 되지 않아도 괜찮으니까!"

작은 갈색 폭스테리어 마티는 그에게 꼬리를 치며 발톱으로 카펫 바닥을 긁었다. 그러고는 그에게 뛰어오르며 짖었다. 클레어는 루이스를 바라보다가 재빨리 몸을 돌렸다. 그녀는 몸을 숙여 강아지를 끌어안았다. 강아지가 그에게 짖으며 달려들자 그녀는 강아지를 잡아 그녀의 가슴, 얼굴, 목에 끌어안았고, 강아지가 품에서 빠져나가 주인에게 복수하려는 듯 발버둥 치며 작은 꼬리로 긁어대게 내버려두었다. 그녀의 팔과 볼에 빨간 자국이 생겼다. 그녀의 홀터 드레스에 작은 실밥들이 보였다. 클레어는 강아지를 더욱 꼭 껴안았다. 그러고서 고개를 돌려 루이스를 보았는데, 그녀의 얼굴은 마치 작고 귀여운 불도그처럼 화가 나 고집부리는 모습으로 변해 있었다.

"이게 바로 내가 가진 전부지." 리처드 부인은 흐느꼈다. "나는 뼈가 닳도록 일했어. 그래도 딸애는 나에게 잘해주지 않아. 딸애는 날 막 대해. 하지만 그래도 내 딸이야."

리처드 부인은 루이스에게 달려와 그의 얼굴을 세게 때렸다.

파티가 후반부에 이르렀을 때 클레어의 친구들 중 마리화나에 취한 젊은이 하나가 루이스에게 다가와서 말했다. "내가 당신 여자 친구에 관한 이야기를 들어보니까 당신 여기에 정착할 거라면서? 당신은 성질이 조금 사납기는 하지만, 올바른 결정을 했다고 생각해. 그들은 무자비한 약탈자라고, 약탈자! 어떻게 그런 말도 안 되는 일이 벌어지는지 모르겠지만 그게 세상인 걸 어떡해, 뭐."

흰 양복 사이로 배가 볼록하게 튀어나온 이 젊은이는 상당히 부끄러워하면서 자신이 플로리다의 작은 마을에서 탈출한 피난민이라고 솔직히 말했다. 주위에 사람들이 많아서 그는 아주 조용히 말을 했다. 깊은 밤 그는 루이스 근처를 다시 지나쳐 가며 윙크를 하더니, 음료를 손에 든 채 잠시 멈춰 낮은 목소리로 노래했다. "만약 내가 내년 가을까지 살 수 있다면 나는 더 이상 목화를 따지 않으리!" 그는 웃으며 사람들에게 눈길을 돌리고 리듬에 맞춰 왼쪽 다리를 흔들며 더 느린 목소리로 계속 노래했다. "내가 죽임을 당하지 않는다면 나는 돌아가리…… 나는 돌아가리…… 나는 돌아가리……."

루이스는 연회실의 다른 쪽에 있는 클레어를 보았다. 그녀는 사람들로 둘러싸여 상냥하게 웃고 있었다. "잭슨빌!" 루이스는 그 뚱뚱한 젊은이에게 소리치고 있는 자신의 목소리를 들었다.

그 젊은이는 웃었다. 그는 마치 둘 사이에 대단히 재미있는 비밀이라도 나누었다는 듯이 루이스를 가리키며 손가락으로 쿡 찌르는 시늉을 했다. 둘 다 정신 나간 듯이 웃었다.

레스터 몰츠가 시민 공로상을 받는 클레어를 소개하고 있었다. 그가 표창장을 다 읽자 청중은 박수를 크게 쳤다. 그 옆에서 클레어는 리처드 부인이 울고 있는 소리를 들었다. 버튼 부인은 리처드 부인의 손을 토닥거렸다. 프레드리카는 마치 카메라 렌즈가 가까운 사물에 초점을 맞추듯 눈꺼풀을 깜박거렸다. 루이스가 보기엔 그녀가 긍정적인 면에서 시기하는 것 같았다. "우리 애는 언제나 열심히 일하는 사람이야." 리처드 부인이 말하고 있었다. 그녀는 루이스에게 몸을 돌렸다. "우리 애가 똑똑하다고 생각하지 않아?"

"똑똑하죠." 그도 속삭였다.

클레어는 매우 아름다웠다. 그녀는 연단에 서서 루이스의 가슴을 욕망으로 뛰게 했던 광채로 청중을 압도하며 미소 짓고 있었다. 그는 그녀의 어머니를 집으로 보내고 나서 클레어에게 어떤 이야기를 할지 생각하고 있었다.

과부들과 고아들

"신사 숙녀 여러분." 클레어가 말했다. "동료, 귀빈 여러분, 그리고 와츠 지역 진보연합 회원 여러분." 그녀는 이렇게 말하면서 청중 각각에게 특별한 것을 약속하는 것처럼 이 식탁에서 저 식탁으로 친근하고 자연스러운 눈길을 주었다. 그녀는 표창패를 가슴에 안고 움켜쥐었다. "성취로 향한 길은 언제나 힘들고 혼란스럽습니다. 그건 잘못⋯⋯."

그녀는 매우 아름답게 이야기했다. 확신에 차고 빛이 났으며 생기 있어 보였다. 하지만 루이스는 아무리 노력해도 침대에서 느낀 그녀의 리듬을 떠올릴 수 없었다. 루이스는 그녀를 보면서 마음을 다잡고 더 노력해보았다.

"그것은 단지," 클레어는 말하고 있었다. "모든 사람은 개인적으로 관심이 있어야만 자신의 노력을 쏟기 때문입니다. 와츠 지역 진보연합의 친구와 동료들이 저에게 감사의 표시로 이 상을 주었다는 것이 자랑스럽습니다. 하지만 목표를 성취해나가면서 자신이 어디에서 왔는지, 그리고 누가 자신에게 야망을 품게 했는지 잊어서는 안 된다고 생각합니다." 클레어는 잠시 말을 멈추고 루이스가 앉아 있는 테이블을 내려다보았다. 그녀는 환하게 웃으면서 "엄마?"라고 말했다.

리처드 부인은 분홍 손수건으로 눈가를 닦으며 일어났다.

"여러분이 누군지 모르는 분이 있어서 소개합니다. 바로 저의 어머니입니다. 누구보다도 제가 여기까지 오게 해주신 분이 어머니입니다." 클레어는 다시 잠시 멈추었다. 그리고 미소를 지으며 말했다. "오, 와우! 바로 우리 엄마입니다!"

모든 사람이 열정적으로 박수를 쳤다. 접시를 든 채 유리벽에 기대어 있던 멕시코계 종업원도 감동받은 것 같았다. 레스터 몰츠도 깊이 감동한 것 같았다. 그는 중세 기사처럼 리처드 부인에게 고개 숙여 인사했다. 의연하게 청중을 바라보던 리처드 부인의 얼굴은 눈물로 붉어졌다. 옆 테이블에 앉은 말론 브랜도처럼 생긴 남자가 휘파람을 불며 소리쳤다. "연설! 연설!" 연회실에 있던 다른 사람들도 따라 했다. 몇 명의 멕시코계 종업원들도 쟁반을 두드렸다. 떨고 있던 리처드 부인은 숨을 깊이 쉬며 눈을 감았다.

"저는 이 말을 하고 싶습니다." 그녀는 눈물 젖은 목소리로 말했다. "제 가슴은 뛰고 있습니다. 저는 제 딸을 학교에 보내기 위해 저를 희생했고 과부인 제가 가질 수 없었던 모든 것을 딸에게 주었습니다. 저는 저를 아주 잘 대해준 백인들을 위해서 제 평생을 바쳤습니다. 클레어가 어리고 아버지가 없는 아기였을 때, 어떤 여인이 나에게 와서 이 아기는 너무 예뻐서 위대한 사람이 될 수밖에 없다고 말해주었습니다. 그 말이 나에게 위로가 되었고 영감이 되었습니다. 그래서 여러분에게 이 말을 기억하라고 말하고 싶습니다. '당신이 어디에서 왔는지 구애받지 말고 당신이 갈 길을 가라.' 예수님은 말구유에서 태어났습니다. 그를 향한 기도 덕분에 오늘 밤 저는 이 세상에서 가장 행복한 엄마가 되었습니다. 감사합니다. 모두에게 감사합니다."

사람들은 대단히 감동받았다. 리처드 부인이 다시 자리에 앉자 한참 동안 연회실은 침묵에 휩싸였다. 여기저기에서 박수가 터져 나왔다.

그러는 내내 루이스는 클레어를 지켜보고 있었다. 연단에 서서 박수 소리에 취해 아름답게 미소를 지으며 그녀는 자신의 인생을 돌아보는 것 같았다. 그녀는 사진에 나오는 바버라 스탠윅을 닮은 여자 같았다. 루이스는 마음속으로 웃었다. 그는 클레어를 보았다. 그리고 상상 속에서 그 사진의 이면에 있는 아이오와나 네브라스카 혹은 미주리 농부의 딸을 그려보았다. 거친 독일어식 이름, 상상력이 풍부했던 소녀. 25년 전 혹은 30년 전이었다면 그녀는 좀 더 매력적인 삶에 대한 환상에 사로잡혀 있었을 것이다. 그녀는 가능성을 찾아서 농장을 떠나 로스앤젤레스로 왔다. 아마도 그녀는 잠시 동안 불빛이 작열하는 이 도시에서 반짝였을 것이고, 인기 여배우로서 언덕 위에 집을 짓고 사는 동안 자신의 꿈을 귀 기울여 들어줄 흑인 하녀 한 명쯤은 두었을 것이다. 그러다 갑자기 무수한 실패자 중 한 사람처럼, 한창 잘나가는 인기 여배우에게 밀려났을 것이다. 그녀가 배우로서 영화계에서 살아남는 유일한 방법은 말을 거칠게 하는 바 여종업원, 꿈 많은 왈가닥, 짐마차에 올라탄 젊은 여자, 갱스터의 정부, 거친 남성의 세계에서 남자처럼 차려입은 여자 사업가의 역할을 맡는 것이었다.

클레어는 자신을 바라보는 루이스를 보고 윙크를 했다. 그녀는 아름다웠다.

루이스는 손을 흔들었다.

"오늘 밤 청중 가운데," 클레어가 말했다. "나의 생애에서 중요한 사람이 한 명 더 있습니다. 여러분, 시카고에서 온 저의 스승 루이스 클레이턴 씨입니다. 그는 MLA 컨벤션에 참석하기 위해서 로스앤젤레스로 왔습니다. 그가 이 자리에 이렇게 참석할 수 있어서 기쁩니다."

클레어는 그를 가리키면서 일어나라고 손짓을 했다.

"저의 스승," 그녀는 목청을 높여 청중에게 말했다. "루이스 클레이턴 씨를 위해 로스앤젤레스의 따뜻한 박수를 보내주시겠습니까? 루이스?"

루이스는 일어섰다.

사람들은 정중하게 박수를 쳤다.

빵 한 덩어리

●

　그 일은 보통 사람은 상상조차 할 수 없는 비천한 삶을 겨우 버텨나가는 소수의 빈민층에게나 의미 있는 사건이었지, 보행자들에게는 눈꼴사나운 일 중 하나였을 뿐이다. 식료품 가게 주인 해럴드 그린은 똑같은 제품을 근처 부유층 지역에서 더 저렴하게 판매했다는 이유로 현행범으로 체포되었다. 이런 행위를 몇 년 전부터 계속해왔기 때문에 그린은 처음에 왜 사람들이 자신에게 분노를 퍼붓는지 이해하지 못했다. 오랫동안 관행처럼 해왔을 뿐이지, 제 손님들에게 개인적인 감정이 있었던 것은 아니다. 손님들은 그린의 이웃이었다. 그들이 어려울 때 그린은 외상을 주기도 했다. 그런데 갑자기 텔레비전에 나온 후부터 힘이 생긴 빈민가 사람들이 식료품 가게 주인인 그린을 공공연하고 맹렬하게 비난했다. 그린의 아이들마저 월요일 저녁 뉴스에서 제 아버지 가게를 비난하는 항의 시위를 보고 말았다.

그 누구도 식료품 가게 주인이 불우한 이웃에게 부당하게 가격을 올려 받았다는 사실에 의문을 제기할 수 없었다. 리포터조차도 뉴스에서 통계자료를 읽으면서 불쾌하게 얼굴을 찌푸릴 정도였다. 리포터는 이렇게 보도했다. "뉴스를 보도하는 것이 제 일입니다만, 간혹 입에 올리기조차 꺼려지는 사건이 있죠." 이 말 때문에라도 그린은 아이들에게 뉴스를 보지 못하게 했다. 방송에서 그린의 이름을 직접 언급하지는 않았지만 화가 난 흑인들과 백인들이 가게 앞에서 삼삼오오 행진하는 모습이 클로즈업되었다. 화면에 그의 이름이 클로즈업되었다. 그 뉴스를 보고 나자 아이들은 만화를 볼 마음이 싹 사라졌다. 저녁 식사 자리에 자식들이 입 다물고 있는 것조차 신경이 쓰였던 그린은 "난 부도덕한 사람이 아니야"라고 말하지 않을 수 없었다. 그 말을 뱉고서 그린은 수치심을 느꼈다. 그 말을 들은 그린의 아들과 큰딸이 그만 나가버리는 바람에 식탁에는 그린과 아내만이 남았다. "루스, 나는 부도덕한 사람이 아니라고." 그는 그녀에게 반복해서 말했다.

루스 그린은 아무 말도 하지 않았다. 남편은 모르겠지만 그녀는 아이들이 다니는 학교에도 시위 군중이 피켓을 들고 왔다는 것을 알고 있었다. 그들은 그린이 식료품 가격을 낮출 때까지 매일 찾아올 거라고 위협했다. 그들이 집에 있는 루스에게 전화를 걸어 이 요구 조건을 전했을 때 루스는 그린과 상

빵 한 덩어리

의하겠다고 약속했다. 지금 당장 그 이야기를 그린에게 할 수는 없었기 때문에 루스는 언제 말을 꺼내야 할지 때를 기다렸다. 루스는 식탁 맞은편에 앉아 있는 그린을 바라보았다.

"내가 이런 세상을 만든 건 아니라고." 그린은 루스의 얼굴을 보고서 심각하다는 것을 직감하고 말을 꺼냈다. "우리 아버지는 셔츠 한 장 달랑 걸치고 미국에 왔어. 아버지는 도저히 어떻게 해볼 도리가 없을 정도로 착취당했지. 그래도 이의를 제기하거나 피켓을 들고 항의하지는 않았어. 아버지는 단지 당신이 배운 규칙을 지키려고 했을 뿐이야."

그린은 루스가 어떤 말이라도 해주기를 기다렸지만 루스는 아무 말도 하지 않았다. 그린은 "내가 이 세상을 만든 건 아니잖아"라고 반복해서 말했다.

"나는 단지 내가 살 길을 찾았을 뿐이야. 저런 사람들은 아직 세상을 몰라서 착취당하는 거라고. 내가 아니더라도 아마 그리스인, 중국인, 아랍인, 아니면 저런 사람들 가운데 어떤 똑똑한 사람이 그랬겠지. 나를 믿어줘. 내가 저 사람들과 해결을 보겠어. 저 사람들은 나만큼 이 문제를 해결하는 인내심이 부족하단 말이지. 내가 만약 가게를 닫게 되면 말이야, 여기서 분명히 말하는데, 다른 누군가 마땅히 해야 할 일을 하게 되겠지."

하지만 루스는 그린이 식탁에서 일어나는 것조차 알아차리지 못했다. 루스는 다른 것에 신경을 쓰고 있었다. 아이들이 학교를 일찍 마치고 울면서 집으로 돌아왔다. 루스는 피켓을 들고 항의하는 사람들에 대해 특별한 감정은 없었다. 하지만 자기 자식들이 우는 것은 바라지 않았다. 루스는 아이들에게 다정히 키스하며 시위하는 사람들을 조용히 시키겠다고 약속했다. "이번 주 중에서 하루를," 루스는 남편에게 말했다. "손님들이 원하는 것이라면 무엇이든 여덟 시간 동안 공짜로 주세요. 하지만 따로 알릴 필요는 없어요. 물론 입소문이 나는 것은 예외로 해야겠지만 말예요. 사람들이 당신에게 뭐라고 말하든, 사람들이 뭐를 가져가든 당신은 가만히 있는 거예요." 루스는 그린이 제 말을 잘 듣고 있는지 심각하게 노려보았다. "만약에 그렇게 하기 싫다면, 나하고 애들을 이제 못 볼 줄 알아요."

그린은 불평을 하고 루스에게 기대면서 말했다. "나는 절대 굴복하지 않을 거야." 그린은 말했다 "나는 주지 않을 거라고!"

"어떻게 되나 두고 봐요." 루스는 그린에게 말했다.

피켓 시위를 주도했던 흑인들도 처음에는 자신들의 대담함에 놀랐다. 그들은 진작부터 희생자로서의 삶을 제 운명으로 받아들이고 살아가던 농부였다. 그 누구도 이전까지는 자신의 운명에 도전장을 내밀 엄두를 내지 못했다. 하지만 텔레비전에서 배너와 피켓을 하늘 높이 들고 있는 자신의 모습을 보면서 예전의 모습을 찾아볼 수 없게 되었다. 늘 순박해 보이던 얼굴 대신 성난 얼굴이 되었다. 클로즈업된 얼굴은 위협적이기까지 했다. 첫 시위 행렬에 참가했던 도시 변두리 하인 몇 명은 제 주인들이 오후 뉴스를 보고 나서 자기들을 새삼스레 대우해줬다고 말했다. 일기예보가 나갈 때 방송국에 전화한 어떤 여인은 바로 그날 고용주가 도자기에 식사를 하도록 해줬다고 제보했다. 예전에 사용하던 종이 접시는 쓰레기통에 버렸다고 했다. 겸손하고 수줍음을 타는 한 중년 여인은 남편이 판금공인데, 유색인종이라면 질색을 하는 감독관에게 몇 시간 전부터 '미스터'라는 호칭을 듣게 되었다고 전화하더라고 말했다. 그녀는 머피라는 과부가 처음에는 피켓 시위에 참여하기를 꺼리다가 그날 이후로는 매일 항의 시위를 해야 한다고 주장했다는 이야기도 들었다고 덧붙였다. 이런 이야기들은 그 문제를 제기하는 데 중요한 역할을 한 사람들 사이에서 번져나갔다. 그들이 승리하고 있다는 소식이 시위에 참여하지 않은 사람들의 귀에 들어가자, 그들은 한밤중에 알지도 못하는 사람들에게서 확인하는 전화, 조언을 구하는 전화, 지원을 약속하는 전화를 받았다. 서로 알지 못했던 사람들은 시 공무원, 경찰, 다른 식료품 가게 주인들이 가하는 모욕적인 대우에 대해서 이야기를 주고받게 되었다. 이런 식으로 불과 몇 시간 만에 그 지역사회는 첫 항의 시위를 했을 때보다 더 큰 격동에 휩싸였고, 혼란에 빠져버렸다.

이 일련의 대사건을 만들어온 주인공은 곧바로 영웅이 되었다. 영웅의 이름은 평생을 조립공으로 살아온 넬슨 리드였다. 리드는 성실한 남편이자 세 아이들의 아버지이고, 교회 집사였다. 그는 평생 신을 믿으며 살아왔다. 그러나 그는 마음속에 있던 무엇이 갑자기 무너져내리는 것을 느꼈다. "저는 잘못 알고 있었습니다." 리드는 그에게 전화를 한 사람들에게 말했다. "이 세상에서 오직 하나 중요한 것이 있다면 그것은 돈입니다. 우리가 1달러 지폐에서 예수님의 얼굴을 본 게 언제가 마지막인가요?" 리드가 반복하는 이 말에 몇몇은 소심하게 웃었지만, 그들은 세상이 그렇게 돌아가고 있다는 사실에는 동의하지 않을 수 없었다. 대부분의 사람들은 그런 건 이미 알고 있었다고 했다. 다른 사람들은 그 말이 전적으로 맞다고 할지라도 돈 없이 사는 것과 믿음 없이 사는 것은 별개라고 주장했다. 하지만 거의 모든 사람이 리드의 말에 웃었고 이렇게 말했다. "당신 말이 맞아요. 당신은 내가 당신 말에 동의한다는 사실도 알고 있지요. 그게 진실 아닌가요?" 하지만 리드의 부인과 몇몇은 아무 말도 하지 않고 침울하게 그 자리에 있었다.

그들이 침울하게 보인 이유는 서로 의사소통이 안 되었기 때문이다. 그들이 괴로워하는 얼굴을 보면 누구라도 직감적으로 느낄 수 있었다. 리드의 부인인 베티는 자신의 경험에 비추어 이 모든 상황을 어림잡아보았다. 베티는 매사에 회의적이었다. 베티는 재즈 연주자와 공공연하게 몇 년 같이 살다가 교회에 다니면서 종교를 받아들이고 넬슨 리드와 결혼했다. 그녀는 세상을 완전히 신뢰하지도 않지만, 그렇다고 신을 완전히 받아들인 것도 아니었다. 항상 그녀를 귀찮게 하던 교인들이 갑자기 들고 일어난 것에는 뭔가 꿍꿍이가 있는 것 같았고, 가슴이 후련해지고 통쾌한 구약성서 속의 피와 그 앙갚음에도 뭔가 다른 의미가 있는 것 같았다. 그러나 베티는 이런 생각들에 대해 다른 사람, 특히 남편과는 일절 이야기하지 않았다. 대신 베티는 다른 사람들이 확신에 차 떠들 때 허망하게 웃었고, 친구들이 자신의 신념에 대해 격분하여 이야기할 때는 침묵을 지켰다. 이런 진공상태 같은 분위기는 베티를 신비로운 존재로 만들었다. 외모로 보면 예쁘지 않지만 사람들은 베티를 아름답다고 말했다. 베티가 지금 미소를 거두고 리드가 전화 통화하는 것을 들으며 매우 슬픈 표정을 짓는 것도 아마 그런 내면의 아름다움을 지키고 싶었기 때문일 것이다.

리드는 슬퍼할 이유가 없었다. 시간이 지날수록 그는 점점 에너지가 넘치고 말이 많아졌다. 첫 시위를 마친 화요일, 리드는 시의원의 초대를 받아 지역 텔레비전 방송 토크쇼에 출연해 자신의 주장을 피력했다. 뜨거운 흰색 조명 때문에 땀을 뻘뻘 흘리면서도 철학적으로 이야기하려고 애썼다. "제가 알고 있기로는," 방송 진행자가 리드에게 말했다. "당신은 이런 부당한 착취 상황에 대해 화를 내지 않으시더군요. 리드 씨, 당신의 침착함은 어디서 오는 건가요?" 조립공인 리드는 카메라를 빤히 쳐다보면서 말했다. "저는 그야말로 대문자로 된 정의 Justice를 믿어왔어요. 어릴 적부터 하나님은 어느 누구도 벼랑 끝으로 가도록 내버려두지 않으신다고 믿으며 자랐지요. 제 마음속에 있는 하나님은 이 세상 모든 알파벳 중 대문자를 관장하시는 분이에요. 성경 말씀에 하나님은 알파와 오메가요, 시작과 끝이라 하지요. 오직 하나님만이 대문자를 쓰실 수 있는 분이에요." 리드와 시의원은 동시에 웃었다. "그런데 인간이 대문자를 쓰기 시작하면서 세상이 점점 탐욕스러워지고 있어요. 사람들은 즐거움^{joy}에는 소문자 j를, 정의^{justice}에는 더 작게 소문자 j를 쓰지요. 대신 탐욕^{greed}은 대문자 G로, 악^{evil}도 대문자 E로 쓰죠. 좀 있으면 신^{God}에게는 소문자 g를 쓰겠죠. 그러면 어떤 일이 벌어질지 짐작이 갈 거예요. 구세주가 지옥^{hell}을 대문자 H로 만들어 심판하시겠지요. 제가 하는 일은 바로 이런 사악한 무리들을 대문자 H로 만든 지옥에 보내는 거예요." 토크쇼 진행자가 리드와 시의원을 따라 웃었다. 녹음을 마치고 그들은 스튜디오 안쪽 방에서 커피를 마시며 우울하게 돌아가는 세상에 대해 이야기했다.

베티가 부탁한 날이 되기 3일 전, 식료품 가게 주인 그린은 집에서 텔레비전으로 방송하는 그 토크쇼를 보았다. 리드가 던진 말이 비수처럼 그에게 날아왔다. 리드는 철학적으로 말을 하려 했지만 그린은 그 말을 그렇게 받아들이지 않았다. 그린은 야심에 찬 시의원과 잘난 척하는 진행자 사이에 앙심을 품은 흑인이 앉아 있는 것을 보았을 뿐이다. 그린은 그들이 악의 속성에 대해 허심탄회하게 이야기한다고 생각했다. 카메라맨이 대부분 클로즈업으로 인물을 잡아서 그린은 리드의 턱을 볼 수 있었다. 리드의 피부색이 그린을 화나게 만들었다. 아이들이 집에 돌아왔을 때 그린은 땀에 절어 있었다. 그린은 이성적으로 생각하기 전에 아이들에게 고함부터 질렀고, 텔레비전 전원을 껐다. 두 아이는 소리를 지르면서 방을 도망치듯 나갔다. 루스가 부엌에서 뛰어 들어왔다. 루스는 토크쇼에 대한 전화를 이미 받았기 때문에 그린이 왜 화가 났는지 알고 있었다. 하지만 아무 말도 하지 않고 모르는 척했다. 어제와 마찬가지로 아이들이 다니는 학교에서 또 항의 시위가 있었다. 하지만 두 아이더러 아버지한테는 그 일에 대해 일절 말하지 못하게 단속했다.

"도대체 어디서 그런 힘이 생긴 거지?" 그린은 루스에게 말했다. "이틀 전만 해도 아무도 신경 쓰지 않았어. 그런데 이젠 온 세상이, 심지어 내 집에서조차 나를 파렴치한으로 취급한다고. 내가 도대체 뭘 가졌어? 항공 회사라도 가졌나? 다국적 회사라도 가졌어? 남미대륙의 반이라도 가졌느냐고? 아니잖아! 겨우 가게 세 개를 가졌다고. 더구나 그중 하나는 가게를 적자투성이로 만드는 인간들이 사는 동네에 있다고." 한숨을 쉬며 소파에서 자리를 고쳐 앉은 그린의 살찐 다리가 축 처졌다. "택시 운전수는 운전하는 만큼 미터기가 째깍째깍 돌아가기라도 하지. 나는 이것저것 낼 게 얼마나 많은데. 보험, 철망 비용에다가 좀도둑도 있지, 종업원 월급도 줘야지, 나한테는 째깍째깍 돌아갈 미터기가 없어. 그래서 내가 운영 비용이라도 뽑으려고 값을 좀 올려 받으니 갑자기 모든 것이 째깍거리기 시작했어. 하지만 그건 모두 다른 사람들을 위한 거라고. 도대체 이 지긋지긋한 신세는 언제 끝나느냔 말이야." 그린은 마치 골치 아픈 소리를 듣지 않으려는 듯 양손으로 관자놀이를 눌렀다.

이런 행동도 루스의 반응을 이끌어내지는 못했다. 루스는 여전히 문 옆에 기대서서 그린을 지켜보았다. 루스가 말했다. "당신을 위해서 토요일에 공짜로 나눠주는 일이 끝난 뒤에 육류를 주문할게요. 이 사실은 첫 손님이 계산을 마칠 때까지 종업원에게도 말하지 않을 거고요. 그리고 늘 그랬듯이 정확하게 7시 반에 문을 닫을 수 있도록 경비원을 몇 명 고용하는 것이 좋겠어요."

사실 루스는 더 말하고 싶었지만 그러지 않았다. 대신 루스는 그린을 바라보았다. 그린은 양손으로 귀를 막은 채 꺼진 텔레비전 회색 화면을 멍하니 바라보고 있었다.

"당신에게 할 말이 있어요." 루스는 무거운 목소리로 말했다. "내가 이틀 전에도 말했고 지금 다시 말하는데, 만약 당신이 그렇게 안 하면 오랫동안 애들을 못 보게 될 거예요."

그린은 고개를 돌려 루스를 올려다보았다. "이 사람들은 피부색이 뭐지?" 그린이 물었다.

"검은색이죠." 루스는 대답했다.

"그럼 우리 애들 성은 뭐지?"

"그린이지요."

그린은 미소 지었다. "그게 바로 정답이야." 그린은 루스에게 말했다. "그린이야말로 내가 유일하게 좋아하는 색깔이지."

"엉뚱하기는." 루스는 웃지 않고 말했다.

"세상이 미쳤어!" 그린은 신음하듯 말했다. "나는 정신이 말짱하기 때문에 굴복하지 않을 거야. 굴복하지 않을 거라고."
그린은 다리를 꼬고 앉아 한 손으로 무릎을 지그시 누르면서
"난 굴복하지 않아"라고 말했다.

"두고 보자고요." 루스는 말했다.

　텔레비전 인터뷰 이후 리드는 불만 세력의 우두머리가 되었
다. 처음에는 자신의 집 부엌에서 그들을 만났다. 궁금해하는
동참자들로 자리가 비좁아지자 목요일에 버려진 극장에서 대
중 집회를 열었다. 리드의 세 아이들과 아내도 참석해 앞줄에
앉았다. 가족들 뒤로 과부 머피 부인, 로이드 듀크스, 타이론
브라운, 레스 존스 등 피케팅을 할 때 맨 앞줄에 섰던 사람들
이 와서 앉았다. 그 뒤로는 가끔 그린의 식료품점을 이용하던
사람, 변두리 지역에 사는 사람, 다른 동네에 살지만 무슨 일
이 벌어졌나 궁금해서 온 사람, 단순히 호기심 때문에 온 사
람이 모여 앉았다. 중간 줄에는 텔레비전 토크쇼를 보고 도시
외곽에서 온 사람들이 몇 명 있었다. 그들은 흑인들에 대한
우려보다는 식료품점 주인에 대한 분노가 훨씬 더 컸다. 극장
뒤쪽에는 나이 든 구닥다리 좌파들, 우울한 표정을 하고 있는
대학생들, 알 수 없는 몸짓으로 빈정거리면서 분노를 터뜨리
는 젊은 흑인들이 모여 있었다. 뒷문 근처에는 녹음기를 든 사
회학자들이 벽에 기댄 채 옹기종기 모여 마치 경마장의 마권
업자들처럼 무심한 듯 조용히 지켜보고 있었다. 여기저기 다
양한 무리 틈에서 한 정치인은 자리를 잡고 박력 있게 손을

흔들거나 원로들의 어깨에 제 손을 걸치는 시늉을 했다. 다른 사람들은 조잡하게 인쇄된 선전물과 배지, 익히 알고 있었지만 세상에는 알려지지 않았고 이 사건의 원인을 제공한 사람들의 천연색 사진을 건네주고 있었다. 와자지껄한 목소리, 귀에 거슬리는 잡음과 즐거운 대화 소리가 섞인 소음, 알 수 없는 분노와 숭배의 음향이 사회 밑바닥에 흐르는 불길한 기운을 그 집회에 불어넣고 있었다.

한때는 인기 스타가 누비고 다녔겠지만 이제는 때가 묻어 누렇게 변하고 찢어진 스크린이 드리운 무대 위 단상에 올라 리드는 연설을 했다. "저더러 지금까지 어리석게 살아왔다고 말해도 상관하지 않겠습니다." 리드는 말했다. "저는 한평생 예수님의 말씀이면 무조건 따르던 사람이었습니다. 저는 타고난 멍청이라 더 나은 지혜를 배워야 한다는 생각을 전혀 하지 못했습니다. 당장 오늘도 세상이 틀린 것을 옳다 하고 위를 아래라고 해도 그저 그런 줄 알고, 아직도 성경에 쓰인 것을 그대로 믿는 바보 천치랍니다."

청중이, 특히 앞줄에 있는 사람들이 입을 맞춰 연호하기 시작했다. "설교하세요!"

"저는 추호도 의심하지 않습니다." 리드는 나직한 바리톤 음성으로 말했다. "'먼저 된 자로서 나중 되고 나중 된 자로서 먼저 된다'라는 성경 말씀은 진리입니다. 여러분 모두를 알지는 못합니다만, 저는 언제나 나중 된 자였습니다. 한 번도 먼저 된 자이길 원하지 않았지만, 가끔은 세상이 정말 잘못 돌아가 하나님이 나뭇가지에서 죽은 나뭇잎을 떨어뜨리기 시작하실 때 생명의 나무를 붙드는 것만이 유일하게 할 일이라고 생각합니다."

"이제 설교를 하시는구먼." 누군가 소리쳤다.

극장 뒤편에서 한 백인 학생이 어색하게 외쳤다. "아멘."

리드는 자신의 기를 모으기 위해 무대를 가로질러 걷기 시작했다. 하지만 사사건건 시비를 거는 청중은 그런 리드를 아주 거만하게 바라보았다. "제 인생을 통틀어," 리드는 말했다. "저 스스로 인간다울 권리를 주장하지 않고 그렇게 되기만을 바라왔습니다. 여러분이 알다시피 보통 사람은 진정한 인간이라 볼 수 없습니다. 보통 사람은 한낱 아첨꾼일 뿐입니다. 사실 보통 사람은 곤경에 처하면 도망가게 마련입니다. 저는 살면서 그런 짓을 너무 많이 했습니다. 하지만 이제 더 이상 그러지 않겠습니다. 무엇이든 안 하는 것보다는 한 번이라도 해보고 싶은 것이 바로 인간입니다. 저는 오늘 밤, 보통 사람으로 사는 것이 잘못되었다고 말하려 합니다. 저는 일어설 겁니다! 만약 여러분이 보통 사람이어서 스스로 일어서지 못한다면 두 가지 일이 일어날 수 있습니다. 첫째, 자기 머리를 짓누르는 무게를 이기지 못하고 쓰러질 것이고 둘째, 엄청난 고통을 느끼며 살아갈 겁니다. 세상을 제대로 만들기 위해서는 다 똑같이 고통이 따릅니다. 이제는 이 노름판을 독식하는 번지르르한 농간꾼의 손을 움켜잡고 쥐어짜면서 이렇게 말해야 합니다. '더 이상은 안 돼!' 그렇게 되면 약간 피해를 보긴 하겠지만 여러분은 더 이상 보통 사람이 아닙니다."

"더 이상은 안 돼!" 앞줄에 있는 몇몇이 리드를 따라 했다.

"더 이상 안 돼!" 리드가 소리쳤다.

"안 돼! 안 돼! 안 돼!" 사람들의 외침은 나뭇잎이 다 떨어진 나무들 사이로 가을바람이 리듬을 타고 지나가듯이 청중 사이로 울려 퍼졌다.

사람들은 이날을 기념하며 웃고 떠들었다.

그날 저녁 토크쇼가 방송되고 나서 식료품 가게 주인은 계획을 세우기 시작했다. 그린은 아내 몰래 보험회사 영업 사원인 아내의 오빠 토머스를 몇 번 만나 대책을 상의했다. 그린은 사람들에게 공짜로 물건을 나누어줄 의사가 전혀 없었다. "토미, 내가 왜 그래야 하죠?" 그린은 대머리에 삐쩍 마른 토머스에게 물었다. "나는 누구를 등쳐먹진 않아요. 그런 적이 전혀 없다고요. 내가 하는 사업은 언제나 승승장구했어요. 그런데 내가 왜 대가를 치러야 하느냐고요."

"그렇기야 하지." 토머스는 불도 붙이지 않은 궐련을 씹으면서 말했다. "세상은 미쳤어. 이제는 나한테 보험 든 사람들이 나더러 생명 연장까지 책임지라고 할 판이야. 죽음을 거부하는 사람은 삶의 참혹함도 거부하게 되지. 그동안 죽음은 긴 행복이라고 선전해서 영업이 잘되었어. 먼저 실제 삶의 모습을 보여주고 이것을 위엄 있는 장례식과 비교하지. 그리고 사랑하는 가족들에게 안전하게 보장되는 혜택들에 대해서 설명한다네. 삶의 고단함을 한 번쯤이라도 생각한다면, 보통은 보험에 가입하게 되어 있지."

"그래서요?" 그린이 물었다. 토머스는 철학에 취미가 있는 대졸자였다.

"그래서 말이지," 토머스는 대답했다. "그 사람들에게 그들의 현실과 자네의 현실을 모두 보여주어야 하네. 그들의 모임에 나가서 자네 사업에 대해 달러, 아니 센트 단위까지 상세하게 설명하면 어떻겠나? 자네가 지불하는 운영 비용, 보안 비용, 그 밖에 잡다한 모든 비용을 알려주게. 그 사람들을 존중해서 대하면 아마 그들도 이해해줄걸세."

그린은 얼굴을 찡그렸다. "그러고 싶지 않아요." 그는 말했다. "그건 나한테 죄가 있다고 인정하는 거나 마찬가지라고요."

토머스는 한쪽 입술을 삐죽 올리며 웃었다. "그러면 뭐 죄책감을 느낄 만한 게 있다는 건가?"

그린은 토머스에게 인상을 쓰며 "전혀요!"라고 강조해 말했다.

"그래?" 토머스가 말했다.

그린과 토머스의 이 첫 만남은 목요일, 사람들로 북적거리는 바에서 이루어졌다.

두 번째는 스낵바에서 만났는데, 그린이 시위 주도자인 리드를 개인적으로 만나 이야기를 나누어야 한다는 말이 나왔다. 날짜는 금요일 오후로 잡기로 했다. 토머스의 충고를 받아들인 그린은 모든 걸 체념한 채 리드에게 사업의 비용 구조에 대해 가능한 한 구체적으로 설명하기로 했다. 그린은 어떤 정보도 은폐하지 않기로 했다. 그린은 모든 것, 즉 재고 상황, 가격 인상, 판매 품목, 인플레이션, 회계장부, 특수 항목, 간접 비용, 그리고 이익이라는 비밀스러운 부분까지 설명하기로 했다. 가장 설명하기 어려울 것으로 보이는 마지막 항목을 놓고 그린과 토머스는 몇 시간 동안 토론을 했다. 그들은 우선 누구도 공짜로 일하지 않는다는 것에 동의했고, 무자비하게 착취하는 것은 비윤리적이라는 점에도 동의했다. 이런 점을 근거로 이익률을 15퍼센트에서 40퍼센트 사이로 잡고, 두 숫자 사이 적당한 지점에서 이익을 취하면 공평할 것이라고 의견을 모았다. 이 점은 쉬웠으나, 그다음으로 토머스가 상황적 요인을 들고 나왔다. 토머스는 사업에 위험성이 있으면 이익률을 40퍼센트에 가깝게 잡아도 되지 않으냐고 문제를 제기했다. 그린은 확신이 서지 않았다. 토머스는 웃었다. "여기에 유추할 만한 이야기가 있네." 토머스는 궐련을 씹으며 말을 이어갔다. "신문에서 전기스토브를 팔려는 사람을 보았네. 그 집에 전화를 걸어보니 50달러를 내라더군. 나는 가서 물건을 한번 보고 싶다고 했지. 옹색한 그 집에 직접 가보니 그 사람은 새 스토브를 샀고, 쓰던 물건은 당장이라도 팔아치워야 할 판이었네. 그 스토브는 쓸 만했고 50달러 이상 값이 나가 보였어. 하지만 나는 이런 상황을 다 봤기 때문에 45달러를 불렀지."

그린은 어떤 이유에서인지 마시고 있는 커피의 계산서에 이 숫자를 받아 적었다.

빵 한 덩어리

토머스는 웃었다. 그는 계속 궐련을 씹고 있었다.

"그 남자는 다른 전화를 못 받았다며 45달러에 합의했네. 나는 그 물건을 다시 한 번 보다가 녹슨 데를 발견했네. 그래서 40달러를 주겠다고 했지. 그 사람은 내가 운반한다는 조건으로 그 가격에 합의하겠다고 했어. 나는 만약 30달러로 깎아주면 내가 직접 가져가겠다고 했지. 자네는 내가 어떻게 협상했을지 물론 짐작하고 있겠지?"

그린은 고개를 끄덕였다. "그에겐 협상할 여지가 별로 없는 상황이니 중고 스토브를 빨리 팔아치울 수밖에 없었던 거죠?"

"맞아." 토머스는 대답했다. "그래, 이게 윤리적인가, 그린?"

그린은 인상을 썼다. 그린은 여태껏 한 번도 자기 토머스를 좋아해본 적이 없는데, 지금은 이 보험 영업 사원이 교활하다고까지 생각했다.

"하지만," 그린은 대답했다. "그 사람이 당장 팔 필요는 없잖아요! 다른 전화를 기다릴지 말지는 그 사람 마음이니까. 그렇다고 판매자가 서두르는 게 구매자의 잘못은 아니죠. 가능한 한 싼 가격에 사는 것이 구매자의 권리잖아요. 이게 이 세상의 규칙이구요. 만고불변의 진리죠. 그 반대 상황도 물론 마찬가지구요."

"그렇지." 토머스는 스티로폼 컵에 담긴 커피를 홀짝이며 말했다. "판매자가 급하기도 하면서 소심한 성격이라고 가정해보게. 이 세상에는 그런 사람들이 널렸어." 토머스는 웃었다. "그런 사람이 돈에 가치를 두지도 않는다면?"

"그런데," 그린은 대답했다. "그 예는 학구적이네요. 실제 삶을 말하지 못했어요. 어떤 사람은 법대로 살지만 어떤 사람은 그렇지가 않죠. 어느 누가 그런 판단을 쉽게 내릴 수 있겠어요?" 그린은 웃었다. "자, 봐요." 그린이 토머스에게 말했다. "돈 몇 달러보다 더 많은 것이 위태롭단 말이죠. 만약 이 구매자가 비난받는다면, 역사상의 인물 대다수도 역시 그래야 할 거예요. 역사적 사례들이 유일한 답이 될 거예요. 그런 법은 그 법을 인정하지 않는 사람들이 다 사라진 미래에나 인정받게 될 걸요."

토머스가 자기가 읽은 기사를 근거로 내세우는 바람에 그들은 오후 늦게까지 격렬하게 논쟁했다. 그들이 헤어진 건 오후 5시가 되기 조금 전이었고, 해결된 것은 아무것도 없었다.

그린과 리드의 만남에서도 해결된 것은 거의 없었다. 초저녁 집으로 돌아온 시위 주동자는 처음엔 차갑게 말을 하더니, 결국에는 식료품 가게 주인과 근처 잡화점에서 만나 커피를 마시며 이야기하기로 했다. 그들은 스낵 코너에 앉아 어색하게 악수를 하고 나서 몇 분간은 날씨에 대해 이야기했다. 그러고서 식료품 가게 주인은 서류 가방에서 두 개의 회색 회계장부를 꺼냈다. "당신은 내 가게를 오랫동안 이용했소." 그린은 리드에게 말했다. "내가 기억하기론 당신에게 항상 잘 대해줬는데, 우리 둘 사이가 이제 이렇게 되었소." 그린은 두 권의 장부를 탁자 위에 놓고 리드의 팔에 닿을 때까지 밀었다.

빵 한 덩어리

리드는 위에 있는 장부부터 집어서 두꺼운 초록색 페이지를 엄지손가락으로 넘겼다. 리드는 장부의 숫자를 일일이 확인하지 않았다.

"내가 아는 건 말이오," 리드는 말했다. "여기에서 당신은 수프 통조림 하나에 나에게 55센트를 받고 팔지만, 2마일 떨어진 곳에서 백인을 상대하는 당신의 다른 가게에서는 39센트를 받는다는 거요." 리드는 분노하는 마음을 누르고 침착하게 이야기했다. 그의 시선에는 정중함과 함께 유감이 섞여 있었다.

식료품 가게 주인 그린은 식탁 위를 손가락으로 두드렸다. 그는 고개를 돌려 화장품, 설사약, 치약이 놓여 있는 선반을 보았다. 그는 포스터에 인쇄되어 있는 여자 모델의 우윳빛 흰 이와 앵두같이 붉은 입술에서 눈을 떼지 못했다. 그 얼굴의 나머지 부분은 보이지 않았다.

"숨겨서 될 일이 아니오." 리드는 마치 어린애를 대하듯이 말했다. "나는 당신이 잘못했다는 걸 알고 있소. 당신도 당신이 잘못했다는 걸 알고 있소. 내가 끝장내기 전에 이 도시의 모든 사람이 당신이 잘못했다는 것을 알게 될 것이오. 하나님은 추악한 사람을 싫어하오." 그는 눈을 지그시 감으며 커피 잔을 잡았다. 그런 다음 갑자기 고개를 돌려 식료품 가게 주인을 다시 마주 보았다. "이봐요, 당신은 왜 사람들에게 그런 짓을 하고 싶어 하는 거요?" 리드가 물었다. "우리도 당신과 똑같은 사람이란 말이오."

"신 앞에서!" 그린은 리드를 똑바로 쳐다보며 외쳤다. "신 앞

에서!"그는 반복해서 말했다. "나는 악마가 아니오!" 그가 목
젖을 쥐어짜서 낮게 내뱉은 이 마지막 한마디는 마치 신음처
럼 들렸다. 그는 코트의 소매를 바로잡기 위해서인지 아니면
뭔가 자신을 짓누르는 중압감을 떨치기 위해서인지 왼쪽 어깨
를 갑자기 쳐들었다. 그러더니 카운터 위를 유심히 바라보았
다. 아무도 보지 않았다. 카운터 끝에서 여자 종업원이 커피포
트를 닦고 있었다. "이 숫자들을 좀 보란 말이오." 그는 리드에
게 말했다.

　리드는 눈길을 주지 않았다. 그는 여전히 식료품 가게 주인
을 응시하고 있었다.

　"좋소." 그린은 말했다. "보지 마시오. 내가 이 장부에 뭐가
적혀 있는지 말해주겠소. 만약 당신이 좋다면 내 말을 믿어보
시오. 나는 일주일에 고작 하루를 쉬면서 하루에 열두 시간
동안 점포 세 군데를 뛰어다니며 일하고 있소. 나는 부자가 아
니오. 당신이 백인 지역이라고 부르는 가게에서 나는 할망구
들에게 비굴하게 억지웃음이나 지으면서 좋은 가게라는 명성
을 얻기 위해 식료품 재고들을 잔뜩 떠안은 채 하루하루를 겨
우 버티고 있소. 두 점원은 나를 속이기까지 하오. 내가 할 수
있는 일은 없소. 이 사업을 하려면 누구에게라도 친절해야만
하기 때문이오. 시내 반대편에 있는 두 번째 가게는 여기 이
가게만큼 형편없소. 그 가게는 잘 가지도 않소. 가게 수익이
자동차 기름값도 나오지 않기 때문이오. 나는 이 손실을 다른
걸로 결손 처리해서 버텨가고 있소." 그린은 잠시 쉬었다. "결

손 처리가 무슨 말인지 아시오?" 그린은 리드에게 물었다.

"모르오." 리드는 말했다.

해럴드 그린이 웃었다. "그게 무슨 상관이겠소?" 그린은 마치 독백을 하는 듯한 목소리로 말했다. "이 지역에서 내가 이익을 남긴다는 것을 인정하겠소. 하지만 당신이 생각하는 정도는 아니오. 그리고 여기 사람들이 흑인이라서 내가 이익을 챙기는 것도 아니오. 여기에서 이익을 남기는 이유는 그래야만 하기 때문에 그러는 거요. 창문 빗장이나 도난, 보험, 제품 손상 때문에 나는 돈을 더 쓸 수밖에 없소. 그래서 다른 가게보다 더 이익을 남겨야 하는 거요." 그는 거의 애원하다시피 옆자리에 앉은 남자에게 말했다. "당신은 이것이 사업하는 사람의 권리라는 것을 받아들일 수 없다는 거요?"

리드는 불평했다. "곰이 숲에 똥 누는 것처럼 당연하다는 거요?"라며 그는 비꼬았다.

다시 그린이 웃었다. 그리고 당장 자리를 뜰 것처럼 어색하게 커피를 벌컥 마셔버렸다. 그러나 다 마시고는 커피 잔을 천천히 푸른색 플라스틱 접시에 내려놓았다. "내 입장에서 한번 생각해보시오." 그의 목소리는 높았고 주저하는 듯이 들렸다. "만약에 당신이 이 동네에서 가게를 운영한다면 어떤 입장이겠소? 만약 이윤을 15퍼센트에서 40퍼센트 사이에서 정한다면 얼마로 정하는 것이 좋겠소?"

리드는 생각했다. 리드는 커피를 입에 머금고 있는 것 같았다. "15퍼센트에서 40퍼센트라고요?" 리드는 반복했다.

"그렇소."

"나는 교회를 다니는 사람이오." 그는 말했다. "40퍼센트보다는 15퍼센트에 가깝소."

"얼마나 가깝소?"

리드는 생각했다. "교회에서 우리는 십일조를 낸다오."

"식당에서는 팁으로 15퍼센트를 내오." 식료품 가게 주인은 재빨리 응수했다.

"맞소." 리드는 말했다. "15퍼센트 이상을 내오."

"얼마 이상이라고요?"

리드는 생각했다.

"20퍼센트, 30퍼센트 아니면 35퍼센트?" 그린은 리드 쪽으로 기대어 거듭 말했다.

그는 아직도 생각 중이었다.

"40퍼센트? 아마 45퍼센트 혹은 50퍼센트?" 식료품 가게 주인은 리드의 귓속에 대고 이야기했다. "당신도 알겠지만, 슈퍼마켓에서는 그런 잔꾀를 부리기 위해 더 교묘한 방법을 쓴다오."

리드는 자신의 오른쪽 손등으로 커피 잔을 밀쳤다. 갈색 액체가 식탁 위로 흘러 회계장부를 적셨다.

"젠장!" 리드가 소리쳤다.

깜짝 놀란 그린이 자리에서 일어났다.

리드는 치를 떨고 있었다. "나는 당신이 아니란 말이오." 그는 깊은 바리톤의 목소리로 말했다. "나는 슈퍼마켓 주인이 아니란 말이오. 나란 사람이 죽도록 열심히 일해 번 월급은 낙

숫물처럼 손가락 사이로 빠져나가고 만단 말이오. 내가 아는 건, 당신이 나는 물론이고 이 동네 사람들 전부를 속이고 있다는 거요. 그리고 우리는 지금 잃어버린 것의 일부라도 되찾기 위해 뭉쳤다는 거요!" 그런 다음 그는 일어나 식료품 가게 주인을 쏘아보았다. "내 부친은 미시시피에서 소작농으로 일하면서 농장주가 운영하는 매점에서 물건을 사야만 했소. 아버지가 돌아가셨을 때 23년 치의 외상값이 남아 있었소. 나는 그중 5년 치를 대신 갚다 말고 이곳으로 도망쳐 왔소. 이제 나는 교회의 집사가 되었소. 나는 내 아버지가 했듯이 자식을 키우고 있고, 아무도 괴롭히지 않소. 지금 내가 아는 게 뭐냐 하면, 그놈들이 그 미시시피에 있던 같은 가게를 그대로 이곳에 옮겨놓았다는 거요! 내 아버지는 투쟁가였소. 만약 그들에게 수십 년 동안 빚지지 않았더라면 아버지는 들고일어나 싸웠을 거요. 난 말이오, 우리 아버지 아들인 데다가 조합의 간부요. 나는 자유인이오. 이보시오, 내가 가만히 있을 것 같소!"

해럴드 그린은 종이 냅킨을 집어 장부에 묻은 커피를 닦아 냈다.

넬슨 리드는 장부 위에 1달러를 내던지고 걸어 나왔다.

"나는 그 짓은 안 할 거야." 같은 날 저녁 그린은 아내 루스에게 말했다. 그들은 욕실에 있었다. 그녀는 세면대에 몸을 숙이고 목에 수건을 걸친 채 머리를 감고 있었다. 식료품 가게 주인은 욕실 문에 기대서서 그녀를 바라보고 있었다. "난 내

일 파산하지 않을 거야." 그는 말했다.

"나도 계속 생각해봤어요." 루스가 머리카락을 털면서 말했다. "당신은 내 말대로 할 거예요, 해리."

"왜 내가 그래야 하지?" 그린이 물었다. "당신은 날 떠날 수 없어. 그게 엄포였다는 건 당신이 알잖아. 당신이 잠잠해질 때까지 나는 이렇게나 오래 기다렸어. 내일은 토요일이야. 이번 주는 정말 힘들었어. 오늘 밤에는 현실적으로 생각하자고."

"당신은 당연히 그렇게 할 거예요." 루스 그린은 "토스트 먹어요"라고 말하는 것과 다를 것 없이 이야기했다. "당신은 아이들이 자라는 것을 지켜보고 싶어 하기 때문에 그렇게 할 거예요."

"다른 이유라도 있어?" 그는 질문을 했다.

루스는 목에 감겨 있는 수건을 힘껏 당겼다. "왜냐하면 당신은 내적으로는 도덕적인 사람이기 때문이죠."

그린은 쓴웃음을 지었다. "내가 만약 그렇다고 해도, 왜 그들에게 그래야 되지?"

"그들 때문이 아니에요." 루스는 가만히 거울을 보면서 말했다. "분명히 그들 때문은 아니죠. 절대 아니죠. 그들은 아무 상관이 없어요."

"그러면 누구 때문이야?" 그는 욕실 안으로 들어서면서 물었다. "그럼 도대체 누구에게 증명해 보여야 해?"

그의 아내는 울고 있었다. 하지만 그녀의 얼굴 전체가 젖어 있어 눈물은 보이지 않게 얼굴 위로 흐르고 있었다.

빵 한 덩어리

"딴 사람 누구냐고?" 해럴드 그린이 물었다.

밤 11시가 다 되었고 아이들은 잠자리에 들었다. 아이들도 학교를 마치고 집으로 돌아올 때 울었다. 루스 그린은 말했다. "당신을 위해서예요, 해리. 당신 마음속에 살아 있는 사랑을 위해서예요."

밤새도록 식료품 가게 주인은 이 문제를 고심했다.

넬슨 리드 역시 금요일인 그날 밤잠을 설쳤다. 잡화점에서 집으로 돌아와 기억나는 대로 대화 내용을 아내에게 이야기해주었다. 처음엔 식료품 가게 주인과 주고받은 대화에 대해 농담조로 이야기했지만, 구체적으로 들어가면서 침통해지고 씁쓸해졌다.

"그 사람이 자기 입장에서 한번 생각해보라고 하더군." 리드가 아내에게 말했다. "당신은 그 따위 능청스러움을 상상이나 할 수 있겠어? 난 한평생 누굴 속인 적이 없어. 평생 성경을 신조로 삼으며 살았어. 나는 교회의 집사야. 나는 다른 사람에게 봉사를 하며 살았고, 내 집조차 가지고 있지 않단 말이야." 그는 양팔을 허리에 올린 채 부엌 여기저기를 왔다 갔다 했다. 베티 리드는 탁자에 앉아 지켜보고 있었다. "여기가 비열하게 약자를 괴롭히는 바로 그 세상이지." 그는 말했다. "신 앞에 맹세컨대 나는 평생을 원칙대로 살았고 한 푼도 은행에 챙겨 넣지 않았어, 베티." 리드는 갑자기 베티를 향해 말했다. "내가 바보라고 생각해?"

"리드 씨." 베티가 말했다. "자, 이제 잠자리로 갈 시간이에요."

하지만 리드는 잠자리에 들지 않았다. 대신 부엌 찬장에서 버번을 꺼내 다섯 잔을 마셨다. 그가 같이 마시자고 했지만 아내는 거절했다. 리드는 부엌을 지나칠 때마다 위스키를 한 잔씩 들이켰다. 그는 손으로 자신의 옆구리를 쳤다. "나는 바보야." 리드는 말했다. "은행에 돈 한 푼 없고, 오줌 눌 요강은 커녕 요강을 내던질 담벼락 하나 없는 주젠데, 근데 뭐, 자기 입장에서 생각해보라고? 젠장, 나는 그런 처지를 상상할 수조차 없는 놈이란 말이야." 그는 서성거리다 말고 아내를 보았다.

"리드 씨." 베티는 속삭였다. "내일은 출근 안 해도 돼요? 자자고요."

리드가 웃기는 했지만 그의 목소리에 밴 침통함이 베티를 흔들어놓았다. "내가 지옥으로 만들겠어." 그는 말했다.

리드는 부엌 싱크대 벽에 붙어 있는 노란색 전화기로 가서 다이얼을 돌리기 시작했다. 첫 전화는 두 블록 떨어져 사는, 시위 조직 내 책임자 중 하나인 로이드 듀크스에게였다. 듀크스는 집에 없었다. 두 번째 전화는 또 다른 책임자인 스탠리 하퍼가 바텐더로 근무하는 65번가 코너에 있는 매켈로이의 술집과 캐럴에게였다. 하퍼가 바에 있는 사람들에게 내일 아침 식료품 가게 앞에서 시위를 할 거라는 이야기를 전했다. 베티는 해럴드 그린의 식료품 가게 앞에서 언제 시위행진을 할 것인지 조정하기 위해 레스터 존스, 냇 루커스, 타이론 브라운 부인, 과부 머피 부인에게서 걸려온 전화를 받느라 밤새 잠을 설쳤다. 베티는 침대에 누워 분노와 고통에 찬 리드의 목소리를 들으며 방망이질 치는 가슴을 어쩌지 못했다. 전화 통화를 하면서 몇 번이나 자신을 바보라고 하는 리드의 말을 듣고 베티는 베개에 얼굴을 묻고 울었다.

여느 토요일 아침보다 조금 늦게 가게 문을 열었지만, 그때는 그가 길거리를 지나다니는 첫 행인일 정도로 이른 아침이었다. 그린은 가게에서 한 블록 떨어진 곳에 차를 세우고 걸어서 가게로 왔다. 그날은 새가 울지 않았다. 하늘도 그다지 푸르지 않았다. 스모그로 뒤덮인 회색이었고, 보슬비라도 내릴 것 같았다. 길거리에는 늘 그렇듯이 캔, 신문지, 깨진 유리 조각들이 나뒹굴고 있었다. 쓰레기통도 보통 때처럼 밖으로 흘러넘쳤다. 아침 바람이 신문지 조각을 녹슨 쓰레기통 옆으로 날려 보냈다. 어떤 이유에서인지 그는 오른발로 그 신문지를 건드리고는 길거리로 날아가는 것을 서서 지켜보았다. 그 움직임을 보자 기분이 좋아졌다. 그는 휘파람을 불면서 창문 보호용 바를 올리고 가게 문을 열었다. 그러고는 현관문을 여는 동안 날카로운 알람 소리에 기분이 상하지 않도록 재빨리 보안 정지 버튼을 눌렀다. 그러고 전등을 켰다. 모든 게 어젯밤 그대로였다. 그는 이미 두 종업원에게 전화를 걸어 오늘 휴가를 쓰라고 했다. 그는 항상 해오던 대로 냉장 진열대 안의 우유와 채소를 앞으로 당기고 금전 출납기에 돈을 집어넣는 등 바삐 움직였고, 불과 한 시간 전 집에서 나올 때 자신을 말없이 바라보던 아내의 눈을 더 이상 생각하지 않았다. 그린은 차를 몰고 시내를 지나오면서 오늘도 평상시와 다르지 않을 것이라 생각했다. 그래도 손님이 거의 오지 않기를 바랐다.

그날 첫 손님은 넬슨 리드의 부인이었다. 리드 부인은 오전 9시 30분쯤 와서 가게를 둘러보았다. 그린은 계산대에서 리드 부인을 지켜보았다. 그녀는 무엇을 살지 결정하지 못하는 것 같았다. 그녀는 중앙 통로에서 그를 계속 힐끔거렸다. 궁금해진 그는 결국 "무엇을 도와드릴까요, 리드 부인?" 하고 물었다. 그의 말에 그녀는 마치 나쁜 생각을 품고 있었던 것처럼 움찔했다. 그녀는 재빨리 빵 진열대에서 통밀빵 한 덩어리를 집어들고 카운터로 왔다. 그녀는 그를 보고 미소를 지었다. 그 미소는 마치 처녀가 첫사랑을 고백할 때 짓는 미소처럼 해맑고 부끄러움이 넘쳤다. 베티 리드는 마흔다섯 살 정도 되는 부인이었다. 무슨 이유인지는 모르겠지만 어쨌든 그는 이 모습에 감동받았다. 베티 리드가 지갑에서 1달러를 꺼내 카운터에 내밀자 그의 마음속 어디에선가 충동적으로 불쑥 이 말이 나왔다. "무료입니다." 그는 베티 리드에게 말했다. 베티는 잠깐 멈칫하다가 팔을 밀어 넣다시피 하여 1달러짜리를 완강하게 그의 앞으로 내밀었다. "무료입니다." 그린은 자신이 느끼기에도 다소 강한 어조로 말하면서 오른손 손바닥으로 그녀의 팔을 힘껏 막았다. 그녀는 빵을 움켜쥐고 가게를 나왔다.

그다음 손님인 어린 소녀는 오전 10시 30분이 막 지날 즈음 카운터 옆에 있는 선반에서 초코바를 골랐다. "무료란다." 그린은 기분 좋게 말했다. 어린 소녀는 초코바를 카운터에 올려놓고 가게에서 도망쳐버렸다.

오전 11시 15분, 영혼이라도 팔 것처럼 자포자기한 듯 보이는 포도주광이 가게에 왔다. 식료품 가게 주인은 잠시 그 남자를 지켜보았다. 포도주광은 포도주 진열대에 가서 반 갤런의 중급 적포도주를 골랐다. 그린이 포도주병을 꺼내 포도주광의 배에 떠밀자 시큼한 술 냄새가 그의 얼굴에 확 끼쳤다. "무료입니다." 그린은 말했다. "하지만 여기서 마실 수는 없어요."

잘못이라도 한 사람처럼 주위를 살피며 포도주를 들이붓는 포도주광을 창문 너머로 바라보면서 그는 세상 전체가 편안해지는 느낌을 받았다.

오전 11시 25분, 피켓을 든 사람들이 도착했다.

남녀노소 할 것 없이 모여든 스물네 명이 가게 앞 보도에 서 있었다. 그들의 문구, 플래카드, 목소리는 그를 기생충이라고 비난했다. 식료품 가게 주인은 쓴웃음을 지었다. 그는 마치 마약을 한 사람처럼 좋아서 제멋대로 굴고 싶었다. 그는 정육 코너로 가서 진열대에 있는 포장용 갈색 두루마리를 잡아당긴 다음 젊은 시절 열정적으로 밟던 댄스 스텝을 흉내 내면서 재빨리 가지런히 잘라냈다. 그러더니 포장지를 도마에 올려놓은 다음 검정색 유성펜을 들고 엄청나게 큰 글씨로 '무료'라고 마구 갈겨썼다. 그는 종이를 창문으로 가져가 셀로판테이프로 붙였다. 그러고는 미친 듯이 웃었다. "무료!" 그린은 갈색 종이 뒤에서 소리쳤다. "무료! 무료! 무료! 무료! 무료! 무료!" 그는 급히 문 쪽으로 다가가 문밖으로 고개를 내밀고 어리둥절해하는 사람들에게 "무료!"라고 고함을 질렀다. 그러고는 다시 계산대로 돌아가 마치 군인처럼 차려 자세로 서 있었다.

그들은 천천히 가게 안으로 들어왔다.

넬슨 리드가 가장 먼저 들어와 마치 구불구불하게 기어가는 벌레를 따라가는 양 더러운 타일 바닥에 오른쪽 발을 디뎠다. 다른 사람들이 잇달아 들어왔다. 플래카드를 질질 끌고 오는 로이드 듀크스, 타이론 브라운 부부, 주먹을 꽉 쥐고 걸어오는 스탠리 하퍼, 세 아이를 데려온 레스터 존스, 소심하고 무관심해 보이는 냇 루커스, 포도주광 몇 명, 부끄럼 타는 수녀 몇 명, 아이러니한 웃음을 짓고 있는 10대들과 대학생들이었다. 맨 뒤쪽에는 턱수염을 기른 사회학자 한 명이 녹음기를 품에 안고 따라 들어왔다. "무료입니다!" 식료품 가게 주인은 소리쳤다. 그는 가게 전체를 기꺼이 껴안으려는 듯, 아니면 포기하듯 손을 위로 뻗었다. "전부 무료입니다!" 그는 소리쳤다. 그리고 미친 사람처럼 씩 웃었다.

포도주광들이 먼저 물건들을 움켜쥐기 시작했다. 그들은 순식간에 포도주 선반을 거덜 냈다. 그러고는 타일 바닥에 병들이 떨어져 깨지는 소리에 놀라며 가게를 도망치듯 빠져나갔다. 다른 사람들이 바닥에 흥건한 포도주를 밟고 지나다녀서 포도주는 마치 끈적거리는 피처럼 응고되었다. 젊은 사람들은 담배, 인스턴트 가공육, 맥주에 몰려들었다. 그들 중 한 명은 카운터에서 봉지를 가져오는 재치를 발휘했고, 다른 사람들은 마치 오랜만에 만난 친구를 대하듯이 냉동식품이 든 상자들을 한 아름 잽싸게 들었다. 학생들은 물건에 욕심을 낸다기보다는 이런 경험의 스릴을 맛보고 싶어 했다. 두 명의 수녀는 문을 향해 뒤로 물러서 있었다. 처음에 노인들은 포도주로 얼룩진 바닥에 풀을 붙인 것처럼 가만히 서 있었다. 그러는 사이 바텐더 스탠리 하퍼가 소리쳤다. "저 사람이 무료라고 말했어요. 다 같이 들었잖아요." 그는 잠시 침묵을 지켰다. "당신이 금방 무료라고 하지 않았나요?" 그는 가게 주인에게 외쳤다.

"무료라고 했죠"라고 대답하는 그린의 관자놀이가 마구 뛰었다.

환호가 터져 나왔다. 노인들은 마치 평생 숨겨왔던 욕망에 자신의 눈과 팔이 조종당하는 것처럼 눈에 띄는 대로 물건들을 움켜쥐기 시작했다. 그들은 화장실 휴지, 냉동식품, 피클, 정어리, 건포도, 전분, 수프 통조림, 참치 캔, 연어 캔, 향신료, 잘라놓은 닭고기, 올리브 오일을 마구잡이로 챙기기 시작했다. 레스터 존스는 상추 몇 포기를 챙기고 있었다. 그사이 그의 아내는 다른 진열대 통로에서 남편에게 작은 물품들을 빠뜨렸다고 소리치며 음식 코너에 집중적으로 달려들었다. 그녀는 수입 정어리, 밀 크래커, 설탕에 절인 피클, 청어, 멸치, 수입 올리브, 프랑스식 와플, 다른 가게의 재고인데 실수로 가져온, 반쯤 녹슨 오래된 파테^{고기를 갈아 반죽한 다음 끓인 프랑스 요리} 통조림에 열을 올렸다. 다른 사람들은 세제, 햄, 초콜릿 시리얼, 생닭,

볼로냐 파이, 찌그러진 축구공 같은 살라미 소시지, 치즈 덩어리, 하얗고 노랗게 주글주글해진 양파, 풋고추를 담았다. 페퍼로니를 목에 걸친 타이론 브라운 부인은 마치 오랫동안 찾아왔던 보물을 손에 넣어 별안간 고귀한 신분이라도 된 것 같았다. 또 다른 여성인 과부 머피 부인은 반쯤 삼킨 레몬을 입에 문 채 토마토를 가슴에 집어넣었다. 더 적극적으로 덤벼드는 사람들은 석 대의 녹슨 카트를 두고 실랑이를 벌였다. 마침내 싸움의 승리자가 된 사람들은 카트를 끌고 좁은 복도를 돌아다니면서 여섯 개들이 맥주, 설탕, 밀가루, 시럽, 화장실 세제, 설탕 바른 쿠키, 말린 자두, 사과, 토마토 주스와 같은 대용량 상품들을 휩쓸었고, 다른 사람들은 승리자의 카트를 차지하기 위해 눈에 불을 켜고 빈틈을 노렸다. 몇몇 사람들 사이에서는 주먹다짐과 육두문자가 오갔다. 식료품 가게 주인은 카운터 뒤에 서서 콧노래를 부르면서 미친 사람처럼 금전 출납기를 울려댔다.

넬슨 리드는 처음으로 가게에 들어왔지만 수녀들을 따라 빈손으로 가게를 나갔다.

반 시간도 채 지나지 않아 다른 사람들은 가게를 거덜 내고 여기저기 각기 다른 방향으로 사라져버렸다. 하지만 여전히 더 많은 사람들이 뒤늦게 와서 오늘 벌어진 이야기를 들었다. 그들은 텅 빈 진열대를 보고 욕설을 퍼부으며 물건을 챙겨 떠나가는 사람들 뒤를 끝까지 쫓았다. 어느덧 식료품 가게 주인과 사회학자만 남았다. 사회학자는 문 쪽에서 녹음기 정리 작업을 하고 있었다. 잠시 후에는 사회학자도 가버렸다.

오후 12시 10분, 그린은 카운터에 기대어 마음을 진정시키고 있었다. 근무시간에는 보통 술을 마시지 않지만, 그 포도주광이 미처 보지 못하여 포도주 진열대 밑에서 먼지를 뒤집어쓰고 있던 포도주 한 병을 따서 한 모금 마셨다. 어느 정도 진정이 된 그가 무엇을 해야 할지 생각하고 있는데, 문 쪽에서 언뜻 누가 보였다. 넬슨 리드가 문가에 서서 그를 쳐다보고 있었다.

"아무것도 없소." 해럴드 그린은 말했다. "이거 봐, 리드 씨. 남아 있는 게 없소." 그 남자는 여전히 현관에 서서 가게 쪽을 응시했다.

식료품 가게 주인은 텅 빈 가게를 가리켜 손을 흔들어 보였다. 진열대에는 상품이 하나도 남아 있지 않았다. "아무것도 없소." 그는 마치 덜떨어진 아이에게 이야기하듯이 반복했다. "가져갈 게 아무것도 없다고. 이봐, 당신. 두 번 가져가기에는 너무 늦었어. 나는 완전히 거덜 났소."

넬슨 리드는 가게 안으로 들어와 카운터 쪽으로 걸어갔다. 포도주로 얼룩진 밀가루, 상추, 빨간색, 초록색, 파란색의 상표들, 깨진 유리 조각을 지났다. 그는 카운터로 다가갔다.

"온종일," 식료품 가게 주인은 이제 신경질적이지 않게 웃을 수 있었다. "온종일 나는 한 푼도 벌지 못했소. 하루 전체가 손해였소. 이 가게도 다른 가게들과 마찬가지로 나한테서 돈을 뜯고 있다고." 그는 손해엔 관심 없다는 듯 장엄한 손짓으로 가게를 가리켜 팔을 흔들어댔다. "이제 이해하겠소?" 그는 말했다. "이제 내 입장에서 생각해보겠소? 이제 여기에는 아무것도 없소. 이봐요, 리드 씨. 내 입장이 되어보는 것도 그다지 나쁘지는 않잖소?"

"그린 씨." 넬슨 리드는 차갑게 말했다. "오늘 아침에 집사람이 여기서 빵 한 덩어리를 샀소. 돈을 내는 것을 깜빡했더군. 그래서 내가 여기 돈을 지불하러 왔소."

"오." 식료품 가게 주인은 말했다.

"갈색 빵이었던 것 같은데, 흰 빵보다 비싸지 않소?"

두 사람은 서로 얼굴을 돌려 주위를 둘러보았지만 가게에서는 아무것도 볼 수 없었다.

"내 가게에서는 비싸지." 그린은 말했다. 그린은 아주 태연하게 평소 하듯이 금전 출납기를 두드렸다. 55센트였다.

넬슨 리드가 1달러를 내밀었다.

"2센트 세금 추가요." 식료품 가게 주인이 말했다.

그 남자는 지폐를 내밀었다.

"결국에는," 해럴드 그린이 말했다. "우리 모두는 말이야, 결국에는 리드 씨, 정부에 빚을 지고 있는 셈이오."

그린은 다시 한 번 금전 출납기를 두드렸다. 이제는 57센트였다.

리드는 1달러를 내밀었다.

이 도시에는 충분해

독일 종파는 리디머^{구세주 혹은 예수 그리스도를 지칭}의 친구들 종파
와 다르다. 독일 종파는 찾아올 때면 멋쩍어한다. 하지만 리디
머의 친구들은 마치 엄청난 비밀을 지닌 듯 독선적이고 잘난
체한다. 그들도 자신이 거만하다는 것을 잘 알고 있다. 독일 종
파도 겸손해 보이지만 자세히 들여다보면 가식적인 걸 알 수
있다. 그들은 복음주의자^{대체적으로 개신교를 일컬으나 영어권에서 복음주의}
^{용어는 개신교 전체보다는 협의의 복음주의, 보수적 개신교 사상을 지칭한다}처럼 말
하지만, 대부분의 루터파^{종교개혁을 이끌었던 마틴 루터를 추종하는 기독교의}
^{한 종파}처럼 단어 선택에 신중하다. 천주교도들은 요즘 오지 않
는다. 나는 지난 몇 년 동안 모르몬교도와 이야기해본 적이 없
다. 하지만 유대교 사람들은 이 지역에 넘쳐난다. 그들이 돌아
다니는 걸 보게 된다면 그날은 토요일이다. 이슬람교도들은

목요일에 생선을 팔기 위해서 온다.

　나는 잡지를 살 때마다 가게 카운터 뒤편에 있는 젊은이와 그 젊은이가 믿는 새로운 종교에 대해 이야기한다. 그는 크고 맑은 눈을 가지고 있고 텔레비전에 나옴 직한 미소를 짓는다. 그는 종교 이야기를 할 때 항상 "그분이 말씀하시길"이라고 시작한다. 여기서 그분은 어떤 개인적 신화를 가지고 있는 나이가 지긋한 동부 인디언이다. 그분은 수염을 기르지 않는다. 그 젊은이는 제자들이 그분에 관해 적어놓은 전단지를 나에게 준다. 전단지의 글은 열광적이다. 그분은 항상 환하게 웃는 모습으로 그려진다. 나는 언제나 마다하지 않고 전단지를 받는다. 왜냐하면 관심 있는 척해야 절대 사서는 보지 않을 잡지를 가게에서 어슬렁거리며 읽을 수 있기 때문이다.

　"이 머리기사를 좀 봐요." 나는 몇 번 그 젊은이에게 말을 붙여본 적이 있다. "요즘처럼 어지러운 때가 있었어요?" 그는 내가 떠보는 것에 절대 응하지 않는다. 그는 마치 약에 취한 사람처럼 항상 즐거운 듯 딴전을 피운다. 한번은 그가 그분이 에티오피아, 실론 섬, 아니면 카리브 해의 어떤 섬에서 사업을 시작하려는 야망을 가지고 있다고 나에게 은밀히 이야기해주었다. 그 젊은이가 말하길, 모든 제자는 그분의 말씀이 떨어지면 어떤 행동이라도 한다고 한다. 그는 내가 집회에 참석하기를 바라는 것 같다. 하지만 나는 이미 예전부터 온갖 모습들을 다 봐왔다. 나는 그에게 그 말은 하지 않고, 그 젊은이가 있는 가게에 너무 자주 가지 않기로 한다.

이 도시에는 충분해

이슬람교도들은 훌륭한 제빵업자로 변해갔다. 종업원들은 점점 그들이 일하는 빵집 건너편에 있는 은행의 중역들을 닮아간다. 나는 아침마다 그 빵집에 들러 카운터에 서 있는 아가씨한테서 치즈 대니시 빵을 사는 걸 좋아한다. 그녀는 아름답다. 그녀는 걱정 하나 없이 내면의 평화를 지니고 있는 것 같다. 나는 푸르고 긴 드레스를 입은 그녀의 자태를 좋아한다. 매일 아침 그녀의 자태를 보고 싶다고 무척이나 말하고 싶었지만, 이야기를 시작하려고 할 때마다 그녀가 나를 개종시키려고 드는 바람에 분위기를 망치고 만다. "당신은 그냥 흑인이 아니에요." 그녀는 나에게 털어놓는다. "우리는 물론 그걸 잘 알죠. 그래도 진실은 세상에 알려야죠. 당신은 무함마드가 사랑했던 사람, 기도 시각을 알리고 많은 사람들의 존경을 받던 바일라리아의 자손이에요." 그녀는 평화로운 표정으로 나에게 미소를 보낸다. "이제 당신은 진실을 알게 된 거예요." 그녀가 나에게 말한다. "당신은 복종해야 해요."

이럴 때면 나는 푸른색 드레스에 감추어진 그녀의 몸에 대해 정말 한마디 하고 싶어진다. 하지만 나는 항상 치즈 대니시 빵을 사는 걸로 만족하고 자리를 뜬다.

요즘 나는 사랑에 대해 간단명료하게 정의 내려보려고 합니다.

우리 집에 온 그 독일 종파는 억센 억양으로 말한다. 그 억양 때문에 나는 그들을 집에 들이고 싶지 않다. 그들은 여행객

일 수도 있다. 그냥 가라고 하면 무시당했다고 생각하고 갈까 봐 나는 그들의 노크에 응해준다.

"노크를 하기 위해 이 나라에 온 건 아니죠?" 나는 그들의 영어 실력을 알아보기 위해 질문한다. 하지만 내 말이 그들이 알아듣기에 너무 빨랐거나 아니면 그들의 행동이 내 말보다 빨랐나 보다. 그들은 머저리로 취급당하는 것을 용납하지 않는다. 금발의 젊은 남자는 그들이 떠받드는 예언가에 대해 이야기한다. 그는 판에 박힌 방법으로 설교한다. "유색인종들한 테는 우리가 가장 성공했죠." 그는 말한다. "그렇다마다요." 나는 그에게 말한다. "대부분의 사람들이 가지고 있어요." 그 남자는 내 말을 완벽하게 이해하지 못한다. 그 남자는 동료를 몰래 쳐다본다. 염치없고 노골적으로 보이고 나이가 들어 보이는 회색 눈의 여인은 수녀처럼 확고부동한 태도를 취한다. "그가 말하는 것은," 그녀는 또렷하고 정확한 영어로 말한다. "유색인종이 이 세상에서 우리를 가장 먼저 받아들이거나 가장 먼저 거부하는 사람이라는 뜻이랍니다." 두 사람 모두 나를 바라보면서 내가 누군지 스스로 드러내기를 기다리고 있다. 구석으로 물러서서 그들의 시선을 피하는 것 이외에는 내게 다른 방법이 없다. "당신들 돈은 어디서 난 거죠?" 나는 그들에게 묻는다. "누가 당신들의 운영자금을 대주죠?"

그들은 가버린다.

최소한 리디머의 친구들은 좀 더 직설적이다. 그들에게 성서에 언급되지 않은 것은 전부 사이비다. 그들의 신은 신비로운 존재가 아니다. 그 신은 이미 무엇을 행할 것인지 말했다. 천년왕국을 꾸준히 만들어가는 목수인 그 신은 미리 준비하는 사람을 놀라게 하지 않는다. 그의 신도들은 이 사실을 진심으로 믿고 있다. 나는 그런 점에서 그들을 존중한다. 하지만 놀리고 싶은 마음이 생긴다.

"내가 어디서 읽었는데요." 나는 두 번이나 방문한 젊은 목사에게 말한다. "당신 종파는 특히 현실 세계의 경쟁에서 강인함이 부족한 사람들에게 영합한다고 말이죠. 당신네는 탐욕을 죄라고 본다던데요."

검은 양복을 입은 젊은 목사는 재빨리 성서의 한 구절을 펼친다. 그는 방을 건너와 내 눈 앞에 성서를 갖다 댄다. 그는 하얀 손가락으로 붉게 인쇄된 한 구절을 가볍게 두드린다. 내가 소리 내어 읽는 동안 그는 밖으로 소리 내지 않고 구절들을 암송한다.

"사실일지도 모르죠." 나는 다 읽고 나서 말한다. "나는 탐욕의 결과에 대해서는 개인적으로 논쟁할 거리가 없다고 봐요. 하지만 순수하게 실질적인 면에서 볼 때 나는 한때 악이라고 여겼던 것들에 동조해왔어요. 나는 이제 악에도 나름의 권리가 있고 우리는 그것에 대해 의무가 있다고 생각해요." 그 젊은 목사는 진저리를 친다. "이 사실을 거부하는 것은 나에겐," 나는 그의 거만한 표정에도 불구하고 계속한다. "본질적으로 더욱더 교묘한 형태의 악이라고 생각해요. 선행이 종종 악행만큼이나 꼴사나울 수 있다는 것을 경계해야 해요. 둘 다이 세상을 더한 불구로 만들고 있죠."

우리는 이 점에 대해 토론한다. 창백한 젊은 목사는 성서에서 붉게 혹은 검게 인쇄된 다른 구절들을 펼친다. 나는 납득이 되지 않는다. 그는 나의 배경에 대해 자세히 물어본다. 나는 아무 말 하지 않는다. 그는 현세에 대해 비통하게 이야기한다. 나는 아무런 대답을 하지 않는다. 결국 그는 나에게 이 세상의 피조물과, 자연과 조화를 이루며 살고 있는 피조물들의 그림을 보여준다. 행복해 보이는 한 남자가 하얀 비둘기 한 마리를 손가락 위에 올려놓고 있다. 하얀 양 한 마리 까만 양 한 마리, 두 마리가 푸른 풀 위에서 즐겁게 뛰어놀고 있다. 작은 소녀 한 명이 사자의 갈기를 쓰다듬고 있다. 보랏빛 산꼭대기 위에 둥실 떠 있는 뭉게구름 뒤로 휘황찬란한 노란색 태양이 이 목가적인 풍경을 비추고 있다. 그것은 누구나 갈망하는 이미지다. "아!" 나는 다소 연극조로 소리친다. "나는 저 사자가 수컷이고 배가 부르다는 것을 알아요. 당연히 주인이 좀 전에 먹이를 주었겠죠. 이것이 바로 이 화가가 살아 있는 소녀와 행복한 사자를 그릴 수 있었던 이유죠."

독일 종파처럼 이 젊은 목사도 우리 집을 떠나고 만다.

사랑은 어떤 목적을 위해 사람의 지성을 유보시킬 수 있는 능력임에 틀림없다고 생각합니다. 고로 사랑의 밑바탕에는 상상이 깔려 있습니다. "나는 나야"라고 늘 주장하는 대신 누구를 사랑한다는 것은 '존재한다'라는 동사를 정서적으로 변형한 것입니다.

이 도시에는 충분해

직감은 궁극적으로 사랑으로 이끄는 우회로 중의 일부일 뿐입니다. 이것을 누군가에게 물어볼 수 있으면 좋겠습니다.

독일 종파는 저녁 때 오지 않는 탓에 개종 가능성이 가장 높은 사람들을 놓치고 만다. 이 동네에서는 낮에 나이 든 사람들만 집에 있다. 그들은 텔레비전으로 성찬식을 보는 시간을 방해받기 싫어한다. 그들은 문을 열어주지 않을 것이다. 게다가 그들 대부분은 낮에 술을 마신다. 그들이 가장 절망할 때는 바로 텔레비전 뉴스가 끝나는 밤이다. 저녁 시간이야말로 그들이 다른 종교를 가장 잘 받아들일 수 있는 시간이다. 스케줄에 맞춰 사는 독일 종파는 고집스럽게도 초저녁 뉴스가 시작하기 직전인 오후 늦게 방문한다. 나는 그들을 집에 들이는 몇 안 되는 사람 중 하나다. 나의 환대에도 불구하고 그들은 토론 주제에 대해 준비가 안 된 상태로 온다. 그들은 개념적으로는 신앙을 가지고 있으나, 냉정한 시각에서 보면 그들의 메시지는 영혼에서 우러나온 것이 아님을 알 수 있다.

"문제는 단순해요." 수녀처럼 생긴 여자가 나에게 말한다. "우리가 서로 사랑하지 않는다는 거죠."

나는 이 점에 동의한다. 하지만 나는 그 말에 대해 분명히 규정해달라고 우긴다. 그 여자와 동료는 성서의 책장을 획획 넘기기 시작한다. 이 행동은 나를 짜증 나게 한다. 그들이 암송을 시작하기 전에 나는 말한다.

"이 세상에서 기를 펴지 못한 조숙한 젊은이가 자살을 하려고 결심해요. 그는 진심으로 사랑했던 부모, 형제자매, 연인을 앞에 두고 가슴이 아팠죠. 그는 자신이 자살한 후 그들이 맞을 슬픔을 걱정하여, 자신을 사랑했던 사람들이 그가 스스로 목숨을 끊은 것 때문에 쓸데없는 슬픔에 빠지는 것을 막기 위해 결국 그들을 죽이기로 결심했어요. 그는 어머니와 아버지, 형제자매는 죽였으나 연인에게는 똑같은 행동을 하기 전에 주저했죠. 부모가 도덕적인 사람이었던 터라 그는 난관에 빠졌고 고민을 했어요. 마침내 그는 결심했어요. 그는 사랑하는 사람들 중에서 연인만을 살린 이유에 대해 쪽지를 썼죠. 그런 다음 세상을 한 번 더 저주하고는 목매달아 죽었죠. 그가 저지른 사건은 발견되었고, 당국에서는 그 쪽지를 윤리학 교수에게 전달했어요. 교수는 쪽지를 읽고 심사숙고한 다음 젊은 남자가 조숙했다고 결론지었어요. 그는 그 젊은이가 도덕적으로 옳았다고 말했죠. 자, 이제," 나는 그 독일 종파에게 말한다. "그 젊은이가 자신의 연인을 죽이지 않은 이유를 쪽지에 뭐라고 남겼을까요? 성서는 절대 보지 말고 말해주세요."

그 독일 종파는 다시는 오지 않는다.

모퉁이 근처 식료품 가게의 주인인 아랍인 조지는 이웃에 있는 모든 여자에게 추파를 던진다. 그들 대부분은 나이가 들었다. 인플레이션 때문에 그의 유일한 수익원은 그 노인들이 팔아주는 포도주와 위스키뿐이다. 점점 백인처럼 되어가는 그는 내가 가게에 갈 때마다 나를 물고 늘어지며 나의 성격에 대해 이웃 사람들에게 떠벌린다.

이 도시에는 충분해

"이 사람은 개인적으로 아주 친한 친구죠." 그는 중요해 보이는 사람이면 누구에게나 말한다. "그는 더할 나위 없이 좋은 사람이에요. 내가 잘 알죠. 나와는 주거니 받거니 잘 통하죠. 내가 보증하는데 정말 좋은 사람이에요."

나는 미국 사람이 되어가는 조지를 도와주어야겠다는 느낌이 든다. 나 없이는 그런 변화가 힘들 거라고 생각한다. 나는 그를 좋아한다. 그는 하루에 열두 시간, 매일, 휴일에도 쉬지 않고 일한다. 그는 자신이 자파 외곽에 있는 오렌지 농장의 전 주인이었던 귀족의 아들이라고 말한다. 조지는 자파 오렌지에 대해 자랑스럽게 이야기한다. 자파 오렌지가 이 세상에서 가장 달콤하다고 말한다. 그가 아랍 사람같이 느껴질 때면 나는 그에게 코란에 대해 물어본다.

"코란은 사업하는 사람들에게 유일하게 가르침을 주는 종교지." 조지는 마치 성자처럼 팔을 먼지 낀 선반을 향해 권위 있게 뻗으며 대답한다. "코란은 당신의 어머니뿐 아니라 다른 모든 사람에게도 똑같은 값에 팔아야 한다고 가르치지. 예외가 없지, 친구. 예외가 없어! 만약 자네가 그렇게 하지 않으면 자네는 여자가 되네. 창녀가 된단 말일세. 이렇게 조롱하는 건 사람을 속인 사람에 대한 권리이지. 친구, 남자는 창녀가 되어서는 안 되네. 나는 자네에게도 팔고 내 어머니에게도 파네. 같은 가격에. 친구, 같은 가격에 말일세."

그러고서 그는 언제나처럼 간사하게 미소를 짓는다. 만약 손님이 뜸한 날이었으면 정치 이야기를 했을 것이다. 나 말고 다

305

른 손님이 없는 날이었으면 나는 그 지루한 강의를 절대 다 듣지 않았을 것이다. 좀 비싸긴 하지만 도넛을 하나 사고, 코란에 대해 무엇을 배웠든지 간에 그 가게를 빠져나온다. 하지만 나는 사랑에 대해서는 새로운 것을 전혀 듣지 못하고 돌아온다.

오늘 저녁 나는 점심을 즐겨 먹는 식당에서 내가 선호하는 여종업원이 해고되었다는 소식을 듣는다. 우연히 길에서 만난 그녀가 이 소식을 나에게 전해준다. 그녀는 작년에 남편과 사별한 중년 여인이다. 만약 그녀가 점심시간에 너무 바쁘지만 않았어도 내 식탁으로 와서 이야기를 나누었을 것이다. 그녀는 이렇게 말했다. "식사가 입맛에 맞아요?" 이 말은 젊지도 않고 뽐낼 미모도 없는 그녀가 그것을 보완하기 위해 펼치는 처세술임이 틀림없다. 그녀는 가게의 주인인 그리스인이 임금이 싼 젊은 여자를 채용하기 위해 그녀를 해고했다고 말한다. 그 그리스인은 그녀가 사이드 워크_{식당 개시 전후 테이블 등을 차리고 치우는 일}를 하지 않기 때문이라고 이유를 댔다.

"하지만 진실은 그렇지 않아요." 그녀는 나에게 말한다. "그거 몰랐죠? 나는 사이드 워크를 했어요. G 씨는 이제 더 젊은 여자를 채용할 수 있겠다고 말했을 뿐이고요."

그녀가 들려준 이야기 중에서 최악은 그 그리스인이 그녀가 실업수당을 받는 것을 방해했다는 것이다. 이것은 악랄한 수법이지만, 나는 그 그리스인의 입장을 모르는 바 아니다. 자존심에 상처를 입히는 사람은 반드시 파멸하거나 최소한 혹독하게 모욕을 당해야 한다. 만약 그렇지 않고 무탈하게 산다면, 벌어져 있는 상처 사이로 반드시 종기가 곪아 터질 것이다. 치유되리라 상상하면서 상처를 어루만지다가 불가피하게 복수를 생각하기에 이른다. 나는 해고된 종업원의 고통을 동정하면서도 G 씨의 교활함에 박수를 보낸다.

"나는 이렇게 할 거예요." 나는 말한다. "당신을 위해 어떤 관료제 앞에서라도 증언할 거예요. 나는 그 식당에 일주일에 몇 번씩 갔어요. 언제나 열심히 일하는 당신을 보았죠. 나는 당신이 게으르지 않다는 것을 알고 있어요. 나같이 행동할 용의가 있는 손님들이 또 있을 거라고 믿어요. G 씨가 우리 모두를 한꺼번에 거짓말쟁이라고 말할 수는 없겠죠."

종업원이었던 여자는 마냥 즐거워한다. "신은 우리 편이에요"라고 그녀는 나에게 말한다. "우리는 질 수가 없어요. 당신이 말한 대로 신이 우리 편인데 어떻게 우리가 지겠어요?" 그녀는 내 이름과 전화번호를 적기 위해 지갑을 연다. 기도서가 천 가방에서 거의 흘러내리려 한다. "아세요?" 그녀는 기도서로 내 이목을 끈다. "전 기도 집회에 가는 길이었어요. 신이 당신을 저에게 보낸 거라고요."

나의 호의가 왜곡되었다는 사실이 내 마음을 건드리고 불쾌하게 한다. "신은 그런 일을 하지 않았어요." 나는 대꾸한다. "사실 나는 변비가 있어서 운동 삼아 산책을 하기로 했어요. 변비는 늘 그렇듯이 멕시코 음식을 너무 많이 먹어서 생긴 거죠. 그 많은 기적 중에서 신이 콩을 되튀기는 과정에 관여했다고 당신이 증명할 수만 있다면, 나는 그것이 신과 필연적인 인과관계가 있다고 받아들이겠어요." 하지만 나는 그녀가 사물을 명확히 보게끔 관점을 돌리지 못한다. 그녀는 다른 관점을 고집한다. 나는 결국에는 포기하고 이름과 전화번호를 내주고 간다.

사랑은 자아로부터, 가장 안전하고 비밀스러운 장소로부터 나와야 합니다. 신은 단지 이런 발산이 일어날 수 있는 가장 비밀스러운 공간일 뿐입니다.

리디머의 친구들은 영혼의 문제에 관한 한 쉽게 포기하지 않는다. 그들은 항상 인원을 보강해서 돌아온다. 이번에 그 젊은 목사는 뚱뚱한 흑인 여자 한 명을 데리고 온다. 그녀의 피부색은 완전히 검지는 않다. 갈색 나무 탁자 위에 덧입힌 시나몬 색깔이다. 그녀는 트집을 잡을 듯이 내 거실에 있는 책, 신문, 위스키 잔에 눈길을 던진다. 그녀의 태도에는 남부 사람에게서나 볼 수 있는 권위가 있다.

"여기서 이걸 말하겠어요." 그녀는 강한 신념을 가지고 말한다. "이건 또한 상식이기도 하죠. 만약 다른 종교가 사이비라고 인정하고 리디머 종파가 예수님이 완벽하다는 것을 증명한다면, 그의 율법 아래에 있는 신권 국가를 믿는 것이 더 안전한 것 아닌가요?"

그녀는 강압적인 여자다. 그녀에게는 그녀의 말을 따르게 만드는 무엇이 있다. 유령처럼 창백한 목사는 이 점에 의지하고 있다. 그는 내 소파에 앉아 무릎 위에 성서를 올려놓고 머리를 경건하게 숙인다. 내가 자제하고 있음에도 내 안에 있는 모성 욕구가 모성애 가득한 그녀의 목소리에 반응하는 것을 다 안다는 듯이 그는 미소를 짓고 있다. 목사는 이 사실에 목매달고 있다. 부끄럽지만 나도 그렇다는 걸 알고 있다. 그가 말한다.

"전에 말하지는 않았지만 한때 나도 악마학을 연구했어요."

"그게 뭐죠?" 나는 그에게 묻는다.

"악마를 숭배하는 것이죠!"

그 뚱뚱한 여자는 젊은 동료를 엄하게 쏘아보았지만 보호하는 투로 말한다. "화 있을진저." 그녀는 읊조린다. "외식하는 서기관과 바리새인들이여! 너희는 교인 하나를 얻기 위하여 바다와 육지를 두루 다니다가 생기면 너희보다 배나 더 지옥 자식이 되게 하는도다."^{마태복음 23:15}

젊은 목사는 머리를 더 아래로 숙이고 참회하는 것 같다. 그의 믿음이 그녀만큼 아직 강하지 않은 것이 분명하다. 하지만 그녀의 강한 신앙심이 나를 짜증 나게 한다. 생각할 틈을 주지 않는다. 그녀는 세속의 죄악으로 가득 찬 공간에 빠져 있는 내게 교화의 기운을 강력하게 불어넣었다.

"수녀님," 나는 의자에 앉아 있는 그녀에게 말한다. "지난 몇 개월 동안 저를 괴롭히던 질문에 대한 해답이 필요해요. 악한 사람과 선한 사람이 옆에서 서로 무릎을 꿇고 기도를 해요.

악한 사람은 사람들의 마음속에 있는 악한 마음에 대해 많이 알고 있었어요. 착한 사람은 선함에 대해 많은 것을 알고 있었고요. 둘 다 다른 사람을 지배하고 싶어 했어요. 그 방책으로 둘 다 신에게 주위 사람들의 도덕적 습관을 바꿔달라고 간청했어요. 그중 선한 자는 사람들의 영혼을 신에 대한 지식으로 채워서 선과 악을 분별할 수 있도록 해달라고 부탁했어요. 악한 자는 사람들의 영혼을 움츠러들게 하여 더 이상 이런 성가신 고상함에 대해 걱정하지 않도록 간청했어요. 신은 두 사람의 간청을 모두 듣고 대답했어요. 하지만 장난기가 발동한 신은 당신의 뜻을 행동으로 옮기면서 복잡한 계산식을 추가했어요. 그래서 선한 자는 오직 악에만 응답했고 악한 자는 선에만 응답했어요. 이것은 그들 각각의 무리에 엄청난 영향을 끼쳤어요. 왜냐하면 한때 악했던 사람은 오직 사람들 마음속에 있는 선함에 대해서만 이야기할 수 있었기 때문에 추종자들의 마음을 의심으로 혼란스럽게 했어요. 한때 선했던 사람도 마찬가지였어요. 불확실성에 대해 더 이상 참을 수 없었던 두 사람의 추종자들은 서로 단결하여 둘을 죽이기로 음모를 꾸몄어요. 두 사람이 죽임을 당하고 땅에 묻힌 다음 신은 한때 악했던 사람의 무덤에는 붉은 장미가 피어나게 했고, 한때 선했던 사람의 무덤에는 검은 장미가 피어나게 했어요. 추종자들은 이 현상을 보고 더 혼란스러워졌어요. 그 원인에 대해 서로 언쟁을 하고 싸우고 난 후에 이유가 알려졌는데, 그들은 추종자들 중에서 두 명을 뽑아 상대방을 원인으로 몰아세운

이 도시에는 충분해

다음 신에게 답을 달라고 청원했어요. 혼란스러운 두 사람은 서로 무릎을 꿇고 기도를 했어요. 이제 신은 장난할 기분이 아니었기 때문에 구경꾼 중 한 사람, 듣고 말할 수조차 없는 맹인의 마음에만 대답을 넣어주었어요. 수녀님, 당신이 가지고 있는 성서에 의지하지 않고서 말해보세요. 이 불행한 사람에게 주어진 대답은 무엇일까요? 그는 도대체 다른 사람들과 어떻게 의사소통을 해야 할까요?"

젊은 목사와 그의 보조는 내가 좀 더 좋은 기분일 때 다시 오겠다고 약속한다.

만약 어떤 사람이 '존재한다'라는 동사의 활용에 대해 지나치게 엄격하지 않다면, 존재한다는 것은 현재를 살고 있다는 뜻입니다. 사랑이란 일인칭 단수가 복수 상태로 바뀌는 바로 그 지점에서 생겨난다고 믿습니다. 내가 있고, 당신이 있고, 그가 있고, 그녀가 있고, 우리가 있습니다…… 사랑이라는 말을 하려면 그것이 자아로부터 나와야 하고, 자만심을 버려야 하고, 어쩌면 숨조차 멈출 각오가 필요할지도 모릅니다. 확장하는 사랑의 이미지는 자신의 내면에 전면적으로 들어가는 것이고, 또한 자신의 내면에서 전면적으로 벗어나는 것입니다. 어쩌면 사랑이라는 것은 누가 새로 창안하거나, 아니면 다른 문맥에서 따온 말로 표현되어야 할지 모릅니다. 내가 있고, 당신이 있고, 그가 있고, 그녀가 있고, 우리가 존재합니다…… 아니면 오직 침묵의 박동 소리, 자신이 선택한 의무를 묵묵히 받아들이는 것만이 사랑의 무게를 감당하는 최선일지 모릅니다. 내가 있고, 당신이 있고, 그가 있고, 그녀가 있고, 그들이 있습니다…….

　　내가 지금 점심을 먹는 식당은 레스터라고 불리는 중국인이 운영한다. 그는 어색한 미소를 지으며 카운터 뒤에서 빈틈없이 움직이는 키 작은 사내다. 그와 그의 아내 도리스는 하나의 팀처럼 일한다. 그가 그릴에서 요리를 하면 그녀는 카운터에서 손님을 받는다. 광대뼈가 튀어나온 도리스는 작지만 두꺼운 입술을 가진 사랑스러운 여자다. 그녀는 필요 이상으로 창의력이 풍부하다고 할 수 있는데, 일할 때면 라디오 소리에 맞춰 노래를 따라 부르는 버릇이 있다. 그녀가 좋아하는 라디오 방송국에서는 무자크상점, 식당, 공항 등에서 배경음악처럼 내보내는 음악만 틀어준다. 그녀의 입에서 가사가 술술 나온다. 그녀의 기억속에는 수천 명의 가수가 부른 모든 노래의 가사와 멋진 동작들이 저장되어 있는 것이 틀림없다. 고음인 그녀의 목소리는 흥겹고 달콤하다. 나는 그녀의 목소리를 칭찬한다. 하지만 레스터는 낯선 사람이 제 아내를 두고 아름답다고 이야기하는 것을 불편해한다. 그는 햄버거 고기를 튀길 때 억지로 미소를 짓지만 눈을 동그랗게 뜨고 카운터 주위를 두리번거린다. 그는 농담을 할 때도 불안해한다. 나는 자기 아내를 놓고 저렇게 불안해하는 중국인을 본 적이 없다. 그의 두려움을 의식해서 나는 옆에 앉아 있는 은발의 보험 영업 사원과 이야기를 시작한다. 단골손님인 그는 이 식당의 점심시간에 이 가게에 새로

온 손님들과 말을 튼다.

 "세상이 왜 초점이 안 맞는지 알아요?" 그는 말한다. "제가 그 이유를 말해주지요. 이 세상의 거물들이 우리 때문에 화가 단단히 났어요!" 그러더니 샌드위치를 접시에 내려놓으며 진지한 표정으로 말한다. "사람들은 거물이 싫어하는 일을 하고 있어요. 아마도 거물들은 더 이상 그런 것을 참지 않을 거예요. 당신 같은 사람을 고통스럽게 할 거라고요."

 레스터는 카운터 쪽을 보고 소리친다. "나는 우리 가게에 오신 손님들을 속이지 않아요. 나는 내가 받을 만한 것만 받고 누구하고나 잘 지낸다고요."

 보험 영업 사원은 웃으며 다른 사람이 듣고 있나 보려고 카운터 아래위를 훑어본다. "생각이 조금이라도 있는 사람이면, 거물들이 당신더러 아무것도 가져가지 못하게 한다는 것을 알죠. 무슨 일이 일어날지 알고 싶은 건가요? 아주 간단해요. 거물들에게 공짜 점심은 없어요." 그는 노래를 흥얼거리고 있는 도리스에게 미소를 짓느라 대화를 잠시 멈춘다. 그는 그녀에게 윙크를 한다. "하지만 그들이 비정한 것만은 아니에요." 그는 도리스에게도 나에게 이야기한 그대로 말한다. "거물들도 우리에게 자비를 베풀죠. 오, 우리가 서로를 비판하게 그대로 둘걸요. 그들은 그런 식으로 장난을 쳐요." 그는 도리스에게 다시 윙크를 하고 그다음은 나에게, 마지막에는 그릴 옆에 서 있는 레스터에게 윙크를 한다. 그는 샌드위치를 한 입 베어 물고 아무 생각 없이 씹는다. "그들은 좀 거칠기는 하지만 우리가 막

장까지 싸우도록 놔두지는 않아요. 그렇게 상황이 종료되고 시간이 지나면, 마치 우리가 공놀이라도 한 양 더 너그러워지기까지 하죠. 그들은 단지 우리에게 세상에 공짜 점심 같은 것은 없다는 사실을 가르쳐주려던 것뿐이에요!" 그는 카운터 쪽으로 부드럽게 미소 짓는다. 모두가 그를 바라보고 침묵한다. 레스터는 그릴에서 뜨거운 기름 찌꺼기를 긁어내는 데 열중하고 있다. 그는 모래놀이 상자에 빠져 있는 어린애처럼 몰두하고 있다. 보험 영업 사원은 꼼꼼히 제 입을 닦아낸다. 그는 컵 속의 물을 비운다. 그는 25센트짜리 동전을 카운터에 건네준다. 그리고 옆에 있는 우리에게 인사를 한다. 그는 "내일 같은 시간에 봅시다"라고 말하고서 나간다. 모두 잠시 말이 없다. 하지만 도리스가 무자크를 따라 흥얼거리기 시작하자 사람들이 다시 이야기하기 시작한다. 카운터를 닦다가 우연히 신나는 가락이 떠오른 그녀는 마치 아침에 지저귀는 새처럼 노래하기 시작한다. 나는 그녀에게 목소리가 예쁘다고 말하고 싶다. 나는 그녀에게 이 보험 영업 사원은 사랑에 대해 아무것도 모른다고 말하고 싶다. 하지만 나는 아무 말도 하지 않는다.

요즘 나는 좀처럼 무릎을 꿇고 경건하게 울지 않는다.

이 서점 카운터에는 한 매력적인 소녀가 일을 한다. 그녀는 전혀 예쁘지 않고 몸과 팔은 가늘고 지나칠 정도로 길지만, 얼굴에 어떤 비밀스러운 것이 있다. 나는 여기에 올 때마다 그녀의 얼굴을 유심히 살핀다. 나는 미스터리의 언저리에만 머물

다가 매번 자리를 떠나고 만다. 그녀의 얼굴은 길고 창백하고 멍하며, 뭐라고 규정하기 어렵다. 눈은 빛나지 않으며 입술 역시 어떤 것도 드러내지 않는다. 이 서점 밖에서는 누구도 그녀를 알아차리지 못한다. 하지만 여기 서점 안, 무심히 책장을 넘기는 소리만 들리는 침묵의 공간에서 그녀의 얼굴은 살아 있는 미스터리다. 나는 다른 모습을 찾기 위해 항상 다시 온다. 책장 사이를 배회하면서 그녀를 본다. 책을 읽는 척하면서 얼굴을 유심히 본다. 그녀의 생각은 다른 곳에 있는 듯하다. 금전 출납기 옆 카운터에 항상 펼쳐져 있는 것은 단테의 책이다. 그녀는 마치 외국어로 된 글을 번역이라도 하는 것처럼 간혹 입술을 움직이며 천천히 읽는다. 그녀에게는 훼방을 놓고 싶은 뭔가 평화롭고 은밀한 분위기가 있다. 내가 처음 서점에 왔을 때 나는 이것이 미스터리의 원천이라고 생각했다.

여기에 오는 다른 사람들도 같은 실수를 저질렀다. 그들은 시끄럽게 그녀의 공간을 침범한다. 그녀에게 말을 건다. 그녀는 고개를 끄덕이고 미소를 짓지만 절대 대답은 하지 않는다. 근무 중인 경찰관이 할인된 문고판 살인 미스터리 소설을 사기 위해 으스대며 걸어와 권총을 찬 엉덩이를 카운터에 기대고 선다. 그는 그녀를 쳐다보다가 가게 창문 밖의 혼잡한 길거리로 시선을 돌리며 날씨에 대해 한참 이야기한다. 그녀는 고개를 끄덕이고는 아무 말도 하지 않는다. 그 경찰은 경건해 보인다. 무거운 쇼핑백을 바닥에 내려놓은 중년 부인은 종교 서적의 재고에 대해 정중하게 물어본다. 하지만 이것은 작전일

315

뿐이다. 일단 대화에 응하기만 하면 중년 부인은 지구가 비행접시를 타고 온 외계인으로 뒤덮이는 공포에 대해 털어놓는다. 그녀는 가게 여종업원을 애원하듯 바라본다. 한 학생이 소수만 좋아하는 비전秘典을 찾으러 온다. 그는 카운터에 서서 제목들을 줄줄이 말한다. 그 학생은 서점에서 어슬렁거리며 어떤 이유에서인지 자기가 좌절하는 이유에 대해 부끄러운 줄도 모르고 혼자서 떠들어댄다. 그 소녀는 주의 깊게 듣는다. 그녀는 모두의 말에 귀를 기울인다. 하지만 그녀가 이렇게 은밀히 미소만 짓기 때문에 그들은 그녀가 듣고 있는지 확신할 수 없다. 대부분의 사람들은 그녀의 시간을 뺏은 대가로 책을 산다. 나는 카운터에 서서 그녀의 미스터리를 좀 더 가까이 조사하기 위해 책을 산다.

이번만큼은 그녀의 얼굴이 이 모든 관심의 원인이라고 확신한다. 자유롭고 활기가 넘치는 얼굴이다. 내가 다른 얼굴에서 보아왔던 어떤 맹종도 거기서는 찾아볼 수가 없다. 그녀의 미소는 완벽하게 전대미문의 것이다. 그것은 전적으로 스스로에게서 비롯한 것이다. 내가 생각할 때 그녀는 익숙한 것들로부터 어떻게 자유로울 수 있는지 알 것 같아 더 신비롭게 느껴진다. 하지만 그녀의 미소는 이런 사실조차 의식하지 않는 듯하다. 사람들은 마치 제단이나 미사 또는 성인聖人에게 다가가는 것처럼 그녀에게 접근한다. 그녀의 미소는 그들이 경계심을 풀게 한다. 이런 얼굴에서 가톨릭교도들은 자신의 내면의 힘을 끌어내야 한다. 나는 내 책을 카운터에 올려놓으면서 어떻게 그녀의 종교에 대해 질문할지 궁리한다. 하지만 바로 이 순간 한 젊은이가 문에 얼굴을 내민다. 그는 한 다리를 길가에 걸치고서 문고리에 기대 균형을 잡으며 서 있다. 그녀를 마음에 든다는 듯 쳐다보고 있다. 그가 말한다. "저기요, 내가 10분 정도 시간이 있어요. 잠깐 이야기해도 될까요?" 모욕적이었던 것은 그의 태도였지 질문이 아니었다. 소녀는 머리를 숙여 눈을 감고 속삭이듯이 이야기한다. "아니요!" 그 젊은 사람은 어깨를 으쓱하고 몸을 바로 세운 다음 문을 닫는다. 나는 돈을 카운터에 내려놓는다. 그녀가 눈을 다시 떴을 때, 그 눈은 차갑고 거리를 두는 것같이 사무적이면서도 어딘가 매우 익숙한 눈빛이다. 무언가 그녀의 마음속 깊은 곳 은신처에 도피해 있다. 그녀는 지금 이 세상에 있는 다른 모든 것처럼 내성적이고 생기가 없으며 상처받은 것 같다. 나는 서둘러 책값을 지불한다. 나는 그녀의 얼굴에서 인간 영혼의 그림자를 보았다고 말하고 싶지만, 감히 말하지 못한다.

나는…….

나는 리디머의 친구들 종파에 빠진 적이 있다고 시인한다. 그들은 영적인 문제를 추구하는 일에서 변함이 없다. 독일 종파와 달리 그들은 화를 잘 내지 않는다. 그들이 계속 찾아온다는 사실에 내가 구원받을 만한 영혼인지에 대한 의심이 사라진다. 이번에 그 뚱뚱한 흑인 여인은 창백한 목사와 함께 그들의 종파 중에서 좀 더 원숙해 보이는 다른 목사와 동행한다. 그들은 거실로 몰려와 나를 에워싼다. 늘 그렇듯이 백인 목사들은 그 흑인 여인의 뒤를 따른다. 그녀는 소파에 앉아 성서를 가지런히 무릎에 놓고 의기양양하게 미소를 짓는다. "좋아요." 그녀는 말한다. "이번에는 어떤 어리석은 것을 생각해냈죠?"

두 목사가 굶주린 고양이처럼 나를 조심스럽게 바라본다.

"간단하게 이거죠." 나는 대답한다. "자신이 상당히 분별력 있는 사람이라고 생각하는 사람이 어느 날 불편할 정도의 혜안을 가지게 된 데 고뇌하게 되었어요. 일은 이런 식으로 벌어졌죠. 출입구에서 금방 작별 인사를 마친 동료에게 할 말이 떠올라 몸을 돌리는데, 그는 동료의 얼굴에 심장이 떨릴 정도로 강한 증오가 자리 잡고 있는 것을 보았어요. 그는 동료를 항상 친구로 생각해왔기 때문에 혼란스러웠어요. 더군다나 그가 몸을 돌리는 바로 그 순간 친구가 재빨리 예전의 익숙한 모습으로 돌아왔기 때문에 더 그랬어요. 그 후 며칠 동안 이 사건이 그를 괴롭혔어요. 하지만 이것은 고통의 시작에 불과했지요. 그는 현실의 진정한 속성을 통찰하는 데 말은 별로 중요하지 않다고 생각했고, 대신 몸동작과 얼굴 표정을 관찰하고 목소리의 리듬에 귀 기울였어요. 성격이 소심한 공무원이 초인종 버튼을 능숙하게 누르는 수완이라든가, 높은 이상에 대해 떠드는 남자가 멍한 표정으로 입을 헤벌리며 짓는 미소라든가, 어금니 근처 어느 특정 부위에 힘을 모아 만들어지는 여자의 미소라든가, 구애할 때나 결혼할 때, 사랑할 때나 쓰는 말을 아무 데나 갖다 붙이는 천박한 영업 사원의 어조 같은 것 말이죠. 각각의 상황에서 사용되는 단어를 대조해보다가 그는 이 세상이 누군가에게는 존재하기에 너무 끔찍한 곳이라는 것을 알고 고통스러워했어요. 이제 그 어떤 말도 믿을 수 없기에 그는 자신의 방으로 도피했고, 심지어 자신의 이름 뒤에 숨겨진 자아에 의문을 제기했죠. 먼저 그는 세상을 조롱했어요. 그런 다음 특정한 사람들을 심하게 경멸했어요. 그는 텔레비전의 소리를 죽이고 오직 화면만 보았어요. 곧 그는 세상 전체를 증오하기 시작했어요. 그의 마음에는 증오심이 엄청나게 차올랐지요. 그는 가지고 있는 모든 힘을 복수라는 행동에 초점을 맞추었어요. 그는 상상 속에 존재하는 정체불명의 적에게 총알, 칼, 커스터드 파이, 오래되고 냄새 나는 달걀을 집어 던졌어요. 그는 밤마다 새로운 징벌의 방법을 생각하며 방을 서성거렸죠. 그는……."

뚱뚱한 여인은 다른 사람에게 말한다. "내가 당신들에게 말하지 않았나요? 그들처럼 똑같이 미친 거라고."

젊은 목사가 고개를 끄덕인다. "나도 악마학을 연구했어요." 그가 말한다. 그는 아주 슬퍼 보인다.

하지만 새로 온 목사는 손을 흔들어 그들을 침묵시킨다. 권위 있는 그 동작에 나머지 두 사람이 따른다. "나는 질문을 기다리고 있어요." 그는 나에게 말한다. 얼굴이 둥글고 붉은 그는 억지로 참으며 미소를 짓는다. 그의 행동거지는 정신병자를 다루는 법을 익힌 사람의 동작이다.

그의 얼굴에 나타난 그런 인상이 나를 짜증 나게 한다. "제 질문은……" 나는 시작한다.

"정답은," 그는 중간에 끼어든다. "진부해요. 그 사람 이야기도 오래된 거고요. 그는 내적으로 폭발하여 바닥에 들러붙은 기름 찌꺼기가 되지요. 그가 전부 불타 없어지기 전에 누구라도 와서 그에게 어떻게 지내느냐고 물어본다면 그 기름의 그을음 자국을 어떻게 처리해야 하는가가 바로 당신의 질문이지요? 이것이 당신이 하려던 질문 맞습니까?"

나는 그렇다고 대답한다.

중년의 목사는 웃으면서 소파에서 일어난다.

뚱뚱한 흑인 여자가 말한다. "내가 당신들에게 말하지 않았어요? 그들처럼 똑같이 미친 거라고."

"나도 한때 악마학 공부 좀 했죠." 창백하고 젊은 목사가 말한다.

셋은 웃으면서 떠난다.

나는 바로 화장실로 가서 거울을 다시 한 번 들여다본다.

거리에서 그들과 마주치면 나는 개인적인 이유 때문에 외면한다. 그들은 금갈색 머리를 스포츠형으로 깎은, 잡종 도둑고양이의 털처럼 너저분한 남자들이다. 그들은 피부가 축 처졌고, 햇빛을 두려워하고, 시체처럼 창백하다. 그들의 여자들은 창백하고, 출렁거릴 정도로 비만하고, 언제나 더 많은 공간이 필요하다는 듯 살들이 밖으로 삐져나오려고 한다. 그들의 머리는 봄 해동기가 지나도록 내버려둔 겨울 밀처럼 담황색을 띤 금발이며 지저분하기 짝이 없다. 그들의 작은 코는 적을 감지라도 하는 것처럼 킁킁거린다. 가늘고 잔주름이 잡힌 그들의 입술은 금방이라도 비열한 짓을 할 것 같다. 나는 그들이 사악하다는 것을 알고 있으며, 지금 그들은 애절할 정도로 가난하고 절망적이다. 나는 그들의 세세한 점까지 다 알고 있다. 하지만 다른 장소, 다른 시간대라면 그들은 나를 위해 존재하지 않을 것이다.

여기 레스터가 운영하는 식당의 점심 카운터에서 도리스가 노래를 흥얼거리고 레스터가 지방유로 튀김을 만들 때, 나는 우리 사이에 놓인 많은 접시 너머 어지러운 카운터에 있는 그들을 본다. 한 남자와 두 여자, 세 사람 모두를 본다. 남자는 뚱뚱하고 살이 축 늘어졌으며, 우중충하고 물 빠진 노동자용 면바지를 입고 있다. 여자들은 싸구려 잡화점 천으로 만든 기이한 옷을 입고 있다. 그들은 레스터의 다른 손님들과 달리 촌스럽게 번지르르하고 비현실적이다. 그들에게서 그로테스크한 분위기가 느껴진다. 하지만 도리스가 노래를 흥얼거리며 그들에게 지글거리는 햄버거, 부드러운 상추, 기름기가 좔좔 흐르는 튀김을 가져올 때, 나는 그들이 아름다운 여인을 바라보듯 음식을 바라보는 것을 본다. 나는 그들이 빨갛고 노란 양념통, 콜라가 담긴 플라스틱 컵, 김이 나는 접시를 앞에 두고 일제히 고개를 숙이며 눈을 감는 것을 본다. 그것은 반사적으로 나오는 지극히 개인적이고 자연스러운 동작이라 나도 그들처럼 여기가 공공장소라는 것을 잊는다. 무언가 내 안에 꽉 막혔던 것이 확 트이는 느낌이다. 그러나 나는 내가 느끼는 것이 사랑이라는 생각이 덜컥 들어 고개를 돌리고 만다.

당신은…….

나는 이제 사랑에 대해 말할 수 있을 것 같다.

이 도시에는 충분해

그럴듯한 이야기

●

　살인 재판정에서 피고 로버트 L. 찰스는 국선 변호사가 변론을 펼치는 사흘 내내 침묵을 지켰으나, 변호사가 최종 변론을 하는 도중에 갑자기 벌떡 일어나 배심원을 노려보았다.

　"그건 사고가 아닙죠." 그는 차분한 목소리로 배심원에게 말했다. "저는 그때 총알 아홉 개와 그 빌어먹을 총을 가지고 있었습죠. 배심원 선생님, 제가 원통한 것은 그 자식에게 여섯 발밖에 쏘지 못하고 총이 망가져버린 겁죠."

　이렇게 스스로 자신의 운명을 결정지어버린 채 피고는 자리에 앉았다.

　피고 측 변호사가 피고를 책망하는 소리 외에는 재판정에는 아무 소리도 들리지 않았다. 판사는 급히 배심원을 해산시키고 변호사, 검사, 법원 속기사에게 판사석으로 오라고 손짓했다. 변호사가 격하게 항의하는 것을 못 본 체하며 피고는 여전히 자리에 앉아 있었다. 보조 지방 검사, 말쑥하게 차려입은 예비 지방 검사, 법원 속기사, 못마땅해하는 피고 측 변호인까지 모두 판사 앞에서 쩔쩔맸지만, 로버트 찰스만은 무표정하게 자리에 계속 앉아 있었다. 그는 앞을 보는 것도 아니고 뒤를 보는 것도 아니고, 그렇다고 오른쪽이나 왼쪽을 보는 것도 아니었다. 그의 눈은 초점이 없었다. 그는 어떤 운명이 자신에게 닥치더라도 받아들이겠다는 듯이 보였다.

판사는 곤란한 처지에 빠졌다. 이런 법정 소란을 다루는 규정은 없었다. 그렇다고 배심원의 기억을 지울 수 있는 것도 아니었다. 재판을 계속 진행할 수도 없었다. 지방 검사, 피고 측 변호사, 판사는 법정 소란이 피고 측 최종 변론 시에 일어났기 때문에 결국 이전의 재판 기록으로 시시비비를 판단하기로 합의했다. 그리하여 피고가 법정에서 피운 소란에 무게를 두지 않고 이전 재판 기록에 근거하여 정의의 저울을 피고의 반대편으로 기울일지 말지를 결정하게 되었다. 이 불행한 결정은 판사의 몫으로 남겨졌다. 사려 깊고 고통을 감내할 줄 아는 그는 임시 휴정을 선언해 배심원을 해산시킨 다음, 법원 사환이 전달해준 재판 서류 뭉치를 모두 가지고 자신의 사무실로 돌아갔다. 그는 속기사에게 가능한 한 빨리 최근 재판 증언 기록 사본을 만들라고 지시했다. 그런 다음 초록색 카펫이 깔려 있고 책이 빽빽이 줄지어 있는 사무실에서 사건 기록을 서둘러 읽었다.

그것은 누가 봐도 명백한 사건이었다. 피고 로버트 리 찰스는 197X년 6월 12일 오후에 13년 동안 자신의 고용주였던 프랭크 존슨에게 총격을 가한 혐의로 피소되었다. 실제 총격 장면을 목격한 사람은 없지만, 피해자의 다른 직원인 수리공 제드 존스가 여섯 발의 총성을 듣고 사무실로 뛰어 들어갔고, 피해자의 사체에 몸을 숙이고 있던 찰스를 목격했다. 그때까지 그는 연기 나는 총을 왼손에 쥐고 있었다. 존스의 증언에 따르면, 찰스는 오른손으로 피해자의 입속에 총알을 쑤셔 넣고 있었다고 한다. 체포 과정에서 찰스는 경찰관에 반항하지 않았다. 그는 경찰이 올 때까지 조용히 사무실에서 기다리고 있었다. 사전 심리에서 그는 불항쟁不抗爭유죄를 인정하는 것은 아니나 더 이상의 법정 다툼을 하고 싶지 않다는 의사를 표현하는 소극적 항쟁의 답변을 청원해 그다음부터는 계속 침묵을 지켰고, 변호사는 배심원들에게 정상참작을 주장해 과실치사의 경우 사형보다는 종신형을 받는 것이 주州 법정에서는 당연한 것이라고 설득했다. 그 논거를 제시한 덕택에 피고 측 변호사는 찰스가 주에서 새로이, 신중하게 제정한 사형 집행법의 첫 번째 사형 집행수가 되는 것을 용케 막아왔다. 하지만 변호사를 과신해서 그랬는지 아니면 제정신이 아니었는지 그는 법정에서 내뱉은 자신의 증언으로 말미암아 죽음을 자초하기에 이르렀다.

판사는 지난 3일 동안의 법정 기록을 훑어보았다. 그는 피고를 체포한 로이드 사이언 경관의 증언 부분을 자세히 읽었다.

린든베리 검사 사이언 경관님, 체포 당시 피해자의 사무실에 들어왔을 때 어떤 상황이었습니까?

사이언 경관 존슨 씨는 피를 흥건하게 흘린 채 책상 옆 사무실 바닥에 쓰러져 있었습니다. 피고(저쪽에 앉아 있는 로버트 찰스를 가리키며)는 총을 쥐고 책상 위에 앉아 있었죠. 존스 씨는 피고가 도망치는 것을 막으려고 했는지 문 옆에 서 있었고요.

린든베리 검사 증인이 사무실로 들어갔을 때 피고는 무엇을 하고 있었습니까?

사이언 경관 아무것도 안 했죠. 사실 제가 이미 총을 빼들고 있었기 때문에 그가 할 수 있는 것은 거의 없었습니다. 저는 그에게 총을 내려놓으라고 했죠. 그는 그렇게 했고요. 그런 다음 그에게 수갑을 채웠습니다.

린든베리 검사 그가 뭐라고 말했습니까?

사이언 경관 아니요, 그는 아무 말도 하지 않았습니다. 그는 피해자의 사체가 있는 바닥 근처에 총을 내던졌죠. 저항하려는 의지는 없었어요. 저는 아무 말도 하지 않은 채 그를 바닥에 엎드리게 했습니다. 아무 결투 없이 말이죠.

린든베리 검사 사이언 경관님, 피고를 체포할 당시 피해자의 사체는 어떤 상태였습니까?

사이언 경관	복부에 세 발, 흉부에 두 발, 오른쪽 팔에 한 발, 총 여섯 발의 총알을 맞았습니다. 그리고 또…….
그랜트 변호사	이의 있습니다.
판사	근거가 뭡니까?
그랜트 변호사	검사와 사이언 경관은 이미 피해자 존슨이 사망한 것을 확인했습니다. 피고 역시 피해자에게 총격을 가한 것을 부정하지 않았고요.
린든베리 검사	판사님, 사이언 경관이 진술할 내용에 배심원들이 관심을 가질 거라고 생각합니다. 증언을 계속하게 해주십시오.
그랜트 변호사	판사님, 검사와 같이 판사석으로 가도 되겠습니까?
판사	그렇게 하세요.

$$\vdots$$

린든베리 검사	사이언 경관님, 당신의 사건 기록에 따르면 피고는 체포 당시 술에 취해 있었습니까?
사이언 경관	아닙니다.
그랜트 변호사	질문 없습니다.

총격 이후 처음으로 사건 현장인 사무실에 들어온 제드 존

스의 증언 기록에는 이렇게 적혀 있다.

린든베리 검사	로저스의 자동차 정비소에서 얼마나 오랫동안 일했습니까?
존스	10년 되었습니다.
린든베리 검사	당신이 취직했을 당시 피고가 근무하고 있었습니까?
존스	네, 검사님.
린든베리 검사	피고는 몇 년이나 근무했습니까?
존스	제가 오기 전을 물어보시는 건가요?
린든베리 검사	그렇습니다.
존스	2년 아니면 3년이죠. 3년에 더 가깝습니다.
린든베리 검사	증인이 취직했을 때, 피고는 상대하기 어려운 사람이었습니까?
그랜트 변호사	이의 있습니다.
판사	인정합니다.
린든베리 검사	증인은 피고와 잘 지내는 사이였습니까?
존스	우리는 잘 지냈어요. 그래도 친구가 될 정도는 절대 아니었죠.
린든베리 검사	이유가 뭡니까?
그랜트 변호사	이의 있습니다.
판사	검사는 맥락을 가지고 질문하는 겁니까?
린든베리 검사	그렇습니다, 판사님. 본인은 다른 부수적 사

	항과 관련해 이 증인의 성격에 대해 밝히려고 합니다.
판사	계속하세요.
린든베리 검사	그러면 증인과 피고 찰스는 인종이 달라서 친구가 되지 못한 겁니까?
존스	아니요, 저는 거의 대부분의 사람들과 잘 지냈습니다. 다른 흑인 몇 명과는 맥주를 같이 마시는 사이예요……. 로저스의 자동차 정비소에서 일하는 흑인들이죠. 서로 집에 찾아가거나 뭐, 그 정도는 아니었습니다만, 우리는 잘 지냈어요. 하지만 밥은 달랐죠.
린든베리 검사	증인이 말하는 밥은 피고 로버트 리 찰스로군요. 증인 생각에 피고는 뭐가 달랐습니까?
존스	그는 다른 사람들처럼 농담 따위를 하는 일이 전혀 없었죠. 그건 좀 설명하기 어려워요. 그는 항상 구석에 처박혀 걸레질이나 하고 그랬어요. 저하고만 그런 게 아니었죠. 밥은 다른 흑인과도 잘 어울리지 않았어요. 정말 재미없는 사람이었어요. 그래서 다른 흑인들에게도 신경 쓰이는 존재였죠.
린든베리 검사	증인은 그 사실을 어떻게 알았습니까?
그랜트 변호사	이의 있습니다.
판사	인정합니다.

린든베리 검사	증인은 개인적으로 피고에 대해서 어떻게 기억하고 있습니까?
존스	항상 구석에서 부루퉁하게 있었어요. 그래도 일은 잘했고, 최고였죠. 하지만 일할 때는 꼭 기계 같았고, 늘 다른 생각을 하고 있는 것 같았어요. 한두 번 친해보려고 했지만 그렇게 가까워지지는 못했죠. 나중에는 그만 포기하고 말았어요. 개인적으로 저한테 해가 될 말은 전혀 하지 않았지만, 그는 차갑고 사무적이었어요. 그는 외톨이였죠…….
린든베리 검사	피고와 피해자 프랭크 존슨 씨의 불화에 대해 기억나는 것을 증언해주겠습니까?
존스	지금으로부터 8년 전에, 그러니까 제가 로저스 씨 정비소에 취직한 지 2년째 되는 해에 그걸 처음으로 알아챘죠. 그때는 한창 외제 차들이 넘쳐날 때였습니다. 근처의 모든 자동차 정비소에서 외제 차 사업을 하려고 난리였죠. 연비 좋은 일본 차를 다룰 수 있는 정비공은 거의 없을 때였어요. 우리 대부분은 디트로이트에서 자랐습니다. 그런데 밥은 새로운 자동차 모델에 손댈 수 있는 몇 안 되는 정비공 중 하나였어요. 아마 집에서 혼자 공부하거나 뭐 그랬던 게 틀림없어요. 하여

간 어느 날 아침에 그 사무실에 와서 혼합 윤활유를 만들었는데, 글쎄 그 윤활유가 신형 자동차의 밸브와 피스톤 수명을 몇 년 늘릴 거라고 하더군요. 그 윤활유 제조 비법 덕택에 이제는 사무실에서 일하게 될 거라고 말했어요. 아무한테도 그 제조 비법을 말하지 않겠다고 했지만, 존슨 씨에게는 벌써 속속들이 다 말해버렸다는 것을 알았죠.

린든베리 검사 이런 사실을 어떻게 알게 되었습니까?

존스 존슨 영감탱이가, 아니 존슨 씨죠, 이렇게 이야기를 했기 때문이에요. "바비 리가 미쳤나 봐. 욕실 세제를 무슨 기적의 약물로 생각한다니까. 시골 장터 약장수처럼 말이야. 그런 헛소리를 지껄이는 사람을 사무실로 보내서 골치 아프게 할 이유는 전혀 없지." 존슨 씨가 아무렇지 않게 이야기했던 것을 기억하고 있어요.

린든베리 검사 그것 말고 존슨 씨가 또 증인에 관해 말한 것이 있습니까?

존스 한 달 정도 지나서 화장실에서 이렇게 이야기했어요. "밥이 나를 위협하더군, 제드. 밥이 떠들어대는 제조 비법은 말도 안 되는 건데, 나 때문에 그걸 잃어버렸다나 어쨌다나 불평하더군" 하고요.

린든베리 검사   존슨 씨가 뭐라고 말했는지 배심원들이 들을 수 있게 다시 증언해주겠습니까?

존스   존슨 씨는 사무실 직원들이 밥의 제조 비법에 퇴짜를 놓았고, 밥이 그것 때문에 자기를 욕했다고 했어요. 존슨 씨는 "제드, 밥이 나에게 겁을 줬어. 밥의 제조 비법은 엉터리야. 내가 사무실 직원들이 그 비법을 싫어하게 만들었다고 생각하더군"이라고 말했어요.

린든베리 검사   증인 생각에는 피고가 그 일 이후에 존슨 씨에게 거칠게 굴었다고 생각합니까?

존스   그래요, 검사님. 분명히 그랬다고 생각해요.

린든베리 검사   증인은 어떤 식으로 그런 태도를 나타냈는지 보았습니까?

⋮

그랜트 변호사   질문 없습니다, 판사님.

판사는 비서를 불러 커피와 파머치즈 샌드위치를 가져오게 했다. 그런 다음 계속해서 재판 기록을 들여다보았다. 정오가 막 지나고 있을 때였고, 오후 3시에 판사 회의가 예정되어 있었다. 비서가 점심과 추가 재판 기록을 가져왔을 때, 판사는 로저스 자동차 정비소의 소유주인 오리온 W. 로저스 씨의 직접 심문을 읽고 있었다.

린든베리 검사	자, 로저스 씨, 증인은 전 종업원인 프랭크 존슨의 성격에 대해 어떻게 생각하십니까?
로저스	그는 세상 사람 모두를 사랑하는 따뜻한 마음을 가진 사람이지요.
린든베리 검사	피해자가 얼마 동안 증인의 회사에서 일했습니까?
로저스	프랭크는 저의 초기 종업원 중 한 명입니다. 내가 처음으로 사업을 시작했을 때니까 18년 정도 일한 셈이 되네요. 그는 아주 헌신적인 종업원이었고, 금전적인 면에서나 도덕적인 면에서 통찰력을 가진 믿음직한 종업원이었어요.
린든베리 검사	도덕적인 면이라면 뭘 의미하는 겁니까, 로저스 씨?
로저스	제가 길퍼드에 정비소를 개업할 때 흑인 직원을 한두 명 정도 두라고 제안한 사람이 프랭크였어요. 당시 저는 그럴 마음이 전혀 없었다고 고백해야겠어요. 이 이야기를 꺼내는 이유는 프랭크의 양심이 내 사회적 양심의 수준과는 달랐다는 것을 말하려는 겁니다. 정비소 세 곳 전부에 한두 명이라도 흑인을

	채용하도록 제가 동의할 때까지 프랭크는 조언과 재촉을 멈추지 않았지요.
린든베리 검사	피고를 한번 봐주겠습니까? 피고가 존슨 씨가 추천했던 흑인 직원 중 한 사람이었는지 아닌지 기억할 수 있습니까?
로저스	기억이 안 나네요. 아시겠지만, 저 같은 위치에 있는 사람은 그런 일을 다 기억하지 못한답니다. 하지만 이 사람 얼굴은 기억이 나네요. 청구서를 전달하거나 월급을 받으러 아니면 다른 일로 사무실에 규칙적으로 왔었어요. 항상 예의 바르고 말씨가 상냥했던 걸로 기억합니다. 그런 품성이 뚜렷하게 기억나요. 왜냐하면 이 사람은 제가 아내와 자주 가는 캐롤라이나 해변에 있는 섬의 리조트에서 일하던, 제가 좋아하는 종업원을 떠올리게 하기 때문이지요. 제가 기준으로 삼는 기품과 신사다운 품성을 가진 사람이라고 할 수 있죠. 그래서 이 사건이 벌어졌다는 이야기를 듣고는 깜짝 놀랐어요. 사실은 무척 화가 났죠.
린든베리 검사	로저스 씨, 증인은 존슨 씨가 피고의 행동거지에 대해 이야기한 일을 기억합니까? 그러니까 피고가 발명했다고 하는 자동차 혼합

윤활유에 관한 이야기 말입니다만.

로저스   아니요, 그런 이야기는 기억나지 않아요. 하지만 프랭크가 회사에 도움이 될 만한 제안을 하려고 애쓴 첫 번째 종업원이었다는 것은 기억나네요.

린든베리 검사   그러면 피고가 피해자인 프랭크 존슨 씨에 대한 원한을 어떻게 키워나갔는지에 대한 증인의 의견을 말해주겠습니까?

그랜트 변호사   이의 있습니다. 증인이 피고의 정신을 분석할 수는 없습니다. 이런 판단은 증인의 능력 밖입니다.

판사   린든베리 검사?

린든베리 검사   판사님, 다시 한 번 저의 입장을 고려하여주시기 바랍니다. 저는 재판이 낚시 여행같이 한가한 일은 아니라고 생각합니다. 저는 피고는 물론이고 피고의 아내, 아이들, 혹은 그와 친분이 있는 누구도 심문할 기회가 없었기 때문에, 피고의 범죄 동기를 설명하기 위해서는 무엇이 되었든 관련 정보를 수집할 수밖에 없습니다. 이 증인의 통찰력이 피고가 침묵을 지키는 이유에 대해 많은 설명을 해줄 거라고 생각합니다. 만약 전형적인 노사 충돌의 속성에 대해 통찰력을 가진 증인의 증언이 법적 근거가 없다고 한다면, 제드 존스의 증언은 왜 취하되지 않습니까? 만약 이 중요한 부분에 대한 본 증인의 증언을 들을 수 없다면, 제가 본 재판을 어떻게 이끌어갈지 난감합니다.

판사   린든베리 검사, 본인은 검사가 피고의 개인적인 성격에 대한 추론을 근거로 주장을 펼치려 하기 때문에 재판 진행에 방해를 받고 있습니다. 그 추론은 피고에 대한 직접적인 조사가 아니라 '전형적인 종업원'이라는 추상적인 개념에 근거할 뿐입니다. 전형적인 종업원이라는 말조차도 단지 증인의 머릿속에만 존재하는 겁니다. 그랜트 변호사, 이것이 이의제기의 핵심입니까?

그랜트 변호사   네, 판사님. 그리고 특정한 종업원에 대해 증인이 언급한 내용이 두 가지 점에서 실체가 없다는 것을 추가적으로 말하려고 합니다. 첫째, 증인은 개인에 대한 지식이 부족하다는 점과 둘째, 비록 그에게 전형적인 종업원에 대한 통찰력이 있다고 가정해도 피고는 그런 전형적인 종업원이 아니라는 것입니다. 피고는 독학을 한 사람입니다. 그리고 남부 출신의 문맹자이며 폭력적 환경에서 사회화

했고, 오직 한 가지 기술만을 가진 사람입니다. 피고는 이 증인, 즉 대부분의 백인이 이해할 수 있는 범위를 넘어서서 전혀 다른 동기로 행동했다는 것을 알아야 합니다.

판사 본인은 변호사의 요지를 심사숙고했습니다, 프랭클린. 하지만 더 나은 판결을 내리는 데 도움이 되지 않는군요. 아마 본인이 틀렸을 수도 있습니다. 하지만 직관적으로 볼 때 이 증언에는 그럴듯한 이야기가 있습니다. 본인은 그 증언을 계속 듣겠습니다. 어제 판사석에서 이야기한 대로, 우리는 이 피고를 다른 모든 사람과 같은 기준으로 대해야 할 책임이 있습니다. 사회의 규범은 모두를 위하여 만들어진 것입니다. 그가 흑인이라고 (…)

판사는 잠시 멈춰 담배 파이프를 채우고 담뱃불을 붙였다. 그런 다음 책상 위에 있는 초록색 연필꽂이에서 연필을 하나 꺼내 자신과 프랭클린 그랜트 변호사가 나누었던 대화 부분에 밑줄을 그었다. 그는 다시 의자에 기대어 파이프를 입에 물고 고뇌에 빠졌다. 그러더니 시계를 한번 보고 다시 읽어 내려가기 시작했다.

린든베리 검사 자, 로저스 씨. 전형적인 이해관계 속에서 일

해온 사업주로서 당신의 경험에 근거한다면, 충돌의 원인은 대체적으로 무엇입니까?

로저스   가끔 자신이 가진 이상과 재능이 일치하지 않는 종업원을 보기도 하죠. 뼈아픈 현실이지만, 대부분의 종업원들이 알아야 할 것이지요. 신은 재능을 공평하게 나눠주지 않아요. 성경에도 나와 있죠. 하지만 어떤 종업원은 자신의 운명을 받아들이지 못하기도 합니다. 누가 의도적으로 한 것도 아닌데 공격한다고 생각하고 선동을 하죠. 다른 사람들을 비난하기까지 하고요. 자신의 단점 때문에 마음은 늘 콩밭에 가 있는 거예요. 이런 종업원들은—우리는 프리마돈나라고 부르죠—대개 다른 사람들과 잘 지내지 못합니다. 유머 감각이라도 있으면 상황이 조금은 나아지겠죠. 하지만 그렇지도 못하다면, 글쎄요, 결과는 비극적일 겁니다.

린든베리 검사   피고가 이런 유형과 유사하다고 생각합니까?

그랜트 변호사   이의 있습니다, 판사님.

판사   이의 기각합니다. 증언을 계속 듣기로 했으니 들어봅시다.

린든베리 검사   로저스 씨, 피고가 이런 유형인지 본인의 의견을 말해주겠습니까?

로저스   이 비극적인 사건 때문에 과거 기록을 들춰보았습니다. 피고인 찰스 씨는 13년 전에 우리 회사에 입사했더군요. 그에 관해 개인적인 것은 기억을 하지 못합니다만, 3주 전에 전 비서였던 사람이 전화를 해서는 그가 9년 전에 사무실에 와서 행패를 부리고 간 직원이라고 했어요. 그녀는 신문에 난 얼굴을 알아본 것입니다. 그녀가 이런 말을 (…)

그랜트 변호사   전문傳聞 증거사실 인정의 기초가 되는 내용을 체험자 자신이 직접 공판정에서 진술하는 대신에 타인의 증언이나 진술서 등 다른 간접적인 형태로 법원에 보고하는 증거입니다.

판사   이의 인정합니다.

린든베리 검사   판사님, 본 사건의 발생 시간은 조사 중이기 때문에, 비서 엘런 클라우스 부인을 (…)

⋮

로저스   그 직원이 나를 다짜고짜 봐야 한다고 했어요. 글쎄요, 클라우스 부인은 제가 시간을 낭비하지 않도록 하려고 했던 것 같아요. 그가 왜 보자고 하는지 이야기를 안 했기 때문에 그녀는 그를 들여보내지 않았던 거죠. 이게 제가 기억하는 전부예요 (…)

그랜트 변호사   질문 없습니다.

판사는 몇 페이지를 넘겨서 다시 읽기 시작했다. 이번에는 로저스 자동차 정비소의 다른 종업원 오티스 핀켓의 증언이었다.

린든베리 검사   본 사건과 관련하여 피해자 존슨 씨와 피고 간의 인간관계가 어땠는지 증인의 의견을 말해 주겠습니까?

핀켓   제가 청소를 하고 있을 때 바비 리가 들어 왔는데, 그때 저는 기분이 좀 불편했어요. 한 5, 6년 전 일이었던 것 같아요. 존슨 씨는 책상에서 점심을 먹고 있었어요. 바비 리가 책상으로 곧장 걸어와서는 이렇게 이야기했죠. "이제 다 되어가나요?" 존슨 씨가 그를 올려다보며 미소를 짓더니 이렇게 말했어요. "아니, 아니야. 아직 안 됐어." 그러자 바비 리는 뒤를 돌아 나가버리더군요.

린든베리 검사   그 대화를 할 때 존슨 씨는 어떤 모습이었습니까?

핀켓   미소를 짓고 있었죠. 이게 제가 기억하는 거

다예요.

| 린든베리 검사 | 그러면 피고의 태도는 어땠습니까? 피고에 대해 묘사한다면 어땠습니까? |

핀켓 그는 웃지 않았어요. 그렇다고 화난 것 같지는 않았어요. 사실 그런 모습은 정말 처음 보았어요. 얼굴은 굳어 있었고 눈은 거의 얼굴에서 튀어나올 정도였죠. 하지만 화난 것 같지는 않았어요. 마치 등 뒤에 큰 돌을 이고 있는 것처럼 무겁게 걸었죠. 그는 나를 쳐다보지도 않았어요. 존슨 씨만 바라본 채 이렇게 말했어요. "이제 다 되어가나요?" 그러자 존슨 씨는 미소를 지으며 말했죠. "아니, 아니야. 아직 안 됐어." 그는 아주 부드럽고 편안하게, 여자에게 하듯이 말하더군요. 그때 사실 무서워서…… 그래서 기억이 나요. 그러니까 (…)

⋮

린든베리 검사 언제 피고가 증인에게 이 위협을 가했습니까?

핀켓 저는 그런 말을 한 적이 없……

그랜트 변호사 이의 있습니다.

판사 인정합니다.

린든베리 검사	증인은 언제 피고가 존슨 씨에 대해 반감을 표현하는 것을 들었습니까?
핀켓	저는 위협이라는 말을 한 적이 없어요. 저 스스로 위협이라고 부른 적은 없어요. 저도 사람이 화가 나면 어떻게 되는지 알죠. 사람이 화가 나면 자기 마음대로 아무거나 마구 지껄여대잖아요.
린든베리 검사	핀켓 씨, 피고는 언제 이런 일에 대해서 이야기했습니까?
핀켓	약 4년 전이죠. 저는 그때 저를 괴롭히던 손님에 대해 농담을 하고 있었어요. 저는 이렇게 말했죠. "그 자식을 바닥에 눕혀놓고 혼구멍을 내고 싶어." 그러니까 바비 리가 사무실 쪽을 가리키며 말하더군요. "나도 똑같이 그렇게 하고 싶어, 오티스."
린든베리 검사	그때 누가 사무실에 있었습니까?
핀켓	존슨 씨였죠.

⋮

| 그랜트 변호사 | 질문 없습니다, 판사님. |

주립 정신병원에 근무하는 정신과 수련의 월터 손의 증언은 이랬다.

린든베리 검사 손 박사님, 피고의 심리 자료를 분석한 결과 피고의 정신 상태는 어떻습니까?

손 박사 먼저 조사받는 사람의 심적 배경을 파악하기 위해서는 유년기 사회화 과정 중에 특이 사항이 있었는지 살펴야 합니다. 제가 조사한 자료에 따르면, 피고는 성장기 대부분을 남부, 그러니까 버지니아 주에서 보냈습니다. 다 아시겠습니다만, 피고가 유년 시절을 보냈던 당시의 남부는 인종차별이 노골적이었고 매우 심각했습니다. 이것이 개인 인격, 특히 폭력적 성향에 얼마나 영향을 미치는지는 예측하기 어렵습니다. 이와 함께 갑작스런 이주, 즉 세 명의 가족과 함께 농촌의 환경에서 고도로 조직화되어 있고, 경쟁적이고, 이동이 잦고, 비인간적인 환경으로 이주히면서 생긴 심리적 외상도 있었습니다. 이런 변화는 정신적 혼란을 야기하게 됩니다. 이런 경우 일부는 심각해질 수도 있습니다.

린든베리 검사 손 박사님, 피고는 자신이 한 행동에 대해 인지할 수 있을 정도로 안정되어 있습니까? 박사님이 설명한 것처럼 그런 정신적 혼란이 피고의 현실감각을 옳고 그름을 구분할 수 없을 정도로 왜곡할 수 있습니까?

손 박사　제가 보기에는 그렇지 않습니다. 세 가지 구체적인 이유를 들 수 있습니다. 첫째, 남부에서 이주해 왔을 때 피고는 젊은 편이었고, 적응을 잘하지 못했다는 증거를 찾을 수 없었습니다. 둘째, 다른 가족의 기록을 살펴볼 때, 특히 장남의 경우만 보더라도 환경에 적응하지 못하는 성격 때문에 영향을 받았다는 기록은 없습니다. 사회 변화에 대한 경제적, 사회적 보장이 이루어진다면 그들은 완벽하게 정상입니다. 셋째, 피고는 한 번도 결근을 한 적이 없으며 교회에서 성가대로 활동했습니다. 제가 볼 때 피고는 체계가 잡힌 삶의 방식에 잘 적응했습니다. 이 모든 것을 고려해볼 때, 저는 피고가 그 행동을 취했을 때 심리적으로 안정되어 있었다고 결론을 내릴 수 있습니다. 그가 왜 그런 행동을 했는지 결론을 내리는 것은 여러분의 몫이며, 법률에 관한 한 배심원 여러분이 저보다 훨씬 좋은 판단을 내릴 수 있다고 생각합니다.

린든베리 검사　손 박사님, 정신과 의사의 경험에 비추어봤을 때 흑인 중에서, 특히 흑인 남자 중에서 망상증의 경향을 보이는 사람을 진료한 경험이 있습니까?

손 박사	그 주제에 대해 연구한 자료를 본 적이 있습니다.
린든베리 검사	그 연구 결과에 대해 기억나는 것이 있으면 요약해줄 수 있습니까?
손 박사	미시간 주의 슬로빅이라는 사람의 연구 사례인데, 그것은 흑인 남자가 놀랐을 때 본능적으로 자신의 고환을 움켜쥐는 빈도에 관한 연구입니다. 또 하나는 뉴욕에서 오래전에 수행된 건인데, 위협적인 장애물이 나타나면 흑인 남자는 백인 남자보다 자주, 자신을 제외하고 권력과 가장 가까운 위치에 있는 사람을 비난한다는 연구 결과가 있습니다. 연구 결과가 말해줍니다만, 이런 반응은 종종 파멸적인 국면으로 치닫기도 합니다. 플로리다의 최근 연구 결과를 보면 흑인 남성은 백인 남성에 비해 개를 더 무서워하는 것으로 조사되었습니다. 글쎄요, 이미 짐작하셨겠지만 저는 이런 연구 결과들을 대수롭지 않게 생각합니다. 결론적으로 과다한 망상증은 백인 남성보다 흑인 남성에게 많다는 주장은 과학적 증거가 매우 부족합니다. 물론 통계학적인 것을 차치하더라도 누구나 그럴 가능성이 있기는 합니다.

린든베리 검사	손 박사님, 피고가 고용주인 존슨 씨에 대한 망상증 때문에 그런 행동을 했다고 봅니까?
손 박사	이 사건과 관련한 증거를 살펴보면, 그렇지 않다고 판단됩니다.
린든베리 검사	알겠습니다.
그랜트 변호사	질문 없습니다.

판사는 남은 커피를 마시며 증언 기록에 대해 생각했다. 때는 오후 1시 25분이었다. 판사 회의를 준비하기 위해 사환을 오후 2시에 만나기로 되어 있었다. 그는 파이프를 청소한 다음 다시 읽어내려가기 시작했다. 하지만 어떤 이유에서인지 멈추었다. 그는 이미 훑어본 상당히 많은 페이지를 뒤로 돌아가 전혀 읽지 않았던 부분으로 넘어갔다. 증인 오티스 핀켓에 대한 반대 심문과 재직접 심문 부분이었다.

그랜트 변호사	왜 피고에게 하던 일을 그만두고 다른 직장을 알아보라고 충고했습니까?
핀켓	글쎄요, 저는 이 직장이 좋았습니다. 만약 직장이 싫다면 시간 낭비할 필요가 없죠. 저는 좋은 직장으로 옮기는 것이 옳다고 생각해요.
그랜트 변호사	핀켓 씨, 현재 로저스 자동차 정비소에서 직책이 뭡니까?

핀켓	존스 씨가 오고 난 다음에는 서열 3위가 되었다고 할 수 있죠. 저는 하도 오래 근무해서 손님들이 들어오면 저한테 먼저 뭘 물어볼 정도랍니다.
그랜트 변호사	어떻게 지금의 위치까지 오게 되었다고 생각합니까?
핀켓	저는 사람을 어떻게 다루는지 잘 알아요. 저는 사람 다루는 법을 확실히 알고 있고, 또 사람들과 어울리는 방법도 분명히 가지고 있죠.
그랜트 변호사	피고에게 다른 직장을 알아보라고 한 것은 피고의 태도에 문제가 있었기 때문입니까?
핀켓	그렇게 물어보니까 그렇다고 대답해야겠네요. 제가 누구를, 특히 바비 리를 욕하려는 것은 아니에요. 그렇지만 남부에서 와서 그런지 그는 상식이 없었어요. 저는 제가 존슨 씨만큼, 아니면 다른 사람 정도는 된다고 생각해요. 그런데 바비 리는 자기가 존슨 씨보다 더 잘났다고 생각하는 것 같았죠. 흑인이 백인보다 더 낫다고 생각하는 것과는 달랐어요. 그 사람은 자기가 백인이나 다른 흑인보다 더 낫다고 생각하고 행동했죠. 그 사람은 아주 당연한 듯이 늘 그런 생각을 품고

있었어요. 저는 월급을 주는 사람에게 그렇게 잘났다는 듯이 행동하면 안 된다는 것을 이미 알고 있었습니다. 그래서 그에게 직장을 옮기라고 충고했던 겁니다.

그랜트 변호사   핀켓 씨, 증인은 피고에게 시기심을 가지고 있었습니까?

핀켓   아니요, 절대 아니에요. 저는 그때 그 사람보다 월급도 많았고 쫓겨날 이유도 없었어요. 그래서 열을 낼 필요가 없었죠. 그냥 그 사람이 불쌍했을 뿐입니다.

⋮

그랜트 변호사   핀켓 씨, 증인의 피부색 때문에 피해자가 증인에게 적개심을 드러낸 적이 있습니까?

핀켓   없었어요. 아까 말했듯이 존슨 씨는 항상 저에게 잘 대해줬죠. 흑인을 좋아했어요. 항상 우리가 잘 지내는지 묻고, 가족들 안부도 묻고, 가게에서 외상값 보증이 필요한지 물어보곤 했죠.

판사   질문의 요지가 뭡니까, 변호사?

그랜트 변호사   판사님, 저는 이 증언을 통해, 어떤 이유에서인지 모르겠습니다만 본 증인이 들추기 꺼려하는 피해자의 성격에 대해 밝히려고 합니

	다. 피해자가 모범적인 고용주와는 다소 거리가 있다는 것을 밝히려고 합니다.
판사	글쎄요, 변호사의 말은 마치 지루한 낚시를 하는 것처럼 장황하게 들립니다. 그러나 검사 측에서 이의가 없다면 계속 진행하겠습니다. 폴?
린든베리 검사	현재까지 이의 없습니다.
판사	계속하세요.

:

그랜트 변호사	증인은 피해자가 증인에게 더할 나위 없이 잘 대해줬다고 증언했습니다.
핀켓	그 점에 대해선 걱정 안 하셔도 됩니다. 그는 정말 좋은 사람, 진국 같은 사람입죠.
그랜트 변호사	피고도 피해자에 대해 증인과 같은 생각이라고 말할 수 있습니까?
린든베리 검사	이의 있습니다, 판사님.
판사	인정합니다.
그랜트 변호사	핀켓 씨, 피고가 증인에게 증인이 대우를 잘 받는 것에 대해 시기심을 느낀다고 표현한 적이 있습니까?
린든베리 검사	판사님, 이의 있습니다. 변호인은 증인에게 전혀 관련 없는 범행 동기를 추론하도록 유

도하고 있습니다. 중요한 것은 고의성을 충분히 추론할 수 있을 만큼 피고가 적개심을 보여주었느냐 아니었느냐입니다. 지금 변호인은 추론에 근거하여 변론하고 있습니다. 아니면 잡담거리 정도에 근거해서요.

⋮

그랜트 변호사 판사님, 저는 어떠한 판정이라도 받아들일 겁니다. 하지만 법정 기록에 관한 한 제 입장을 분명히 밝혀야 할 것 같습니다. 지금 피고는 어떤 방식으로도 피고 자신을 변론하지 않고 있다는 점을 다시 한 번 상기시켜드립니다. 피고는 불항쟁의 답변을 청원했고, 피고의 가족이 피고를 대신해 변론하는 것도 거부했으며, 변호인인 저와도 일체 상의하지 않고 있습니다. 이런 상황은 저를 곤란한 처지에 빠뜨리고 있습니다. 피고 스스로 자신을 변호하기를 거부하고 있기 때문에 범행 동기에 대한 의사소통을 전혀 하지 못한 상태입니다만, 이런 상황에서도 저는 최선을 다해 피고를 변호해야 하는 의무가 있습니다. 처음에 저는 이 사건을 맡기를 꺼려했습니다. 하지만 저에게 주어진 직분을 자랑스럽게 여기고 최선을 다해왔습니다. 만약 검사 측에서 추론이라고 주장하는 이 증인 심문을 계속할 수 없게 된다면, 저로서는 변론을 어떻게 계속해나갈지 (…)

⋮

그랜트 변호사   핀켓 씨, 당시 피고가 뭐라고 했는지 다시 한 번 분명히 증언해주겠습니까?

핀켓   그 친구는 인생을 포기했다고 했습니다. 예전에 이해한다고 생각했던 것을 이제는 이해할 수 없다고 말했어요. 그때 우리는 화장실에 있었어요. 저는 소변기에 있었고, 그 친구는 화장실 안에서 볼일을 보고 있었죠. 그 친구는 "존슨 씨 때문에 속상해, 오티스. 그래서 살고 싶지 않아"라고 말했죠. 또 "죽고 싶은 마음뿐이야"라고도 말했어요.

그랜트 변호사   피고가 피해자와 언쟁을 하거나 위협하는 것을 목격한 적이 있습니까?

핀켓   없어요. 같이 있는 것은 여러 번 봤지만 서로 이야기를 많이 하는 편은 아니었습니다. 제가 무슨 얘기라도 들은 건 금요일 저녁에 주급을 받으려고 바비 리와 사무실에 있을 때였어요. 제 급여는 올랐죠. 하지만 바비 리는 아닌 것 같았어요. 존슨 씨가 바비 리에게 주급 봉투를 넘겨줄 때 웃으면서 이렇게 말했어요. "난 백인이야"라고요.

그랜트 변호사   피해자가 뭐라고 말했다고요?

핀켓   그 사람은 바비 리를 보면서 "난 백인이야"라고 말했습니다.

그랜트 변호사   그게 전부였습니까?

핀켓   네, 그래요.

그랜트 변호사   언쟁 같은 것은 없었습니까? 피해자가 "내가 옳아"라고 말하면서 말이죠.

핀켓   언쟁이 있었을지도 모르죠. 하지만 저는 "난 백인이야"라고 들었습니다.

그랜트 변호사   그렇게 말할 때 그 사람은 어떤 모습이었습니까?

핀켓   낮은 목소리로 말했죠. 제가 넘겨다보니 그 사람 얼굴색이 싹 변하더군요. 아주 웃겼어요.

그랜트 변호사   무슨 뜻입니까?

핀켓   어, 화난 것 같아 보이지는 않았어요. 하지만 제가 딱 보니까 술에 취한 것처럼 휘둥그레 커진 눈에서 시퍼렇게 불꽃이 막 튀더군요. 그런데 다시 보니 금방 잠에서 깨어난 것처럼 졸려 보였어요. 뭔가를 잊어버린 것 같은 표정이었죠.

그랜트 변호사 그러면 증인이 피해자의 말을 들은 전후로 피해자의 표정이 변했다는 겁니까?

핀켓 앞뒤로 조금씩 시차를 두고 그랬죠.

그랜트 변호사 핀켓 씨, 구체적으로 말해주십시오.

핀켓 그렇게 빨리 표정이 바뀌었는지 저는 모르죠. 제가 그 사람을 보고 있는 것을 그 사람이 봤는지 안 봤는지 저는 모릅니다.

그랜트 변호사 피해자가 증인을 보고 표정을 바꾸었는지 안 바꾸었는지 기억할 수 있습니까?

핀켓 잘 모르겠어요. 기억이 나지 않아요.

그랜트 변호사 존슨 씨의 피부색이 무엇입니까?

핀켓 그 사람이야 흰 피부에 연갈색 머리를 하고 있었죠.

그랜트 변호사 피고인 찰스 씨의 피부색은 무엇입니까?

핀켓 보시다시피 마치 스페이드의 에이스처럼 검은색이죠.

린든베리 검사 판사님, 제가 반드시 제기해야 (…)

⋮

판사 검사는 본인이 누구이며 어디에 있는지 생각해보기 바랍니다. 판사는 졸고 있는 것이 아닙니다. 배심원 여러분, 특히 본 사건처럼 복잡한 사건에서 재판 중 어떤 시점에 판사가 반드시 비중을 두어야 할……．

:

린든베리 검사　증인은 배심원들이 들을 수 있도록 다시 증언해주겠습니까?

핀켓　그 사람은 마음이 비단결 같아서 나에게 돈을 꿔주었습니다. 다른 때는 휴가를 주어 야구 경기장에 갈 수 있게 해주었고요. 그 사람이 여러 번 시내 사람들에게 말을 잘 해준 덕택에 저는 다른 사람들보다 신용이 더 있는 편이었죠. 그 사람은 저에게 정말 후하게 해줬어요. 저에게는 두말하지 않는 사람이었죠. 그 사람이 누구를 조심하라고 말해주면 저는 누구라도 건드리지 않았어요. 그만큼 존슨 씨는 나에게 가까운 사람이었다고요. 정말 너그러운 사람이었어요. 바비를 도와주고 싶은 마음이 있지만 존슨 씨에 대한 이야기를 없었던 것으로 할 수는 없어요.

린든베리 검사　자, 핀켓 씨. 피고가 "이상해졌다"라고 말한 적이 있는데, 이것에 대해 말해주겠습니까?

그랜트 변호사　이의 있습니다.

판사　기각합니다. 이 증언을 듣겠습니다, 프랭클

린. 변호인은 변호의 기회를 이미 썼어요. 이
제는 이 증언을 들을 차례입니다.

린든베리 검사 증인은 설명해주기 바랍니다.

핀켓 바비 리는 존슨 씨와 충돌을 일으키려고 자
신을 몰아붙이는 것 같았어요. 업무 지시를
바로 안 따르고, 수리 작업 때에는 자기 마
음대로 시간을 보냈죠. 존슨 씨를 괴롭히려
고 그러는 것 같았어요. 나쁜 일이 일어날
것 같았죠. 누구라도 남에게 해코지를 너무
많이 하면 분명히 사단이 나는 법이잖아요.
그런 식으로 밥은 끝장을 보게 된 거예요.

그랜트 변호사 판사님, 강력하게 이의를 제기합니다.

판사 인정합니다. 핀켓 씨, 가치판단을 내리는 증
언을 자제해주기 바랍니다. 증인은 피고가
좋은 사람인지 아닌지, 혹은 피고 스스로 화
를 자초했는지 판단하는 사람은 아닙니다.
대신 증인은 현재 쟁점이 된 부분 중에서 증
인이 알고 있는 것에 대해 말해야 할 의무가
있습니다.

핀켓 쟁점이라고요?

판사 증인은 왜 피고인 찰스 씨가 피해자 존슨 씨
를 살해하려고 했는지에 대해 증언해야 합
니다.

핀켓	판사님, 저는 단지 제가 알고 있는 것에 대해서만 이야기하는 겁니다. 누구의 편을 들고 싶지는 않아요.
판사	다시 한 번 주지시킵니다. 핀켓 씨, 증인은 검사 측 증인으로 증인석에 올랐습니다. 증인은 검사 측이 간청하지 않은 증언은 자제해야 합니다. 증인은 모를 수도 있겠지만, 증거 결정에 대한 책임은 검사에게 있지 증인에게 있는 것이 아닙니다. 증인은 검사가 하는 질문에 구체적이고 직접적인 대답을 해야 합니다. 이해하겠습니까, 증인?
핀켓	네, 잘 알겠습니다, 판사님.
판사	신사 숙녀 여러분, 재판이 길어진 것을 양해하여주십시오. 저는 원고 측과 피고 측 모두에게 시간적 여유를 충분히 부여하려고 했습니다. 왜냐하면 제가 가지고 있는 증거에만 근거하여 결정을 내린다면 재판 과정에서 가장 중요하다고 할 수 있는, 원고 측과 피고 측의 상반된 시각을 충분히 들을 기회가 박탈될 수도 있기 때문입니다. 하지만 본 재판은 현재 방향을 잃었습니다. 만약 재판을 하나의 예술이라고 본다면 저의 역할은 문학평론가와 다르지 않을 것입니다. 하지만 전에

말한 대로, 저는 아마도

⋮

판사석에서 의사 교환이 활발하게 이루어졌다. 법원 사환이 와서 오후 3시에 휴게실에서 판사 회의가 있다고 상기시켰다. 때는 오후 2시 5분이었다. 판사는 사환에게 오후 2시 30분에 벨을 울리라고 일렀다. 그런 다음 비서에게 전화를 걸어 나머지 재판 기록은 타자를 치자마자 가져오라고 했다. 그러고서 파이프에 불을 붙이고 불꽃이 일 정도로 파이프를 빨면서 서류 뭉치를 읽었다.

그는 매우 빨리 읽어내려갔다.

비서가 공손하게 문을 두드리고 들어와 책상 위 커피 잔 옆에 메모를 놓고 나갔다. 판사는 서류 읽다가 멈추고 메모를 보았다. 메모는 사환이 보낸 것이었다. 메모에는 이렇게 적혀 있었다. '판사님, 서둘러야 합니다. 가아선이 올해 재선을 노리고 있습니다. 가아선의 사환은 그가 당선될 것 같다고 합니다. 만약 그가 이번 회의에서 주목을 받게 되면 좋지 않은 결과가 생길 수도 있습니다. 2월까지는 다른 기회가 없을 겁니다. 오후 2시 20분에 전화주세요. 밀스로부터.'

판사는 시계를 보았다. 벌써 오후 2시 13분이었다. 그는 파이프를 물고 서둘러 읽기 시작했다. 판사는 피고가 다니던 교회의 목사 로렌조 블레이크의 증언 기록을 빨리 훑어보았다.

그랜트 변호사	목사님, 피고 로버트 L. 찰스가 어떤 사람인지 증언해주시겠습니까?
블레이크 목사	그는 예의 바르고 신을 두려워하는 사람이라고 생각합니다. 저희 교회에 저와 다른 의견을 가진 교인은 없을 거예요. 하지만 이렇게 말하는 것이 가슴 아프긴 합니다만, 그 사람 때문에 교인들, 특히 로어노크에서 온 흑인 교인들의 명예가 실추되긴 했죠.
그랜트 변호사	이 사건과 로어노크가 어떤 관계가 있습니까?
블레이크 목사	피고인 로버트 찰스를 포함해서 제 교인의 대부분은 로어노크 출신입니다. 아시겠지만 여기에 온 사람들은 대부분 예전에 살던 동네의 흔적을 가지고 있기 마련이지요. 버밍햄, 찰스타운, 메이컨, 더럼, 심지어 몇 천 명 밖에 살지 않는 아주 작은 도시에서 온 사람들이 만들어놓은 정착촌도 어떤 도시에서나 볼 수 있지요. 텍사스 출신은 아칸소 출신을 따라 캘리포니아로 이주해요. 하지만 우리는 버지니아 사람이에요. 우리는 우리 식의 도시를 찾는 거죠.
그랜트 변호사	그렇게 인연이 된 피고는 목사님에게 조언을 구하러 찾아왔나요? 자신의 어려움에 대해

털어놓았나요?

블레이크 목사   전에 말한 대로 그가 직장에 대해 이야기한 적은 없어요. 다른 이야기를 한 것은 기억이 나네요. 그는 정규교육을 받지 못한 것에 대해 걱정을 아주 많이 했어요. 그는 문맹이었죠. 하지만 자동차 고치는 데는 천재였습니다. 그는 주말에 제집에서 자동차를 고쳤어요. 그러나 어떤 이유인지 몰라도 그는 교육받지 못한 것을 부끄러워했어요. 주일에 저를 찾아와 그의 첫째 아들 로버트 주니어가 더 이상 자신을 존경하지 않는다고 털어놓았어요. 제가 알기로는 그 애가 밤늦게 놀기나 하는 애들과 어울려 마약에 빠졌다고 들었는데, 그는 아들을 교육할 시간이 없었죠.

그랜트 변호사   목사님 말은 그가 자식을 걱정하는 부모였다는 말입니까?

블레이크 목사   그렇습니다. 걱정을 많이 하는 편이었어요. 저보고 로버트 주니어와 이야기를 나눴으면 하고 부탁하더군요. 그 애가 좀 더 올바르게 생활하는 다른 동갑내기들과 어울리도록 제가 도와주기를 원했죠. 그리고 저에게 책을 읽을 줄 아는 다른 아이들을 알고 있는지 물어봤어요.

린든베리 검사	판사님, 블레이크 목사를 존경합니다만, 요지가 없는 증언을 뭣 때문에 들어야 하는지 모르겠습니다. 감옥은 책 읽기 좋아하는 살인자들로 가득합니다.
그랜트 변호사	검사의 논리 비약적인 발언을 참을 수가 없습니다. 이의 제기합니다.
판사	검사의 결론에 동의합니다만, 감정적인 발언은 자제해주세요. 변호인은 어떤 방향으로 재판을 이끌어나갈 생각입니까?
그랜트 변호사	저는 배심원에게 피고가 아들의 교육에 관심이 많았다는 점을 보여주고 싶습니다. 피고는 아들이 잘 커가는 것에 많은 가치를 두고 있었다는 것을 말하고 싶습니다. 계속 증언을 진행하도록 허락해주십시오.
판사	그러면 속도를 좀 내서 진행해주세요.
그랜트 변호사	네, 판사님. 블레이크 목사님, 피고는 헌신적인 교인이라고 판단합니까?
블레이크 목사	저는 그런 판단을 내릴 수가 없습니다.
그랜트 변호사	좋습니다. 피고는 교회에 정기적으로 나왔나요?
블레이크 목사	네, 그렇습니다.
그랜트 변호사	술을 마시는 편인가요?
블레이크 목사	그것은 말할 수 없습니다.

그랜트 변호사	목사님, 증인 선언을 했다는 것을 잊지 마십시오. 그리고 사전 심리 선서도 했다는 것을 기억하시기 바랍니다. 다시 질문하겠습니다. 피고는 술을 마십니까?
블레이크 목사	네, 그래요.
그랜트 변호사	과음을 하는 편이었습니까?
블레이크 목사	간혹 그랬죠. 하지만 늘 예의를 지켰어요. 그의 아내가 하는 말로는, 술을 마시면 대개 곧바로 잠자리에 들었다고 합니다.
린든베리 검사	이의를 제기하지 않으려고 했는데 제가 이 부분에서 이의를 제기해야겠습니다. 이건 전문 증거입니다. 더군다나 가장 중요한 증인이 지금 법정에 와 있습니다.
판사	변호인, 다시 한 번 묻겠습니다, 요지가 뭡니까? 피고의 음주 사실이 어떻게 변호인이 주장하는 바와 상관이 있는 겁니까? 어떻게 피고의 음주 습관이 피고의 범죄 동기를 무력화한다는 겁니까?
그랜트 변호사	판사님, 다시 한 번 피고와 피고 가족이 증언을 거부했다는 사실을 말씀드립니다. 현재 저는 가능한 다른 모든 수단을 강구해 피고를 변호하고 있습니다. 증언의 연관성을 곧 보여드리겠습니다.

판사	간단히 해주기 바랍니다, 변호인.
그랜트 변호사	블레이크 목사님, 성탄절, 추수감사절, 부활절, 혹은 다른 특별한 행사 때 피고가 과음을 한다는 사실이 알려져 있었습니까? 그것은 남부의 관습이 아닙니까?
블레이크 목사	우리 모두 그렇게 하지요. 확실해요. 그건 관습입니다.
그랜트 변호사	저는 인간의 습관에 대해 증언해달라고 한 것이 아닙니다. 제가 질문한 요지는 피고가 특별한 날 술에 취하는 걸로 유명했는지 아니면 그의 이런 습관이 남부에 널리 퍼진 관습에서 유래한 것인지 물어보는 것입니다.
블레이크 목사	그래요. 남부에는 과음하는 관습이 있지요.
그랜트 변호사	그 밖에 남부에서는 총에 관한 관습 또한 있지 않습니까? 사람들이 특별한 날에는 축하하기 위해 총을 쏘지 않습니까?
블레이크 목사	그래요, 변호사님. 그것은 사실입니다.
그랜트 변호사	특별한 날에 술을 마시고 총을 쏘는, 그런 종류의 여러 관습을 흑인들이 남부에서 가져온 것 아닌가요?
블레이크 목사	그건 잘 모르겠네요.

⋮

그럴듯한 이야기

린든베리 검사 배심원 여러분께서 사이언 경관이 사건 당일 오후에 피고는 술에 취해 있지 않았다고 증언한 사실을 다시 한 번 환기했으면 합니다.

비서가 다시 살며시 문을 톡톡 두드렸다. 그녀는 들어와서 다른 쪽지와 함께 마지막 재판 기록을 커피 잔 옆 책상에 놓았다. 이번에 사환에게서 온 메모에는 '지금 오후 2시 25분입니다. 기다리겠습니다. 늦으면 당신만 손해예요. 밀스로부터'라고 적혀 있었다. 판사는 '10분'이라고 쪽지의 뒷면에 적은 다음 비서에게 전달했다. 그녀는 까치발을 하고 나갔다. 판사는 회전의자에 기대어 파이프를 채운 다음 불을 붙였다. 그러고는 의자에서 일어나 창문으로 다가가 밖을 내다보았다. 콘크리트 진입로를 배경으로 수십 대의 차들이 햇빛 속에서 다양한 색깔을 띤 금속 동물처럼 주차장 아래에 몰려 있었다. 지금 바라보는 높이에서 자동차들은 장난감처럼 보였다. 그는 파이프를 빤 다음 위를 올려다보았다. 코팅된 전망 창에 비친 하늘은 실제보다 더 밝고 푸르러 보였다. 판사는 넥타이를 고쳐 맸다. 그는 파란 판사 법복 소매에 묻은 재를 떨어냈다. 그다음 화장실로 가서 세수를 했다. 상쾌한 기분으로 책상에 돌아가 서류들을 챙겼다. 그가 읽지 못한 마지막 페이지. 그는 견습 지방 검사인 폴 린든베리의 최종 발언을 재빨리 훑어보았다. 그리고 퇴근 전에 해야 할 일을 적은 짧은 쪽지를 비서에게 전달했다. 그는 이 재판의 판결이 어떻게 나와야 좋을지를 적은 쪽지를 사환에게 주었다. 혐의대로 유죄. 그는 어질러진 신문을 모으고 산더미 같은 재판 기록을 초록색 깔개 위에 엎어놓으며 책상을 정리했다. 그는 문 쪽으로 걸어갔다. 그런 다음 천천히 방향을 틀어 책상으로 다시 돌아갔다. 그는 서류를 넘겨 재판 기록의 마지막 페이지를 펴서 변호사 프랭클린 그랜트의 최종 진술을 읽었다.

(…) 만약 지역사회의 양심인 배심원 여러분이 문맹인 흑인을 마음속에서 그리지 못하고, 가슴속에 그를 위한 자리를 마련할 수 없다면 이상적인 정의는 소용없습니다. 아들의 고등학교 졸업식 날, 그런 특별한 날에 축하하는 뜻으로 습관처럼 하던 행동을 한, 조상 대대로 노예였던 흑인이 여기에 있습니다. 그날 그는 술을 마셨습니다. 우리는 7월 4일이면 모두 그렇게 술을 마십니다. 왜 그는 술을 마실 수 없습니까? 우리는 딱총과 대포를 쏘고 시끄럽게 떠들어댑니다. 여기 와 있는 이 남자의 아내와 식구들을 보시고, 그의 아들 로버트 주니어를 보시고, 여러분 자신을, 신의 은총이 함께하기를 생각해보시고, 당신의 아내나 혹은 당신의 가족이 이렇게 될 수 있다고 생각해보십시오. 아니면 당신이 피고가 되어 장남이 문맹을 면해 기뻐하고 있다고 생각해보십시오. 이것이 바로 이 법정에서 배심원 여러분이 가슴속에 그려보았으면 하는 그림입니다. 학교 졸업식 행사를 마친 다음 피고는 축하하기 위해 늘 하던 행동을 했습니다. 그는 술을 마셨습니다. 그의 마음속에서 술은 남부 흑인 사회의 관습이었고, 행사 의례의 일부분

이었습니다. 그는 도시에서 살았기 때문에 참으며 지냈던 것입니다. 그래서 그는 권총을 호주머니 속에 넣고 다녔던 것입니다. 그리고 버릇처럼 직장으로 갔습니다. 그의 직장 상사가 가족 일에 관심이 많다는 것을 알고 있었기 때문에 그는 사무실로 가서 아들의 졸업 소식을 전하려 했습니다. 하지만 그는 좋지 못한 소리를 듣게 되었습니다. 그가 기쁜 소식을 전하는 사이 어떤 논리적인 착오가 그의 마음속에서 일어난 것입니다. 아마도 과거에 있었던 충돌이 기억나면서, 행사를 축하하려고 그랬을 가능성이 더 큽니다만, 피고는 권총을 빼어 들었고 그만 우발적으로 (…)

이 장면에서 피고는 제지당했다.

판사는 그 페이지를 뒤집어 서류철의 맨 위에 가지런히 놓았다.

행
동
반
경

분의 천재성은 그 난국을 물질적 혹은 정치적으로가 아니라
순전히 도덕적이고 미학적으로 인식했다는 점이다.
— 윌리엄 카를로스 윌리엄스, 『켄터키의 발견』

●

화자는 통제 불능이다. 화자는 편집증에 가까울 정도로 형
식을 무시한다. 집요하게 질문을 하면 화자는 자신을 전통적
인 서사 범주의 공공연한 적이라고 주장한다. 왜 그런 주장을
하느냐고 압박을 하면 화자는 '경계' '구조' '틀' '순서', 심지어
'형식'에 대해서마저도 의문을 제기하며 예민하게 군다. 오히
려 불균형을 하나의 미덕이라고 주장한다. 전통적인 서사 구
조의 도덕적 신비, 다시 말해 완전함에 대해서는 무자비할 정
도로 무시한다. 그의 논조상의 결함은 이 글에서 잘 드러난다.
이 이야기를 살리기 위해 편집자는 내용을 어느 정도 분명하
게 해야 한다는 의무감을 느꼈고, 그것은 검열하기 위해서가
아니라 최소한 순서라도 잡기 위해서였다. 이것은 기법상의 도
덕을 지키기 위한 노력이었다. 편집자는 덕목 중의 덕목, 즉 최

종 원고가 만들어지기 위해서는 일관된 소재와 통찰력 있는 안목 간의 보완 과정이 절대적으로 필요하다고 이야기한다.

이것이 그가 말한 요지이다.

1

폴 프로스트는 그 시절 캔자스의 작은 마을에서 올라온 수많은 소년 중 하나였다. 그 소년은 다시 고향으로 돌아가지 않은 몇 사람 중 하나이기도 했다. 고향을 떠나왔을 때 그는 전쟁에 징병되지 않아 수월하게 살아갈 수 있었다.저자가 이 글을 집필할 당시인 미국의 1960, 70년대에는 베트남전 참전, 케네디 대통령 암살(1963), 말콤 X 암살(1965), 디트로이트 흑인 폭동(1967), 마틴 루터 킹(1968) 암살 등의 사건이 일어났다. 미국 사회에 대한 분노와 절망감이 표출되던 시기이며, 이는 1950년대에 이룩된 미국 자본주의에 대한 반발이었다. 같은 시기 히피 운동, 좌파 운동, 미국 시민권 운동, 반전운동 등이 일어났다. 하지만 시간이 좀 지난 후에는 더 고달파졌다. 시카고에 있는 학교에 다닐 때 폴은 세상과 맞부딪쳐보기로 결심했다. 잠시 고향을 방문했을 때 그는 가족과 사회복지 단체 회원 몇 명을 만날 기회가 있었다. 그들은 그가 자라온 모습을 계속 지켜본 사람들이다. 그들은 그의 징병 거부에 격노했다. 그들이 화내는 것을 보면서 폴은 침묵을 지키며 마음속으로 울었다. 그는 시카고로 돌아와 정신병동에서 대체 복무를 했다. 그리고 퀘이커 교도 집회에 나가기 시작했다. 밤마다 병원에서 역사, 문학, 윤리철학에 관한 책을 탐독했다. 곧 그는 입원 환자 중 많은 사람이 미치지 않았다는 것을 알게 되었다. 두려운 생각이 든 그는 일절 말을 하지 않고 사물을 자세히 보기 시작했다. 그는 그 시절 가필드 공원 근처의 셋방에서 살고 있었다. 일하고, 밥 먹고, 책을 보기 위해 도서관에 갈 때만 외출을 했다. 여자도 몰랐고, 아무도 원하지 않았다. 자신의 내면에서 살아온 그였기에 다른 사람들은 곧 그를 바보로 취급하기 시작했다. 그런 추측은 오히려 폴에게 비밀스러운 삶을 유지하고 신비로운 자아를 키워갈 수 있게 했다. 그는 밤마다 방에서 은밀하게 자아와 대화를 했다. 몇 달 동안의 침묵 후 어느날 밤 병원의 휴게실에서 체스를 두다가 그는 처음으로 정신적 결함에 대해 다른 사람들과 이야기를 나눴다. "나는 당신이 미쳤다고 생각하지 않아요." 그는 한 환자에게 속삭였다. "그런데 당신은 여기서 무엇을 하고 있지요?" 이 환자는 조심스럽게 폴을 보고 미소를 지었다. 자신의 불운에 무심한 사람들이 짓는 순진하고도 뭔가 아쉬워하는 듯한 미소였다. 그 남자는 체스판 앞으로 몸을 기대며 폴 프로스트의 연갈색 눈을 똑바로 쳐다봤다. "그럼 당신은 여기서 무엇을 하고 있는데요?" 그 남자가 말했다. 이 질문에 폴은 동요했다. 이 질문에 대해 생각하면 할수록 그는 더욱더 안절부절못하게 되었다. 그는 한가로운 시간에 라살 가街를 거닐면서 완전히 낯선 사람들과 대화를 하기 시작했다. 하지만 모두 대단히 바쁜 것 같았다. 대체 복무 2년 차에 그는 해안에 있는 다른 병원으로 전근을 가게 되었다. 그곳 오클랜드에서는 험한 일을 많이 했다.

그런 일들 덕분에 다시 캔자스로 돌아간다는 생각도 하지 않았고, 미친다는 것에 대해서도 생각하지 않게 되었다. 그가 마지막으로 한 미친 짓은 바로 테네시 주 녹스빌 외곽의 워런이라는 작은 동네 출신인 버지니아 밸런타인이라는 흑인 여자와 샌프란시스코에서 결혼한 것이었다.

2

십몇 년 전에 버지니아 밸런타인은 소작농 대탈옥이 최고조에 달했을 때 워런을 떠났다. 여러 세대에 걸쳐 갇혀 살아온 그녀 같은 사람들에게 바깥세상은 완벽하게 환해 보였고, 달콤한 선택들로 가득 차 있었다. 대부분의 사람들은 자유를 주체하지 못했고, 언젠가 다시 당겨질지 모르는 긴 사슬에 묶인 애완동물처럼 미친 듯이 돌아다녔다. 어떤 사람들은 자살을 했다. 안전함을 추구하던 다른 사람들은 다른 감옥으로 몰려갔다. 하지만 버지니아와 몇몇 사람들은 마치 둥지를 짓기 위해 비어 있는 꼭대기를 찾는 귀족적인 독수리처럼, 자리를 박차고 일어나 넓게 그리고 멀리 세상에 저항했다.

버지니아는 한 편의 서사시 같은 이상을 꿈꾸었다. 열아홉 살에 그녀는 평화 봉사단에 가입하여 값싼 비용으로 세계 일주를 했다. 그녀는 시골 방식으로 사람들과 어울리는 것을 좋아했다. 그녀는 사람들 마음을 빨리 파악하는 능력이 있었다. 유머 감각도 뛰어났다. 스무 살 때 그녀는 실론 섬에서 아이들을 돌보는 일을 했다. 스물한 살 때에는 카스트 계급을 헤아리는 방법을 배우려고 인도 잠셰드푸르의 시장에서 선 채로 사람들을 관찰하기도 했다. 그때 자기 고향에서 본 어떤 사람보다도 힌두인들이 '흑인답다'는 생각이 들어, 스스로를 '검둥이'라며 긍정적이면서도 모순적인 방식으로 불렀다. 그녀는 감미롭고 섬세한 유머 감각을 키워갔다. 세네갈에서는 어부들 틈 바구니에서 손으로 식사하는 법을 체득했다. 케냐에서는 휴일에 킬리만자로 정상에 올라 그 나라 방식으로 손을 엉덩이에 올리고 눈으로 발 디딜 곳을 찾았다. 땀 냄새와 매운 향내가 코를 찌르는 카이로, 포트사이드, 다마스쿠스의 시장에서는 남을 속이는 장사꾼과 실랑이하는 법을 배웠다. 노예와 여자를 여전히 사고파는 것을 보면서 그녀는 협박을 일삼는 아랍인들에게도 쓸 만한 점이 있다는 것을 알게 되었다. 그녀는 탄자니아 북부의 마사이족 수용소에서 노인 리키와 함께 쪼그리고 앉았던 이야기, 우유와 소의 피를 마시게 된 이야기도 했다. 그녀가 말하기를 그 노인은 퉁명스러웠지만 자신의 속마음을 속속들이 보여주려 했다고 한다. 우유와 소의 피를 마시는 것도 그다지 나쁘지 않았다고 한다. 마사이족은 춤을 추지 않았다. 그녀는 아랍인, 아시아인, 아프리카인, 이스라엘인, 인도인의 미소 뒤에 숨겨진 미지의 영역에 발을 들여놓았다. 그들이 들려주는 이야기 속에서 그녀는 세상을 보는 다양한 방식을 발견했다.

스물두 살에 집에 돌아왔을 때 그녀는 해주고 싶은 이야기가 터질 듯이 많았다. 그녀 같은 사람들은 많았다. 보스턴, 뉴욕, 필라델피아, 시카고, 캘리포니아 전역에 사람들이 무리를 지어 모였고, 비슷한 이야기를 했다. 그들은 새로운 방식으로 사고했다. 그들은 세상에 있는 공통의 판단 기준에 대해 이야기했다. 그들 틈에서 농부들은 어떤 꾸밈도 없이 귀족적으로 변해갔다. 태생이 귀족인 사람들은 편안하고 보편적인 감각을 키워갔다. 그들은 스스로를 새로운 종족으로 인식했다.

그러면서 그들의 마음은 움직이기 시작했다. 처음에는 미묘한 과정이었다. 어떤 사람이 편하게 "알잖아?"라고 물으면, 약간 머뭇거리다가 모른다고 했다. 버지니아는 재사회화 과정에서 침묵의 시기가 길어지는 것에 대해 고통스러운 기억이 있다. 사람들은 자의식과 죄의식을 느끼기 시작했다. 누군가 강요했다면 그녀는 자신의 그룹에서 일어난 자살에 대해 이야기했을 것이다. 사람들은 점점 다른 사람들에게 무관심하게 되었다. 급기야 그들은 거리에서 아무 말도 하지 않고 고개만 끄덕였다. 어쩔 수 없이, 많은 사람들이 대화 중에 "나는 이해가 안 돼요!"라고 말하기 시작했다. 처음에 이 말은 잠정적인 표현이었지만 점점 방어적인 주장으로 변해갔다. 몇 개월이 지난 뒤 그들은 흑백으로 갈라졌다. 싸우려고 하는 사람들은 혼란스러워했고 고통스러워했다. 이것이 바로 버지니아가 동부를 포기하고 캘리포니아로 온 이유였다. 상처 입은 새가 날개를 편 채 땅에 앉는 것을 두려워하는 것처럼 그녀는 착지의 충격을 줄이기 위해 좀 더 부드럽고 개인적인 공간을 찾아 그곳으로 온 것이다.

3

나는 새로운 이야기를 찾아 그곳으로 갔다. 내가 떠날 때 동부에는 새로운 이야기가 더 이상 없었다. 사상과 표현 방법들은 거미줄처럼 오래된 관습에 얽매여 있었다. 구태의연한 이야기들이 여전히 전해졌고, 화자들 스스로도 자신감이 없었다. 언어는 감정과 분리되어 있었고, 더 이상 열정의 리듬에 빠져 있지도 않았다. 심지어 그 위대한 신화조차도 의례와 분리되어 떠돌아다녔다. 냉소적인 외판원들은 그것을 민속 문화라고 선전해댔다. 유머도 더는 없었다. 언어, 즉 어머니의 언어는 부유한 후원자들의 입맛에 부합하려는 자신의 가장 선량한 아들들에게 유린당했다. 더 이상의 새로운 이야기는 없었다. 엄청난 에너지가 성교의 기술을 묘사하는 데 낭비되었다. 흑인들은 오래전부터 검증된 연극만을 재탕 공연했다. 모파상의 매춘부들 곁에 근육질의 노동조합원들이 넘쳐났다. 바벨과 체호프가 묘사했던, 삶을 긍정해 마지않던 농부들은 자신의 피가 끓고 있다는 것을 의식하지 못한 채 술에 절어 무기력하게 현관에 앉아 있었다. 심지어 푸시킨의 선동가와 기품 있는 도둑들조차 노부인들 강탈하기, 자살하기, 싸구려 잡화점에서 잔돈 훔치기 같은 시시한 일에 만족하는 듯이 보였다. 당시 보통 사람들은 거드름을 피우는 것에 시달려야만 했다. 위대한 사람들은 개인적으로 전화를 할 때조차도 마치 수화기를 들고 있는 사람의 귀가 값비싼 녹음기인 것처럼 말했다. 모든 곳에 진실한 눈물과는 너무나도 동떨어진 기괴한 슬픔의 감정이 묻어 있었다.

상상력마저도 차별하는 계급 차별의 커튼이 드리워졌다. 식당에서, 비행기 안에서, 심지어 중산층 가정에서도 긴축과 무관심과 공포가 있었다. 그 시기에 공포에 대한 고백, 기도와 함께하는 증오에 찬 비명, 변해가는 사랑과 신뢰와 욕구, 살인, 처벌, 구원, 솔직하게 표현된 분노 등 백만 편 이상의 이야기가 남부에서 사장死藏되었다. 만약 내가 낯선 사람에게 접근하여 "저의 자아의식을 완성하기 위해 당신의 이야기가 필요합니다"라고 말한다면, 그 사람은 진저리 치고 공포에 떨면서 나를 폭행범으로 고발할 것이다. 하지만 그렇게라도 하지 않으면 모든 것을 이야기해야 하는 나의 책임을 방기하는 것이다. 새로운 변화가 필요할 때가 되면 반드시 해야 할 이야기가 있다. 하지만 당시 동부에서는 이런 것에 대해 생각조차 하지 않았다. 화자가 새로운 시각에 대한 예지력이 없으면 화자로서의 기능을 할 수 없다. 나는 새로운 시각, 변화, 신선한 형식이 필요했고, 그것을 찾기 위해 그곳에 갔던 것이다.

정보의 요점. 형식은 계층 차별과 무슨 관련이 있나?

모든 것과 관련이 있다.

행동반경

백인이 되고 싶다고 말하는 것인가?

화자는 현실에 대해 그 신화의 지지자만큼 깊이 접근할 필요가 있다.

본인이 흑인인 것이 부끄러운가?

다른 사람들의 구속복을 피할 정도로 날렵하지 못한 것만이 부끄러울 뿐이다.

당신은 통합에 대해 강박관념을 가지고 있지 않나?

나는 건강한 상상력 때문에 저주를 받았다.

계층적 제약이 상상력과 무슨 관련이 있나?

모든 것과 관련이 있다.

정보의 요점. 개인의 자유에 대해 어떤 생각을 가지고 있나?

새로운 이야기를 만드는 것에 제한 없이 접근하는 것이다.

지금의 이야기를 서술하기 위해 본격적으로 주의를 기울인 적이 있는가?

언젠가 샌프란시스코에서 결혼식이 있었다.

나는 버지니아, 그녀의 이야기는 가치가 있다고 생각했다. 이 이야기에 대해 우선권이 있다고 주장하는 폴 프로스트가 의심스러웠다. 보물 같은 그 이야기들을 그가 부당하게 이용하리라는 확신이 들었다. 그녀는 전혀 예쁘지가 않아서 처음에 나는 그가 어떻게 그녀를 사랑할 수 있었는지 알 수 없었다. 그녀는 작은 키에 뚱뚱하고 가슴도 작았고, 1940년대 영화 속 갱들이 즐겨 쓰던 평평하고 챙이 넓은 모자를 쓰고 리바이스 청바지를 습관처럼 입고 다녔다. 그러나 그녀의 옷 입은 모습을 보면 볼수록 그런 차림이 비밀스러운 내면에 관심이 쏠리지 않게 하려고 자신을 감추는 행동이라는 걸 알게 되었다. 나는 큰 소리로 터뜨리는 그녀의 웃음 뒤에 숨어 있던 손이 비밀스럽게 손짓하는 것을 보았다. 그녀의 건들거리는 행동은 부드러운 속마음을 용케 감추고 있는 듯했다. 그녀의 거친 웃음소리를 들으며 나는 그녀가 자신의 예술적 감수성을 감추려고 세상에 노출되는 위험 앞에서 목소리를 정교하게 변조했다는 것을 감지했다. 그녀는 복잡하고 아이러니한 방어기제를 가지고 있었다. 그녀가 "날 가지고 놀지 마, 검둥아!"라고 큰소리를 칠 때 그 리듬의 밑바닥에는 '가까이 오지 마세요. 나는 쉽게 상처받아요'라는 의미가 숨어 있었다. 혹은 그 목소리가 "이리 와서 내 약혼자를 한번 봐. 만약 당신이 싫다고 하면 뜨거운 맛을 보게 될 거야"라고 말할 때, 그 재빠르고 검은 눈동자는 반응을 살피며 조용한 목소리로 '내 사람을 다치게 하지 마세요! 내 사람을 다치게 하지 마세요!'라고 말하고 있었다. 그녀는 이렇게 감미로운 아이러니로 양념을 치듯 자신의 이야기를 만들어냈다. 버지니아 밸런타인은 국제적인 경험이 가미

된 이야기를 창작해내는 시골 출신 재담꾼이었다. 그녀는 상당히 복잡한 방식으로 혼신을 다해 이야기를 풀어나갔다. 그녀는 독특했다. 그녀는 고전적인 타입의 화자였다. 버지니아 밸런타인은 마법의 여인이었다.

폴 프로스트는 밖으로 드러난 그녀의 강인함에 끌렸던 것 같다. 당시 그는 그녀가 특이한 존재 이상이라는 것을 알고 있었다고 나는 확신한다. 그는 자수성가한 캔자스 집안의 자손이었고, 가치 있는 것에 대해 예리한 안목을 가지고 있었다. 이러한 안목 때문에, 그리고 아마도 그에게 여전히 분명치 않은 이유들 때문에 그의 가족과 대초원은 여전히 그의 과거 속에 존재하고 있다. 그는 위대한 예술 작품을 통해 가족을 구원하고, 외로운 대초원 마을을 망령으로부터 해방해야겠다고 느꼈던 것 같다. 나는 그의 눈동자 속에 죽은 인디언들이 살아 있는 것을 보았다. 하지만 똑바로 쳐다보는 그 눈동자 속에서 건강한 이글거림도 보았다. 그것은 언제 던져질지 모르는 질문에 대한 답을 진지하게 갈구하는 눈빛이었다. 피부 아래의 연약한 속살처럼 혹은 밝은 구름처럼 강렬한 호기심의 아우라가 그의 얼굴에 드리워져 있었다. 그것은 마치 눈길이 닿는 누구에게라도 "나는 누구죠?"라고 묻는 것 같았다. 하지만 이는 단지 표면적인 본질이었다. 그의 얼굴을 꼼꼼히 살펴봐도 나는 그의 정체를 파악할 수 없었다. 그의 정체를 쫓을수록 당황스러웠고, 심기가 불편해졌다. 왜냐하면 그가 간직하고 있던 미스터리의 본질이 단순한 죄책감, 노골적인 애욕, 혹은 지배에 대한 열정, 두려운 존재에 굴복하려는 욕구였을 수도 있기 때문이다. 모든 것의 동기가 관습적인 사랑과 관련이 있다.

　가끔 버지니아가 그를 부드럽게 바라볼 때 나는 그녀의 눈에서 조용히 통제되며 밖으로 드러나는 것을 두려워하지 않을 정도로 자신감에 찬 특별한 영혼의 힘을 읽을 수 있었다. 나는 그가 자신의 천진함을 모르고 있었다고 확신한다. 그래서 그가 아무것도 모르고 타락한 이방인에게 다가갈 때면 겉으로 웃고 놀리고 으르렁거리는 동안에도 속으로는 '내 사람을 다치게 하지 마세요! 내 사람을 다치게 하지 마세요!'라고 그녀는 간청했던 것이다. 그녀는 마술적인 스타일과 섬세함으로 자신만의 시골식 풍자를 만들어냈다. 나는 그들을 좀 더 알고 나서야 두 사람의 연결 고리를 이해하게 되었다. 다소 어색하게도 그녀는 순박한 시골 소년이 품고 있는 귀족적인 영혼 위에 부러진 날개를 편 독수리 같은 존재였다. 온전하지 않은 영혼을 가진 그는 약점 많은 사람으로 변해갔다. 하늘 높이 날아오른 탓에 심하게 상처를 받았지만, 그녀는 거친 손길이 벌거벗은 날개를 만지도록 허락하기에는 너무나도 지고한 품위와 세상에 대한 철저한 배신감을 가지고 있었다. 폴 프로스트는 아주 운 좋게도 순진했다. 버지니아 밸런타인은 자신을 치료하기 위해 그를 보호하고 있었다.

　결혼식은 판사 집무실에서 조용히 치러졌다. 폴의 형이 들러리였다. 키가 크고 건장한 그는 동생 옆에 서기 위해 캔자스에서 비행기를 타고 왔다. 그는 반지를 들고 온화하고 기품 있게 서 있었다. 폴의 부모님은 참석하지 않았다. 그들은 뻔한 변명을 하려고 여러 번 전화를 했다. 변명이 받아들여지지 않자 그들은 안부를 묻는 전보를 보냈다. 그래도 버지니아의 부모는 테네시에서 결혼식을 보러 왔다. 그들은 결혼 소식을 듣고 기뻐하면서 그녀에게 고향으로 오라고 여러 번 간청했다. 하지만 그녀의 마음을 바꿀 수 없다는 것을 알자 시골식으로 만든 햄, 집에서 만든 케이크, 버지니아의 테네시 숲 속에 살고 있는 혈기 왕성한 체로키 인디언인 할머니가 짠 결혼식 퀼트를 들고 날아왔다. 그들은 또 잘되기를 바라는 이웃들에게서 요리법을 한가득 받아 가지고 왔다. 어머니는 연한 파란색 드레스를 입고 하얀 모자를 썼다. 피부색이 아주 짙고 키가 작은 그녀는 일요일 교회의 안내원처럼 엄숙하게 판사의 가죽 의자에 앉았다. 체격이 좋고 갈색 피부에 잘생긴 아버지 대니얼 밸런타인은 판사가 예식을 마무리할 때 주위 사람들과 악수를 하고 어색하게 웃었다. 그의 구불구불한 검은 머리와 툭 튀어나온 광대뼈는 인디언의 특징을 섬세하게 드러내고 있었다. 버지니아의 피부색은 진한 적갈색이었다. 그녀는 수수한 하얀색 드레스에 붉은 끈 장식을 했다. 그녀는 제 어머니를 보고 마치 "괜찮아요. 제가 그랬잖아요"라고 말하듯이 안심시키는 미소를 자주 지어 보였다. 폴은 검은색 정장에 검은색 나비넥타이를 매고 있었고, 고급 개인 클럽의 종업원처럼 책임감 있고 진지해 보였다.

햇빛이 화창하게 내리쬐는 금문교 공원의 연회 자리에서 대니얼 밸런타인 씨는 주위 사람들에게 시가를 권했다. 그런 다음 손을 호주머니에 넣고 천천히 바닥으로 걸어 내려왔다. 때는 11월의 따뜻한 오후였는데, 그에게는 좀 더운 날씨였다. 그는 환경에 적응을 못해 좌불안석이었다. 나는 시가를 피우면서 그를 따라 걸었다. 그의 갈색 얼굴에서 두려움, 자존심, 혼란스러움을 보았다. 그는 세상에서 가장 확실한 것들 중 하나가 어쩌다 이렇게 잘못되었는지 난감해했다. 그는 피부색이 최고의 결속력이라 믿었지만 이제 누군가 때문에 부끄러워하게 될 것이 분명했다. "우리는 딸애에게 집으로 오라고 여러 번 말했소." 그는 걸으면서 말했다. 그는 만개한 꽃들, 이제 막 갈색으로 변하는 나무들, 셔츠를 걸치지 않은 채 프리스비를 던지는 젊은 사람들을 보았다. 그는 "나는 더 이상 이 세상을 아는 척하지 않소. 그래도 신랑 될 사람과 행복하게 오래 함께할, 조상 대대로 내려온 땅에 대해서는 잘 안다오. 나는 그 땅을 가족이라는 테두리 안에 잘 간직했소. 우리 집 애는 그 가족의 긴 계보를 타고 태어났고, 그 애 엄마와 나도 그걸 자랑스럽게 생각하오. 젊은 시절 나도 남부에서 따라다니는 백인 여자들이 많았소. 그래서 이 세상이 어떻게 돌아가는지 조금은 알고 있소. 내가 누구의 노리개가 아닌 것처럼, 우리 집 애도 그렇게 되게 놔둘 수는 없소." 그는 초록색 잔디와 활짝 펼쳐진 나무를 자세히 둘러보며, 가슴을 한껏 부풀어 올려 숨을 깊이 쉬었다. 나는 그의 몸이 테네시의 서늘한 가을을 간절히 바라고 있다는 것을 느꼈다. 그는 땀을 조금 흘리고 있었다. "이제 나는 그의 가족에 신경 쓰지 않을 거요. 그들은 나 때문에 곤란해질 수도 있소. 나는 내 가족만 챙길 거요! 어젯밤 나는 그 사람한테 '만약 당신이 내 애기에게 상처를 주거나 제 잘못도 아닌데 울게 하지는 않는지 두고 볼 거야'라고 말했소. 그리고 내가 벼르고 있다고 말했소." 그는 마치 흑인들끼리 하는 이야기라는 듯이 나에게 말했다. 나는 그에게 비밀스럽고 보물 같은 자아를 가진 그녀가 관습적인 사고로 가득 찬 가족의 테두리를 이미 오래전에 떠나 넓은 세상으로 갔다는 것을 어떻게 말해야 할지 난감했다. "그게 내가 그 사람한테 한 말이라오." 대니얼 밸런타인 씨는 말했다. 그런 다음 그는 시선을 피해 시가를 뻐끔거리며 다른 사람들이 유칼립투스 나무를 빙둘러싸고 서 있는 것을 보고 고개를 끄덕였다. 밸런타인 부인은 점심 꾸러미를 풀고 있었다. 폴은 어린 소년처럼 웃으며 버지니아의 손을 잡고 흔들고 있었다. "하지만 쟤들은 잘 어울리는 커플이 될 거요. 그렇지 않소?" 대니얼 밸런타인 씨는 나에게 물었다.

그들은 아주 잘 어울리는 커플이 되었다. 폴은 미션 디스트릭트 샌프란시스코의 라틴계 거주 지역에 있는 아파트를 빌려 한 지붕 아래로 세간 살림 전부를 옮겨왔다. 버지니아가 여행을 하면서 모은 포스터, 그림, 조각상을 박스에서 꺼내 벽과 작은 탁자를 장식했다. 폴이 가져온 수많은 책들은 작은 거실에 있는 키 큰 갈색 책장에 가지런히 꽂혔다. 결혼 후에 몇 번 그들을 만났을 때 그들은 행복해 보였다. 그들은 산산조각난 삶의 조각을 주워 제자리에 돌려놓으려고 애를 썼다. 버지니아는 주립 사무소에서 사무 보조원으로 일했다. 폴은 낮에는 건설 회사에서 일했고, 밤에는 지역 전문대학에서 학위를 따기 위해 공부했다. 그는 단단히 결심한 사람처럼 규칙적으로 아주 열심히 일했다. 그의 내면에는 대초원의 안정감 있는 리듬이 여전히 자리 잡고 있었지만, 나는 그가 마음 한구석에 아직도 혹독한 겨울의 기억을 품은 채 살고 있었다고 생각한다. 그들은 국제적인 방식으로 살기 위해 많은 노력을 했다. 둘 다 멕시코계 이웃에게 스페인어를 배웠다. 그들은 독특함과 성격을 고려해 신중하게 친구를 선택했다. 그들은 내가 만나본 사람 중에서 가장 민주적이었다. 둘은 사람들이 스스로를 드러내도록 만들 줄 알았고, 멕시코계, 아시아계, 프랑스인, 브라질인, 흑인 미국인, 백인 미국인과 다양하게 교제했다. 그들은 사람들이 끊임없이 오가는 곳에 살았다. 그들은 그러한 구조가 자리 잡고 있을 때 그곳에 살았다. 동부에서처럼 잔인하지는 않았지만 비슷한 결과가 예정되어 있었다.

그 시기 캔자스에 있는 폴의 부친이 그들에게 압력을 가하고 있었다. 내 생각엔 버지니아 때문에 부친이 여러 가지 상상을 하다가 결국 자신의 명성을 염려하게 된 것 같다. 폴이 급기야 결혼 생활을 재고하기 시작하자 부친은 폴을 전적으로 지지하며 주기적으로 장거리전화를 했다. 그는 이런 일이 일어나리라고 추호의 의심도 하지 않았던 듯했다. 그들은 전화상으로 주거니 받거니 논쟁을 했다. 아버지는 아들이 흑인처럼 생각하기 시작했다고 비난했다. 아버지는 아들이 착각했다고 비난했다. 아들은 아버지가 마음이 너무 좁다고 비난했다. 아들은 아버지가 둔감하다고 비난했다. 아무것도 해결되지 않았지만, 토론 자체는 매우 이성적이었다. 아버지는 단지 능력 있는 사업가였을 뿐이다. 그의 마음속에는 시장에 대한 예리한 감각이 있었다. 버지니아가 별 볼 일 없다고 생각되자 그는 아들이 곧바로 손해나는 투자를 원상 복구해야 한다고 판단했다. 결국 피부색에 대한 물화_{자본주의 사회에서 모든 것을 매매의 대상으로 보는 것을 말한다. 인간의 노동력 내지 다른 능력도 상품화되고 인간과 인간의 관계조차도 거래 관계처럼 나타나는 경향을 말한다}는 영원하지 않았던 것이다. 그의 입장에서 볼 때 그것은 간단한 일이었다. 하지만 폴의 입장에서는 간단하지 않았다.

12월 초 나를 저녁에 초대했을 때, 버지니아는 나에게 이렇게 말했다. "남편은 시아버지가 언젠가 우리 검둥이 아기에게 사랑스런 뽀뽀를 해줄 거라고 생각해요. 만약 내가 냉정한 사람이었으면 웃기는 민스트럴_{Minstrel Show, 흑인으로 분장하고 흑인 가곡 등을 부르는 백인의 쇼} 사진 한 장을 보내드렸을걸요." 그녀가 이렇게 이야기할 때 웃기는 했지만, 평상시에 들을 수 있던 아이러니는 느껴지지 않았다. 그녀는 손을 리바이스 청바지 뒷주머니에 넣고 엉덩이는 부엌 스토브에 기댄 채로 있었다.

폴은 부엌에서 포도주를 마시고 있었다. 그는 화가 나 있었고, 뭔가 단단히 결심한 것 같았다. 그는 "우리 아버지는 당신 자신의 방식으로 보면 괜찮은 사람이죠. 하지만 아버지는 단지 세상의 일부분만 알고 있을 뿐이에요. 아버지와 비슷하지 않은 사람과는 진지한 이야기를 절대 안 하죠. 아버지는 흑인을 이해하지 못해요, 지니_{버지니아의 애칭}를 이해하기까지 고통스러운 시간을 보내야 할 거예요." 그는 눈을 번득이며 웃었다. "집사람은 모순으로 가득 차 있죠. 규칙이란 규칙은 다 어겨요. 당신들 모두가 그렇게 하는 것처럼 말이죠."

나는 테이블에 앉아 포도주를 한 잔 따랐다. 버지니아는 매운 스페인 음식을 만들고 있었는데, 그 냄새가 나의 긴장을 적이 풀어주었다. 잔을 다 비운 다음 나는 "당신 아버지가 걱정하는 것을 나는 이해해요. 관습대로라면 벌건 대낮에 사랑을 나눈 두 사람 중 한 명은 죽거나 평생 불구가 되거나 별안간 벼락을 맞아야겠죠."

폴은 웃었다. 그는 포도주 잔을 홀짝거렸다. "이것이 진짜 삶이에요"라고 그가 말했다. "영화가 아니라고요. 하여간 나는 걱정 안 할 거예요."

버지니아는 스토브 안에 든, 빨간 소스를 친 음식을 휘젓고 있었다. 방 안 공기는 톡 쏘는 양념 냄새로 자욱했다.

나는 폴에게 "할리우드의 영화 제작자들은 돌고 돌죠"라고 말했다.

폴은 다시 웃었다. "이것이 진짜 삶이죠." 그는 나에게 말했다. 하지만 그는 조금씩 취해가고 있었다. 그는 포도주를 홀짝이며 말했다. "이 집에 살면서 우리는 현실에 대해 심각하게 생각하고 있어요. 사람들 정의에 따르면 지니는 흑인이죠. 하지만 사실 그녀는 아프리카, 유럽, 인디언의 피가 섞인 사람이에요. 바깥에서 보면 그녀는 거친 사람이지만, 집에서는 상냥하고 사랑스러워요. 다른 사람 앞에서는 거친 척하지만, 내 앞에서는 마음 약한 사람이고요. 내가 이런 모순을 이해하기까지는 긴 시간이 필요했어요. 내 가족은 시간이 더 걸릴 거예요. 나의 아버지는 아주 둔감하고 강직한 마음을 가지고 있어요. 나는 기다릴 거예요. 나는 결혼을 미래에 대한 투자라고 생각해요. 아버지가 좀 안정이 될 때 나는 아내를 데리고 집으로 갈 거예요. 전에 말한 것처럼, 나는 걱정 안 해요."

버지니아가 스토브 쪽에서 말했다. "시아버지가 우리를 부르면 남편이 나한테 얘기해주겠죠."

죄를 짓고 구석에 몰린 듯한 표정으로 폴은 포도주 잔을 손가락으로 가리켰다.

내 이야기가 아니었지만 나는 그 소재에 참견하지 않을 수 없었다. 내가 볼 때 관점이 허술해 보였다. 나는 포도주 한 잔을 더 부었고 탁자 건너편에 있는 폴을 보았다. 우리 위의 벌거벗은 전등알이 내 적포도주 잔에 스산하게 비쳤다. 나는 말했다. "여기는 동부와 시간대가 다르죠. 우리가 여기서 '좋은 오후 보내세요'라고 하면 동부 사람들은 '안녕히 주무세요'라고 말하죠. 그것은 거리의 문제이지 가치의 문제가 아니에요. 동부에서 시작된 생각은 언론을 통해 빨리 세상에 퍼지지만,

여기서는 다양성이 그 전파 속도를 늦추죠. 자아의식을 존중하는 언론이 필요하다는 생각이 들어요. 스스로 지속 가능할 정도로 순수한 상상력은 없다고 생각해요."

폴은 나를 뚫어지게 보았다. 그는 짜증이 난 것처럼 보였다. 그는 "당신 이야기를 이해하지 못하겠어요"라고 말했다.

나는 말했다. "누군가 당신과 논쟁하러 여기에 오겠죠. 머지않아 당신 자신마저 놀라게 될 거예요. 시간 있을 때 당신 아내가 처한 현실을 아버지에게 이해시켜야 해요. 그 마음이 무엇으로 무장돼 있든 맞부딪쳐야 해요."

그는 정말 내 말을 알아듣지 못했다. 아직 자신이 자유롭다고 생각하는 것 같았다. 그는 식탁에 꼿꼿하게 앉아서 포도주를 홀짝이고 있었다. 그는 혼란스럽고 상처를 받아서 폭발하기 일보 직전이었다. 그의 이야기에 끼어들어서는 안 되었지만, 그를 위해서라도 정말 이해시키고 싶은 부분이 있었다. 나는 부엌 문 바로 위쪽 벽에 걸린 나이지리아의 행사용 가면을 가리켰다. 우리 위에 있는 전구의 하얀 불빛이 잘 닦아놓은 갈색 가면 위에 비쳤다. "저것이 아름답다고 생각해요?" 내가 물었다.

폴은 고개를 들어 그 가면을 살펴보았다. 그것은 한 인간의 과장된 얼굴이었고, 유목민의 특질을 보여주는 행사용 나무 가면이었다. 가면에 난 조그마한 틈이 눈이었다. 이빨은 큰 입에 엉뚱한 각도로 튀어나와 있었다. 돌출되게 깎은 이마 위에 산양의 뿔을 닮은 장식물이 달려 있었다. 폴은 포도주를 홀짝거렸다. 그는 말했다. "아주 멋있는 가면이죠. 지니가 이바단에 있는 상인에게서 산 거예요. 그것에 얽힌 재미있는 이야기도 있고요."

나는 "그런데 이것이 아름답다고 생각합니까?"라고 물었다.

"그 가면 말이에요, 아니면 이야기 말이에요?" 스토브 앞에 서 있던 버지니아가 말했다. 그녀는 잠깐 스스로를 조롱하는 듯이 웃었지만, 그 웃음소리는 비밀스러운 자아를 가리고 있는 커튼이었다.

"당연히 가면을 말하는 거지!" 폴은 그녀에게 차갑게 말했다. 그다음 그는 나를 감정이 가득 담긴 눈으로 바라보았다. "멋있는 가면이죠." 그는 말했다.

나는 말했다. "당신이 예술품 거래상이라고 가정해봐요. 당신은 특별한 취향을 가지고 있죠. 하지만 당신의 가게는 작은 도시에 있어요. 당신은 최고의 고객에게 그 가면이 아름다우며 이목을 집중시키는 구석이 있다고 설득해서 팔려고 해요. 다른 예술품 거래상들은 전부 그 가면이 볼품없다고 해요. 어떻게 그 고객을 설득해서 판매해야 할까요?"

폴의 눈이 동그랗게 커지며 번득였다. 그는 일어나려다가 다시 의자에 앉았다. "나는 겸손을 싫어하죠"라고 그는 말했다. "하지만 얕보이는 것도 싫어요!" 그는 참고 있었지만 분명히 화가 나 있었다. 그는 다시 일어났다.

버지니아가 소리쳤다. "저녁 드세요!"

나는 폴에게 말했다. "당신은 심리전의 함정에 빠진 거예요."

그는 덫에 빠진 것처럼 보였다. 그는 제 아내에게 고개를 돌렸다. 하지만 그녀는 등을 돌리고 큰 소리를 내며 스토브를 열고 있었다. 그녀는 오래된 흑인 노래를 부르고 있는 것 같았다. 그는 섬뜩한 공포가 느껴질 정도의 표정으로 나에게 고개를 돌렸다. "당장 여기서 나가요!" 그는 소리쳤다. "꺼지라고요!"

나는 그를 지나쳐 스토브 앞에 서 있는 버지니아를 보았다. 그녀는 맨손으로 뜨거운 빨간 접시를 쥐고 있었다. 그녀는 새처럼 떨고 있었다. 얼굴에 엄청난 패배감이 감돌았다. 그녀는 울음을 터뜨렸다. "가요! 제발 가라고요! 당신이 어떻게 생각하든 이 사람은 내 남편이라고요!"

나는 그들을 저녁 자리에 그대로 두고 떠났다. 그것은 내 이야기가 아니었다. 그들이 그 문제를 좀 더 잘 다루기 전까지 나는 이야기를 할 수가 없었다.

이 부분에 대한 분석이 필요하다. 이것은 너무 모호해서 좀 더 분명하게 설명해야 한다.
나는 그의 마음속으로 들어가려 했지만 실패했다.

설명하라.
나는 그와 피부색 문제로 맞부딪쳤고, 그는 백인이 되었다.

모호하다. 설명하라.

행동반경

그의 '나'가 존재했던 인격에 공적인 공간이 있었다. 자아의 신경과민적 속성 때문에 자만심이 생겨났다. 그는 이 공간 속에서 외부 세계와의 관계를 구축해왔다. 내가 너무 직접적으로, 그리고 갑작스럽게 그가 세워온 가정들을 부정하며 이 공간에 도전을 시도했다. 이 침입을 감지한 그는 자신이 취해왔던 태도를 방어하려고 감정적으로 반응했다. 그래서 나는 그의 세계로부터 여지없이 쫓겨난 것이다.

모호하다. 설명하라.

나는 나다. 나는 우리다. 당신은.

명료성이 이 부분의 핵심이다. 설명하라.

수많은 가설들이 해를 거듭하면서 재확인되었고 마치 이를 닦는 것처럼 일상이 되었다. 그는 자신의 인격을 보호해줄 완전무결성을 제 스스로 만들 필요가 없었다. 그가 키워나가야 했던 모든 것은 그가 태어나기도 전에 바깥세상 속에, 이미지, 행동, 힘, 다른 사람들 속에 이미 존재했다. 그 정의되지 않은 '나' 안에 자아가 존재했고, 자아는 표피만을, 세상 전체의 겉모습만을 포용했다. 이것은 무의식적인 과정이었고, 그가 통제할 수 없는 것이었다. 이것이 그를 규정했다. 이것이 그가 가지고 있는 질서를 규정짓는 외형적인 구조였다. 그 구조는 질서에 도전하는 개인적인 경험을 부정하는 것에 무의식적으로 연결되어 있었다. 나는 이 초대받지 않은 영역으로 들어가려 했고, 다시 밀려났다. 이것은 그의 권리였다. 조심스럽게 노크를 하지 않는 한 이방인은 사적인 공간으로 들어가지 못한다. 맹인도 익숙하지 않은 소리가 들릴 때는 움직이지 않는다.

명료성이 이 부분의 핵심이다. 설명하라.
나는 그가 자신이 도덕적 과제를 수행하고 있었다는 것을 스스로 인지했다고 본다.

성탄절 후에 버지니아는 나에게 전화를 해서 말했다. "당신이 어떻게 생각하든 상관없이 그는 선한 사람이에요. 그는 미안해하고 있어요. 하지만 당신이 그를 화나게 한 건 사실이죠. 내가 여행을 하면서 배운 것 중 하나는, 사람은 그들이 존재하는 방식 그대로 받아들여져야 하고, 바로 그 점에서 출발하려고 노력해야 한다는 거예요. 아프리카인은 잔인한 사람이 될 수 있어요. 아랍 사람은 내가 아는 한 절대 믿을 수 없어요. 우리 같은 검둥이 중 많은 이들은 사람들이 생각하는 것만큼 그렇게 강렬하지 않아요. 하지만 그 멍청한 인도인들이 나에게 인내와 믿음이 무엇인지 가르쳐줬죠. 그들은 여전히 강한 사람들이지만 뭐 하나 소유한 것이 없어요. 캘커타에서는 절름발이 거지들을 길에서 쉽게 볼 수 있지만, 사람들은 그 거지들 주위를 그냥 걸어갈 뿐이죠. 서양 사람들은 그걸 보고 잔인하다고 말하지만, 그 빌어먹을 인도인들은 하도 복잡한 사람들이어서 아마도 똑같은 거지를 보고도 수천 년 전

행동반경

에 살다가 매운 음식을 너무 많이 먹어 통풍으로 죽은 추장의 환생을 떠올릴 거예요. 젠장! 그는 다른 어떠한 것도 필요 없어요! 그래서 그들은 그 사람이 지금 어떻게 보이든 신경 쓰지 않죠. 하지만 인내는 마치 성탄절 아침과 같은 거죠. 사람들은 그 나무 아래에 있는 것을 받아들여야 하고, 산타클로스가 있다고 믿어야 하죠. 당신과 내 이 검둥이 아기도 그걸 배워야겠죠. 나는 어떤 것도 포기하지 않을 거예요! 나는 그 어떤 빌어먹을 것도 포기하지 않을 거라고요! 그건 그렇고, 연말에 단벌 양복이라도 빼입고 우리하고 송년 미사를 가는 게 어때요?"

버지니아 프로스트는 마술적인 여인이었다.

성당은 웅장하고 춥고 어두웠다. 거대한 스테인드글라스를 끼운 아치형 창문은 빨갛고 노란 촛불의 불꽃 속에서 신성한 이미지의 윤곽을 드러냈다. 두 명의 감독파 신부들은 펄럭이는 장백의를 입고 성단소에 서서 미사 경본의 기도문을 읽었다. 검은 성직자복을 입은 작은 소년들은 복도 아래위를 경건하게 걸어 다니며 회색 연기가 나는 향로에 향을 피웠다. 우리 주변의 사람들은 교회 의자에 앉아 있었다. 젊은 사람, 늙은 사람, 중년인 사람, 옷을 화려하게 또는 초라하게 입은 사람, 희망에 차 있는 사람, 비참해하는 사람 들이었다. 듬성듬성하고 길게 수염을 기른 젊은이가 고개를 숙인 채 조용히 앉아 있었다. 그들 옆에는 긴 세월 개척자의 삶을 살아온 탓에 기운이 다 빠져 매우 지쳐 보이는 젊은 여자들이 창백하고 굳은 얼굴로 앉아 있었다. 혼자 온 처녀들은 주름 장식 단추를 단 드레스 위에 금속편으로 장식한 데님 재킷을 입었다. 많은 사람들이 가죽 부츠를 신었다. 여기저기 인파 속에서 보일 듯 말 듯 남자와 남자, 여자와 여자가 성별로 나뉘어 머리를 숙인 채 손을 잡고 앉아 있었다. 버지니아는 곱슬머리 위에 원통형 모자를 불량스럽게 쓰고 앉아 있었다. 나는 그녀의 오른쪽에 앉았고, 폴은 왼쪽에 앉았다. 우리는 서로 가깝게 붙어 앉았다. 그곳은 피난처의 분위기를 자아냈다.

우리 머리 위 발코니에서 두 합창단이 검고 흰 예복을 입고 미사곡을 불렀다. 그 목소리는 마치 상처 받은 천사가 책임을 다하지 않는 신을 다시 땅으로 불러내는 울음처럼 들렸다. 그 열성은 대단했다. 우리 주위에 있는 사람들은 모두 정신이 빠진 것 같았고, 지쳐서 나가떨어진 듯 감정이 고갈돼 보였다. 사람들은 간절함이 묻어날 만큼 합창에 집중했고, 그런 강렬한 열정은 거의 스스로 소리를 만들어낼 정도였다. 마치 합창 소리 밑바닥에 흐르는 또 다른 노래에 대해 질문하는 것 같았다. 우리는 눈을 감고 각자의 기도를 했다. 때는 자정에 가까웠고, 우리는 그 합창 소리를 통해 바흐의 신앙심을 느꼈다. 침묵 속에서 답을 하듯이 깊이 탄식하는 소리가 들렸다. 뒤에서 난 그 목소리는 침묵 속에서 두드러졌다. "어이, 젊은이." 그 목소리는 쇳소리를 내며 말했다. "자네가 교회에서 모자 벗으라는 말을 못 들을 정도로 귀머거리라면 당장 나가!" 뻣뻣한 목에서 나오는 소리가 두 줄 정도 떨어진 자리에서 들려왔다.

"어이, 젊은이." 그 목소리가 버지니아를 향해 요구했다. "내 말 들었어? 아니면 말귀를 못 알아듣는 귀머거리야?" 나는 눈을 떠서 고개를 돌렸다. 내 옆의 버지니아는 눈을 더 꼭 감고 있었다. 그녀 옆에 앉은 폴이 고개를 들어 늙은 신사의 얼굴을 날카롭게 쏘아보았다. 그의 목소리에는 한번 해볼 테면 해보라는 익숙한 거만함이 묻어났다. "이런 실성한 늙은이가 있나!" 우리를 둘러싼 조화로움을 깨는 목소리로 폴이 말했다. "실성한 늙은이!" 폴이 계속했다. "이 사람은 내 아내야. 남이 뭘 입든 마음에 안 들면 당신이 나가!"

합창단은 마치 높은 합창으로 이 소동을 무마하려는 듯이 목청을 한껏 높였다. 우리 주위의 사람들은 조용히 기침을 했다. 폴은 버지니아의 어깨를 팔로 감쌌다. 그는 눈을 감고 그녀의 귀에 속삭였다. 나는 눈을 감고 음악에 집중하려고 했다. 하지만 나는 합창 소리가 아닌 다른 것 때문에 겸손해졌고, 희망적이 되었고, '이 사람 진짜 남자군' 하고 혼자 생각했다.

1월부터 줄곧 폴은 인생의 숨겨진 국면을 열어갔다. 그의 마음속에 있던 무엇이 문을 열었고, 그는 정보에 목말라 했다. 그는 다른 시각을 찾아 책을 갈급하게 읽었고, 선전 문구 속에서 사실을 추려내었다. 엄청나게 많은 것들에 밑줄을 그었고, 여백에 질문들을 갈겨썼고, 공개적으로 질문을 했다. 그는 예전에 자신이 읽었던 것 대부분을 버렸다. 자신을 수심에 잠기게 하고, 침묵하게 하고, 슬프게 하던 것들을 마음속 비밀스

러운 장소에 쌓아두었다가 폐기했다. 나는 그와 거리를 두고
있었지만 그를 자세히 보았다. 나는 그가 용기 있게 뒤돌아보
는 것을 사랑했다.

2월 초 그가 버지니아와 같이 슈퍼마켓 주차장에 있을 때
여러 명의 아이들이 그를 검둥이라고 불렀다. 아이들의 개도
그 리듬에 맞추어 짖어댔다. "나는 어린 불량배들을 보고 웃
을 수밖에 없었어요." 버지니아는 말했다.

그녀는 폴이 왜 화가 났는지 이해할 수 없었다고 말했다.

2월 말 그가 버지니아와 함께 선셋 지역을 빗속에서 걸어갈
때 두 아이가 그를 검둥이라고 불렀다.

"검둥이가 대체 뭐죠?" 그는 전화를 걸어 나에게 질문했다.
"내 말은, 그게 정말 당신에게 무슨 의미냐고요?"

나는 말했다. "그건 프로테우스바다의 신이며 자신의 뜻에 따라 어떤 것
으로도 변신할 수 있다. 이 작품에서는 검둥이(nigger)가 정신적인 측면에서 스스로 백인으
로도 흑인으로도 변신할 수 있다는 뜻에서 쓰였다의 자손, 가장 지고한 자유
에 관한 표현이라고 생각해요."

그는 전화를 끊었다.

나도 그에게 전화를 다시 걸지 않았다. 그는 자신만의 정의
를 가져야 한다고 생각했다.

3월 초 버지니아는 자신이 임신한 것을 알았다.

같은 달 폴은 아버지와 논쟁을 하던 중에 아버지가 당신의
사무실을 깨끗이 털고 간 어느 흑인 건물 관리인을 언급했다
고 털어놓았다. 하지만 그 노인은 새로 태어날 아기에 대해 화

행동반경

를 아주 많이 냈다.

성탄절 이후로 몇 달 동안 나는 그들을 보지 못했다. 나는 50년 동안 감옥살이를 하다가 최근에 가석방된 사람에게 관심을 갖게 되었다. 그는 풍부한 이야깃거리를 가지고 있었다. 나는 종종 집으로 가는 길에 그의 방에 들러 체스를 두면서 이야기를 들었다. 그는 자유의 사치스러움에 대해 웅변조로 노래했다. 자신을 용솟음치게 한 그 노작勞作의 서사적 특성에 대해 자세히 이야기했다. 그는 야망, 욕망, 욕구로 활기에 차 있었다. 하지만 그의 동작은 보이지 않는 시계의 움직임에 조종당하는 것 같았다. 그는 문 쪽으로 걸어가다가 멈춰 서서 어리둥절해했고, 다시 침대 옆에 있는 의자로 돌아갔다. 그의 창문은 바닷속으로 가라앉는 석양을 접하고 있었지만 커튼이 한 번도 올라가지 않았다.

한번은 그가 나를 점심에 초대해서는 복숭아 통조림을 열더니 숟가락 하나로 같이 먹자고 고집을 피웠다. 그는 나를 자신의 후원자로 초대한다며 파티에 같이 가자고 했다. 그곳에서 그는 방 한구석에 있는 의자에 앉아서 호기심 많은 낯선 사람이 자신의 회고록에 관심을 표할 때만 활짝 미소를 지었다. 그는 한 줄도 틀리지 않고 똑같은 이야기를 했다. 저녁 늦게 나는 식사에 초대한 안주인과 잠깐 이야기를 했다. 그녀는 나를 똑바로 쳐다보고 격정적으로 분개하며 감옥에 대해 맹렬히 비난했다. 그녀는 주기적으로 빈 마티니 잔을 자신감 있게 몸 오른쪽으로 원호를 그리면서 흔들었다. 언제나처럼 다 알고 있어 쳐다볼 필요도 없다는 듯이 한 종업원이 접시를 들고 여주인이 그려내는 완벽한 원호와 평평한 표면이 서로 교차하는 지점에 서 있었다. 나는 내 얼굴이 안주인의 연한 푸른색 선글라스에 둥그렇게 비치는 것을 보았다. 나는 웃기 시작했다.

앞 단락은 전체적으로 모호하다. 삭제해야 한다.
나는 그것을 남겨두려 했다. 그것은 그 시대의 속성을 암시하려던 것이다.

하지만 여기서 서사가 표류하는 것 같다. 주제, 분위기, 서술 초점에 변화가 있다. 삭제가 고려된다.
그 시절을 돌아보면 감성도 모자랐고 초점도 없었다.

화자는 자신이 서술하고자 하는 것을 명백하게 표현할 책임이 있다.
화자는 이 점에서 실패했다. 명료함이 없었다. 초점이 없었다. 통제가 없었다. 거대한 시곗바늘들이 어지럽게 도는 것 같았고 동부와 서부에 더 이상 큰 차이점이 존재하지 않았다.

이것은 모든 사람에게 영향을 미쳤다. 다들 크게 낙심했다. 내 마음은 폭격을 맞은 듯 산산조각났다. 나는 사람들이 술, 약, 예수의 예복에 매달리는 것을 보았고, 냉소와 패배감을 맛

보았다. 내면과 이 세상 바깥은 통곡, 한숨, 신음으로 가득 찼다. 이 시기에는 수많은 벌거벗음과 노출이 있었고, 사람들은 그 광경을 버젓이 목도했다. 나도 보았다. 알게 되었다. 나는 버지니아가 자기 이야기에 대한 통제력을 잃어가는 것을 보았다. 배가 점점 불러올수록 그녀의 회고록은 구조를 잃기 시작했다. 여전히 다채롭긴 했지만, 어조는 점차 이야기에서 일화로 변해갔다. 그것에는 명징성과 질서가 부족했다. 그녀는 그때까지 이름, 억양, 인디언 개개인의 기벽, 아시아인, 이스라엘인을 기억하고 있었지만, 그것들은 더욱더 기억의 조각으로 파편화했다. 더는 개인적 서사 감각이 없었다. 그녀는 자신의 이야기 속에 존재하지 않았다. 그녀의 이야기들은 이국적인 것과 향수를 불러일으키는 것의 경계에 위험스럽게 서 있었다. 간혹 자신을 이야기할 때면 그녀는 거의 연기자에 가깝게 변모했다. 단시간에 감동을 주고, 이야기를 살려나가고, 그 뒤 마무리되는 회고록을 멋지게 연출할 줄 아는 사람이었다. 그녀의 내면에는 서사적 긴장감과 국제적인 시야가 있었지만, 그런 것들을 영원하게 만드는 데 필요한 열정은 점점 사그라지고 있었다. 그녀는 한편으로는 일을 관둔 예비 엄마로, 다른 한편으로는 국제적인 인물이 등장하는 거짓말 같은 이야기를 들려주는 시골 재담꾼으로 변해갔다.

나는 그것이 그 시대의 속성이라고 말했다.

폴에게도 무슨 일이 일어나고 있었다. 그는 아직 정의 내리지 못한 '나'를 둘러싼 구조를 해체하고 새살을 붙이려고 마음

401

속으로 처절하게 노력하고 있었다. 하지만 아직까지 그는 적이 어디 있는지도 모르고, 방어적인 초보자로 남아서 필수적인 전술을 배우지 못한 것 같았다. 그는 치열하게 살아온 다른 사람들의 경험, 책, 대화를 통해 생존에 필요한 비밀들을 아직까지도 배울 수 있다고 생각하는 것 같았다. 그는 거의 백인 남자들만 근무하는 회사를 관두었다. 그는 조경업계에서 직장을 구해 대부분의 시간을 야외에서 보냈다. 그의 근육은 단단해졌고 얼굴은 검어졌다. 그는 검고 긴 수염을 길렀다. 그리고 성서와 키에르케고르와 윤리학 요약 논문을 읽었다. 그는 무수한 밑줄을 그었다. 그의 수염은 깜빡이지도 않고 집중하는 눈과 잘 어울려 그를 고뇌하며 고통을 받아들이는 예수처럼 보이게 했다. 이 기간 동안 그는 길거리 댄디 스타일의 옷을 걸치고 다녔다. 종종 대화를 하다가 그는 빈곤층을 무시하는 일을 통렬하게 비판했다. 그는 『이사야서』『예레미야서』『애가』에 나오는 긴 구절을 암기하여 인용했다. 그는 자신의 아버지를 도덕적 겁쟁이라고 비난했다. 그는 독선적이고 투쟁적이었으며 혹독하게 외로웠다. 그러나 그의 얼굴은 아우라를 유지하고 있었다. 그의 큰 갈색 눈동자는 여전히 똑같은 의문을 품고 처절하게 질문하고 있었다. '나는 누구인가?'

그가 자신의 외로움을 감추고 있는 것을 여러 번 보고 나는 그 질문에 대답하고 싶었다. "당신은 신화에 존재하는 것 같은 관념적인 백인 남자죠. 그렇게 존재하는 것이 자아를 온전히 되찾아준다면 말이죠." 하지만 그 이야기는 여전히 미완성이고 나는 다시 그 이야기에 끼어들고 싶지 않았다. 그 혼란은 그가 혼자 감당해야 하는 것이었고, 그것은 이미 확립되고 결정된 구조 속에서 그가 필사적으로 되찾으려고 하는 내용이었다. 그 기간 동안 그는 버지니아에게 "이해할 수가 없어"라고 말한 적이 한 번도 없었다. 이 말을 하고 나면 속이 시원해졌겠지만, 금욕적으로 침묵을 지킨 그를 누구든 사랑할 수밖에 없을 것이다.

7월 초 양가 부모가 제스처를 취하기 시작했다. 버지니아의 가족은 종종 전화를 해서 가족들 사이에 보물처럼 내려오는 아이 이름을 제안했다. 폴의 어머니는 아기 침대를 사라며 돈을 보내왔다. 그녀는 폴을 절대적으로 신뢰하기에, 자신에게는 유럽 혈통보다 더 많은 피가 흐른다고 넌지시 알렸다. 하지만 아버지는 아직 고집을 피우고 있었다. 언쟁은 오히려 더 복잡해졌다. 만약 아기를 보려면 자연히 버지니아의 가족을 봐야 할 것이고, 그가 버지니아의 가족을 방문한다면 그 가족들도 자신을 방문할 것이기 때문이다. 이 새로운 시각에서 볼 때 그가 반대하는 이유는 계층 구분이라는 단순한 문제에 근거한 것이었다. 섬세하지 않은 그였지만, 질서에 대한 감각만은 감탄할 만했다. 그는 개인적인 결단으로 회사에 흑인을 채용하기로 했다고 아들에게 말했다. 폴은 아버지에게 그런 일은 일어나지 않을 거라고 말했다. 어머니는 폴에게 아버지가 심사숙고할 것이고, 그 뒤에 버지니아와 아기를 집으로 초대할 것이라고 말했다. 하지만 버지니아는 폴에게 그런 일은 일어나

403

지 않을 거라고 말했다.

그들은 결코 그녀의 입장에서 문제를 보지 못했다.

버지니아는 "나는 내 아기가 명예직 백인이 되는 것을 원하지 않아요"라고 말했다.

그녀는 이 말을 한여름에 나와 일본 차 정원^{미국 골든게이트 파크}_{에 있는 일본식 정원}에서 대화를 나눌 때 했다. 관광객들이 파빌리온 아래에 모여 쿠키를 먹으며 뜨거운 차를 마시고, 아침 안개의 시원함 속에서 옹송그리며 모여 있었다. 바지 위에 임산부 셔츠를 입은 버지니아의 곱슬머리 위에는 여전히 원통형 모자가 반항적으로 씌워져 있었다. 커가는 아기 때문에 그녀의 배는 불룩하게 나와 있었다. 그녀의 갈색 볼은 살이 쪘고, 눈은 아주 피곤해 보였다. 그녀는 말했다. "나는 흑인이에요. 나는 나 자신을 있는 그대로 받아들였죠. 하지만 나는 내 나름의 행동반경을 만들지 않았던가요?" 그녀는 집게손가락으로 제 관자놀이를 두드렸다. "여기까지 말이에요!" 그런 다음 씁쓸하게 웃었고, 차를 홀짝였다. "세상이 힘들어지면 누구나 백인처럼 살아가죠. 검둥이들은 수세기 동안 그렇게 살아왔고, 그래서 그게 별로 새로울 것도 없죠. 하지만 제길, 자아에서 벗어나 이 세상만큼이나 넓게 백인과 흑인, 그리고 이 세상의 다른 모든 존재와 사이좋게 지내는 검둥이가 된다는 것은 대단한 일 아니에요?" 그녀는 웃었다. 그리고 말했다. "그런 대단한 검둥이가 있었다고요!"

우리는 차를 홀짝거렸고 꽃에서 피어나는 안개를 보았다.

행동반경

아래쪽 보도에서는 관광객들이 사진을 찍고 있었다.

나는 "당신은 투지만만했어요. 그리고 용감했어요. 그래요, 당신은 바로 그 대단한 흑인이었어요"라고 말했다.

그녀가 말했다. "나는 백인보다 더 백인다웠고 흑인보다 더 흑인다웠어요. 젠장, 적어도 눈앞을 가리고 있던 안개를 뚫고 세상을 보았다고요."

나는 말했다 "당신은 잘해왔어요. 그래요."

관광객 한 명이 멈춰 서서 어색하게 웃으며 우리를 향해 사진기 셔터를 둘렀다.

버지니아는 말했다. "모든 게 엉망이 되었어요! 당신은 두 가지 선택을 할 수 있어요. 어떤 것을 택하든 당신은 대낮의 박쥐처럼 눈이 멀 거예요. 만약 초보자처럼 둘 다 원한다면, 당신은 이 세상의 모든 것을 원하는 누를 범하는 거나 마찬가지예요. 하지만 결국 당신에게 돌아오는 것은 한쪽 눈과 기억들뿐이죠. 나는 내 아기가 한쪽 눈만 가진 명예직 백인이 되는 건 원하지 않아요. 적어도 흑인의 눈은 세상 구석구석을 돌아볼 수 있으니까요."

아침 안개가 피부에 가볍게 닿아 마음속 깊은 곳까지 시원해지는 것 같았다. 나는 내가 무엇을 하고 있는지 감지했다. 나는 더 이상 그들과 그들의 문제에 신경 쓰지 않기로 했다. 그들이 더 이상 이야기할 만한 것이 없다고 생각했다. 나는 그녀에게서 시선을 돌리며 말했다. "인생은 힘든 거죠. 그래요."

버지니아는 찻잔을 돌리고 있었다. 찻잔을 수제 접시 위에서 돌리고 또 돌렸다. 그녀는 정원을 보면서 말했다. "하지만 나는 내 검둥이가 걱정이 돼요. 그 사람은 따뜻한 마음을 가지고 있죠. 그는 아직도 마음속에서 그 빌어먹을 것과 씨름을 하고 있어요. 그 부드러운 마음 이면의 그는 노새처럼 고집이 세고 강해요. 지금 그는 두 눈이 조금 열려 있지만 만약 그가 입을 악다문다면 한쪽 눈을 감게 될 거고, 그러면 내가 생각했던 것보다 더 지독한 흑인으로 변하겠죠. 바로 그렇게 조정되어가는 거죠."

나는 더 이상 그들에게 빚진 게 없다고 생각했다. 그래도 그녀가 한때 나와 많은 이야기를 공유했기 때문에 어떤 의무감을 느꼈다. 나는 공중에 매달린 적색과 보라색 후크시아 사이를 휘젓고 다니는 관광객들을 보고 있었다. 그들은 땅에 떨어진 연약한 꽃잎들을 밟고 다녔다. 파빌리온은 하이킹하는 관광객들로 붐볐다. 나는 버지니아의 배를 내려다보면서 말했다. "아기를 생각해서 흑인은 되지 마세요. 그보다는 고전적인 검둥이가 되어야죠."

그녀는 웃으며 내 등을 때렸다.

나는 동부로 돌아가기 전에 폴과 함께 시내를 산책했다. 그때는 아기가 태어나기 몇 달 전인 늦여름이었고, 나는 그에게 뭔가 빚진 기분이었다. 그날은 일요일이었다. 폴은 그날 아침 퀘이커 교도 집회에 참석해서 그런지 평화로워 보였다. 우리는 오후 내내 걸었다. 우리는 침묵 속에서 별다른 목적 없이 대로, 보도, 해변, 공원을 거닐었다. 우리는 낙담하고, 혼란스러워하고, 핏기 하나 없이 유령에 쫓기는 듯한 사람들을 보았다. 흑인들이 내 눈을 잡아끌었다. 금문교 공원에서 술인지 약인지 한껏 취한 흑인 남자가 유모차를 끌고 가는 애기 엄마에게 우스꽝스러운 동작을 하는 것을 보았다. 그 남자는 그 젊은 애기 엄마가 상상하고 있는 어떤 동작을 흉내 내려고 하는 것 같았다. 나는 멈춰서 그 모습을 가리키며 폴에게 말했다. "저 사람이 바로 검둥이예요."

우리는 팬핸들 구역에서 옷을 지나치게 화려하게 차려입은 흑인이 캐주얼 복장을 한 백인들 사이에서 이를 드러내며 웃고 있는 것을 보고 걸음을 멈췄다. 그의 미소는 그 낯선 사람들에게 이렇게 말하는 것 같았다. "당신은 나에 대해 모든 것을 알고 있어요. 내가 감출 게 없다는 것을 나 스스로 알고 있고, 당신도 그 점을 알고 있다는 걸 나는 알아요." 나는 그 사람에게 고개를 끄덕이고 폴에게 말했다. "저 사람이 바로 검둥이예요." 폴은 나를 거리낌 없이 바라보았다.

링컨웨이에서 버스 정류장으로 돌아가는 길에 그는 범퍼에 스티커를 도배하다시피 붙이고 지나가는 차를 보며 나에게 가리켰다. 스티커들은 다양한 일상 문구와 윤활유 상표, 예수의 재림에 관한 것들이었다. 자동차 뒷범퍼의 중앙에는 하얀 바탕에 큼지막한 검은 글씨로 '검둥이인 것을 자랑스러워하라'라고 적혀 있었다.

폴은 웃었다. 나는 폴이 그것을 미묘한 농담으로 받아들인

게 틀림없다고 생각했다.

공원에서 몇 블록 떨어진 곳에서 나는 번쩍거리는 빨간 10단 기어 자전거를 탄, 수염을 잔뜩 기른 백인 남자를 향해 고개를 끄덕였다. 그의 얼굴은 붉었고, 전혀 세수를 하지 않은 듯했다. 멀리서 보기에도 그의 검은 바지와 검은 운동복 상의는 먼지, 땀, 얼룩으로 더러웠다. 그가 페달을 밟으면 타이어 고무로 만든 샌들 틈으로 먼지로 뒤덮인 딱딱한 발가락이 삐져나왔다. 그는 스스로를 대단한 생존자로 여기는 것 같았다. 그는 오후의 교통 혼잡 속에서 거만한 표정의 붉고 주름진 얼굴을 쳐들고 교통신호를 무시하며 곡예 운전을 했다. 그 사람이 블록에서 멀어져갈 때 나는 폴에게 말했다. "저건 그냥 지나가는 모습이에요. 그는 임시직 검둥이의 나쁜 사례지요."

그는 웃지 않았다. 그는 이해하지 못했다.

나는 말했다. "이 거리에 있는 두 사람을 상상해봐요. 한 사람은 백인이고 옷을 저렇게 입었어요. 다른 사람은 흑인이고 신사 양복의 모델이에요. 당신의 마음속에서 혹은 당신 아버지의 마음속에서 누가 부자연스럽게 보일까요?"

폴은 걸음을 멈추었다. 그는 상당히 마음이 상한 것 같았다. 그는 말했다. "이제 드디어 모든 것을 말해야 할 시간이군요. 당신은 나를 인종주의자라고 생각하는군요."

나는 차분해지고 홀가분해지는 것을 느꼈다. 나는 새로운 이야기를 찾을 의무감에서 자유로워졌다. 나는 마음이 편해져 폴에게 이렇게 말했다. "당신은 사람들이 질서를 이미 규정해놓은 외로운 곳에서 태어났어요. 나는 언젠가 대초원과 하늘 사이에 한 사람이 서 있는 달력 사진을 보았어요. 그는 마치 도가니에 빠진 것처럼 자신을 둘러싼 공간의 압박을 받고 있는 것 같았죠. 그 공간의 단순한 리듬이 그의 자만심을 꺾었지요. 쉽게 이야기하자면 그는 그 리듬과 어울리기 위해 규율을 잘 따를 수밖에 없었을 거예요."

하지만 그는 여전히 내가 그를 비난하거나 그에게 해명을 요구한다고 생각했다. 그는 말했다. "사람들은 성장하죠. 당신은 나를 그렇게 생각하지 않을지 몰라도요. 우리 아이들만은 잘 키울 거예요!"

나는 말했다. "그들은 장님으로 태어난 흑인이 되거나 스스로 장님이 되어 백인 행세를 하는 사람이 될 거예요. 이것이 그들이 선택할 수 있는 전부입니다."

폴은 나를 앞질러 굉장히 빠르게 걸어갔다.

19번가 버스 정류장에서 그는 나에게 고개를 돌려 말했다. "나를 따라다니면서 귀찮게 하지 마세요. 버지니아는 아마 낮잠을 자고 있을 거예요." 그는 길 저쪽에 버스 몇 대가 신호 바뀌기를 기다리는 것을 보았다. 안개가 점점 짙어졌고, 교통 신호 불빛을 받은 그의 눈은 붉고 피곤해 보였다. 가까이 서 있지 못해 그의 얼굴을 자세히 보지는 못했지만, 나는 그 순간 그에게서 아우라가 완전히 사라져버리고 말았다고 확신했다. 눈에 보이는 다른 모든 사물처럼 그는 패배감에 빠져 있고, 탈진한 것 같았다.

우리는 악수를 했고, 나는 이 세상에 새로운 이야기는 없다고 확신하면서 혼자 걸어가기 시작했다.

두 대의 버스가 코너에서 나를 지나쳤다. 그리고 끽 하고 브레이크 소리가 나는 곳에서 폴이 외치는 목소리를 들었다.

"적어도 나는 노력했다고요! 나는 아직도 싸우고 있단 말이에요! 나도 검둥이가 뭔지 알죠. 그건 당신이 스스로를 잘났다고 여길 때의 당신 모습과 같은 거죠!"

그의 목소리를 분명히 들었지만 나는 고개를 돌려 대답하지 않았다. 그때 그의 목소리에는 더 이상 거만함이 남아 있지 않았다.

거의 두 달이 지난 후 동부로 돌아가기 전에 그들의 아파트에 전화를 하니 전화는 이미 끊겨 있었다. 작별 인사를 하러 그곳에 가보니 그들은 이미 떠난 후였다. 그 집에는 로스앤젤레스에서 방금 온 멕시코계 커플이 이사 와 있었다. 그들의 영어는 매우 서툴렀다. 내가 찾고 있는 커플에 대해 묘사하니 그들은 머리를 천천히 흔들었다. 배가 많이 나오고 팔자수염을 한 남편이 거실에서 쓰레기 더미를 뒤져 글자가 적힌 나무판을 하나 끄집어냈다. 그는 그것을 가슴에 올려 보였다. '아이가 살고 있어요. 조용히 해주세요'라는 글자였다.

나는 그 오래된 이야기를 포기하고 동부로 돌아갔다.

6개월 후 내가 온갖 상상력을 동원하며 난해한 민간설화와 씨름하고 있을 때, 샌프란시스코를 경유해 캔자스의 작은 마을에서 보낸 편지가 배달되었다. 그것은 6, 7개월이 지난 아이의 소식을 알리는 편지였다. 세 장의 천연색 사진이 동봉되어 있었다. 10월이라고 날짜가 적힌 사진에는 핑크색 살갗과 검은 곱슬머리가 보였다. 두 번째 사진은 첫 번째 사진보다 최근 것인데, 통통한 갈색 남자아이가 벌거벗은 등을 드러낸 채 짙은 갈색 눈으로 세상을 바라보는 모습이었다. 사진 뒤편에는 이렇게 적혀 있었다. '대니얼 P. 프로스트, 4개월 8일.' 세 번째 사진은 버지니아와 폴이 다른 나이 든 커플의 양옆에 서 있는 모습이었다. 버지니아는 원통형 모자를 쓰고 의기양양하게 미소 짓고 있었다. 노인들은 근엄해 보였다. 보라색과 흰색 머리를 한 여인은 아이를 안고 있었다. 폴은 그들과 약간 떨어져서 팔짱을 끼고 있었다. 그는 면도를 했고 반항적으로 보였다. 그의 얼굴에는 눈에 익은 치열함이 있었다. 사진의 뒷면에는 이렇게 쓰여 있었다. "그는 고전적인 검둥이가 될 거예요."

여기서 언급한 내용의 의미를 명확히 하라.

나는 그렇게 하기가 어렵다는 것을 알았다. 이것은 처음부터 내 이야기가 아니었다. 나는 복잡성을 서술할 통찰력이 부족하다. 하지만 이 이야기는 아직 회자되고 있다. 그 아기 엄마는 누가 뭐래도 국제적 경험을 가진 시골풍 재담꾼이다. 아기 아버지는 두 개의 눈을 통해 세상을 분명히 보고 있다. 내가 캔자스에 전화를 걸었을 때 그들은 이미 다양한 친척들이 사는 테네시의 깊은 숲속으로 떠났다. 나는 기다릴 것이다. 아기 엄마는 대담한 여자다. 아기 아버지는 세상 일이 어떻게 돌아가야 하는지 안다. 나는 고

대하길, 훗날 소년의 이야기가 펼쳐나갈 강인함에, 그것이 아니라면 야망에 내 명예를 걸 것이다.

언급이 모호하다. 설명하라. 설명하라.

옮긴이의 말

사유의 반경

1970년대 미국 문화는 어땠나, 라고 누군가 화두를 던진다면 한국에 사는 우리는 무엇을 떠올리는가? 히피 문화? 케네디 암살? 베트남전? 맥퍼슨이 소설을 집필하던 시기에 일어난 일련의 사건들은 다름이 아니라 미국 사회가 안고 있던 분노와 절망감의 표출이었다. 그것은 또한 1950년대에 이룩해놓은 미국 자본주의에 대한 반발로도 받아들여질 수 있다. 하지만 여기서 우리가 간과한 점이 있다면 그런 반성조차도 백인의 시각에서 비롯한 것이라는 사실이다. 우리에게 변변히 흑인의 시각에서 미국 사회를 바라볼 기회가 있었던가? 누군가 이런 질문을 던진다면 우리 독자는 맥퍼슨의 이 단편소설집을 흔들어 보여주며 긍정의 미소를 지을 수 있으리라 생각한다.

평소에는 약자의 탈을 쓰고 숨어 있던 탐욕과 폭력성이 익명성의 그늘 아래에 들어오면 여실히 부끄러운 실체를 드러내게 된다고 맥퍼슨은 고발한다. 맥퍼슨이 이 점만 말하고 말았더라도 퓰리처상은 충분히 받을 만했을 것이다. 하지만 맥퍼슨은 여기서 그치지 않고 몇 걸음 더 나아간다. 흑인을 대상으로 폭리를 취하던 식료품 가게 백인 주인은 흑인들에게 고발당하고 방송국의 취재 대상까지 된다. 궁지에 몰린 백인은 결국 하루를 택해 식료품 가게를 무료 개방한다. 항의 시위를 하러 왔던 사람들은 무료라는 말에 성난 폭도에서 굶주린 약탈자로 돌변한다. 습격을 당해 성한 곳이 하나도 남지 않아 황량하게 변한 가게를 보고 헛웃음을 짓는 백인은 물리적으로 피해자이기는 하지만 윤리라는 명제에서 언뜻 해방된 듯하다. 그들도 자신과 별로 다른 게 없었던 것이다. 이처럼 독자로 하여금 많은 생각을 하게 만드는 게 맥퍼슨 소설의 맛이다.

여기서 펜을 내려놓지 않고 맥퍼슨이 이 단편 마지막에 등장시킨 사람은 다름 아닌 시위 주동자다. 흑인인 시위 주동자를 보고 식료품 주인은 이제 더 이상 줄게 없으니 가라고 한다. 하지만 시위 주동자는 첫 손님으로 가게에 와 어떨결에 공짜로 빵 한 덩이를 가져간 아내를 대신해 온 것이다. 그는 1달러 지폐를 카운터에 올려놓는다. 식료품 주인은 쓴웃음을 지으며 1달러를 받아 든다. 시위 주동자는 1달러를 지불하고 무엇을 되찾아갔던가. 그리고 식료품 가게 주인은 1달러를 받으면서 무엇을 내주었던가. 그 1달러는 독자들의 마음에 큰 울림으로 다가온다. 「빵 한 덩어리」에서 보여주듯 맥퍼슨의 소설은 독자들에게 양분된 의식의 굴레에서 훌쩍 벗어나 인간 본연의 모습을 찬찬히 둘러볼 기회를 준다. 이런 의미에서 맥퍼슨의 흑인 최초 퓰리처상 소설 부문 수상은 더 빛나는 것이다.

흑과 백의 논리를 벗어나 인간을 탐구하는 맥퍼슨은 또 다른 양분 논리 중 하나인 남자와 여자의 문제를 슬며시 끄집어낸다. 예쁜 여자에게는 과연 어떤 배우자가 좋은 배우자인가? 성실하고 바람피우지 않는 남편? 글쎄, 라고 맥퍼슨은 무언의 메시지를 전한다. 겉으로 보기에 멀쩡한 남자가 질투심을 이기지 못해 여자 얼굴에 칼부림을 하고 만 것이다. 이번에도 맥퍼슨은 익히 좋은 사람으로 알려졌던 인간형이 얼마나 무서울 수 있는지 「흉터」에서 과감하게 보여준다.

좋은 소설은 시공을 넘나들며 인간이 끌어안고 끙끙대는 문제를 다루기 마련이다. 맥퍼슨의 소설이 좋은 이유도 바로 이런 점 때문이다. 어떤 사람은 이렇게 물을지 모른다. 태평양 저 건너 흑인의 문제가 우리에게 무슨 상관이란 말인가? 바쁜 일상에서 독서는 이제 사치스러운 일일지 모르며 한가한 사람들의 편리한 소일거리일지도 모른다. 하지만 맥퍼슨의 이야기를 듣기 시작하는 순간, 그가 뭔가 범상치 않은 문제를 다루고 있으며 우리의 삶과 무관하지 않다는 것을 어렴풋이나마 깨닫게 된다.

이 글을 쓰다 보니 「옮긴이의 말」은 주례사 같은 거야, 라며 독자 입장에서 외국 소설을 읽었던 때가 생각난다. 길면 잔소리가 될 수 있다는 생각에 이쯤에서 줄이고자 한다. 졸역을 선선히 받아들여준 마음산책에 감사의 마음을 전하며 함께 고생한 편집자들에게 꾸벅 고개를 숙인다.

2013년 여름
테라움 작업실에서
장현동